주민자치
잘 될 거야

주민자치 잘 될 거야

발행일	2019년 6월 19일		
지은이	박진호		
펴낸이	손형국		
펴낸곳	(주)북랩		
편집인	선일영	**편집**	오경진, 강대건, 최예은, 최승헌, 김경무
디자인	이현수, 김민하, 한수희, 김윤주, 허지혜	**제작**	박기성, 황동현, 구성우, 장홍석
마케팅	김회란, 박진관, 조하라		
출판등록	2004. 12. 1(제2012-000051호)		
주소	서울시 금천구 가산디지털 1로 168, 우림라이온스밸리 B동 B113, 114호		
홈페이지	www.book.co.kr		
전화번호	(02)2026-5777	**팩스**	(02)2026-5747
ISBN	979-11-6299-719-2 03800 (종이책)		979-11-6299-720-8 05800 (전자책)

이 도서의 국립중앙도서관 출판예정도서목록(CIP)은 서지정보유통지원시스템 홈페이지(http://seoji.nl.go.kr)와
국가자료공동목록시스템(http://www.nl.go.kr/kolisnet)에서 이용하실 수 있습니다.
(CIP제어번호: CIP2019022843)

주민자치 재도약을 꿈꾸며 권역별 18개 지역을
두 발로 탐방한 현장 이야기

주민자치
잘 될 거야

박진호 지음

북랩 **book** Lab

열정의 아이콘, 날개를 달다

뜻밖에 좋은 소식을 접했다. 주민자치와 공직에 대한 애정이 넘치는 책이 나온다는 소식을. 그것도 몇 해 전부터 알고 지내는 이가 주인공이라는 것이다. 충북 청주시 청원구청 박진호 세무과장의 얘기다. 진짜 책을 내려고 할까. 반신반의했었는데 책의 원고를 가져와서는 추천사를 부탁하니 반갑기도 했지만 난감했다. 이제 『대한민국 주민자치 실전서』와 『공직이 그리 만만하더냐』 등 겨우 2권의 풋내기 저자이니 더욱 그렇다.

박진호 세무과장은 36년여의 공직생활에서 흔적을 남기는 것을 좌우명으로 삼을 정도로 자타가 인정하는 열정가다. 이번에 처음 출간한 책의 3년여의 동장 재임 기간에 추진한 내용인 주민자치 부문과 12년여의 세무부서 근무로 체납세 징수에 과학적 기법을 채택하여 전국 세무부서에 기여한 노하우 그리고 자기계발을 위한 시 낭송 동아리 활동과 봉사활동 등의 얘기가 가슴에 닿는다.

먼저 주민자치 부문에서는 우리의 주민자치 현주소를 확인한 서울 은평구 역촌동 주민자치회 등의 수도권을 비롯하여 충청권과 영남권 및 호남권 등 4대 권역을 방문한 '발품 사례'가 돋보인다. '실천 사례'로는 노후 경로당 이전과 400살이 된 시 보호수와 공생을 하기 위한 갈등부터 400살 봉황송 명명식까지의 고단한 여정을 주민자치위원회와 협의한 과정을 진솔하게 공개하여, 지역사령관인 동장과 주민자치의 역할이 무엇인지 보여주는 사례가 눈에 띈다.

열정의 아이콘으로 기록되는 저자가 체납부서에서 과학적 체납세 징수기법으로 인정받은 "체납세금 ARS를 통한 납부시스템" 전국 최초 개발, 취·등록세 자동입력 프로그램 전국 최초 개발, 교통 과태료 징수 팀 충청북도 내 최초 운영 등의 실적으로 2015년 제19회 민원봉사 대상을 수상하였을 뿐만 아니라 2016년에 사무관 승진이라는 영예를 맞이하게 된 사례는 많은 공직에 울림으로 다가온다. 공직은 철밥통이 아니라 가시밭길이고 그 길을 통과해야만 명예와 자부심을 누릴 수 있다는 것을 몸소 보여줬다.

자기계발을 위한 자기검열을 통하여 발표력 부족을 절감하고는 시낭송에 도전하고 배운 바를 남에게 주는 이타적 배려와 틈틈이 더불어 사는 삶의 실천을 위한 꾸준한 봉사활동 참여는 타인의 귀감이 되기에 충분하다. 이제 공직을 떠나는 터닝포인트에서 주민의 삶의 질 향상을 위하여 공직에서 배운 바를 실천하고자 하는 저자에게 좋은 일이 많이 있기를 응원한다.

『대한민국 주민자치 실전서』 저자 박경덕

주민자치 잘 될 거야

긍정의 마인드는 세상을 바꾸는 힘이 있다

『주민자치 잘 될 거야』의 필자와 인연을 맺은 건 3년 전으로 내가 살고 있는 용암1동 동장으로 부임하면서 맺은 인연이다.

근무는 1년만 하시고 가셨지만 지금까지도 가끔씩 만나서 지역의 현안이나 머릿속에 있는 아이디어를 서로 공유하고 고민하는 사이로 어느새 절친이 되었다.

사무관 승진 후 첫 근무지인 상당구에서 가장 큰 용암1동 동장으로서의 첫발은 그리 만만치 않았으리라 생각한다.

세무 관련 부서에서 오랫동안 계시던 분이라 세무에 관한 한 전문가이시지만 인구가 45,000명이나 되는 큰 동의 사령관 역할은 쉽지 않을 텐데 하는 걱정은 금물. 주민자치협의회 상당구 회장인 나 또한 주민자치에 10년이 넘게 발을 담그고 있는 사람으로서 만만치 않은 상대였음에도 불구하고 실전과 적용에 강한 동장과 위원장의 콤비는 주변에서 질투할 만큼 잘 맞았다.

특히, 동장으로서 지역의 현안 문제나 마을 구석구석을 발품을 팔아가며 주민들을 만나고 부딪치면서 휴일 없이 틈만 나면 마을을 누비고 다녔다.

주민자치위원회의 역할과, 지역의 가장 중심적인 핵심을 담당해야 하는 위원회의 중요성을 강조하며 잠시도 위원장인 나를 가만두지 않는다.

어떤 일이든 서로 손발이 맞아야 그 효과 또한 열매를 맺는데 큰 역할을 한다.

늘 지역을 위해 재임하는 동안 활동을 했고 목표가 정해지면 완성도를 높이기 위해 전력투구하는 성향이시라 비록 1년이라는 짧은 기간이었지만 함께 일한 기억은 무척 길다. 오랫동안 남을 많은 일들을 하시고 가셨기 때문에 칭찬을 아끼고 싶지 않다.

지금 우리 청주의 현실적인 주민자치의 본질과 본보기가 되는 우수 자치센터를 방문하여 하고 있는 사업들을 소개하고, 쉽지 않았을 전국의 우수자치회를 일일이 찾아가 탐방한 사례들을 보면서 그 열정에 큰 박수를 보내고 싶다.

앞으로 주민자치의 현장에서 박진호의 『주민자치 잘 될 거야』 도서가 전국의 주민자치위원들에게 꼭 필요한 양분을 제공하는 지침서가 되기를 기원한다.

다시 한번 축하의 메시지를 전해 드리며 힘찬 응원의 박수를 보냅니다.

마을을 디자인하고 주민과 함께 소통하는 위원장 연현숙

머리말

동장으로 임용되어 동 행정복지센터에서 근무하게 되었다. 당시 행정복지센터와 주민자치센터가 어떤 것인지, 어떻게 다른지 전혀 모르는 상태였다. 하루하루 근무하면서 차츰 행정복지센터는 동장이 행정을 집행하고 주민자치센터는 주민자치위원장이 주민의 삶의 질 향상을 위하여 노력하는 것을 알게 되었다.

국가에서 지방분권, 지방자치를 통해 잘 사는, 행복한 나라를 만들려고 많은 노력을 기울이고 있다. 열심히 노력하고 있지만 주민자치의 현실은 프로그램 운영과 마을 축제 실시가 대부분을 차지하고 있다. 매월 한 번씩 동 행정복지센터에서 회의 서류를 준비하고 회의 진행을 통해 안건을 처리한 후, 저녁 식사로 마무리를 짓는다.

1년에 한 번 청주시 43개 읍·면·동장과 주민자치위원장을 대상으로 1박 2일 워크숍을 강릉에서 실시하였는데 현실에 직면해 있는 주민자치 추진에 따른 문제점 등을 듣게 되었다.

동장을 하면서 주민자치에 대한 깊은 고민을 하기 시작했다.

'어떻게 하면 주민자치회가 잘 될 수 있을까? 잘되는 지역은 무슨 사업을 할까?'

자발적인 주민 참여를 유도하는, 정말 잘되는 주민자치회는 어떤 점이 있는지 직접 보고 듣고 느낄 수 있는 선진 지역 벤치마킹을 하게 되었다.

그래서 시범마을로 선정된 수도권, 충청권, 영남권, 호남권 4개 권역별 12개 지역과 청주시 6개 지역 벤치마킹을 다니면서 다양한 사례를 접하였고 '주민자치는 이러한 사업도 하는구나!'라는 우수사례를 하나하나 접하게 되었다.

주민자치 프로그램이 잘 운영되어 주민들의 참여율도 높으며, 그 지역에서 주민자치 프로그램 강사를 하면 탑 강사로 우뚝 서는 지역도 있었고, 어른은 물론 학생들도 참여하여 EM 흙공을 만들어 오염된 물을 정화하는 지역도 있었다. 청주에서도 축제를 하면 축제사항을 빠짐없이 회의록에 작성하고 축제 후에는 주민들이나 참여자에게 설문을 실시하여 부족했던 사항, 아쉬운 내용 등을 의견 수렴하여 향후 축제를 더 개선·발전시키려고 노력하고 있었다.

물론 다녀온 지역들이 전부 앞서가는 주민자치를 하고 있으며 모든 걸 잘한다고는 할 수는 없다. 그러나 잘되는 지역은 다음과 같은 공통점이 있었다.

첫째, 행정복지센터의 동장과 주민자치 회장이 항상 서로 의논하고 칭찬하며 내 일처럼 도와주는 것이다.

둘째, 수시로 모여서 차도 마시고 회의도 하는 주민자치 사무실 공간이 별도로 마련되어 있었고 간사(사무국장)가 있어 프로그램 수강료도 매월 징수하고 회의 서류도 아주 꼼꼼히, 열심히 만들고 있었다.

셋째, 미래를 기획하고 실천하는 능력이 있는 구심점이 되는 리더가 있었다. 리더는 독선적이지 않았으며 주민자치위원들과 계획과 목표를 항상 공유한다.

필자는 공직생활을 하는 동안 근무하는 부서마다 연구하여 메모하고 실행시킬 수 있도록 하여 나의 발자취, 즉 흔적을 남기도록 노력하였다.

주민자치 잘 될 거야

6급으로 승진한 이후, 온라인이 안 되던 시절에 지방세 체납자 중 체납액 납부 시 무통장 입금을 하는 경우, 공금 통장에 체납자 명의가 아닌 타인 명의로 입금되는 경우가 많았다. 문득 홈쇼핑에서 고등어 판매하는 것을 보고 직접 주문해 보니 전 과정이 녹음되어 재주문 시 주소 성명을 자동으로 알 수 있도록 하는 시스템에 착안, 이 사항을 업무에 도입시켜 전국 최초로 체납세금 ARS를 도입하여 현재 160여 개 지자체에서 도입하여 사용 중에 있다.

또한 물고기를 잡을 때 한곳으로 몰아서 잡듯이 '청주시 세외수입 징수부서 일원화'를 발표하였다. 2011년 지방세를 담당하는 세정과에서 교통 과태료 체납징수 TF팀을 운영하게 되었는데, 20년 이상 체납된 과태료 고지서 수십만 건을 발송하여 강력한 항의와 민원을 무릅쓰고 39억 원 징수와 체납액 정리를 완수하여 본청 세정과에 세외수입 징수 팀을 신설하는 계기를 마련하였다.

그리고 경로당 문제를 해결하려고 직능단체 및 주민들과 손잡고 스스로 참여하도록 하여 400년생 소나무 명명 추진 위원회를 결성, 설문지를 만들고 배포하는 노력 끝에 4,425명의 동민 참여 및 3,138명의 찬성으로 봉황송(鳳凰松)이라 확정하여 명명식을 성공적으로 추진할 수 있었다.

'황소같이 우직한 남자, 박진호!'로 하루하루 최선을 다해 달려왔다고 생각한다.

앞으로 갈 길은 멀지만 주민자치가 잘 되려면,

먼저, 재정이 뒷받침되어야 하는 데 균등 배분이 아닌 공모사업으로 추진하여 화합하고 열정 있는 지역에 지원하여야 하며,

다음은 주민자치위원 대상으로 전문교육이 필요하다. 임기가 종료될 때까지 주민자치위원이 무엇을 하는 사람인지 한 번도 집합 교육을 받아 본 적이 없는 편이다.

마지막으로 프로그램 조정 및 정치적 이용 금지이다. 이웃 동에서 자율적으로 사용 빈도수가 높은 노래 교실 등으로 프로그램 조정이 절실히 필요하며, 주민자치회장은 관할 구역 내 지역을 발전시키고 주민을 위해 헌신과 봉사의 마음 하나로 노력해야만 하며 정치인을 하려는 꿈을 가져서는 안 될 것이다.

　로마는 하루아침에 이루어지지 않았다. 주민자치 힘내! 지금부터 다시 시작이야!

주민자치 잘 될 거야

목차

제2부 읍·면·동 직능단체

제5부 부족해도 노력하면 되더라

주민자치회 발전 과제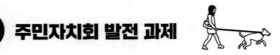

제6부

제1부

주민자치

1. 주민자치위원회

지방자치는 우리나라에 1949년 도입되어 1960년까지는 읍면 단위로 실시되다가 1961년부터 읍·면·동은 시군구의 하부 행정기관의 역할을 수행하게 되었다. 1999년부터 읍·면·동 '기능 전환의 일환' 업무를 축소하는 대신 읍·면·동에 주민자치 센터를 신설하고 주민자치위원회를 구성하여 주민자치를 실현하는 방안을 찾게 되었다.

주민자치란 주민들이 스스로 지역 일을 결정하고 집행하고 책임지는 제도이다. 따라서 주민자치위원회는 주민들의 지역 내 개선이나 발전사항 등 의견을 수렴하고 읍·면·동 행정기능 중 일부를 직접 또는 간접적으로 수행하는 지역 내 주민자치 조직이다.

강산이 두 번씩이나 변하여 20년이나 흘렀어도 지자체에서는 행정복지센터 사무실에 공간이 협소하다는 이유로 주민자치위원회 사무실은 거의 없어 월례회의 때 잠시 들러 회의를 하는 실정이다. 또한 주민자치위원회 역시 마을에 애착심을 갖고 진정한 봉사정신이 투철한 사람들이 모여서 주민들이 행복할 수 있도록 자질이 우수한 사람이 모여 위원으로 활동하여야 함에도 불구하고 별 관심이 없어 위원회 공고 시 주민자치위원회 25명 위원 채우기에 급급하므로 정착되려면 갈 길이 멀어 보인다.

주민자치센터는 행정기관의 최일선 기구로 읍·면·동장이 이·통장 협의회, 새마을지도자, 바르게살기 위원회, 지역사회 보장 협의체 등과 더불어 동 직능단체와 소통하고 지자체에서 성립한 예산

주민자치 잘 될 거야

을 집행하며 자치단체장의 의견을 전파하는 일을 한다.

 기존의 읍·면·동 사무 중 주민 생활과 직접적인 관련이 있는 민원 발급, 사회복지, 민방위, 재난 관리 등의 사무만 남기고 규제 단속, 일반 성격의 업무는 행정복지센터로 이관하였다. 남아있는 여유 공간은 주민편익, 시민교육, 문화여가, 지역진흥, 주민자치 등의 기능을 추가하여 주민자치위원회가 주민참여를 바탕으로 주민 자치의식과 지역공동체의식을 향상시킬 수 있도록 하여 읍·면·동 기능을 축소하였다. 따라서 주민자치센터에서는 프로그램의 결정, 관리에 한정하고 주민자치위원회에서는 주민자치센터의 프로그램 관리 및 프로그램 운영 심의와 자문기구를 마련하였다.

 일반적으로 주민자치위원회에서 하는 일이 뭐냐고 질문을 하면 위원들은 프로그램 관리라고 말하며 실제로도 주민자치 업무 중 많은 비중을 차지하고 있다. 청주시의 경우 43개 읍·면·동 인구수에 의해서 예산이 지급되고 프로그램 수가 결정된다. 인구수 5만 명 이상 넘는 동은 프로그램 개설 기준이 20개 내외이나 분평동, 복대1동, 용암1동이 14개, 프로그램이 적은 곳은 강서2동이 5개, 사직1동 4개 프로그램이고, 읍면은 인구 5만 명 이상 25개, 인구 5천 명 미만은 프로그램이 10개 기준으로 오창읍 인구가 6만 8천 명에 프로그램 수가 10개(구 오창 8개, 과학단지 2개)이며 북이면은 5개 프로그램을 운영하고 있다. 청주시 일부에서는 주민자치 프로그램이 인구별 프로그램 개설 기준에 여유가 있어도 행정복지센터 공간이 부족하여 여건상 프로그램 개설을 늘리지 못하는 경우도 있다.

주민자치 프로그램은 청주시 주민자치센터 설치 및 운영조례 7조 1항의 규정에 의해 주민자치위원회 심의를 거쳐 읍·면·동장이 선정을 하며, 강사는 1년 단위로 매년 1월에 주민자치위원회에서 서류심사를 거쳐 2명 이상 지원자가 있을 때 주민자치위원 중에서 심사위원을 3명 정도 위촉하여 강사를 선정하여 매년 2월 1일 프로그램 개강식 때 강사에게 주민자치위원장이 위촉장을 수여하고 있다. 주민자치 프로그램 운영에 있어서 특색 있는 프로그램도 있지만 거의 비슷한 프로그램들이 운영되고 있다.

운영되는 주민자치 프로그램 중에서 인기 있는 과목은 노래 교실인데 동 단위에서 많이 겹치는 프로그램 중 하나이다. 노래 교실 수업은 주 1회 인원도 40명 이상 70여 명 정도 운영된다. 동에는 새마을 금고, 신협, 농협 등이 있는데 신용사업의 일환으로 자체적으로 노래 교실이 운영되고 있다. 이들 기관에서는 막대한 자금력으로 유명한 노래강사를 보유하고 있고 인근 주민들에게 홍보하여 사업도 하고 업체도 널리 알릴 기회가 되므로 행정기관의 노래 교실 프로그램은 자금이나 인기도에서도 뒤처지는 현실이다. 그러나 주민 입장에서는 노래를 하고 싶으면 월요일은 신협, 화요일은 행정복지센터, 수요일은 새마을금고, 목요일은 농협 등 요일을 겹치지 않게 바꿔가며 노래 교실에 참여한다.

청주시 주민자치 센터 설치 및 운영조례에 의거 주민의 복리증진과 지역 공동체 형성 촉진과 자치활동의 조장을 하고 읍·면·동의 자치센터 운영에 필요한 사항을 심의하거나 결정하기 위하여 읍·면·동 행정복지센터에 주민자치위원회를 둔다.

주민자치 잘 될 거야

심의사항으로는 자치센터의 시설 등 운영과 주민의 문화 복지 편익증진에 관한 사항, 지역공동체 형성에 관한 사항 등 위원회 의 결로 결정하며 인원을 25명 이내로 두며 3명의 고문을 둘 수 있다.

주민자치위원을 모집할 때 읍·면·동에서 2년 주기로 12월에 공고 를 통해 시 홈페이지에서 모집 공고를 하는데 일부에서는 마감 시 넘치는 경우도 있지만 대부분의 지역에서는 주민자치위원과 친분 이 있고 주민등록을 두고 있는 주민이나 사업장에 있는 대표 등에 게 신청서를 작성해 달라고 해서 간신히 인원을 채우는 실정이다. 이렇다 보니 역량 있는 주민자치위원을 모을 수가 없으며 인구 규 모가 작은 동은 주민자치위원이 타 직능단체도 겸직하고 있어 주 민의 대표성이 부족하다고 말할 수 있다.

보통 고문은 전에 주민자치위원장을 역임한 자로 위촉을 하고 있다. 위원은 행정복지센터 관할 안의 거주자, 사업장 종사자 또 는 단체의 대표자로 위촉을 한다. 위원과 고문의 임기는 2년이며 연임할 수 있다. 주민자치위원장도 한 차례에 한정하여 연임할 수 있다. 그러니까 4년간 주민자치위원을 할 수가 있다.

청주시 읍면 동 주민자치위원장은 한 차례만 연임되는데 2019 년 말에 여러 위원장이 만료가 되어 2020년이면 많이 바뀔 것으로 예상된다. 지난해에 위촉된 주민자치위원장은 제외하고 말이다.

위촉 및 해촉의 경우, 읍·면·동장이 위촉하고 사업장을 떠나는 경우와 사퇴서를 제출하는 경우 등 해제하는데 읍·면·동장이 위 촉하고 해촉한다고 해서 동장에게 예속된다고 볼 수는 없다. 다시 말해서 동장보다 직제상 아래가 아니라 같이 동을 움직이고 나가야 할 수레바퀴와 같다. 왜냐하면 동장은 관할 동의 행정 분야를 책임지고 이끌어나가야 사람이고 주민자치위원장은 주민들이 지역 문제를 논의하여 스스로 해결하도록 자치센터 운영에 필요한 사항을 심의하거나 결정하기 때문이다.

현재 대다수 지역에서 주민자치위원회의 구심점이 될 사무실도 없을 뿐 아니라 상근인력도 없고 주민자치위원 대부분이 생업에 종사하는 분들이 많기 때문에 아직까지는 많은 지역에서 동 직원의 협조를 받는다. 안건이 정해지면 동 행정복지센터에서 월례회의 서류를 만들거나 회의장 설치 시 동 행정복지센터 직원에게 많이 의존하는 있는 실정으로 주민자치는 주민이 주체가 되어서 주민의 힘으로 추진되어야 한다.

주민자치위원회에 요구되는 사항을 세 가지 제시한다면 첫째, 주민자치위원은 봉사정신이 가득 차 있고 이와 더불어 전문성과 인품과 시간적인 여유가 함께 있어야 한다. 주민자치위원은 어떻게 하면 주민이 행복해질 수 있는지 고민하고 동네의 미래를 스케치하여 개선방향을 제시하며 발전방향도 토론하고 대안을 제시하는 안목이 있어야 된다. 한 지역의 지도자는 자신의 지역이 어떤 모습을 띠어야 하고 어떻게 하면 그 상태에 도달할 수 있는지를 알고 있어야 한다. 자치위원에 입회하면서 본인 식당을 이용하게 하려는 의도로 금전적으로 이득을 취하려는 위원은 부적격자이다.

주민자치위원이 하는 일이 무엇인지도 잘 모를 뿐만 아니라 안건이 무슨 내용인지도 모르며 그날 나와서 토론하고 회의를 한다고 하나 위원장과 사무국장 등 몇 명이 안건을 내고 거수를 하여 2시간 이내로 마치고 저녁 식사를 하러 간다. 집에서 안사람이 물어보면 무슨 회의를 했는지, 어떤 내용인지 기억이 나겠는가.

두 번째, 주민자치위원은 남다른 열정을 가지고 있었으면 좋겠다. 일반적으로 운동이나 악기를 배우려고 하더라도 배움에 몰입해야 하며 남들이 보면 '저 사람 미쳤나 봐?' 할 정도의 열정이 있어야만 한다. 모든 지역은 중요한 자원을 가지고 있다. 특산물로 경쟁하던 시대의 최대 자원은 그곳에서 조달할 수 있는 자연자원이고 산업시대의 자원은 광물이나 특산품과 같은 지역의 자연 자본과 시설 인프라와 같은 물적 자원으로 경쟁했으나 이제는 상상력과 아이디어 그리고 그곳의 역사와 풍토를 활용하는 인적자원이며 지역자원의 주역은 물(物)이 아니라 인(人)으로서 가끔씩 시간 있을 때 참여하면 안 되고 주민자치에 목마름과 갈증이 있으면 좋겠다.

세 번째, 전국 주민자치 박람회에 관심을 두었으면 한다. 주민자치 박람회는 우수한 자료와 더불어 뭉치는 공감대가 형성되어야만 가능하다. 매년 열리는 박람회에 출전하기 위해서는 리더자가 비전을 제시하여 힘을 모으고, 함께 가기 위해서는 계획 단계부터 회원들 모두 공감하고 공유하는 과정이 선행되어야 한다. 구성원들이 자유로운 의견교환의 기회도 만들고 자유롭게 현재의 상황을 말하고 의견을 제시하는 기회를 만들려면 문제의식의 공유가 필요하다. 문제점에 대한 정보가 공유되면 이를 널리 확산시켜야 하며 자신이 제시한 의견을 포함한 아이디어를 함께 정리하고 발전시키는 과정에서 앞으로 자신들이 실현해야 할 목표를 인식하고 함께 한 방향으로 결집시켜야 한다. 분과별로 고유 업무에 대한 연간 계획도 세우고 분과별 내용이 모여 연간 계획이 되는데 연간 계획을 주민자치위원회 사무실에 크게 붙이자. 그래야 내가 속한 분과위의 목표와 타 분과에서 추진할 일들을 알기 때문에 마음의 준비도 되고 협조한다.

기왕에 주민자치를 할 거면 전략을 세워 자료도 모으고 어떻게 하면 높은 점수를 받을 수 있는지 알아야 하는데 그 답은 주민자치 박람회 현장에 있다. 우리는 이렇게 하는데 다른 지역은 어떤 내용으로 어떻게 포장해서 나왔는지 다양한 우수사례를 눈으로 직접 보면 아마도 생각이 달라질 것이다. 전국 주민자치위원 박람회는 지역 활성화, 평생학습 분야, 센터 활성화 분야 등이 있으니 우리 읍·면·동에서 어느 분야가 유리한지 냉철하게 생각해 계산을 해보고 계획이 정해지면 목표, 추진계획, 월별 세부 추진계획을 세워 주민참여를 위해 솔선수범하고 서로 결속하여 한마음으로 전술을 세워 전력 질주해야만 한다.

다음은 청주시 우수 주민자치위원회 추진사례를 알아본 것이다. 우수 주민자치위원회는 청주시 주민자치 담당자가 행정복지센터별 2개 동씩 추천한 자료임을 밝힌다.

1) 청주시 상당구: 용암1동 주민자치위원회

2019년 4월 용암1동으로 가는 길은 날씨가 참으로 포근했고 무

주민자치 잘 될 거야

심천의 만발한 벚꽃은 꽃잎이 흩날리고 있었으며, 옛날에 불던 호드기(버드나무로 만든 피리) 나무가 물이 올라 푸른 잎이 가득하였다. 미리 자치 위원장과 만나기로 하고 동 행정복지센터 2층 주민자치 회의실로 올라갔다. 용암1동은 2년 전 근무했던 곳으로 인구는 4만 5천 명 도농복합지역으로 상당구에서 가장 큰 동으로 그동안 직원이 많이 바뀌었다. 출입구를 봄꽃으로 예쁘게 단장해서 민원인을 맞을 준비를 했다. 용암1동 행정복지센터는 민방위 교육장으로 지어진 건물로 일부에 민방위 시설물이 남아 있었는데 2년 전 주민자치위원회에서 민방위교육장을 주민자치센터 프로그램 교실로 활용할 수 있도록 용도변경을 건의하여 리모델링을 거쳐 프로그램 교실과 주민자치 회의실로 사용 중이다.

용암1동 주민자치는 잘 운영되고 있다. 지난해 전국 자치 박람회에 출전하였는데 역부족으로 본선에는 진출하지 못하였다. 그러나 2019년에 야심 찬 재도전 계획을 품고 준비 중에 있으며 올해는 수상 가능성을 점쳐보는데 그 사례들을 보면 먼저 '사랑의 빵 만들기'이다.

주민자치센터 프로그램에 제과제빵 교실이 있어 프로그램 회원들이 다 같이 참여하여 정성껏 만든 빵을 매달 4개 경로당이나 지역 아동센터에 전달하고 있다. 또한 인근 초등학교 학생들에게 제과·제빵 교실이 인기를 끌고 있다. 요즘 아이 대다수는 방과 후에 컴퓨터 게임에 빠져 사는데 참여한 학생들이 대견스러워 보였다.

두 번째로 주민들을 대상으로 한 '문화교육 강좌'이다. 2018년 3월 '아름다운 마을 만들기'라는 주제로 연현숙 주민자치위원장의 재능기부로 이루어졌는데 교육 내용은 주민자치의 이해, 지역공동체 주민들의 바로알기, 아름다운 마을 가꾸기 등 가벼운 주제로 이해가 쉽도록 설명하였고 6월에는 주민자치위원회 미술 치유 전문가인 변지민 분과장이 '100세 시대 건강한 삶 행복한 인생을 위하여'라는 주제로 강의를 했다. 관내 주민을 대상으로 "사람은 육체적, 정신적 건강이 있는데 정신적 건강이 중요"하다며 "긍정적 마인드가 있어야 건강하게 살 수 있다."라고 하여 박수갈채를 받았다.

세 번째, '용천제'를 들 수 있다. 매년 정월 대보름 용암 포도의 주산지이며 용이 승천하였다는 역사적 유래가 있는 용박골에서 마을의 풍년과 건강을 기원하며 용천제를 진행한다. 당초에는 동네 어르신들이 거행하였으나 진행하시는 분들이 점차 연로하시어 수년 전부터 주민자치위원회에서 추진하고 있다.

네 번째, '로고젝터 설치를 통한 밤길 안전한 귀가 서비스'이다. 로고젝터란 어둡고 인적이 드문 밤길에 빛을 이용해 안전문구나 그림을 LED 등으로 길바닥에 투사해 이미지를 비추는 것으로 살기 좋은 용암1동 만들기 운동의 일환으로 한 주민자치위원의 기증을 통하여 설치되었다. 걷고 싶은 거리에 가로등이 있으나 나무에 가려져 있어 야간에는 어두워 밤길 걷기가 어려웠는데 "주민 모두가 행복한 살기 좋은 용암1동 만들어가요! 용암1동 주민자치위원회"로 로고젝터를 만들어 안전한 귀가를 돕고 있다.

다섯 번째, 청주시에서 유일하게 주민자치 사무실이 약 33㎡ 정도로 만들어졌다. 이 장소는 주민자치 회의실로 사용했으나 주민

주민자치 잘 될 거야

자치 수강생들이 편리하게 회의실로 와 불편사항이나 요구사항 등을 청취하고 공간을 함께 공유할 수 있는 장소가 되도록 심의를 거쳐 함께 사용하기로 했다. '토닥토닥 북 카페'란 이름으로 책도 보고 이웃 주민들이 담소도 나누는 장소로 사용하고 14개 프로그램 수강생들의 애로사항도 청취하는 마을의 작은 사랑방 역할도 할 수 있으리라 기대한다.

여섯 번째, 자치센터 내에 설치된 '라이브 갤러리'와 환난상률을 일컫는 '도깨비 뒤주'가 있다. 주민자치센터 입구로 들어서면 이곳을 방문하는 주민들을 반갑게 환영하는 문구와 작품들이 다양하게 전시되어 이용하는 주민들의 마음까지도 따뜻하게 해준다. 2006년 전국에서 처음으로 시행하여 각종 매스컴에서도 각광을 받았던 '도깨비 뒤주'가 새롭게 단장하고 북카페 앞에 놓여 있다. 이 안에는 주민자치위원들과 프로그램 수강생 등 주민들이 자발적으로 아나바다의 형식으로 후원된 쌀, 샴푸, 치약, 칫솔, 내의, 냄비 등 가정에서 필요한 다양한 생필품들로 가득 채워져 있다. 이곳을 이용할 수 있는 사람은 기초생활수급자를 비롯해 생활이 어려워진 사람이면 누구의 눈치나 기록을 남기지 않고 필요한 생필품을 편하게 이용할 수 있게 운영 중이다.

마지막으로 '아름다운 가꾸기 사업'을 전개하는데 청사 주변과 현대 3차 다수인이 통행하는 장소에 주민들과 함께 꽃을 심고 아름다운 마을을 조성하고 특히 200여 m의 아름다운 장미 터널을 잘 가꾸어 랜드마크화할 예정이다.

용암1동은 아파트가 밀집해 있는 동으로 매년 10월에 열리는 청주시에서 가장 오래된 22회 한마음 축제 시 경로잔치, 한라비발디, 건영, 덕일마이빌 등 아파트별 투호 던지기, 협동 공치기 등의 다양한 경기를 실시하여 단지별 단합을 하고 있다. 지역 자원과 연계하여 주민의 단합된 힘으로 다양한 사회환원사업 등을 추진하여 명실상부한 주민의 대표조직으로서의 명성과 주민자치의 진정한 지역의 핵심 메카로 자리매김할 수 있도록 지역 일에 전력투구하고 있다.

2) 청주시 상당구: 금천동 주민자치위원회

용암1동에서 금천동까지는 약 1㎞ 정도 가까운 거리에 위치해 있으며 행정복지센터 뒤에는 아파트가 한창 공사 중이다. 금천동은 개울에서 금이 나왔다 하여 '쇠뇌울', '금천'이라고 1914년부터 명칭을 사용했다. 대단위 아파트 입주로 새롭게 도약하는 활기찬 지역, 금천 장학회 푸른 봉사단 등 이웃과 함께 하는 살기 좋은 지역으로 초중고 4개 학교와 우미린, 부영 등 아파트가 밀집된 호미지구에 금빛 도서관 개관을 앞두고 있다.

금천동은 인구가 3만 2천 명에 주민자치가 활발하게 운영 중에 있는 지역이다. 2016년도에 제15회 주민자치 박람회 지역 활성화 분야에 봉제와 금천 장학회 운영이 공모에 당선되어 주민자치의 활약상을 전국에 알리는 계기가 되었다. 금천동 봉제 교실은 청주 시내 유일하게 봉제를 배울 수 있는 시설로 초급·중급으로 4개 반 2년 수료제 과정을 도입해 80여 명의 수강생들이 지속적인 작품

주민자치 잘 될 거야

제작 및 재능 기부활동을 하고 있다. 14개 주민자치 프로그램에 기획 홍보분과, 사회 복지분과, 문화분과, 장학분과를 두고 있으며 추진사례를 알아보면, 다음과 같다.

첫째, 희망 봉제학교 운영이다. 봉제를 배울 수 있는 시설이 갖추어진 유일한 곳으로 인근동 주민들에게도 관심이 높다. 참여 인원이 각 20명씩 봉제 초급 Ⅰ, Ⅱ와 중급 Ⅰ, Ⅱ로 수준별 4개 반을 개설, 총 80명이 수강하고 있다. 2015년부터 2년 수료제 과정으로 봉제교실 공간 및 시설을 확충(지역공동체 활성화 공모사업에 선정, 2백만 원 재봉기계 등 추가 구입)하고 경력단절 여성의 사회참여와 일자리 창출에 기여하고 있으며 연간 5회 관내 저소득층에게 수면 바지와 앞치마를 제작하여 기부하고 있다.

둘째, (재) 금천장학회 운영이다. 1991년 금천동 몇몇 주민들이 뜻을 모아 설립한 장학재단으로 1천 원부터 1백만 원까지 십시일반 모아 현재는 2억 원이 넘는 장학재단을 운영하여 가정 형편이 어려운 청소년에게 매년 장학금을 지급하고 있다. 2004년 10월부터 장학재단을 공익법인으로 설립하여 132명의 회원이 참여하고 있고 생활이 어려운 학생의 후원자 역할과 우수 인재양성과 지역 발전에 기여하고 있으며 지금까지 248명(중학생 77명, 고등학생 154명, 대학생 17명)에 9,945만 원을 후원하였다.

셋째, 주민 40명과 자원봉사 30명이 주말농장을 운영하여 판매수익금으로 장학금을 운영하고 있으며, 독거노인, 저소득층을 대상으로 자원봉사 40명이 참여해 주 1회 300~400명에게 수요 무료급식을 실시하여 더불어 잘 사는 마을을 조성하고 있다.

넷째, 2015년 5월 어버이 달에 지역 어르신 500여 명을 대상으로 제1회 경로 음악회와 어르신 카네이션 꽃 달아드리기, 급식배식 봉사를 추진하여 작은 웃음과 사랑을 전달해 경로의식을 고취시켰다. 6월에는 일대 지역주민 1,500명을 대상으로 쇠뇌골 영화마당을 만들고 야간에 영화를 상영해서 어릴 때 옛 정취와 지역주민의 행복한 삶을 위한 문화의 장을 마련하여 주민참여 홍보와 더불어 하는 주변 청소 등 소통하고 단합하는 마을 조성에 앞장서고 있다.

다섯째, 매년 10월에는 금천가족 문화 축제를 주민자치위원 주관으로 화창한 가을날 인근 초등학교 운동장에서 주민 2,000여 명이 참여하여 행복한 가정, 다정한 이웃을 주제로 금천가족 문화축제를 운영하여 동민 화합의 기회를 제공하고 있다. 인근 쇠뇌울 공원에서 열리는 프리마켓 행사 시 기타 교실에서 프로그램 수강자들이 재능공연으로 분위기를 연출해 주었고, 봉제 교실에서는 판매 수익금을 불우이웃 돕기에 사용하였다.

2019년에는 금천동 주민자치위원회에서 '쇠뇌골에서 함께 놀며 행복을 키워요'를 주제로 청주 행복교육지구 민간 공모사업에 참여하여 1,500만 원 사업비를 확보하였다.

참여 인원 25명(초중생 15명, 주민 10명)으로 4~11월까지 매주 토요일 텃밭 면적 200㎡에 봄에는 상추, 셀러리, 치커리 등 잎줄기 채소와 토마토, 가지, 오이, 고추 등 열매채소와 가을에는 무, 배추, 당근 등을 재배하여 친환경 채소를 키워보는 생태 교육, 생산물을 이용한 요리 만들기 체험, 수확물 이웃과 나누기를 실시하

주민자치 잘 될 거야

고 있으며, 회의는 매월 둘째 주 화요일 월례회의 시 80% 이상의 높은 참석률과 함께 동의 주요 결정사항을 주민자치위원회에서 충분한 토론과 의견교환을 통해 객관적이며 투명하게 결정하고 있다.

3) 청주시 서원구: 분평동 주민자치위원회

분평동 주민자치위원회 추진 사례를 알아보려고 분평동 행정복지센터를 찾았다. 분평동 입구에 다다르자 걷고 싶은 거리에 분홍색 꽃잔디가 활짝 만개하였다. 오후 2시가 되었는데 어르신들이 초등학교 입구에서 노란 조끼를 입고 10여 명이 교통정리를 하고 계신다. 아마 초등학교 학생들 수업이 끝나고 귀가 시간이 다가온 듯하다.

김상용 분평동 주민자치위원장은 2019년 분평동 주민자치 슬로건을 '다 함께! 한걸음 더 나아가자!'로 정하고 주민자치위원장을 중심으로 주민 스스로 생각하고 가꿔가는 순수 주민자치를 운영하고 많은 주민이 건전한 여가·문화를 향유할 수 있도록 균등한 기회를 제공할 것을 목표로 정하였다.

먼저 눈에 띄는 것은 첫째, 청년분과(30~40세) 신설로 위원회 조직에 활력을 불어넣고 있다. 둘째, 주민자치 프로그램 재편성을 들 수 있는데 먼저 지난해 프로그램별 만족도 조사 및 지역주민 여론조사를 실시하고 2018년도 운영 결과 분석 및 자료를 구축하고 분과 위원회 심의(1개월) 후 본 회의에서 최종 심의를 한다. 평소 다양한 여론 수렴으로 유사 프로그램을 통폐합하고 신규 강좌를 최대로 개설한다. 신규로 헤어, 발 관리, 봉제 등을 개설하였고 라틴 스포츠댄스 등 3강좌를 폐강하였으며 2020년에는 3년 이상 된 프로그램을 교체할 예정이다. 또한 강사를 먼저 모집·선정하고 수강생을 후에 모집함으로써 올해 어느 강사가 선정이 되었는지 알게 하여 수강생에게 먼저 알 권리를 확보해 주며 1인 1강좌를 신청하도록 안내한다.

수강생 모집 시 투명성 공평성을 부여하기 위하여 신규자를 우선하고, 수업 시 3회 이상 불참 시에는 다음 대기자에게 수강 자격을 자동 승계하고. 인원 초과 시는 컴퓨터 추첨을 실시한다. 프로그램 운영 기준으로 수강신청자가 정원의 50% 미만일 경우 개설하지 않고 수강인원이 1분기 이상 평균 50% 미만의 출석 시 폐강되며, 타인 명의, 미등록자 수강 시 1년간 전체 프로그램을 제한한다.

매년 새로운 프로그램 구성을 원칙으로 하되 모범적으로 운영될 경우는 심의 후 최대 3년까지 운영이 가능하고 단, 7개월 이상 월평균 출석률이 90% 정도 유지하는 프로그램에 한하여 매년 1년씩 연장할 수 있다. 프로그램 추진 일정을 소개하면 다음과 같다.

-2018. 12.(2일간): 각종 간담회
-2018. 12.(2일간): 프로그램 설문조사
-2018. 12.(4일간): 설문 분석
-2018. 12.(7일간): 분과위 심의 및 프로그램 선정
-2018. 12.(4일간): 강사 모집 준비

주민자치 잘 될 거야

-2019. 1.(7일간): 강사 모집 공고

-2019. 1.(3일간): 강사 선정

-2019. 1.(7일간): 수강생 모집

-2019. 1.: 수강생 선발

※ 2019. 1.(4일간): 수강생 추가모집

-2019. 1.: 강사 오리엔테이션

-2019. 2.: 개강식

또한 건전하고 원활한 프로그램 운영을 위하여 프로그램 연합회 운영 및 문화기금(반기별 수강료 1만 원)을 징수하여 관리한다. 프로그램 강사는 매년 공개 모집을 하여 위촉하는 것을 원칙으로 하고 연임 시 최대 2년까지만 가능하고 수강생이 분기별 1회 이상 지역사회에 재능기부 등 봉사를 실천하고 있으며 각종 행사 등을 이유로 금품, 선물을 받은 경우는 해촉 가능하다. 분평동은 이를 규정하는 '분평동 주민자치센터 프로그램 운영규정'과 '분평동 주민자치프로그램 수강료(문화기금)운영관리 기준'을 자체적으로 운영하고 있다.

주민자치 프로그램 릴레이 봉사 전개로 5월 중 매주 화, 목요일 15개 프로그램에 400여 명이 자율적으로 봉사활동을 전개하는데 어르신들에게 건강 발 관리, 미용봉사를 하며 프로그램과 매칭이 안 되는 프로그램 수강자는 관내 취약지 환경 정화활동 전개와 관내 배수로 낙엽 청소 등 환경 정화활동을 벌인다. 다음은 2018년에 열린 제13회 원마루 축제[2018. 10. 9.(화) 10:00]에 대한 소개이다.

원마루 시장 일원에서 열린 '이웃이 좋다! 분평동이 좋다!'를 모토로 정한 분평동 주민화합과 원마루 시장 활성화를 위한 축제 한마당으로 주민참여 프로그램 발표와 공연으로 이웃과 함께 즐기고 어린이부터 어르신까지 모든 연령이 다양한 프로그램으로 즐기고 농산물 직거래와 도·농간 상호 지원하여 공존이라는 주제를 정하였다.

제1차 축제 추진위원회를 7월 17일에 실시하여 책자는 문화교육분과, 교통통제는 자치운영분과, 음식 준비는 환경복지분과에서 담당하기로 결정했다. 제2차 준비회의는 8월 7일 개최하여 축제 프로그램 구성, 먹거리 장터 등 ppt 준비로 설명이 이루어졌고 3차, 4차 준비회의 개최로 축제 성공을 위한 염원을 공유하고 한마음으로 전 직능단체를 결속하였다. 축제 추진 후 차기 추진에 좀 더 발전하는 자료로 피드백하기 위해 237명에게 축제 만족도를 조사하였는데 식사 대접(식당 위치, 상차림 등) 91명 평가, 그림 그리기(그림 그리기 주제, 환경) 26명 평가, 부스 체험 관람자(배치, 판매 가격 등), 축제 일반 참가자(전체 먹거리, 축제 장소, 주차, 화장실, 프로그램 발표회, 질서 유지 등) 56명을 대상으로 만족도를 평가하고 축제 준비에서부터 전체 진행 과정을 175쪽에 달하는 「제13회 분평동 원마루 축제 결과 보고서」를 발간하였다.

분평동 주민자치위원회 자료를 벤치마킹한 결과 청년분과를 신설, 프로그램 만족도 조사를 실시하여 수요자가 원하는 프로그램을 운영하고 강사 교체가 어려운데도 불구하고 정기적으로 교체하여 앞서가는 선순환 시스템으로 가고 있다. 대부분 축제들의 경우 주민자치위원회에서 전년도 예산으로 막연하게 추정하고 추진함으로써 끝나고 나면 아쉬움이 남는다. 체계적이며 계획적으로 전 주민과 직능단체가 힘을 합쳐 고민하고 만족도 조사까지 실시한 경우는 향후 추진 시 우수사례가 되리라 생각되며 타동에서도 축제, 프로그램 운영사례에 대하여 분평동을 벤치마킹하라고 권하고 싶다.

4) 청주시 서원구: 현도면 주민자치위원회

청주시 서원구 현도면은 청주시의 남쪽에 위치하고 있으며 북서쪽으로 세종특별자치시 부강면, 금강을 건너면 대전 대덕구 신탄진동과 접하고 있다. 현도면은 어진(賢)의 도읍지(都)라는 의미를 지니고 있다. 1914년 행정구역 통폐합 때 현도산(현 구룡산)의 이름을 따서 지어졌으며 3,740여 명의 인구가 살기 좋은 고장으로 보성 오씨, 순흥 안씨, 진주 류씨의 3성이 집성촌을 이루고 있고, 노산 배터, 오토캠핑장, 구룡산 장승공원이 힐링 장소로 유명하다. 노산 배터인 금강에는 따뜻한 봄이므로 벌써 버드나무에 잎이 파랗게 변하고 있었고 3명 정도의 당태공이 낚시로 여유를 즐기고 있다. 오토캠핑장으로 가는 길 도로 아래로 금강데크 길과 자전거 도로가 시원하게 만들어져 있고 양지리 마을은 보기 드물게 태극기를 도로변에 게양하여 태극기 마을로 유명하며 남달리 애국심을 고취시키고 있다. 구룡산 장승공원은 2004년 엄청난 폭설 때 소나무가 부러지자 마을 사람들이 머리를 맞대고 이 소나무

활용방법을 찾다가 마을의 안녕을 기원하기 위해 600여 개의 장승과 돌탑으로 만들어져 유명해졌다.

현도면은 2018년 제17회 전국 주민자치 박람회에 출전하여 예선전을 통과한 주민자치위원회로 기획홍보, 문화예술, 지역봉사, 교육복지 4개 분과가 있으며 그 사업내역을 보면 기획홍보 분과에서는 주민자치 운영으로 주민자치 월례회 및 벤치마킹을 추진하였고, 문화예술 분과에서는 작은 음악회와 송년의 밤 행사를 추진하였으며 지역봉사 분과는 버스 승강장 청소 및 화목 보일러를 점검하였고, 교육복지 분과는 직거래 장터를 추진하였다. 대표적인 추진사례를 보면 다음과 같다.

첫째, 농산물 직거래 장터 운영이다. 수해 복구를 하게 된 인연으로 복대1동에 농산물 판매 직거래 장터를 개설하여 복숭아 농가 등 농산물을 판매하도록 하여 소득증대에 기여한 내용이다. 2017년 청주 지역 폭우가 내려 재난지역으로 선포되는 등 피해가 컸었는데 복대1동의 저지대가 침수 피해를 입자 현도면 주민자치위원회가 복대1동 침수 지역의 수해 복구를 실시하였다. 침수 지역의 폐품 처리 이익금을 수해 성금으로 기탁하여 복대1동 주민자치위원회에서 보답의 의미로 복대1동 행정복지센터(인구 5만 2천 명, 90% 이상 아파트 지역) 앞마당을 내주어 주차장을 농산물 판매장으로 8월 9일 현도면 복숭아 농가와 직거래 장터 개설 협의를 하였다.

협의 후 10여 일이 지난 8월 19~20일 복대1동 행정복지센터 주차장에서 현도면 복숭아 농가 등 30여 명이 참여하여 복숭아, 고

주민자치 잘 될 거야

구마, 고추, 된장 등을 팔아 2일 동안 2천8백만 원의 큰 매출을 올렸다. 직거래 장터 사업은 현도면 주민자치위원회가 복숭아 농가들의 판매 추진에 따른 어려움을 인지하고 농산물 판매를 모색하던 중 침수 지역의 복구활동이 인연이 되어 추진한 사례로 복대1동의 주민자치위원회의 지원 없이는 불가능한 사업이다. 면 단위에서 추진한 성공한 사례로 농가에서는 소득을 올리고 도시 주민들에게는 싱싱한 농산물을 저렴하게 구입하는 윈윈 전략(win-win strategy)의 모범 사례가 되었다.

둘째, '현도면 주민 신나게 놀아보자!'이다. 현도면은 청주시에서 인구가 제일 작은 곳으로 문화시설 등 볼거리가 적어 노래 교실, 기타 교실 등 주민자치 프로그램을 운영하고 있으나 수준 높은 공연기회가 적은 편으로 주민들을 하나로 뭉치게 할 수 있는 계기 마련이 절실하였다. 2017년 9월 19일 17:00에 현도면사무소 광장에서 주민자치위원회 주관으로 주민 500여 명이 참여한 가운데 청주시립예술단과 함께 하는 '현도면 작은 음악회'를 개최하였다. 1부 행사로 주민차지 프로그램 발표회(기타 교실 외 5개)에 이어 청주 시립무용단의 수준 높은 공연을 관람하고 3부에는 주민 장기자랑 등 신나는 화합의 시간을 가져 참가한 주민들이 오랜만에 행복한 시간을 보낼 수 있는 기회가 되었다. 3개월 후 12월 22일에도 현도면 송년의 밤을 현도 꽃동네 대학교 강당에서 찾아가는 시립 예술단의 수준 있는 공연과 함께 송년의 밤 행사를 가지며 "한 해 동안 고생하셨습니다." 하며 서로 격려하고 화합하는 시간을 가졌다.

셋째, 전통문화 행사의 추진이다. 2018년 무술년 새해 해맞이 행사를 1. 1일 새벽 5시에 장승공원에서 실시하였는데 풍년 농사와 주민들의 안전을 기원하였고, 2월 24일에는 현도 노산 배터에서 300명이 참여한 가운데 대보름 행사를 하였는데 달집태우기, 축문쓰기, 풍물놀이 등을 실시하여 한 해 동안의 무병장수를 기원하였다.

"현도면 지역은 다른 지역보다 쉬어하기 좋은 노산 배터, 오토캠핑장, 구룡산 장승마을, 구절초의 향기와 350년간 쉼 없이 넘쳐흐르는 오 박사 마을 등 콘텐츠를 가지고 있는데 지역의 미래를 내다보고 실행하기 위해서는 리더의 역할이 매우 중요하다."라고 현도면 이선주 부면장은 말한다.

지역이 발전한다는 것은 그 지역이 가지고 있는 역량을 충분히 활용, 기본적으로 그 지역사회가 보유하고 있는 자원을 적극 이용하여 지역의 자립능력을 높여가는 것이며 문화적으로 고유성을 키워 긍지와 자신감을 높여 나가는 상태를 말한다. 앞으로 지역 주민들이 머리를 맞대고 토론하여 계획을 주민들이 공유하고 지지를 얻어 많은 공모사업에 참여하여 예산을 받아 잠자고 있는 혼을 깨워 청주에서 가고 싶은 힐링 1번지로 되기를 희망해 본다.

5) 청주시 흥덕구: 봉명1동 주민자치위원회

따뜻하고 화사한 5월의 계절이 성큼 다가오면서 청원구청 청사 앞마당에는 어여쁜 영산홍이 울긋불긋 멋지게 만발하였고 라일락

주민자치 잘 될 거야

도 활짝 피었다. 봄기운의 정취를 가득 느낄 수 있는 요즘이다. 주민자치위원회 추진사례를 들으러 봉명1동으로 향하였다.

봉명1동 행정복지센터는 제가 근무했던 봉명2송정동 도로 하나를 경계로 연접된 동으로 청사가 노후되어 2006년에 청사를 새로 건립한 곳이다. 전형적인 주거지역으로 인구는 1만 2천 명으로 1985년 택지 개발사업이 완료되고 중부 IC와 인접한 곳에 위치한다. 봉명1동 행정복지센터는 청사가 14년이 되어가지만 비교적 넓은 주차장과 내부공간이 쓸모 있게 지어져 청사 구석구석 관심을 가지고 돌아본 적이 있었다. 2019년 4월 봉명1동 행정복지센터를 방문하였는데 아침에 비가 와서 2층 옥상 정원에 소나무를 옮겨 심고 있었다. 동장으로부터 올해 프로그램 중 2개 프로그램을 폐지하고 바리스타와 정리수납 2개 프로그램을 신설했는데 기존 회원들이 "왜 잘하고 있는데 폐지를 하느냐."라며 반발이 심하다고 하였다. 폐지된 서예 교실의 경우 기존 회원들이 매주 화요일, 자발적으로 봉명1동 행정복지센터 3층에서 서예를 하고 싶다고 해서 허락해 주었다 한다.

봉명1동 주민자치위원회에서는 4개 분과로 기획총무분과, 교육홍보분과, 문화예술분과, 지역사회 봉사분과로 26명의 회원이 있으며 임기는 2019년 12월 31일까지이다. 봉명1동 주민자치위원회 추진사례를 보면 다음과 같다.

첫째, 매년 초 기차여행을 실시하였다. 매년 봉명1동 주민자치위원회에서는 희망찬 새해를 맞이하기 위하여 '봉명1동 새해맞이 기차여행'을 실시하였다. 변정균 주민자치위원회 위원장은 2019 황

금돼지해를 맞아 주민 화합과 소통을 위해 1. 5일 관내 주민들과 인근 동 희망자 등 400여 명이 참여한 가운데 새해맞이 기차 여행을 실시하였다. 이날 추억의 기차여행은 청주역에서 출발하여 순천역까지 무궁화호 열차로 이동한 후 고흥 소록도와 녹동항을 자유롭게 관광하는 시간을 가졌으며, 주민들 간 새해 인사와 덕 담을 나누는 시간도 가졌다.

2018년에도 1월 28일 주민 330여 명이 참여하는 추억의 기차여 행으로 태백산 눈 축제장을 방문했으며, 2017년에는 1월 7~8일 청주역에서 정동진역까지 갔다 청주역으로 돌아오는 무박 2일로 주민 420여 명이 참여하는 기차여행으로 주민 호응도가 높았다.

둘째, 2019년에 프로그램 2개를 교체하였다. 현재 노래 교실 요 가교실 등 10개 프로그램을 운영 중에 있다. 실시되는 프로그램 중 관내 주민수가 가장 적은 벨리댄스와 서예 교실 프로그램을 폐 지하고 정리 수납, 바리스타 프로그램으로 교체하였다. 수년간 신 규자 없이 기존 수강자들이 프로그램 수강으로 수준은 높아졌지 만 신규자 장벽이 높다. 신규자가 배우기 위해 오면 기존 수강자들 의 높은 수준으로 발길을 돌려야 하는 실정이다.

일부에서는 프로그램이 마치 동호회 형식으로 운영되므로 프로 그램 교체 시 강사와 수강자들이 조직적으로 반발이 심하여 마음 적으로 각오를 해야 강행할 수 있다. 특별한 것은 초등학생 어린 이 프로그램으로 역사교실, 예절교실을 작은 도서관(옛 동사무소) 에서 운영 중에 있다. 프로그램을 1인 1프로그램 원칙으로 하되, 1년 단위 수료제로 연말에 프로그램별 수료식을 한다. 또한 5월부

주민자치 잘 될 거야

터는 프로그램별 매월 1만 원 정도를 받을 계획으로 예정되어 있어 매월 10만 원씩 징수하여 향후 주민자치 프로그램을 발전을 위하여 사용할 예정이다.

셋째, 프로그램 회원 봉사활동 실시이다. 프로그램별 수강자와 직능단체원(통장협의회, 바르게살기, 새마을지도자 등)간 공원지역(천수골 어린이공원, 목련꽃 어린이공원 등)을 담당 공원(프로그램 수강생+직능단체)을 지정하여 매월 봉사활동을 실시하고 있다. 따라서 봉명 1동 프로그램 회원은 직능단체 대청소 참여와 캠페인 행사 등의 봉사활동을 의무적으로 참여해야만 한다.

넷째, 직무교육과 단합대회를 실시하였다. 2019년 상·하반기에 주민자치위원을 대상으로 동 행정복지센터 대회의실에서 '주민자치위원의 역할'이라는 주제로 직무 교육을 실시할 예정이다. 단합대회를 실시하여 위원 간 친목 도모와 주민자치위원 소속감 및 자발적인 솔선 참여로 친밀감을 부여하기 위하여 주민자치위원 전원을 대상으로 가을에 단합대회를 할 예정이다.

6) 청주시 청원구: 율량사천동 주민자치위원회

율량사천동 행정복지센터는 2016년 첫 삽을 뜬지 11개월 만에 49억 원을 들여 2017년 9월 준공된 신청사다. 그러나 지하 주차장이 없어 인근 골목에 주차를 하므로 주변 골목도 항상 만원이다. 율량사천동은 '정을 나누는 우리, 행복이 넘쳐나는 동네 만들기'라는 슬로건을 가지고 '1주민 1정 나눔 사업'을 전개하여 소외

계층 사람들에게 행복을 전달하고 있다. 1주민 1정 나눔 사업은 1,000개 계좌로 들어오는 연간 4,800만 원 CMS 후원금으로 장학 사업, 지역 문화 복지사업 등을 활발하게 추진하고 있다. 2010년 부터 주민들이 자율적으로 주관하여 계획, 집행하는 복지사업으로 지역 주민들의 정성 어린 참여를 통해 2000원을 한 계좌로 하는 CMS 후원금 사업이다. 1주민 1정 나눔 사업은 2016년부터 주민 자율 추진 위원회인 1주민 1정 나눔 운영위원회에서 지역사회 복지 협의체로 이관되어 새로운 사업을 추진하고 있다.

율량사천동은 인구는 약 5만여 명으로 학교가 10개(초등 5개, 중등 2개, 고등 3개)이며 아파트가 밀집되고 최근 상가신축으로 상권이 옮겨와 활황기를 누리고 있으며 청주 북부 생활권 도시로 개발 잠재력이 풍부한 신흥지역이다.

율량사천동 주민자치위원회는 기획홍보, 복지교육, 문화체육 3개 분과로 25명으로 구성되어 있으며 최근 추진내역을 알아보면, 다음과 같다.

첫째, 2018년 11월 2일 14시부터 16시 30분까지 율량천 걷기 및 작은 음악회를 개최하였다 1, 2부 행사로 1부 율량천 걷기는 동 행정복지센터부터 율봉 근린공원까지 율량사천동 직능단체 회원과 주민자치 프로그램 회원 및 일반 주민 350여 명이 참여하였다. 율량사천동 주민자치위원회 문화·체육분과에서 추진하였으며 14시 50분에 청주 우체국 옆 정자에서 경품권을 배부하여 참여를 유도하였고 15시에 율봉 근린공원에 도착, 작은 음악회와 준비한 경품 추첨 실시를 하고 주변정리 후 폐회하였다. 결과 보고서를 작성하여 자체 평가를 실시하였는데, 잘된 점은 아파트 게시판에 홍보가 잘되어 주민들의 참여가 예상보다 늘어났고 준비기간이 짧음에도 불구하고 경품 준비부터 행사가 순조롭게 진행되었으며, 아쉬운 점은 걷기대회에서 사전에 물을 준비하지 못한 점과 행사 구간 안에 공사 구간이 있어 걷기 진행에 약간의 차질이 발생한 점이다.

둘째, 11월 23일 주민자치위원회 역량 강화를 위한 현안 분석 및 대처방안 제시 등의 능력 부족에 따라 개개인의 역량 강화를 선도할 수 있는 주민자치위원회를 만들기 위하여 위원 17명이 '충남 당진시 주민자치위원회 비교견학'을 하였다. 인구 2만의 당진2동은 2018년 전국 주민자치 박람회 장려상을 수상한 지역으로 지역 청소년을 위한 서예 교실과 스포츠댄스 등 다양한 주민자치 프로그램을 운영해 주민들로부터 호응을 얻고 있어 주민자치 우수 사례로 선정되어 율량사천동에서 벤치마킹을 실시하게 된 것이다.

셋째, '사랑의 효 나눔 잔치', 6월 17일 오전 11시 청주시 마로니에 공원에서 지역 내 독거 어르신 400여 명을 초청해 사랑의 효 나눔잔치를 벌였다. 율량사천동 주민자치위원회에서는 자율방범대원, 서청주JC회원, 대학생과 자원봉사자 등 100여 명이 이른 아침부터 자장면, 떡, 다과 등의 식사를 준비하였고 대한가수협회 충북지회에서는 어르신들을 위해 한국무용, 파워댄스 지역가수 등 효 공연을 펼쳤으며 미용봉사단에서는 이·미용봉사, 소망 요양병원에서는 무료 건강 체크 등을 후원했다. 또한 주민자치 프로그램인 민요교실 회원 10여 명이 6월 27일 제일노인주간보호센터에서 효도공연을 펼쳐 큰 호응을 얻었는데 어르신을 상대로 품바

공연, 가야금 연주 등 다양한 민요공연을 펼쳐 큰 박수를 받았다.

넷째, 정월 대보름 직능단체 대항 윷놀이를 실시하였는데 자체적으로 안건을 상정하여 계획하고 실행하고 마지막 마무리 정리까지 행정복지센터 직원의 힘을 빌리지 않고 자체적으로 하고 있으며 매월 마지막 주 토요일을 위원들이 모여 관내 대청소를 하고 있다고 율량사천동 장우원 동장은 말한다.

다섯 번째 북카페 시설 개선계획이다. 행정복지센터 신축으로 문화 공간을 확보하였으나 시설 미비로 미운영하고 있는 도서를 확충해 북카페로 운영할 예정이다. 2019년 본 예산에 예산을 반영해 기존의 도서실에서 도서실+주민쉼터로 전환 도서실과 쉼터 기능을 갖추도록 내부공간을 개설하는 것으로 율량사천동 11개 직능단체가 참여 주민자율도서기증운동을 전개하고 복지분과 위원회에서 주민자치위원 1명씩 근무할 예정이다. 앞으로 주민자치위원회가 주민자치회로 바뀌면 동 행정복지센터의 손을 빌리지 않고 회의 서류도 만들고 회계서류 지출도 하는 등 주민자치회 사무실 공간이 필요한데 이 공간을 활용하였으면 좋겠다.

청주시 주민자치위원회의 주요 사업을 정리해 보면, 용암1동- 주민자치 사무실(북카페) 개관, 금천동- 봉제 교실 4개 반 운영, 금천 장학회 운영, 분평동- 원마루 축제 보고서 발간(설문 등), 2년마다 강사 교체, 현도면- 복대1동과 농산물 직거래 장터, 전통문화 행사 추진, 봉명1동-주민과 함께 기차여행 실시, 과감한 프로그램 교체, 율량사천동- 율량천 걷기 및 작은 음악회, 사랑의 효 나눔잔치 등이 눈에 띈다. 다양한 계층의 주민 참여를 유도하고 지역주민의 소득증대 및 봉사활동까지 이어지는 사업을 펼치고 있다.

주민자치 잘 될 거야

2. 주민자치회

　주민자치회는 특별법에 의해 읍·면·동 주민자치기구로 위촉을 지방자치단체장이 하고 주민의 대표성과 전문성을 확보하고 읍·면·동과의 대등한 관계에서 파트너십 구축으로 주민자치위원회보다 한발 더 앞서가는 자치라고 할 수 있다. 안전행정부(2014) 주민자치회 관계자 교육자료에 의하면 1999년 읍·면·동 일부 업무를 축소하는 대신 행정복지센터를 신설하고 주민자치위원회를 구성하여 주민의 참여를 바탕으로 주민자치의식과 지역 공동체의식을 향상시킬 수 있도록 하였다.

　하지만 주민자치위원회는 주민자치 기능을 강화하는 측면보다 읍·면·동장이 주민자치위원회 위원들을 임명함에 따라 위원들이 주민대표성 부족, 위원들이 역량부족에 따른 제한적인 기능 수행, 주민자치활동을 지원하는 지원부서 시민단체와의 연계망 구축 미흡 생계와 병행하여 풀뿌리 민주주의를 활성화하는 데 한계가 있었다.

　읍·면·동 주민자치회 시범실시 추진 과정을 보면 주민자치 강화 요구와 현행 주민자치위원회 한계성을 극복하기 위하여 「지방행정체제 개편에 관한 특별법」을 제정('10.10.1.)하여 읍·면·동 주민자치회 설치 및 시범실시 근거를 마련하게 되었다.

> **○ 지방분권 및 지방행정체제 개편에 관한 특별법**
>
> 제27조(설치) 읍·면·동에 해당 행정구역 주민으로 구성되는 주민자치회를 둘 수 있음
> 제28조(기능) 주민화합 및 발전, 지자체의 위임 또는 위탁사무 등 수행
> 제29조(구성등) 지자체장이 위원위촉, 주민자치회 설치·운영 법률제정
> 부칙 제4조(시범실시) 행안부장관은 주민자치회를 시범설치·운영할 수 있음

2012년 6월에는 주민자치회의 지위와 기능을 협력형 등 세 가지 모델을 도출하고 2012년 12월에는 협력형 모델을 시범실시하기로 의결하였다.

협력형은 조직형태는 주민자치회와 읍·면·동사무소 병존하고 주민자치회와 읍·면·동의 관계는 협의·심의 주민자치회사무는 읍·면·동 행정사무 협의·심의, 주민화합발전, 위임·위탁사무처리다.

주민자치 잘 될 거야

■ 협의 업무

- 읍·면·동 지역개발: 읍·면·동 단위 지역발전계획, 지역자원 활용 마을 만들기 등
- 주민 간 이해조정: 지역 내 행정구역 변경계획, 혐오시설주변 주민간 의견수렴, 초등학교 통·폐합 등
- 시군구 추진사항 의견 제출: 지역 내 투자유치계획, 교통신호 개선 등

■ 위탁업무

- 주민자치 센터, 작은 도서관등 공공시설 운영
- 공원, 마을 휴양지, 공중화장실 등 공공 시설물 관리
- 저소득 노인 도시락 배달사업
- 문화의 집, 여성회관 운영 및 관리
- 자원봉사 활동 지원

■ 주민자치업무

- 마을축제, 체육대회 등 읍·면·동 각종행사, 마을신문, 소식지 발간
- 생활 협동조합 운영, 동호회·스포츠 활동
- 자율방범 및 안전귀가 활동, 등하교 안전관리 등

■ 주민자치회 시범실시 목적은,

첫째, 시범실시를 통해 주민자치회 제도의 타당성과 실현가능성을 판단해 보고 특별법에 규정된 기능의 수행 가능여부를 미리 확인해 보려고 한다.

둘째, 전면실시에 앞서 주민자치회 제도를 사전 검토하고 시행착오를 최소화하려는 것이다. 시범실시 결과를 통해 미비점을 보완하고 최종 주민자치회안을 확정하려고

셋째, 국민, 시민단체 지방의원 공무원 등 이해당사자의 주민자치회에 대한 인식을 제고하고 제도의 수용성을 확보하려고 하였다.

2013년 주민자치회 시범실시 지역을 공모(4~5월)한 결과 166개 응모하여 협력형 모델추진 계획서의 타당성 및 충실성 지자체장, 의회 등의 적극적 협력의지 지역내 타 시민단체와의 관계 등을 고려하여 31개(읍4, 면7, 동20)시범지역을 선정(6,4)하였다.

□ 주민자치회 시범지역(2013.6.4)

		대상지역			대상지역
1	서울	성동구 마장동	17	강원	고성군 간성읍
2		은평구 역촌동	18		인제군 인제읍
3	부산	연제구 연산1동	19	충북	진천군 진천읍
4		동래구 안락2동	20	충남	천안시 원성1동
5	대구	수성구 고산2동	21		논산시 벌곡면
6	인천	연수구 연수2동	22		아산시 탕정면
7	광주	광산구 운남동	23		예산군 대흥면
8		북구 임동	24	전북	완주군 고산면
9		남구 봉선1동	25		군산시 옥산면
10	대전	동구 가양2동	26	전남	순천시 중앙동
11	울산	북구 농소3동	27		목포시 신흥동
12	경기	수원시 행궁동	28	경북	안동시 강남동
13		수원시 송죽동	29	경남	창원시 용지동
14		오산시 세마동	30		거창군 북상면
15		부천시 송내1동	31	세종	부강면
16		김포시 양촌읍			

안심마을 시범지역 10개소도 선정하였는데 안심마을이란 주민들이 스스로 안전에 위협이 있는 요소를 찾아내 개선하는 주민주도형 안전개선사업으로 '13년 9월부터 '14년 8월까지 10개 지역을 시범실시한 후 '15년부터는 전국으로 확산할 예정이었으나 정부의 재정지원이나 관심이 중단되어 더 이상 앞으로 진도가 나가지 못하고 있다.

주민자치 잘 될 거야

주민자치회의 구성에서 주민자치회 위원은 추천 또는 공개모집일 현재 만 18세 이상으로서 당해 읍·면·동에 주민등록이 되어 있는 주민이나, 당해 읍·면·동에 사업장 주소를 가지고 있는 사람이면 누구나 될 수 있다(단, 피선거권이 없는 자, 시군구의회의원, 주민자치회위원 선정위원회의원, 둘 이상의 주민자치회 위원으로 선정된 자, 정치적 중립위반·권한남용 금지위반·선거운동을 할 수 없는 자, 관련규정위반사유로 주민자치위원에서 해촉된 자를 제외).

주민자치회 위원의 정수는 지역 여건에 따라 30명 이상 50명 이내의 범위에서 자율적으로 정할 수 있다. 위원 선정방법은 주민자치회 위촉은 시군구 장이 위촉하며, 지위는 무보수 명예직 봉사자로 임기는 2년이나 연임이 가능하다. 위원의 해촉은 본인의 주소나 사업장 주소를 다른 읍·면·동으로 옮기거나 피선거권을 상실하거나, 정치적 중립이나 권한남용금지의무 위반, 선거운동을 한 경우 위원직에서 해촉할 수 있다.

주민자치회는 회의 운영은 정기회의와 임시회의로 나누어 운영하되, 정기회의는 월 1회, 임시회의는 자치회장이 필요하다고 인정하거나 읍·면·동장의 요청이나 위원 1/3 이상의 요구가 있을 때 개최한다. 회의는 재적위원 과반수 출석으로 개의하고 출석위원 과반수의 찬성으로 의결한다.

주민자치회의 재원은 회비, 자체수익사업, 위탁사업수익, 사용료 등 자체 재원과, 사업보조금, 운영보조금등 의존재원, 주민 또는 기업의 기부금 등 기타 재원으로 한다. 시장·군수·행정복지센터장은 주민자치회가 읍·면·동 주민을 위한 공공사업을 추진하거나 위탁사무 등을 수행하는 경우 행정적·재정적 지원을 할 수 있다.

　다음은 대도시인 서울시 은평구(2018. 9. 27. 시행)와 전원도시인 충북 진천군(2017. 4. 20. 시행) 주민자치회 설치 및 운영조례 주요 내용을 한눈에 볼 수 있도록 표를 만들어 비교하였다. 주민자치회 설치 및 운영조례 제정·개정 시 참고하기 바란다.

□ 주민자치회의 정의

지역	정의
서울	- 주민을 대표하여 주민자치와 민관협력에 관한 사항을 수행하는 조직 - "주민총회"란 주민자치회 활동을 논의하고 결정하기 위하여 해당 동 주민이면 누구나 참여할 수 있는 회의 - "자치계획"이란 동 주민자치 및 민관협력에 관한 사항을 정하기 위하여 수립하는 종합 계획
진천	- 주민의 대표로 구성되어 주민자치센터 운영 등 주민의 자치활동 강화에 관한 사항을 수행하는 조직

□ 주민자치회 기능

지역	기능
서울	- 주민들의 일상생활과 밀접한 지역문제를 해결하기 위하여 자치계획 등을 세우고 이를 자체적으로 이행하는 업무 - 주민자치회의 자율적인 조직과 운영을 위한 업무 - 관급공사와 참여예산사업에 대한 의견제시 및 모니터링 - 그 밖에 주민의 자치소양 강화를 위한 교육 운영 등 위 각호에 준하는 것으로 자치 활성화와 민관협력 강화를 위해 필요한 업무
진천	- 마을 축제, 마을신문·소식지 발간, 기타 각종 교육 활동, 행사 등 순수 근린자치 영역에서 주민자치회 유지를 위해 수행하는 주민자치업무

주민자치 잘 될 거야

□ 주민자치회 구성

지역	정원
서울	- 주민자치회 위원의 정원 50명 이내
진천	- 주민자치회는 20~30명의 위원으로 함

□ 주민자치회 위원의 자격

지역	자격
서울	- 해당 동에 주민등록이 되어 있는 사람 - 해당 동에 주소를 두고 있는 사업장에 종사하는 사람 - 해당 동에 소재한 각급 학교, 기관, 단체에 속한 사람 - 위원은 주민자치회가 주민의 자치소양 강화를 위하여 운영하는 교육을 6시간 이상 이수한 사람. 다만, 그 밖의 사유로 교육을 이수하지 못한 사람은 모집 공고일 기준 3개월 이내 교육 이수 시 자격이 있는 것으로 인정
진천	- 해당 읍·면에 주민등록이 되어 있는 사람 - 해당 읍·면에 주소를 두고 있는 사업장에 종사하는 사람 - 해당 읍·면에 소재한 각급 학교, 기관, 단체의 장

지역	선정 방법
서울	① 행정복지센터장은 선정관리위원회가 공개추첨의 방법으로 선정한 사람을 위원으로 위촉한다. ② 선정관리위원회는 다음 각호에 따라 위원이 될 사람을 공개추첨하고, 호별 5명 이하의 예비자를 순위를 정하여 공개추첨한다. 　1. 정원의 100분의 60은 공개모집에 신청한 사람 　2. 정원의 100분의 40은 해당 동 소재 주요 기관 및 단체, 그 밖에 동장이 필요하다고 인정한 주민조직 등에서 추천한 사람 ③ 주민자치회를 구성할 때 40대 이하가 100분의 15 이상이 되도록 하고 특정 성별이 위촉직 위원 수의 10분의 6을 초과하지 않도록 하여야 한다. ④ 선정관리위원회는 제2항에 따라 추첨한 날부터 10일 이내에 추첨된 사람의 명단을 행정복지센터장에게 제출하여야 한다. ⑤ 행정복지센터장은 제4항의 명단 접수 후 20일 이내에 위원을 위촉하여야 한다. ⑥ 행정복지센터장은 위원의 결원이 발생한 경우 예비자가 있으면 그 순서대로, 예비자가 없으면 제2항에 준하여 공개추첨의 방법으로 위원을 위촉하여야 한다. 다만, 전임자의 남은 임기가 6개월 미만일 때는 위촉하지 않는다. ⑦ 동장은 위촉된 위원의 주요 인적사항을 그 위촉된 날로부터 1개월 이내에 공고 등의 방법으로 공개하여야 한다. ⑧ 해당 동에서 선출된 서울특별시 은평구의회 의원은 그 직에 있는 동안 해당 동의 당연직 고문이 되고, 비례대표로 선출된 서울특별시 은평구의회 의원은 그 직에 있는 동안 거주지 동의 당연직 고문이 된다. 다만, 고문은 주민자치회 회의에 출석하여 발언할 수 있으나 표결권은 갖지 않는다. ⑨ 그 밖에 위원 위촉 및 주민자치회 구성 등에 필요한 세부적인 사항은 행정복지센터장이 정한다.

주민자치 잘 될 거야

□ 주민자치회 위원 선정방법(진천)

지역	선정 방법
진천	① 주민자치회의 위원은 다음 각호의 방법으로 위원선정위원회에서 선출한다. 　　1. 지역대표위원: 해당 읍·면 이장단협의회에서 추천한 후보자 중 5명 이내 　　2. 주민대표위원: 공개모집 후 위원선정위원회에서 선정한 15명 이내 　　3. 직능대표위원: 당해 읍·면 소재 각급 학교·기관·단체 및 기타 읍·면장이 필요하다고 인정하는 주민공동조직 등에서 추천한 사람 중 위원선정위원회에서 선정한 10명 이내 ② 위원선정위원회는 제1항에 따라 위원 후보자 명부를 작성하며, 제1항 각호에 해당하는 대표위원 후보자 중 5명 이하에 대한 순위를 정하여 예비후보로 정한다. ③ 제2항의 위원 후보자 명부는 위원선정위원회 구성 후 30일 이내에 군수에게 제출하여야 한다. ④ 군수는 위원 후보자 명부 중에서 제6조에 따른 20~30명의 위원을 위촉 ⑤ 주민자치회 위원의 사임 등으로 인하여 결원이 발생한 경우에는 군수가 다음 각호의 방법에 따라 위촉한다. 다만, 전임위원의 남은 임기가 6개월 미만인 경우에는 위촉하지 않는다. 　　1. 지역대표위원은 제1항 제1호에 따라 선정한다. 　　2. 주민대표위원 및 직능대표위원은 제2항에 따라 선정된 예비후보 중 선 순위자부터 순서대로 위촉한다. ⑥ 군수는 주민자치회 구성 후 주민자치회 위원에 대한 주요 인적사항을 1개월 이내에 공고 등의 방법에 의하여 주민에게 공개하여야 하며, 위원을 새로이 위촉한 경우에도 주요 인적사항을 같은 방법에 따라 즉시 주민에게 공개하여야 한다. ⑦ 주민자치회 위원 구성 및 선출방법 등에 관하여 필요한 세부적인 사항은 위원선정위원회에서 결정한다.

□ 주민자치회 위원 선정관리위원회 구성

지역	구성
서울	① 위원의 선정 절차 수행 및 관리 업무를 위하여 해당 동에 위원선정관리위원회를 둘 수 있다. ② 선정관리위원회는 다음 각호에 따라 5명 이내로 구성하며, 동장이 위촉 　1. 동장 추천자 2명 이내 　2. 관내 직능·교육·문화·예술 그 밖의 지역단체 추천자 3명 이내 ③ 선정관리위원회를 구성할 때 특정 성별이 위촉직 위원 수의 10분의 6을 초과하지 않도록 하여야 한다. ④ 선정관리위원회에 위원장 1명과 부위원장 1명을 두며, 선정관리위원회 위원 중에서 각각 호선 ⑤ 선정관리위원회는 위원 위촉이 완료될 때까지 존속
진천	① 주민자치회 위원의 공정한 선출을 위하여 진천군에 위원선정위원회를 둔다. 다만, 인구 등 지역 여건에 따라 1개 읍·면 또는 2~3개 읍·면을 묶어 구성할 수 있다. ② 선정위원회는 다음 각호와 같이 9명 이내의 위원으로 구성 군수가 위촉 　1. 읍·면장 추천위원 2명 　2. 이장단 협의회 추천위원 2명 　3. 해당 지역 대표 연합단체 추천위원 2명 　4. 기타 읍·면장이 필요하다고 인정하는 해당 지역 주민공동조직 추천위원 3명 ③ 선정위원회는 제2항에 따라 추천된 위원 중에서 위원장과 부위원장을 각각 호선한다. ④ 선정위원회는 다음 각호의 업무를 수행한다. 　1. 위원의 선정방법과 제9조 제1항 각호에 따른 대표위원별 정수 결정 　2. 주민자치회 위원 선정기준 설정 및 선정·관리 등에 관한 사항 　3. 그 밖에 주민자치회 위원 선정에 관한 사항 ⑤ 선정위원회는 성·연령·소득수준 등을 균형 있게 고려하여 주민자치회 위원을 선정하되, 특히 여성위원이 전체 위원의 40% 이상이 되도록 노력하여야 한다. ⑥ 선정위원회의 임기는 2년으로 하며 연임할 수 있다. 다만, 보궐위원의 임기는 전임위원의 남은 기간으로 한다. ⑦ 필요한 경우에는 예산의 범위 내에서 실비 및 수당을 지급할 수 있다.

주민자치 잘 될 거야

□ 주민자치회 위원의 의무

지역	의무
서울	- 폭넓은 의견수렴과 민주적인 의사결정을 통한 주민자치회 운영 - 월 1회 이상 주민자치회 회의 및 활동 참석 - 1개 이상 분과위원회 참여 및 활동 - 주민자치회 운영과 관련된 각종 교육, 연수 등에 적극 참여 - 「공직선거법」 제60조 제1항 제7호에 따라 선거운동을 할 수 없다.
진천	- 주민자치회의 위원은 주민자치회 운영에 대해 주민들의 의견을 수렴하기 위하여 노력 - 주민자치회 운영과 관련한 각종 교육, 연수 등에 적극 참여

□ 주민자치회의 장

지역	주민자치회의 장
서울	- 주민자치회는 회장 1명과 부회장 1명을 두며 위원 중에서 호선하되, 2명 이상 경쟁 시 무기명투표에 따라 재적위원 3분의 2 이상 출석에 다수 득표자를 선출 - 자치부회장은 자치회장이 부득이한 사유로 직무를 수행할 수 없는 경우에 그 직무를 대행하며 자치회장 궐위 시 남은 임기 동안 자치회장직을 수행
진천	- 주민자치회는 주민자치회장 1명과 부회장 2명을 선출 - 자치회장은 주민자치회 위원 중에서 호선 - 부회장 1명은 위원 중에서 호선하고, 1명은 자치회장이 지명 - 자치회장이 부득이한 사유로 직무를 수행할 수 없는 경우에는 부회장이 그 직무를 수행

□ 주민자치회 간사

지역	주민자치회 간사
서울	- 자치회장은 위원 중에서 1명을 간사로 선임 - 자치회장은 필요한 경우 자원봉사자를 두어 간사를 보조하게 할 수 있다. - 자치회장은 간사와 자원봉사자에게 업무량과 근무시간을 고려하여 예산의 범위 안에서 실비 및 수당을 지급할 수 있다
진천	- 자치회장은 주민자치회 위원 또는 주민을 간사로 선임 - 자치회장은 필요한 경우 자원봉사자를 두어 간사를 보조하게 할 수 있다 - 자치회장은 간사와 자원봉사자에게 업무량과 근무시간을 감안하여 예산의 범위 안에서 실비 및 수당을 지급할 수 있다

□ 주민자치회 회의 운영

지역	주민자치회 회의 운영
서울	- 정기회의와 임시 회의로 하며, 정기회의는 월 1회 개최하고, 임시회의는 동장 또는 위원 3분의 1 이상이 요구하거나 자치회장이 필요하다고 인정하는 때 개최 - 자치회장은 회의 개최일 7일 전까지 위원들과 동장에게 회의 개최를 통지, 다만 긴급한 사유가 있는 경우에는 그러하지 아니하다. - 주민자치회의 회의는 재적위원 과반수 출석으로 개의하고 출석위원 과반수 찬성으로 의결한다. - 분과위원회의 회의는 월 1회 이상 개최한다.
진천	- 정기회의와 임시회의를 운영하며, 정기회의는 월 1회 개최하고 임시회의는 자치회장이 필요 하다고 인정하는 경우와 읍·면장의 요청이 있거나 위원의 3분의 1 이상의 요구가 있을 때 개최할 수 있다 - 회의개최 통지는 자치회장 명의로 하며, 회의는 재적위원 과반수 출석으로 개의하고 출석위원 과반수의 찬성으로 의결한다 - 주민자치회는 수행업무 중에서 주요사항에 대하여 문서회람, 공고 등을 통해 주민의 일부 또는 전체의 의견을 듣거나 의견 제출을 요청할 수 있다

주민자치 잘 될 거야

□ **주민총회**(서울시만 해당)

지역	주민자치회 회의 운영

서울	- 주민총회는 연 1회 개최하고, 정족수 등 주민총회 운영에 필요한 사항은 동별 운영세칙으로 정한다.
	- 주민총회는 다음 각호의 사항을 결정한다.
	  1. 주민자치회 활동 평가
	  2. 자치계획의 결정
	  3. 동에 배정된 주민참여예산 사업의 선정
	  4. 그 밖의 지역현안, 주민자치, 민관협력 등에 관한 사항의 보고와 결정
	- 주민자치회는 주민참여와 숙의를 촉진하기 위하여 주민총회 개최일로부터, 1개월 전부터 총회 안건의 홍보, 주민설명회, 의견수렴 등을 진행
	- 주민자치회는 폭넓은 의견수렴을 통해 주민합의를 형성하기 위하여 주민총회 안건에 관한 사전투표 가능
	- 행정복지센터장 및 동장은 주민총회에 출석하여 발언할 수 있으며, 주민자치회는 관계 공무원에게 주민총회에 출석할 것을 요구 가능

2013년 5월 28일에는 「지방분권 및 지방행정체제에 관한 특별법」이 공포되고 읍·면·동 주민자치회 시범실시 및 확대가 박근혜 정부의 국정과제로 확정했다. 주민자치회는 읍·면·동 행정복지센터와의 협의·심의를 통해 자치사무와 위탁사무 등을 수행하면서 다양한 지역문제에 대한 주민참여를 확대하여 왔으며, 특히, 복지수혜자 발굴·조사 지원, 주민 주도의 일자리 창출 등 행정의 손길이 미치지 않는 사각지대에서 지역복지 증진에 많은 성과를 거두었다.

2017년 워크숍에서는 주민자치회 시범실시 우수사례 유공자 시상과 주민자치회 활성화 특강이 진행되고, 부산 동래구 안락2동, 경기 오산시 세마동, 충남 아산시 탕정면 등의 주민자치회 우수사례 발표와 토론을 실시하였다.

세종특별자치시는 '시민주권 특별시'라는 비전 아래, 부강면 단 1곳에만 설치되어 있는 주민자치회를 앞으로 전 읍·면·동으로 확대·도입할 계획이다. 윤종인 행정안전부 차관은 이번 방문을 통해, 세종시 주민들과 함께 주민자치회 활성화 계획을 공유하고, 주민자치회가 지역사회에 제대로 정착하기 위해 필요한 것이 무엇인지를 현장 주민들과 일선 공무원들의 목소리로 직접 들을 계획이다.

　주민자치회는 13년 행정안전부 시범실시 사업의 일환으로 시작되어 31개 읍·면·동에서 첫발을 내디뎠고, 이후 자치단체가 자율적으로 운영하는 지역이 늘어나면서 현재 95개 읍·면·동으로 확대되었다.

　주민자치회는 읍·면·동 행정복지센터와 협의·심의를 통해 위탁사무를 수행하면서 다양한 지역문제에 대한 주민참여를 확대하고 있다. 마을계획 수립, 주민총회 개최 등 주민이 주도하여 지역의 미래를 계획하고 공동체 의식을 회복하기 위해 적극적으로 노력하고 있다.

　세종시 부강면은 금요일마다 면내 독거노인들에게 빵을 구워 무료로 나누어 주거나, 청소년 공부방과 작은 도서관을 운영하는 등 '살기 좋은 마을'을 만들기 위한 다양한 활동을 활발하게 펼쳐나가고 있다. 비록 거창한 사업은 아닐지라도 외로운 이웃이 추운 겨울을 따뜻하게 날 수 있도록 돕고, 2% 부족한 문화 기반시설을 채우기 위해 앞장서고 있다. 이처럼 주민자치회는 주민들이 중심이 되어 마을의 문제를 직접 해결하고, 그 과정에서 옅어져 가는 지역의 사회적 자본을 두텁게 만드는 주민참여의 통로이다.

주민자치 잘 될 거야

지난해 발표한 지방자치법 전면 개정안에 주민자치회 설치·운영, 정치적 중립 의무, 국가와 자치단체의 행·재정적 지원 근거를 새롭게 담는 등 지속적인 법·제도 개선을 추진하고 있다. 올해에는 주민자치회와 연계한 생활 SOC 사업, 보건·복지 등 주민자치형 공공서비스 제공 시범사업 등도 적극적으로 추진해 나갈 계획이다.

행정안전부 차관은 "현장에서 직접 대면하고 이야기하는 것만큼 관련 정책의 문제점과 개선방향을 파악하는 데 좋은 방법이 없다는 것이 평소 지론"이라며, "주민자치회가 본연의 기능을 발휘하기 위해서는 주민들의 적극적인 참여가 필요하다."라는 점을 강조하고, "직장인들이 주민자치회 활동을 하는 경우 '공가'를 사용할 수 있도록 민간 사업장에 협조를 구하고 홍보를 강화하는 등 주민참여를 확대할 수 있는 체감형 정책을 발굴하는 데도 최선을 다하겠다."라고 밝혔다.

주민자치회가 시범 실시하고 있는 지역 중에서 모범적으로 주민의 힘으로 고민하고 실천하고 있는 앞서가는 주민자치회에 대하여 알아보자. 주민자치는 지역 내 문제를 주민이 스스로 참여하는 시민 중심의 주민자치회로 불편함을 개선하고 읍·면·동에서 투명한 회계처리를 통한 예산절감 사례, 사업선정을 관 주도에서 주민자치회에서 협의, 공원관리 위탁을 주민자치회와 계약하여 공원 환경을 정화한 사례, 시민 자전거 대여사업을 주민자치회에서 위탁받아 수행한 사례, 복지업무를 주민자치회에서 안부 확인, 반찬 배달 등으로 지역복지를 향상시킨 사례, 평생교육센터 수탁사례 등 여러 사례를 보고 우리 동에서 할 일이 무엇이 있는지를 고민해보자, 아마도 답이 있지 않을까?

행정안전부 주민자치회 시범지역 추진사례를 열거하면 다음과 같다.

2015년 주민자치회 시범실시 지역별 우수사례

■ 서울 성동구 마장동

○ (투명한 회계처리 및 예산 절감)

- 주민자치회에서 직접 물품구입, 물품관리대장 작성, 물품관리표 부착, 관리 책임자 지정 등 투명하고 효율적으로 물품 관리(품목, 규격, 모델, 취득일자, 수량, 구입 금액, 보관 장소 등)
- 코디네이터 활동지원비, 강사료를 제외한 대부분의 사업비 집행 시 지방자치단체세출예산집행기준 준수, 체크카드 사용
- 노후 테이블 및 의자 교체 대신 주민자치위원들이 직접 쿠션과 방석 제작, 기존 테이블과 의자를 리폼하여 예산 절감 보조금 구입 물품관리표 부착 주민자치위원들이 쿠션과 방석 등을 만들어 '마주보고' 가게 테이블과 의자 리폼

○ (마을기업형 사업 '마주보고' 가게 및 북카페 운영) 사업비 조성, 시설조성, 물품 구입, 운영까지 주민자치회 주도로 추진. 수익금으로 장학사업 및 저소득층 복지사업으로 나눔 실천, 카페 중심 문화 사업 추진, 취약계층 일자리 제공으로 사회 안전망 구축('13. 8.~).

■ 대구 수성구 고산2동

○ (분과위원회 구성·운영) 기존 주민자치위원회에서는 사업 추진 구심체가 없어 사업추진 부진 → 주민자치회에서 분과 구성 및 운영, 사업추진 활성화

※ 운영분과, 범죄예방분과, 교통안전분과, 재난안전분과, 농작업안전분과

○ (시범사업에 주민 참여 확대) 주민자치회에서 시범사업 추진에 다수 지역주민의 참여를 위해 주민자치사업 공모 및 주민설명회 개최

- 자연부락 2개 마을에서 마을총회를 거쳐 주민자치사업 신청('14.5.)
- 주민자치회 사업 심사 결정
- 사업추진 시 토지사용 승낙이 요구되는 사업은 토지 사용 승낙과 사업에 따른 피해여부 주민의견 수렴 후 재심사
- 그 외 자치사업은 해당 마을회와 주민자치회가 공동추진

주민자치 잘 될 거야

○ (사업 선정 방식 등 변경) 기존에는 관(官) 주도로 공모사업의 지역 내 신청 유치 및 대상 선정 등 → 주민자치회와 협의 추진, 기존 관 주도 추진방식에서 탈피 및 자치역량 강화

○ (협력단체와 합동으로 사업 추진) 기존 주민자치위원회에서는 사업 및 행사추진 시 단독 추진, 주민 전체 파급효과가 미약 → 주민 자치회와 협력단체와의 연석회의를 통해 합동사업 결정 및 추진, 지역 내 네트워크 강화와 주민자치활동에 다수 주민참여로 주민 자치 역량 향상 및 사업의 파급효과 증대('14.5.~)

■ 충남 아산시 탕정면

○ (리, 통, 반 조정방식 변경) 기존에는 면에서 조정, 지역의 역사성 등을 잘 몰라 원활한 조정에 애로 → 지역 사정에 밝은 주민자치회에서 원활하게 조정('13.12./24리 91반 → 26리 99반)

○ (주민숙원사업 결정방식 변경) 기존에는 면장이 이장연합회와 논의하여 우선순위 결정, 조정에 애로 → 주민자치회에서 주민 여론 등을 감안해 공정하게 결정, 조정용이 및 결과에 대한 불만 저하('13.10.)

○ (주민상훈 추천방식 변경) 기존에는 면에서 각종 표창 대상 주민 선정, 표창 대상자 선정에 애로 및 선정에 잡음 발생 → 주민자치회에서 토론을 통해 대상자 선정, 상훈 추천 관련 잡음 감소('13.10.~)

○ (공원 환경정화 위탁방식 변경) 기존, 시(공원녹지과)에서 업체와 계약 체결·수행 → 주민자치회와 계약 체결, 주민자치회 위원들이 직접 공원 환경정화 업무 수행, 종전보다 환경개선 효과 제고('14.1.~)

○ (독거노인 돌보미 운영) 위원들이 독거노인의 안부 확인을 위해 주 1회 직접 우유 배달, 면 행정력 절감 및 노인복지에 기여('13.10.~)

○ (목요장터 운영) 면 내 삼성디스플레이의 입주로 원주민과 이주 민간 소통의 어려움이 발생될 수 있었으나 주민자치회에서 주도하여 지역 내 생산되는 농특산물을 활용한 목요장터를 운영하여 화합의 장을 마련('14.1.~

■ 경기 수원시 행궁동

○ (시민 자전거 대여사업 실시) 세계문화유산인 수원화성 관람용 자전거 대여 사업을 주민자치회에서 수원시로 부터 위탁받아 수행('14.3.1.~), 근무인력을 행궁동 주민들로 채용(9명), 고용창출 및 관광객 유치로 지역경제 활성화에도 기여

○ (행사 추진 방식 변경) 기존에는 동 주도로 경로잔치 및 사랑나눔 행사 등을 추진 → 주민자치회에서 계획수립, 진행 등 자체적으로 실시

○ (안전한 마을 깨끗한 마을 조성) 기존에는 동에서 방범기동순찰대 야간 순찰 및 1~2대의 방범용 CCTV 설치 → 주민자치회에서 관내 매항동 지역에 방범용 CCTV 32대, 밤거리 안심 등 75세대 설치·운영('14.1.~)

■ 전남 순천시 중앙동

○ (주민불편 해결 방식 변경) 기존에는 관내 주민들의 다양한 불편 사항을 동장 등 행정복지센터에서 우선순위 결정 및 조정 → 동 주민 센터와 주민자치회 및 사회단체가 함께 주민들의 불편사항을 듣고, 논의하는 등 협업을 통하여 공 (주민상훈 추천방식 변경) 동에서 상훈 대상 주민을 선정 → 주민자치회를 비롯한 다양한 사회단체가 함께 상훈 대상자 선정에 참여함으로써 소통 및 협업을 통한 실질적 민주주의 실현

○ (복지업무 추진 방식 변경 등) 독거노인, 한 부모 가정 등 취약 계층에 대하여 동 행정복지센터 복지사가 지원 → 주민자치회 및 동네부엌 사업단을 통해 취약 계층의 안부 확인, 반찬 배달사업 등을 추진함으로써 행정력 절감 및 지역 복지 향상

○ (동네부엌/도시락카페 수익금 지역사회에 환원) 지역복지형으로 운영 중인 동네부엌/도시락카페 수익금의 일부를 지역주민을 위한 복지사업에 환원하여 지역 공동체 활성화에 기여

  * 2015. 5. 12. (화) 12:00~13:30/천태만상 창조센터/100여 명 참석

■ 경남 창원시 용지동

○ (분과 구성 및 운영 활성화)기존에는 주민자치분과. 문화체육분과. 평생학습분과. 사회진흥분과로 편성, 분과별 활동이 다소 미흡 → 주민자치회 분과위원회를 주민자치분과. 지역안전분과. 주민 복지분과. 평생교육분과로 편성, 분과위원장을 중심으로 분과별 운영계획 수립 및 책임 추진, 지역문제에 대한 주민자치회 위원들의 관심 제고 및 주민자치회 활성화

○ (용지평생교육센터 수탁 운영) 주민자치회가 '14년~'15년 용지평생 교육센터 운영 단체로 선정되어 동 행정복지센터와 위.수탁 계약 체결, 주민의 평생학습 및 복리 증진

○ (주민자치회 자원봉사자 모집·운영) 각종 사업 또는 행사추진 시 인력이 부족한 경우, 기존에는 타 자생단체와 협력하여 추진 → 재능나눔단, 생활안전지킴이단 운영 등에 무보수 명예직 자원봉사 자를 모집, 운영하여 주민의 자치역량 제고 및 자치문화 확산

○ (주민자치위원 재능기부 청소년특강 개최) 종전에는 청소년 자원 봉사활동을 동 행정복지센터에서만 운영하였으나 주민자치회 위원의 재능기부에 의한 청소년 특강 〈식물테라피〉, 〈에니어그램으로 알아보는 나의 직업〉, 〈동북아 해양분쟁과 국가 전략〉 특강을 통해 청소년들에게 다양한 자원봉사활동 체험의 기회를 제공하고 성장기 청소년들의 정서순화와 올바른 가치관 정립에 기여함.

〈행정안전부 2015.12.10.〉

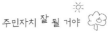
주민자치 잘 될 거야

읍·면·동 주민자치회는 20년이 지난 현시점에 새로운 지방자치의 틀을 모색하는 것으로 주민자치회는 단순한 사업 위주가 아닌 실질적인 주민자치를 정착시키는 계기가 되어야 한다. 주민들의 적극적 참여와 주민자치회를 중심으로 굳건한 네트워크가 구축되어 지역공동체가 활성화되어야 하겠다.

3. 외국의 주민자치 우수사례

1) 일본 미타카시(市)의 커뮤니티센터

일본은 벤치마킹으로 오사카, 고베, 나라 등을 2016년에 다녀왔고, 자녀가 요코하마에 살아 자주 가는 편이다. 일본 하면 검소하고 환경이 깨끗하고 주차장이 있어야 차량을 구입하고 차량에 연락처가 없다. 불법 주정차가 없기 때문이다.

지방포스트 "해외주민자치운영사례"에 따르면 일본의 주민자치회는 지역의 문제를 스스로 해결하는 생활자치를 실천하고 있다. 모든 세대가 자치회에 가입하고 회비도 내면서 활발하게 참여하고 있다. 자치회는 지자체로부터 위탁받는 사업도 하는데, 청소·모금·도로정비 등이 대표적이다. 지역마다 특화된 산업을 육성하기도 한다.

일본의 주민자치회는 지역사회단체와도 밀접한 관계를 맺고 있다. 비영리단체들이 전문적인 문제에 관심을 갖는 반면, 자치회는 지역의 문제를 다룬다. 주민협의회에는 소방단, 여성방화협회, 교통안전협회, 학부모 모임, 시니어클럽, 청소년육성지도원, 방재협의회, 스포츠구락부, 사회교육협의회, 민생아동위원회 등이 참여한다. 2012년 일본대지진 이후에는 방재훈련에도 동참하고 있다.

도쿄도 미타카시는 커뮤니티센터를 운영하고 있는데 인간성 회복과 지역사회 재생을 모토로 하고 있다. 지구마다 주민 공모를 통하여 커뮤니티연구회를 결성하고 주민협의회도 설치하였다. 지

주민자치 잘 될 거야

역주민으로부터 주민협의회 위원이 선출되고, 위원에 의해 협의회 회칙이 만들어졌다. 주민협의회는 지방자치법 제244조의 2에 의한 '공공단체'로까지 인정받았다.

미타카시의 주민협의회는 주민과 행정, 주민과 시민 간의 중간 고리 역할을 한다. 7개의 커뮤니티센터에는 각각 주민협의회 사무국이 있고, 상근 직원도 있다.[1]

안신숙의 일본통신 "마을 일에 침묵하던 주민들이 입을 열게 된 까닭"에 의하면 미타카시에는 세계적으로 유명한 '지브리 박물관'이 있는데, 미야자키 하야오 감독이 관장으로 있는 지브리 박물관의 정식 명칭이 '미타카 시립 애니메이션 미술관'이라는 것을 아는 사람은 많지 않다. 지브리 박물관은 미타카 시민의 재산인 것이다. 지브리 박물관이 어떻게 미타카 시민의 것이 되었을까?

미타카시는 시내의 도립 이노카시라 공원에 문화시설을 만들고자 소유자인 도쿄도와 1992년부터 논의하고 있었다. 마침 1997년부터 지브리 박물관 건립을 계획해 온 지브리는 미타카시에 공동으로 미술관을 건립할 것을 요청했다. 그러나 도립공원 내에 민간 시설을 건립할 수는 없었다.

미타카 시민들은 어떻게 하면 미술관을 유치할 수 있을지 생각했다. 지브리가 건축물을 미타카시에 기부하면 시의 공공시설로 미술관을 건립할 수 있는 것이었다. 지브리와 미타카시 그리고 니혼TV는 공동으로 '공익재단법인 도쿠마 기념 애니메이션 문화재

---

1) the 지방포스트 "(특집 일본) 해외 주민자치 운영사례". http://localgov.co.kr/bbs/board. php?bo_table=sbb_2&wr_id=189

단'을 설립해 운영하기로 했다. 시의회는 '미술관 특별위원회'를 설치해 미술관 건립에 관한 안건들을 공개적으로 검토한 뒤 '미타카 시립 애니메이션 미술관 조례'를 제정했다. 시민들은 '미타카 시립 애니메이션 미술관 마을 만들기 추진 협의회'를 조직해 교통대책과 지역활성화 대책을 협의했다. 이렇게 해서 인구 19만의 미타카 시는 세계적인 관광지인 지브리 박물관을 시민의 재산으로 소유할 수 있게 되었다.

미타카시의 시민참여와 파트너십에 의한 시정은 약 50여 년 전부터 시작되었다. 미타카 시는 1950년부터 시정이 시작되어 1955년 사회당 출신의 스즈키 헤이사브로가 3대 시장에 당선됐다. 5기에 걸친 20여 년간의 재임 동안 그는 혁신 시정을 펼치면서 현재의 미타카 시정의 기초를 다졌다.

그중 하나가 시를 7개의 지구로 나누고, 지구별로 커뮤니티센터를 건립하여 주민협의회가 이를 운영하게 하는 '커뮤니티 시정'이다. 커뮤니티센터를 중심으로 주민자치의 마을 만들기를 실시하고 이를 통해 행동하는 시민들을 육성한다는 구상이었다.

1971년 커뮤니티센터 조례가 제정돼, 1973년에 오사와에 제1호 커뮤니티센터가 개관됐다. 1972년에는 '미타카시 기본구상'에 시민들의 의견을 반영하기 위해 '마을 만들기 시민의 모임'이 구성됐다. 여기에서 나온 의견을 바탕으로 1975년 '미타카시 기본 구상'이 책정되었고 시의회에서 가결돼 미타카 시정의 기초가 됐다.

노동조합 출신의 사카모토 마사오 시장 또한 4기에 걸쳐 16년간 스즈키 시장의 커뮤니티 시정을 이어갔다. 이에 따라서 1984년

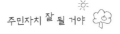

주민자치 잘 될 거야

렌자크 커뮤니티센터를 마지막으로 7개 지구의 커뮤니티센터가 완성되어 주민협의회가 운영하게 되었다. '건설비와 운영비는 시가 부담하지만 운영에는 일체 관여하지 않는다.'라는 방침이었다. 다양한 시민 및 단체가 자발적으로 운영에 참여하게 되었고 이를 통해 각종 시민회의가 개최되기 시작했다.[2]

2) 일본 구마모토현(懸) 고쇼우라 어촌 체험

어민신문 기획기사 "일본의 어촌체험 현장을 가다"에 따르면 일본의 어촌 구마모토현 아마쿠사시 고쇼우라 정은 규슈, 본토와 아마쿠사 군도에 둘러싸인 시라누이 해의 거의 중앙에 위치하고 있는 섬으로 면적은 27㎢이고 고쇼우라섬, 마키섬, 요코우라섬의 3개의 유인도와 15개의 무인도로 구성돼 있는 낙도 마을이다. 교통은 혼고우(大道) 어항을 비롯 주요 어항에 정기선 선착장이 5개소가 있어 아마쿠사시의 주요 지역인 혼도시 및 쿠라타케와 일일 왕복 8회로 운항되고 있으며 동시에 규슈 본토와도 야츠시로시, 미나마타시와도 연결돼 있다. 인근 대도시인 구마모토와는 육로·해로를 합해 약 2시간 반 정도의 거리에 위치하고 있다.

인구는 2000년 4,097명에서 2005년 3,615명(366세대)으로 줄어드는 등 해마다 감소세를 보이고 있으며 특히 고령인구비가 30.7%

---

2)   The Hope Institute(희망 제작소) 〔안신숙의 일본통신#43〕 "마을 일에 침묵하던 주민들이 입을 열게 된 까닭". https://www.makehope.org/안신숙의-일본통신-43-마을-일에-침묵하던-주민들이/

로 현 평균 21.3%를 크게 웃도는 등 고령화가 심각하게 진행되고 있다. 취락 마을은 7개로 각 섬 간 연도교를 건설 중에 있다. 고쇼우라정은 어류양식을 중심으로 한 수산업이 기간산업이다.

이 어촌마을이 체험교류형 관광마을로 거듭나게 된 것은 10여 년 전 마을의 공사현장에서 1억 년 전의 공룡의 발자국이나 치아, 뼈, 암모나이트의 화석 등이 발견되면서부터다.

이때부터 마을에서는 '공룡의 섬'을 캐치프레이즈로 하고 공룡체험과 함께 어촌관광을 접목시켜 새로운 체험 교류형의 관광 진흥을 통한 지역활성화를 꾀하게 된다. 운영형식은 기본적으로 지역주민이 주축이 된 주민자치형 방식이다.

2001년 지역주민을 중심으로 '아일랜드 투어리즘 추진협의회'를 발족해 출향민 출신 사무국장(三宅啓雅)을 두고 있다. 협의회에서는 체험 아이템 조사 연구 및 개발, 예약 접수창구 역할을 담당한다.

어업인 및 지역주민은 자발적 참여를 원칙으로 해 사무국에서 알선한 체험객에게 서비스를 제공하고 알선료를 사무국에 지급하는 형태로 운영되고 있다. 지방자치단체에서는 후방지원을 원칙으로 해 무인도에서의 바비큐와 지인망사업을 위한 시설정비와 환경정비 사업을 지원하고 있으며 홍보 팸플릿 제작을 위한 예산 일부를 보조하고 있다.

고쇼우라정의 어촌 체험은 '공룡의 섬에서의 체험어업'이라는 모토로 크게 바다 체험, 무인도 체험, 화석 체험, 산 체험, 섬 어업인 삶 체험으로 구성된다. 바다 체험은 고쇼우라에 전통 어업인 돈도코(소형 선망) 어업을 현지 어업인의 안내로 즐기는 선상 어업체험

주민자치 잘 될 거야

과 선상낚시 체험, 백사장에서 단체로 즐기는 지인망체험, 지역 양식업자가 진행하는 양식어류 먹이주기 체험, 수산물 가공 체험, 지역 부녀회가 진행하는 어류요리 체험이 있다. 요리 체험의 주요 재료는 지역 특산물인 문어다. 이외 해산물 바비큐도 있다.

무인도 체험은 인근 무인도에서 즐기는 체험으로 수학여행객들에게 인기가 높은데 현재 3~5명의 어업인이 그룹을 만들어 3개 그룹이 운영 중에 있다. 주요 프로그램은 해산물 바비큐 파티, 해변 동식물 관찰, 고기잡기 등의 프로그램이 운영되고 있다.

화석 체험은 마을에 있는 백악 자료관에 2명의 전문해설가가 상주하며 관광객들을 안내하고 있다. 주요 프로그램은 오카산 화산 채굴장에서 직접 화석을 캐 보는 화석발굴체험과 배를 타고 이동해 1억 년 전의 백악기 지층을 견학한다. 백악자료관에는 아일랜드 투어리즘 추진협의회 사무실도 함께 있어 화석체험을 온 관광객들을 어촌체험으로 유도하고 있다.

산 체험은 인솔자(3~4명 참여)가 안내하는 등산과 겨울철에는 마을 특산품인 귤 따기 체험 등이 있다

섬 어업인의 삶 체험으로 마을 주민 집에서 직접 숙박과 식사를 하며 삶을 공유하는 체험도 운영하고 있는데 지역에 신선한 수산물을 먹으러 오는 식도락가들이 즐겨 찾고 있다. 마을의 숙박시설 현황은 호텔 1곳, 여관 등이 9곳이 운영되고 있으며 민박도 28가구나 참가하고 있다.

이 지역의 어촌도 고령화와 공동화로 큰 어려움을 겪고 있다. 그리고 이를 극복하기 위해서 여러 가지 노력을 기울이는 것이 우

리나라와 별반 다르지 않다.

고쇼우라 마을의 특징은 접근성이 열악한 섬이라는 환경 속에서도 공룡화석지라는 새로운 관광 매력물이 발견되자 이를 지역 활성화의 자원으로 적극 활용하려는 주민들의 의지가 강하다는 것이다. 또 이를 지역 주요 기간산업인 수산업과 연계시켜 어업인들의 소득 증대를 꾀하고 있는 것이었다.[3]

3) 일본 나가노현(縣) 아치 마을(村)

한겨레의 "존폐위기 일본 산간마을 지켜낸 건 주민자치의 힘"에 따르면 일본 나가노현은 동계올림픽이 열렸던 곳으로 유명하다. 그런데 평생교육으로도 잘 알려진 지역이다. 일본에는 공민관이라는 평생교육시설이 있는데, 지방자치체가 세우는 공립공민관과 시민들이 자주적으로 만들어 관리하는 자치공민관이 있다. 나가노현은 이 자치공민관이 많은 곳으로도 유명하다.

나가노현 중에서도 평생교육으로 유명한 아치 마을(阿智村)이라는 곳이 있다. 아치 마을은 인구 6,703명, 2,367세대로, 굉장히 작은 지방자치체이다. 아치 마을은 2000년 초반까지는 일본의 여느 작은 지방자치단체들처럼 인구 감소와 급격한 고령화로 존폐 위기에 처해 있었다. 하지만 최근 몇 년 새 주민 자치력을 키워 마을이 탈바꿈했다. 이 마을 지자체와 주민들은 중앙정부의 시·정·촌(시·군·읍) 합병의 거센 압력에도 흔들리지 않고 마을을 지켜냈다.

---

3) 어민신문 기획기사 "일본의 어촌체험 현장을 가다". http://www.eomin.co.kr/etnews/?fn=
    v&no=12627&cid=21050100

주민자치 잘 될 거야

아치 마을 주민들은 평생 교육시설인 공민관을 직접 만들고 관리하며 자치력을 키워왔다. 지자체는 협동활동 추진과를 두고 주민들의 학습활동을 도왔다. 주민 5명 이상이 모여 마을을 위해 무언가를 하고 싶어 하면 예산을 지원해주기도 한다. 예컨대 마을 어머니들이 모여 마을 농산물을 이용해 도시락을 만들어 파는 식당을 차린다고 하자. 우선 위원회를 만들어 주민 합의를 이끌어내는 학습회 등을 열고, 뜻이 모아지면 행정기관에 예산 편성을 요청한다. 지자체는 시스템에 따라 절차를 거쳐 예산을 배정한다. 이 과정에서 주민들은 자연스럽게 '지역의 일을 자신들의 과제'로 생각하고 풀어가는 역량을 키우게 된다. 이는 주민자치의 탄탄한 기반이 됐다.

아치 마을 지자체의 자립적 정책 활동의 배경에는 '작지만 빛나는 지자체 포럼'의 든든한 지원이 있었다. 이 포럼에는 전국지사회, 전국도도부현의회의장회, 전국시장회 등 지방 6개 단체의 전국 조직이 함께 참여한다. 정보교류와 정책연구를 목적으로 2003년부터 연 2회 포럼을 열고 있다. 이케가미 이사는 이 포럼이 발족할 때부터 힘을 보탰다.[4]

웹진 "나가노현 〈아치 마을〉 주민의 자치력으로 디자인하고 만드는 마을"에 따르면 아치 마을 이곳이 사회교육으로 주목을 받게 된 이유는 십수 년 동안 아치 마을을 이끌었던 오카니와 카즈오(岡庭一雄) 전 촌장의 독특한 철학 때문이다. 오카니와 전 촌장은

---

4)   한겨레 〔경제일반〕"존폐위기 일본 산간마을 지켜낸 건 주민자치의 힘". http://www.hani.co.kr/arti/economy/economy_general/714373.html

평생교육사 출신으로 주민들의 자치력을 평생교육을 통해 양성하고 주민들의 학습을 독려하는 시책을 펼쳤다.

아치 마을의 협동활동 추진과 정주지원을 비롯해 자치회 지원, 마을 만들기 위원회 활동을 지원하는 일 등을 하고 있다. 이곳에 속해 있는 직원 중 2명은 마을 교육위원회의 공민관 관련 일도 겸하고 있다.

아치 마을에도 일본의 대표적인 평생교육시설인 공민관이 있는데 중앙 공민관 1관과 지구(地區)에 설치되어 있는 지구관 6관이 있다. 이 지구관에는 주민들로부터 선출된 전문 부원들이 운영을 하고 있는데, 전문부는 학습문화부, 체육부, 홍보부가 있다. 그리고 그 밑에 각 부락별로 부락공민관이 있어 삼층 구조를 이루고 있다.

아치 마을에서는 매년 2월에 평생교육연구집회를 개최하는데 마을과 관련된 7개 과제를 중심으로 주민들과 연구자, 실천자들이 모여 과제를 공유하고 합의를 만들기 위한 논의를 한다.

아치 마을의 활동 중 유명한 것 하나로 마을 만들기 위원회라는 것이 있다. 주민들 5명 이상이 마을을 위해 자신들이 무엇인가를 하고 싶다고 했을 때 그 활동을 마을이 지원해 주는 제도이다. 60여 개의 주민그룹들이 등록되어 활동하고 있다고 한다.

대표적인 예로 공민관의 도서실이 있다. 공민관의 도서실이 생기게 된 것은 마을 만들기 위원회의 활동의 결과라고 한다. 예전에는 어두운 방에 책들이 꽂혀 있었는데 마을에 도서관이 필요하다고 생각한 주민들이 모여 도서실 연구회를 만들고 마을 만들기 위원회에 등록, 위원회의 돈을 사용해서 시찰을 간다거나 함께 학습을 하면서 도서실을 만들었다고 한다. 그 멤버들 중의 두 명은 도서관 사서 자격을 취득해서 사서로서 일을 하고 있다.

이러한 활동들의 가장 큰 특징은 주민들이 마을에 어떠한 것이 있었으면 좋겠다는 생각으로 활동을 시작하게 되는데, 그러한 활동에 대한 다른 주민들의 합의를 이끌어 내기 위해 함께 생각하는 장을 마련한다는 것이다. 심포지엄을 연다든지 공민관에서 학습회를 연다든지, 다른 주민들도 그것이 마을에 필요하다고 하는 합의를 이끌어내는 것을 평생교육을 통해서 하고 있다.[5]

4) 대만 혜안리

수원일보의 "대만 마을만들기 우수사례 '수원화' 시도한다"에 의하면 대만 타이베이의 마을 만들기 사업은 1999년부터 본격적으로 추진됐는데, 지역의 환경개선 부문부터 시작해, 시 정부와 함께 NGO, 재단, 단체, 기관이 힘을 합쳐 함께 진행하게 됐다. 특히 대만에는 마을 만들기 계획사와 마을 만들기 청년계획사 제도가 있어서 시정부에서 청년들에게 마을 만들기 운영과 계획에 관련된 훈련을 실시해 자격증을 발급해 주고, 각 마을로 파견해 마을 만들기가 활성화되도록 하는 역할을 수행하고 있었다.

10년 넘게 마을 만들기가 운영됨에 따라 활동내역도 지역의 환

---

5) 웹진 와 [현장] "나가노현 〈아치 마을〉 주민의 자치력으로 디자인하고 만드는 마을". http://www.wasuwon.net/63479

경 개선, 거리 특화사업, 야시장을 통한 지역경제 활성화 등 다양한 부분에서 마을 만들기가 운영되고 있으며, 최근 진행되고 있는 사업은 생태관련사업, 벽화사업, 버려진 공간을 활용한 작은 공원 조성 등이 있으며, 낡은 건물을 매입해 마을 만들기 센터로 이용하는 사례도 있었다.

타이페이 시 정부는 도시 갱신처에서 마을 만들기 업무를 전담하며 타이베이시 도심에 많은 노후건물을 마을 만들기를 통해 도시재생을 추구하고 있었으며, 최근 2년간은 도시재생 차원의 마을 만들기보다 제한된 공간을 개방해 시민들과 함께 향유하는 생태공원으로 조성하는 사업에 치중하고 있다. 타이페이시 마을 만들기의 최종목표는 그동안 정부가 주도했던 도시갱신, 도시재개발 사업을 주민역량을 강화하고 정부와 협력해 마을주민과 함께하는 도시재생으로 마을 만들기를 운영하는 것이다.

혜안리는 타이페이시의 12개 구(區) 중 하나인 신의 구에 속하며 6,790명의 주민이 거주하는 곳으로 우리의 동(洞)보다는 한참 작은 규모의 행정 단위로 주민들이 직접선거로 선출된 이장에 의해 주민자치로 운영되고 있는 곳이다.

혜안리에 있는 두 곳의 공원은 도심의 버려진 공간을 활용해 주민의 휴식공간과 생태공원을 조성된 것인데, 사업의 계획단계에서부터 주민들이 참여해 진행 과정상의 여러 문제점을 해결하고 개선방안을 찾아가기 시작했다고 한다.

대만의 마을 만들기는 마을활동센터의 이장과 마을의 열정적인 활동가들이 주축이 되어 선도하고 있다. 이장은 우리의 행정복지

 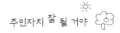

센터보다 조금 작은 행정단위의 주민들이 직접선거에 의해 선출한 선출직으로, 임기 동안 행정복지센터로부터 활동비를 지원받아 마을센터를 운영한다.

이장이 열의를 갖고 마을 만들기에 참여함에 따라 책임감을 갖고 마을 만들기 사업을 선도하고 있으며, 유지관리 및 향후 지속적인 개선사업 등이 가능하다.

대만의 마을 만들기는 작은 부분부터 세세하게 계획을 수립해 추진하고 있는데, 전문가 집단의 조력을 상시로 받을 수 있는 체제가 완비돼 있다.

대만의 마을 만들기는 '사구총체영조(社區總體營造)'라고 칭하는데, 여기서 사구는 커뮤니티를 지칭하는 것으로 '있는 지역 안에, 그 지역에 대한 정체성이나 공동의식을 가지고 있는 주민들이 구성한 공동체'라는 의미가 있다. 영조는 이전부터 있던 건물이나 공간을 건설하는 의미로서 대만에서 사용되고 있는 말로 영(營)은 소프트웨어적인 측면을, 조(造)는 하드웨어적인 측면을 지칭하게 된다.

따라서 사구총체영조는 '지역 주민의 공동의식이나 조직 만들기를 통해 공공공간이나 시설, 주택 등 하드웨어적인 건설, 더 나아가서는 미래의 창조 등을 가리키는 말'로 이해될 수 있다. 이와 같이 주민이 공적인 일에 참가해 자신의 사구에 대한 의식을 강화하고 문화·환경·생활·산업의 향상을 이끄는 것이 사구총체영조의 이념이라고 할 수 있다. 대만에서 '사구총체영조'는 하나의 새로운 사회, 새로운 문화, 그리고 새로운 인간을 만드는 것이며, 사구총체

영조의 본질 또한 '사람 만들기'라고 할 수 있다.[6]

5) 미국 시카고의 공동체 치안

한국지방자치법학회 학술대회 자료집 "해외 주민자치 사례를 통해 본 로컬 거버넌스"에 의하면 1995년에 시카고 경찰(Chicago Police Department)은 전통적인 치안 전략의 실패를 인식하고 이에 대한 대안으로써 주민의 적극적인 참여를 유도하여 순찰지역의 범죄와 무질서의 원인을 보다 명확히 규명하고자 하는 공동체 치안 프로그램을 실시하였다.

공동체 치안의 핵심 활동은 주민들이 참석하는 정규적인 지역회의(beat meetings)와 자문회의(advisory council) 등을 통해 경찰과 지역주민들이 공동으로 마약과 그래피티와 같은 지속적인 문제들을 해결하고자 하는 것이었다.

지역회의에 참석하는 주민들이 경찰들에게 마약상의 주거지역을 알려줌으로써 경찰들은 범죄자를 검거할 수 있고 주민들은 마을의 안전을 보장받을 수 있게 된 것이다. 지역회의에는 평균 17명의 주민과 6명의 경찰관이 참석했으며 경찰이 논의의 내용을 주도하기보다는 참석자들의 자발적으로 의제를 결정하는 숙의 과정을 중심으로 하고 있다.

회의는 의제를 미리 설정하지 않고 주민과 경찰이 브레인스토밍

---

6) 수원일보 [기획특집] "대만 마을만들기 우수사례 '수원화' 시도한다" http://www.suwon.com/news/articleView.html?idxno=76205

주민자치 잘 될 거야

과정을 통해 지역의 범죄와 안전 문제에 대한 포괄적인 리스트를 작성하는 것으로 시작된다. 다음으로 그중에서 둘 혹은 세 개의 사안에 대해 논의의 우선권을 두기로 합의하고 이들 문제와 관련된 다양한 정보와 관점들을 취합한다. 이를 바탕으로 회의 참석자들은 문제 해결 전략을 세우고 이를 실시할 업무를 서로 분담하고. 마지막으로 차기 회의에서는 이러한 전략의 성공 여부를 평가하여 해결되지 않은 문제에 대해서는 추가적인 새로운 전략을 발전시키고 기존의 문제가 해결됐다고 판단되면 새로운 문제들을 다루도록 하였다.

이러한 시카고의 공동체치안 프로그램은 범죄율 감소와 경찰과 주민들의 관계 향상에 크게 기여하는 것으로 나타났다. 노스웨스턴 대학교연구진의 보고서에 따르면 공동체 치안이 실시된 이후 범죄율이 약 10% 정도 줄어들었고 흑인들의 범죄에 대한 두려움도 22%나 감소하였다. 같은 기간 백인들의 범죄에 대한 두려움도 줄어든 것으로 나타났다. 더불어 흑인들은 주거지역의 사회적 혼돈과 물질적 쇠퇴가 각각 60%와 30% 가량 감소했다고 인식하였다. 마지막으로 지역주민들의 경찰에 대한 호감도가 상승했다. 흑인, 히스패닉, 그리고 백인들 모두 공동체치안이 실시된 이후 경찰들이 주민들의 요구에 보다 빠르게 반응하고 있다고 응답하였다.

하지만 2000년대 초반 다른 도시들이 공동체치안 프로그램을 강화시킨데 반해, 시카고는 치안의 전략을 바꾸어버렸다. 새롭게 임명된 경찰청장은 공동체치안이 관심이 없었으며 시장도 범죄에 대한 강경책으로 돌아섰다. 공동체치안을 위한 예산과 담당 인력이 감소했으며 이에 따라 몇몇 지역에서는 주민들과 경찰이 범죄와의 대책을 논의하던 지역회의가 더 이상 열리지 않았고 남아있는 지역회의에 참석하는 주민들의 수도 줄어들었다. 2016년에는 공동체 치안에 배정된 예산은 360만 달러로 1999년 예산의 3분의 1 수준이었다. 그러나 최근에 시카고의 강력범죄가 증가하고 경찰과 주민의 관계가 악화되 면서 공동체치안 프로그램을 축소한 것을 반성하여 이를 재활성화하려는 움직임이 있다.[7]

6) 미국 콜로라도주(州) 산 미구엘 분수계 연합

한국지방자치법학회 학술대회 자료집 "해외 주민자치 사례를 통해 본 로컬 거버넌스"에 의하면 지난 수십 년 동안 미국의 연방환경보호국은 주와 지방정부들에게 공동체 기반의 환경보호(Community-Based Environmental Protection: CBED)를 실행할 것을 적극적으로 권장하고 있다. 공동체 기반의 환경보호라는 것은 지역 주민과 단체가 자신들의 살고 있는 지역의 환경문제를 함께 검토하고 이를 대처하기 위한 목표와 계획을 수립하는 것을 의미한다.

콜로라도(Colorado)주에 위치한 산 미구엘강(San Miguel River)의 생태환경이 관광사업의 발전과 인구의 증가로 인해 점차 악화되고 관광과 채굴사업이 발전된 상류 지역과 목장과 농장들이 많은 하류 지역 간에 갈등이 지속되었다. 이에 따라 산 미구엘 강 유역

---

7)   스콜라 〔한국지방자치법학회 학술대회 자료집〕 "해외 주민자치 사례를 통해 본 로컬 거버넌스". http://scholar.dkyobobook.co.kr/searchDetail.laf?barcode=4010026459078#

주민자치 잘 될 거야

의 환경 보호와 관광 및 경제 발전의 균형을 유지하기 위해서 텔루라이드(Telluride) 타운의 지역 주민들과 단체들, 지방 정부와 주와 연방의 공무원들로 구성된 산 미구엘 분수계 연합(San Miguel Watershed Coalition)이 형성되었다.

1999년 산 미구엘 분수계 연합은 산 미구엘 유역 보호 계획(Watershed Plan)을 제시하였는데, 이 계획은 연방환경보호국이 추진하는 공동체 기반의 환경보호에 기반을 두고 공공지원활동(public outreach), 이해당사자의 확인, 회의 활성화, 정책기획·감독, 운영 위원회의 개발과 조직화, 공공지원활동의 일환으로서의 홍보지와 뉴스레터 제작 등 다양한 활동을 포함하고 있었다.

이러한 보호계획이 세워진 이후에 이들의 실행을 위해서 산 미구엘 지역의 주요 이익단체들을 대표하는 15인의 협의위원회가 구성되고 매월 모임을 가졌다. 또한 산 미구엘 분수계 연합은 산 미구엘 유역의 생태계의 변화를 계속적으로 조사 및 분석뿐만 아니라 지역 주민들을 위한 교육 프로그램을 개발하였다.

2003년도 연방환경보호국의 평가보고서에 따르면 산 미구엘 강 유역의 수질이 향상되고 1만 에이커 이상의 토지가 보호되었다. 이는 연방환경보호국이 관리하는 인근 지역의 성과를 비교해 볼 때 매우 우수한 성과이며 공동체 기반의 환경보호의 성공 사례로 여겨지고 있다.

연방보호국은 이러한 성과를 지역 주민들과 공무원들의 참여하는 회의를 활성화하고 지역 공동체와 함께 사업을 수행한 결과라고 분석함. 주민참여회의는 기술적 평가를 위한 중요한 정보를 제공하고 지역 주민들의 지원과 신뢰를 얻을 수 있도록 하였다. 또한 연방보호국의 공무원들이 주민들의 지지가 무엇보다 중요하다는 인식하에 일반 대중들이 이해하기 쉽게 기술적인 분석을 내놓은 것이 산 미구엘 지역의 환경 개선을 이끌 수 있었던 또 다른 요인으로 파악된다.[8]

7) 독일 아이든하우젠

당진시대 "주민참여로 지역을 살리는 풀뿌리 지역공동체 독일 아이든하우젠"에 따르면 780여 명이 살아가고 있는 독일의 작은 마을 아이든하우젠은 한때 사라져가던 마을에서 이제는 되살아나는 마을로 탈바꿈하고 있다. 독일연방공화국을 구성하고 있는 16개 주정부 가운데 바이에른주의 알리안츠 호프하임 연합체에 소속된 아이든하우젠은 '마을 재생'을 가치로 삼고 주민과 함께 다시 살아나고 있다.

아이든하우젠은 6개의 행정구역으로 나뉜 크고 작은 마을로 구성돼 있다. 전체 인구 1,800여 명 중 가장 많은 인구인 780여 명이 아이든하우젠(시장 디터뫼링)에서 살고 있다. 즉, 당진시에 속한 당진읍이 아이든하우젠인 것이다.

6개 마을에는 각각 마을을 대표하는 시장이 있다. 한편으로는 주민자치위원장인 셈이다. 이들은 6년의 임기를 가지며 주민들에

---

8)   스콜라 [한국지방자치법학회 학술대회 자료집] "해외 주민자치 사례를 통해 본 로컬 거버넌스". http://scholar.dkyobobook.co.kr/searchDetail.laf?barcode=4010026459078#

주민자치 잘 될 거야

의해 직접 선출된다. 또한 시장과 함께 12명의 위원이 있으며 한 달에 두 번 씩 정기적으로 모임을 가진다. 이들은 모두 본업을 갖고 있으며 비상근으로 활동한다.

디터뫼링 시장은 "대표는 모임을 주도한다."라며 "우리는 안건에 대해 공동으로 결정하는 권한을 가졌다."라고 말했다. 이들은 마을에 관련된 사업들에 대해 논의하고 결정하는 역할을 하고 있다.

여느 시골 마을과 마찬가지로 아이든하우젠의 젊은이들도 도시를 찾아 떠났다. 그와 동시에 폐허들이 하나 둘 늘어나기 시작했다. 마을 주민들은 한데 머리를 모았고 이들은 "새것이 아닌 옛것의 재활용"이라는 가치를 내세웠다. 그 결과 허름하고 낡았던 폐허들이 멋진 장소로 다시 태어났다. 그중 하나는 젊은 층과 노년층, 원주민과 이주민이 함께 할 수 있는 공간으로 탈바꿈했다. 여기에는 마을 상점과 마을회관, 도서관, 체육시설 등이 속해 있다.

또한 현재 남은 8개의 폐가도 마을에서 논의를 통해 새로운 장소로 거듭나기 위해 준비 중이다. 그중 하나는 홀로 남은 노인들이 외부가 아닌 마을 안에서 함께 생활하고 생을 마감할 수 있도록 공동거주시설을 마련하는 것이다. 현재 한 개인사업주에게 헌집을 판매한 상태며 공동시설로 만들기 위해 구상 중이다. 헌 집을 다시 재생하는 것은 새집을 짓는 것보다 더 많은 시간과 비용이 투자된다. 더욱이 외부인이 오기 힘든 농촌마을의 경우에는 헌 집은 버려지기 일쑤다. 이를 위해 주정부와 마을이 나섰다. 주정부에서는 도시재개발 사업의 일환으로 폐허를 구입해 리모델링할 경우 30%를 지원하는 정책을 시행하고 있다. 최대 3만 유로(한화 4,100여만 원)까지 되돌려 받을 수 있는 셈이다. 또한 마을에서도 1만 유로(1300여만 원)를 추가 지원해주며 리모델링 설계에 필요한 건축가와 전기·토목 전문가 등을 연계해주는데 두 발 벗고 나서고 있다.

또한 공동체 형성을 위해 이주민과 젊은 층이 마을에서 거주할 수 있도록 기본적인 인프라를 구축해가기 시작했다. 마을에는 2명의 의사가 함께 거주하고 있으며 교육 시설 또한 유치원생부터 이용할 수 있도록 갖췄다.

디터뫼링 시장은 "집도 저렴하게 구입할 수 있을 뿐만 아니라 각종 서비스가 제공돼 외부에서 많은 이들이 찾아온다."라고 말했다. "젊은이들은 대학을 졸업하면 거의 마을을 빠져나가죠. 그러면 공동체도 와해될 수밖에 없습니다. 하지만 이들이 돌아오고 싶어도 일자리가 없는 것이 현실이에요. 지금은 일자리 창출이 가장 고민되는 문제입니다. 내부적인 사업으로는 에너지 정책을 고민하고 있어요. 저렴한 에너지를 어떻게 만들 수 있는지, 구성원들이 이용할 수 있는 방법에는 무엇이 있는지 구상 중이죠. 앞으로 주민과 함께하는 안정된 마을을 만들어 가고 싶습니다." [9]

---

9)   당진시대 (지방자치시대 미래전략) "주민참여로 지역을 살리는 풀뿌리 지역공동체 독일 아이든하우젠". http://www.djtimes.co.kr/news/articleView.html?idxno=54126

주민자치 잘 될 거야

8) 지중해의 보물 산토리니

해외연수의 기회가 생겨 2015년에 터키와 그리스를 다녀온 적이 있다. 그리스는 지하가 유적지라서 개발을 제한한다고 들었고 아테네에서 산토리니는 항공기로 1시간 걸리며 신혼여행지 1위로 꼽힌다. 햐얀 집과 둥근 파란지붕 넓은 지중해의 푸른 바다와 흰 구름이 잘 어울어지는 아름다운 곳이다. 힐링의 관광지로 내가 사는 아파트 거실에도 포인트 벽지 산토리니 멋진 사진이 있다.

경남도민일보 "숟가락 없이 살던 가난한 그리스 달동네의 반전"에 따르면 CF나 영화에서 한 번쯤은 봤을 그리스 산토리니는 매년 약 2,500만 명 이상의 관광객들이 찾는 세계적인 관광명소이다. 산토리니는 그리스 본토 남동쪽, 에게해에 있는 키클라데스 제도에 속한다. 그리스 신화와 역사에서 가장 중요한 섬, 델로스를 중심으로 220여 개 섬이 원을 그리며 둘러싸고 있다. 산토리니는 이 중 가장 남쪽에 있다.

요즘 산토리니는 유럽인보다 한국인이나 중국인들이 더 많이 찾는 섬이다. 한국에서는 지난 2001년 '포카리 스웨트' 광고 촬영지로 알려지기 시작했다. 그리고 케이블방송 tvN에서 방영한 〈꽃보다 할배〉에 산토리니가 나오면서 우리나라 사람들의 산토리니행을 부추겼다.

현재 그리스를 찾은 한국 관광객 70% 이상이 산토리니를 찾는다고 한다. 그래서 그리스 관광당국은 한국과 산토리니를 연결하는 직항로 개설을 심각하게 고민하고 있다. 심지어 그리스 본토로 향하는 직항로도 없는데 말이다.

산토리니에는 선사시대 이후로 몇 번의 커다란 화산 폭발이 일어난다. 그러면서도 이 섬에는 계속 사람들이 깃든다. 화산재만 가득한 이곳에서 주민들은 턱없이 가난하게 살아왔다. 산토리니 원주민 프로코피 씨는 13살까지 신발을 신어본 적이 없다고 했다. 그의 부모 세대는 평생 신발이라는 걸 모르고 살았다고 한다. 수저라는 것도 없어서, 양파를 벗겨 움푹한 부분으로 수프를 떠먹었다고 한다. 농사를 지을 때도 농기구가 없어 손과 발로 땅을 긁었다고 한다.

물이 부족한 섬이라 포도 농사를 주로 지었다. 여름 내내 포도를 키워 수확한 다음 건포도를 만들어 한겨울 식량으로 삼았다. 섬이니 물고기 잡아먹으면 되지 않느냐 할 수도 있다. 지중해는 광물이 많아서 해산물이 그렇게 풍부하지가 않다. 적어도 1970년대까지 산토리니 주민들은 이렇게 살았다.

화산 폭발이 잦아 드문드문 유럽 사람들의 관심을 끌기는 했지만, 산토리니가 많이 알려진 것은 비교적 최근의 일이다. 70년 말 처음으로 이 섬에 유럽인들을 태운 유람선이 들어온다. 하지만 정식 기항이 아니라 풍랑을 피하고자 며칠 들른 것이다. 아무것도 없는 섬에서 할 일이 있었던 것이었다. 여기저기 다니며 사진을 찍었다고 한다. 그리고 돌아가서 사진을 현상했는데, 사진작가들이 이를 보고는 환상적인 풍경에 매료돼 산토리니를 찾아오기 시작했다고 한다.

산토리니 주민들이 살던 동굴집은 대부분 식당이나 호텔이 됐

주민자치 잘 될 거야

지만 행정당국의 노력으로 풍경 자체는 거의 변화가 없다. 절벽에 다닥다닥 붙은 하얀 집은 살아남으려는 산토리니 주민들의 몸부림이었다.

사실 하얀 집은 산토리니가 속한 키클라데스 제도에서 흔히 볼수 있다. 여름에 건조하고 겨울에 비가 잦은 지중해성 기후 탓에 담과 벽에 회반죽을 칠한다. 해충도 막고, 방수도 된다. 회반죽이 지중해 햇살을 받으면 하얗게 빛난다. 산토리니가 더욱 독특한 것은 이런 하얀 집이 절벽에 오밀조밀 모여있는 모양 때문이다.

산토리니는 화산재로 덮인 섬이다. 건축재료로 쓸 나무가 없다. 그래서 주민들은 지층처럼 쌓인 화산재를 파서 좁고 긴 동굴집을 지어 살았다. 동굴은 자외선과 바닷바람을 막아주면서 여름에는 시원하고 겨울에는 따뜻해 지중해성 기후에는 딱 좋았다. 최근까지도 집에 화장실이 따로 없었다고 한다. 기원전 1,600년에 수세식 화장실을 갖춘 2층 벽돌집을 짓고 살았던 사람들이 살던 바로 그 섬인데 말이다.

어쨌거나 이 유명한 바닷가 절벽 하얀 집들은 상업적으로 디자인한 게 전혀 아니다. 척박한 땅에서 살아남으려는 사람들의 눈물겨운 삶 그 자체이다. 놀랍게도 산토리니가 완전히 관광지가 된 지금 풍경은 지난 시절과 비교해 거의 변한 게 없다고 한다. 행정당국의 세세한 건축 정책 덕분이다. 예컨대, 계단은 흰색 회반죽으로 둥글게 처리하는 게 어울린다. 난간은 허리춤 이상으로 하지 마라, 이런 식으로 1980년대부터 모범 답안을 정해 사람들에게 권장했다고 한다.

여기에 햄버거나 커피 등 대형 프랜차이즈와 대형 호텔 체인을 일절 허용하지 않았다. 산토리니섬의 토속적인 것과 어울리지 않는다는 이유 때문이다.

풍경에 넋을 잃고 있다가 문득 남해 다랭이 마을이 떠올랐다. 바닷가 마을이지만 어로 활동을 하기 어려운 환경, 경사진 땅을 깎고 돋워서 다랑논을 만들고 지게로 거름을 져 나르던 억척스러운 생활, 그러다 어느 순간 관광지로 유명해진 곳, 그리고 주민들이 살던 집들이 대부분 숙박 장소가 된 것까지 여러모로 산토리니와 닮았다. 다랭이 마을에서 사라져가는 것들과 지켜야 하는 것들에 대해 생각하며 산토리니의 하얀 집들 사이에 오래도록 서 있었다.

산토리니의 옛 이름 중 하나는 '둥근 섬'이다. 기원전 1600년경, 이 섬에서는 지구 역사상 손에 꼽을 만한 거대한 화산 폭발이 일어난다. 당시 크레타섬에서 절정에 이른 미노아 문명(기원전 3650년경~1170년경)이 이 폭발에 따른 해일 피해를 극복하지 못하고 멸망했다고 학자들은 보고 있다.

산토리니에는 '아크로티리 유적'이라는 곳이 있다. 지난 1867년 수십 m 화산재에 묻혀 있던 마을이 하나 통째로 발굴된 곳이다. 놀라운 사실은 이 마을이 미노아 문명과 비슷한 시기에 존재했다는 것이다. 우리로 치면 후기 신석기에서 초기 청동기에 속한 시기에 이 마을에는 2~3층짜리 벽돌 건물이 있었고, 침대를 사용했으며, 수세식 화장실도 갖추고 있었다고 한다. 아크로티리 유적 때문에 플라톤이 〈크리티아스〉에 언급한, 사라진 지중해의 화려

주민자치 잘 될 거야

한 도시 아틀란티스가 바로 산토리니라고 생각하는 고고학자들이 많다고 한다.[10]

---

10) 경남도민일보 〔여행〕 "숟가락 없이 살던 가난한 그리스 달동네의 반전". http://www.
     idomin.com/?mod=news&act=articleView&idxno=524486

4. 우리의 주민자치회 현주소

본 자료는 2018~2019년 동안 주민자치회 지역 현장을 직접 찾아가 주민자치회장 및 읍·면·동장과의 만남을 통해 주민자치회 운영 및 활동사례를 직접 보고 듣고 느낀 내용을 정리한 것이다.

총 12개소로 수도권 3개소, 충청권 3개소, 영남권 3개소, 호남권 3개소를 벤치마킹하였으며 각 지역의 주민자치회장은 공통적으로 지역주민과 함께 노력하는 열정이 돋보였다.

1) 수도권: 서울시 은평구 역촌동

역촌동(驛村洞)은 조선의 신하들이 장거리 여행 시 말이 쉬어갈 수 있는 역이 있어 역마라고 불렀으며 여기서 동명이 유래되었다. 서울의 서북부 지역에 위치하며 지하철은 응암역, 역촌역, 구산역의 중심에 위치하고 있으며 인구수는 4만 9천 명(2019. 3. 15. 기준)이다.

주민자치회 사무실을 보면 행정복지센터 3층에 주민자치회 공간인 사무국을 포함하여 반대쪽에 요리 프로그램이 운영 중이다.

자치분권 및 지방행정체제 개편에 관한 특별법 제27조~제29조에 의거 서울형 주민자치회로서 은평구의 경우 시범 5개 동(불광2, 갈현1, 갈현2, 응암2, 역촌)으로 운영 중에 있으며 2020년 6월에는 전체 동으로 확대 시행 예정으로 있다.

주민자치회 주요 내용을 보면 현원이 17명인 주민자치 인원을

주민자치 잘 될 거야

먼저 인원 구성을 50명으로 늘려야 하므로 33명을 공개모집하였다. 신규 회원 모집 시 40대가 15% 목표인 것을 모집 결과 40%가 되어 젊은 층이 많이 지원하여 20명이 되었다. 전까지는 주민자치위원을 뽑을 때 주민자치회에서 공개 모집하여 심사해서 우수한 재원을 뽑았는데 지금은 인원이 초과하여 많을 경우 심사를 하지 않고 공정하게 경찰관 입회하에 공개추첨을 해서 뽑는다. 탁구공을 넣고 추첨해서 당첨자를 뽑듯이 말이다. 이렇게 될 경우 지원한 사람의 인격이나 성품을 몰라 자치회에 들어온 후에 파당의 무리를 지을 수 있고 봉사정신이 미약하여 사업에 이용하지 않을까 걱정스러운 목소리도 많다. 예를 들어 사업상 이용하는 경우로 위원 중에 식당을 할 경우 같은 위원이니까 자기네 식당에 안 가고 하면 삐지고 나중에는 열의가 떨어져 빠지는 경우가 많다. 다행히 주민자치회 신청자 중에는 70대 이상이 없고 이익을 받기 위하여 식당 하는 사람은 없어서 다행이라고 생각은 드는데 추첨을 해서 뽑았기 때문에 구성원이 어떨지 지켜봐야 할 것으로 보인다고 걱정하는 모습이다. 33명을 추가로 모집하여 50명이 주민자치회 발대식(2019. 3. 21.)을 한다. 주민자치 6시간 강의 후 행정복지센터장에게 위촉장을 받아서 활동하게 되는데 역촌동 주민자치회는 2013년에 지역활성화 분야 본선에 출전하여 우수상을 수상을 한 바 있다.

올해는 사업비를 4,000만 원 받아 사랑의 김치 담그기, 된장 나눔행사, 어르신 목욕봉사를 실시하여 주민들에게 호응도가 매우 좋다. 지난해 주민자치회 사무실을 마련했으며 유급간사를 두고 있고 온종일 근무할 때도 있고 오전만 근무할 때도 있어 탄력적으로 근무하고 있다. 주민자치회 사무실로 예산이 내려오면 간사가 사무실에서 행정망 회계 프로그램으로 처리하여 투명하게 급량비 등 과목에 맞게 집행하고 최종 자치회장 결재로 행정기관과 별개로 하고 있다. 따라서 행정기관의 힘을 안 빌리고 자체적으로 계획서도 세우고 집행도 하고 있어 주민자치회가 점차적으로 정착되고 있다.

역촌동의 주민자치회 프로그램은 16개 프로그램이 운영 중에 있다. 프로그램 중 눈에 띄는 과목은 제과 제빵 & 샌드위치 케이크 반으로 30명 인원으로 운영하고 있으며 청사도 좁은데도 불구하고 50㎡ 정도 크기로 물을 쓸 수 있는 싱크대, 조리대, 가스레인지, 빵을 굽는 오븐 등을 구비하고 있다.

특수시책으로는 노노(老老)케어 사업을 중점적으로 하고 있는데 행자부 공모사업에 선정되어 7,000만 원을 지원받아 어르신 케어를 하고 있다. 노노케어 사업이란 제과제빵 교실을 활용하여 노인 어르신들이 반찬을 만들어 어려운 이웃에게 전달하는 것으로 본인이 반찬을 만들 줄 알도록 기술을 습득과 동시에 관내 어려운 사람에게 만들어진 반찬을 직접 가가호호 방문하여 건강이 어떠하신지 독거노인에게 안부도 묻고 더불어 살아가는 마을 공동체이다.

어르신들은 경로당 등에서 소일거리를 대부분 하고 있으나 일주일에 한 번씩 20분이 참여하며 어르신 70분에게 전달하여 나에게는 기쁨을 받는 사람에게는 행복을 주는 건강사회 만들기에 앞장

주민자치 잘 될 거야

서고 있다.

지난 2019년 3월 역촌동 제과·제빵교실 방문 시에는 2명이 나와 계셨는데 "강사 선생님이세요?" 하고 물으니 "아니에요, 저희는 수강생인데요."라고 답변해서 "왜 이렇게 일찍 나오셨어요?" 하고 물으니 배우는 것이 재미있어서 먼저 나와서 정리도 하고 청소도 하려고 일찍 나왔노라고 답을 하신다. 다른 것들도 다 좋지만 오븐을 가리키며 밀가루 반죽하여 대충 만들어 오븐에 집어넣어 일정 시간 구우면 못생긴 동물들도 잘 만들어져 나온다고 효자 오븐이라 하며 자부심이 있어 보인다. 앞으로는 한식 선생님 지도하에 잡채 비빔밥, 고추 장아찌 등 한식 요리별 레시피로 더 확대할 계획이다.

앞으로 중요한 행사는 주민총회를 열어 사업 우선순위를 확정하는 방법이다. 주민총회는 9, 10월경에 개최할 예정이며 관내 주민을 많이 모으기 위해서는 역마을 축제 시 2,000여 명이 참여를 하는데 그때 주민총회를 열어 주민총회를 개최하고 사업 우선순위를 스티커를 붙이도록 하여 주민들의 관심을 유도할 계획이다. 이렇게 함으로써 총회 시 사람 모으는 문제가 해결되고 크게 현황판을 만들어 사업명과 사업 설명을 하여 어느 사업에 관심이 많은지 우선순위를 선정토록 하는 것이다.

이날 동승한 분으로 『대한민국 주민자치 실전서』 저자인 박경덕 선생이 동행했다. 유병찬 주민자치회장과 이기훈 동장으로부터 주민자치회 설명을 들었다. 동장은 주민자치회에서 잘하기 때문에 주민자치 업무에 전혀 신경을 안 쓰고 잘한다고 박수만 열심히 보낸다고 하며 주민자치는 주민 스스로 해야 자치지 행정기관에서 도와주면 자치가 아니라고 힘주어 말한다.

그리고 박경덕 저자가 조언하기를, 주민자치회 사무실 공간에 주민자치회의 역사와 역대 주민자치회장 이름과 사진을 게첩하고 현재의 주민자치회 조직도를 게시하며 우리 동의 주민자치회 목표(슬로건), 장기 목표, 단기 목표를 적어 게시해서 놓으라고 조언한다. 그래야 사무실에 오는 사람들이 마음가짐이 가다듬어지고 놀러 오는 곳이 아니고 봉사하며 우리 마을 위해서 무엇을 할 것인가 고민하게 된다는 것이다.

예를 들어 올해 목표를 '주민자치박람회에서 수상하자'라고 슬로건을 만들면 무엇을 할 것인가? 하위 목표인 '노노케어 사업'을 해서 본인도 만족하고 어려운 주위 이웃에게 희망의 빛을 주어서 더불어 행복한 마을을 만드는 것으로 역촌동 주민자치회가 앞으로 조기에 정착되리라 희망해 본다.

2) 수도권: 경기도 남양주시 진건읍

오늘은 부천시 소사동에서 주민자치 특강이 있어서 2시부터 예정이 돼 있어 특강도 참석하고 선진 주민자치를 벤치마킹하기 위하여 아침 7시에 출발하여 주민자치의 1번지 남양주시에 있는 진건읍을 가기로 하였다. 진건읍을 가기 위해 네이버에서 진건읍을 검색했다. 잘 안 나온다. 정식 명칭은 진건퇴계원 행정복지 센터다. 그리고 보통 읍장, 면장으로 불리는 읍장은 진건 퇴계원 행정복지 센터장으로 불리며 센터장 직급은 지방서기관이다. 3개 과인 생활자치과, 복지지원과, 도시건축과 등 5급 사무관이 3명으로 업무 내역을 보면 우리 행정복지센터업무를 일선 읍에서 본다고 생각하면 이해가 쉽다. 행정복지센터란 기존의 읍·면·동의 기능을 유지하면서 시에서 처리하던 복지 인·허가 및 현장밀착형 사무를 행정복지센터로 위임하여 다양한 맞춤형 행정서비스를 제공하는 제도로 복지 인허가 업무를 지역 특성에 맞게 맞춤형으로 제공하고, 시청까지 갈 필요 없이 가까운 행정복지센터에서 원스톱 처리가 가능하며, 찾아가는 방문 서비스가 강화되어 현장복지행정을 실현하고, 기존청사를 활용하여 행정복지센터 설치 시 발생하는 청사건립비 등 많은 예산이 절감되며, 권역별로 행정복지센터가 개청되었다(진건읍 행정복지센터 소개 의거 작성).

진건읍은 남양주시의 중심부에 위치한 전형적인 도·농 복합지역으로 한말에 건천면과 진관면에 속해 있었다. 1914년 행정구역 통폐합에 따라 진관면의 "진"자와 건천면의 "건"자를 따서 진건면이라 하였으며 사릉, 광해군 묘 등의 문화유적지가 있다. 최근에는 먹골저수지 체육시설 조성사업계획, 경춘선 자전거도로 조성사업계획 등 사회 인프라 향상으로 살기 좋은 도시로 만들고 있다.

남양주시는 일찍부터 주민자치가 자리 잡았다 해도 과언이 아니다. 주민자치란 행정기관 도움 없이 스스로 안건도 발의하고 유급간사가 있어 행정 처리는 물론 수강료 징수와 회의 서류 작성을 한다.

진건읍의 인구수는 2만 7천여 명으로 2017년 "평생학습 놀아보자, 남양주 평생학습놀이터"라는 주제로 열린 남양주시 평생학습 최우수상을 수상한 열정적이고 단결이 잘 되는 센터이다. 진건읍은 청사 건물 3층에 별도 주민자치위원회 사무실이 있고 유급직원이 2명이나 되며 유급간사 도입으로보다 독립적이고 자체 안건을 상정하고 심의하여 결정한다.

프로그램 신청자가 수강료 5만 원을 납부하여 이 중 80%는 강사료에 쓰이고 20%는 운영비로 사용을 한다. 주민자치 프로그램 수는 54개로 일일 평균 350명이 수강을 한다.

주민자치 우수사례를 보면, 첫째로 우리 마을 색깔 입히기 사업으로 2015년부터 현재까지 운영되고 있는 사업으로 옛 지명 익히기, 마을학교 운영, 옛 지명 이정표 세우기 등을 하고 있으며 조선시대 신분등록증인 호패 만들기, '성과 공유회' 책 만들기, 내일의 미래를 책임질 마을 전문가 양성을 위한 우리 마을의 색깔 입히기를 하고 있다.

둘째로 2017년 10월 '상상 이상의 그곳'이라는 주제로 진건읍 주민자치센터의 특화사업 'ECO- 반올림'을 우수사례로 발표했다. 'ECO- 반올림 자연순환마을'은 버려지는 빈 캔과 페트병을 옷과 가방 등 생활용품으로 재활용하는 것으로 폐기물 분리배출이 어떻게 지구 환경보호와 자원 절약의 선순환 구조로 전환되는지 상황극을 통해 독창적으로 표현해 자원 재활용에 대한 메시지 전달을 인정받은 바 있다. 이 사업을 하므로 어르신 일자리 창출에도 한몫을 하였다.

셋째로 2017년부터 현재까지 안전한 지역 만들기 일환으로 민관

주민자치 잘 될 거야

으로 구성된 "safe - zone 진건" 밤길이 안전하고 행복한 진건읍을 만들기 위하여 노력한 결과 제16회 주민자치박람회에 장려상을 수상한 바 있다.

남양주시는 주민자치위원회 사무실도 마련하고 유급간사를 두고 있어 월례회의 시나 계획서 수립 등 행정기관의 힘을 안 빌리고 하는 지역으로 유명하다. 많은 주민자치회에서 벤치마킹을 가서 주민자치에 대한 많은 배움이 있기를 바란다.

3) 수도권: 경기도 오산시 세마동

오산시 세마동을 벤치마킹하려고 2018. 5월 말경 청주 봉명동에서 점심을 먹고 오산으로 출발을 하였다. 내 승용차에 용암1동 주민자치위원장, 봉명2송정동 주민자치 부위원장 3명과 함께 출발하였다. 경부고속도로를 달려 안성휴게소를 지나 동탄 IC에서 세마역으로 조금 직진하면 광대로 연접한 곳에 세마동 행정복지센터가 나온다.

4층 건축물로 신축한지 얼마 안 돼 보인다. 세마(洗馬)동은 독산성 전투에서 승리한 권율 장군의 정신이 서려있는 역사 깊은 곳이다. 주민자치회는 2013년 행정안전부 시범지구로 지정되어 주민자치회로 활동하고 있으며, 2017년에는 전국주민자치회 추진성과 역량평가에서 우수사례로 선정되어 행정안전부장관 표창을 수상하기도 했다. 1층에 들어서니 사무실이 있고 현관에 세마동 역사, 관광홍보관이 있어, 흔히 시 위주 전개되는 추세에 비해 동 단위에서의 홍보관은 이례적이다. 또한 복도에는 오산 로컬푸드부터 반찬, 식품류 등 생활물품을 판매하고 있었다.

동장님과 정찬성 주민자치회장의 안내를 받아 2층으로 올라갔다. 공문은 미리 보냈으나 주민자치 관련 자료와 PPT 영상을 준비해서 세팅까지 마치고 기다리고 있었다. 앞에는 "우리 동네 홍부자, 세마동 주민자치회에 방문을 환영합니다."라고 마치 어린아이가 친구들이 놀러오면 우리 집에 많은 장난감을 자랑하고 뽐내듯이 환영 현수막이 걸려 있었다, 한눈에 보아도 전국에서 벤치마킹을 많이 할만하게 세련됐고 외지에서 온 많은 지방자치 사람들을 환영해주고 있는 인상을 받았다.

이때 어느 분이 어깨띠를 매고 선거운동차 방문을 했다. 물어보니 오산 시장이란다. 우리 세마동이 잘하고 있어서 전국에서 벤치마킹하러 온다고 자랑하신다.

주민자치회에 대하여 궁금한 것에 대해서 물어보았다. 우리는 예전의 주민자치위원회하고 주민자치회가 크게 달라진 점이 무어냐고 물어보았다. 주민자치회는 임명장을 시장님이 주시고, 예산을 행정기관에서 올리면 무시하거나 예산을 잘 안 세워 주는데 우리 주민자치회에서 올리면 거의 세워준다고 하면서 행정기관에 올릴 것도 우리를 통해서 올린다고 한다. 그리고 세마동 주민자치회는 인원이 25명에서 30명 정도로 기존의 주민자치위원회보다 폭넓은 사업을 실시하고 있다고 한다.

예를 들어 큰 사업은 시에서 하지만 참여 예산제 실시로 작은 사업인 사업비가 2~3억이하인 작은 인도개설이나 도로 포장

주민자치 잘 될 거야

CCTV설치 등 생활과 밀접한 사업을 주민자치회 심의 후 본예산에 올리면 행정기관보다 우선하여 주민자치회에서 예산을 올리면 참여예산 위원이 예산내용을 설명 후 바로 예산에 계상하여 해결해 준다고 하며 오히려 동 행정복지센터보다 주민자치회의 예산이 예산 반영하기 쉽다.

주민자치프로그램은 22개, 4개월, 16주로 수강료는 4개월에 6만 원(줌바댄스외3종목을 3만 원)으로 2층과 3층 4층에서 수업을 실시한다. 접수는 1차, 2차로 접수를 하는데 1차 접수는 보통 이틀 하는데 세마동 신규 수강자, 2차는 신규와 재 수강자를 섞어서 접수하고 신분증과 수강료를 납부하여야 수강신청이 완료된다. 또한 65세 이상 어르신, 국가유공자, 국민기초수급자, 등록장애인 등은 수강료를 50% 감면해 준다.

주민자치회 사업 실적에 대하여 물어보았다. 먼저 양방향 소리함을 설치하였는데도 농복합도시로 도심이 아닌 농촌에 접근성이 어려운 지역에 마을주민이 민원불편사항을 적어서 제안하는 제도로 접수가 되면 주민자치 사업관리팀에서 수거하여 민원인에게 가·부를 설명하고 즉시 해결해 주는 제도로 2016년 이후 계속 시행하고 있다.

다음은 벽화 그리기 사업으로 2016년 8월 오산시 양산동 마을 안길 낙후된 골목담장을 세교고등학교 미술 담당교사와 화가지망생 및 학생 10여 명이 벽화 그리기를 하였다. 그 결과 거리가 깨끗해져서 범죄예방에 기여하고 있다고 한다. 2층에서 1시간 이상 환담하고 벽화 그리기 장소를 구경해 보자고 해서 본인들 차 2대로 나누어 타고 10분 거리인 장소로 갔다. '세마 문화 갤러리' 아래에 양산동 지하보도 벽화 그리기 준공식 플래카드가 붙어 있었고 벽화를 그린 지역은 다리 밑으로 낮인데도 음침한데 벽화로 야간에는 여성들이 마음 놓고 다닐 수 없는 거리를 산뜻하게 만들어서 인근 주민들이 찾아오는 명소를 만들고 있다.

1층에는 사람들이 왕래가 잦은 곳 오산 로컬푸드 협동조합 판매장이 있다. 주민 자치회에서 직접 운영 판매하는 곳으로 자치회에서 판매 인력을 뽑아 물품을 판매하고 있다. 우리를 환대해 준 것이 고마워서 쌀강정을 사 왔다. 앞으로 주민자치회에서 판매사업을 하려면 세마동으로 벤치마킹이 필요할 것으로 보인다.

4) 충청권: 충청북도 진천군 진천읍

2019월 4월 진천읍 주민자치회를 벤치마킹하려고 봉명2송정동 주민자치사무국장과 함께 진천읍을 향하여 나섰다. 진천읍에서 10시에 주민자치회장을 뵙기로 하고 청주에서 9시 반에 출발하였다. 진천읍사무소에 들어가니 먼저 자치회장과 사무국장 그리고 읍장이 반겨 주신다. 진천읍은 충북에서 2013. 7월 주민자치회 시범 실시 지역으로 선정되었다. 진천읍 인구는 32,000명으로 계속 증가하고 있으며 최근에는 상가, 아파트, 원룸형 주택과 교성지구와 성석지구 도시개발 사업과 송두 산업단지 개발 등 대규모 사업들이 추진되고 있어, 발전 전망이 밝다.

주민자치회를 처음 실시한 2013년에는 사업비 1억을 주고 유급

주민자치 잘 될 거야

간사도 지원해주어 주민자치가 오는가 했더니 다음 해부터 지원이 뚝 끊어지고 명칭만 주민자치회로 바뀌고 군수가 임명만 해주지 원위치로 돌아가고 있는 실정이다.

진천읍 주민자치회는 4개 분과로 기획분과, 지역사회분과, 문화예술분과, 프로그램분과로 나뉘어 있으며 연도별로 먼저 분과별 사업계획서를 세우고 전체 사업계획서를 합쳐서 게시하고 전 위원들에게 공유하고 있다.

프로그램은 난타반, 풍물반, 국화기공반 등 총 11개로 수강료는 무료지만, 반기별 1만 원씩 납입토록 하여 허위가 아닌 정확한 이용자 수 파악과 프로그램 내실화를 위한 자료로 활용하고 연말에 회원들을 위하여 경품지원금에 사용하고 있다.

진천읍 주민자치회 사업계획을 보면 먼저 2019년 사업계획서에 1년에 2회 주민에게 찾아가는 민원접수를 하는데 아직도 시골은 관청 문턱이 높다고 생각하는 사람이 있어 현장에 나가 불편사항을 듣고 해결해주어 호응이 좋다고 한다. 지난해 현장 불편사항 접수 시 마을주민들이 농수로 빠질 염려가 있어 안전 펜스를 쳐야 하는데 지자체와 철도청이 서로 사업을 떠넘겨 해당 기관을 방문하여 사업설명을 하고 1500만 원의 참여예산으로 예산을 집행 주위 사람들에게 주민자치회 신뢰와 좋은 호응을 얻고 있다.

둘째, 지난해 4월 관내 요양원에 수건 보내기 행사를 하는데 장롱 속에 잠자고 있는 각종 행사 시 나누어주는 수건을 모아서 어려운 시설에 보내는 행사로, 수건을 모으면 90%는 깨끗한 수건이고 10% 정도는 사용한 수건이 모여 시설로 보내는데 주민 호응이 좋다고 한다.

셋째, '상산골 주민자치 신문'을 분기별로 발행한다. 2019년 3월 말로 18회가 발행되었다. 주민자치회에서 발행하는 것으로 1회 발행 시 총 8면을 발행한다. 17회 신문내용을 보면 1면에 '제4회 충북 공익 활동사례 발표회 혁신상' 수상으로 주민 속으로 찾아가는 민원접수가 좋은 평가를 받았다고 하였고 2면에는 진천읍 주민자치회 활동보고·마감, 유재윤 회장 진천읍 주민자치회 우수 사례발표, 3기 임기를 마치며 '회장 인사말', 주민자치 기여공로로 유재윤, 한지현 장관상 수상. 3면에는 이종하 진천읍장 새해 인사말, 유 회장의 지역 현실에 맞는 조례적용 필요하다며 "주민자치가 시범 실시된 지 6년여의 시간이 지났지만 그때나 지금이나 달라진 게 없다. 확대실시도 중요하지만 지역의 현실에 맞는 조례적용이 필요하다."라고 강조하였다.

4면에는 충북희망원 봉사활동 실시, 진천읍 주민자치회 "라면 5박스 기증"

5면에는 진천군 사자휘호 등 진천 군정소식

6면에는 2018 프로그램 발표회

7면에는 "사진으로 보는 2018 주민자치 이모저모" 중요한 사진게제

8면에는 진천읍 주민자치회 30명의 조직도와 사진

'주민 속에서 주민과 함께'라는 슬로건을 내 걸고 야심 차게 출

주민자치 잘 될 거야

범한 주민자치회는 유재윤 자치회장의 합리적 리더십 역할이 크다. 유 회장은 이장 협의회 사무국장, 주민자치회 사무국장을 역임해 서로 협동과 배려로 직능단체 간 갈등요인을 없앴다고 하며 유 회장은 사무국장을 설거지를 잘한다고 칭찬하고 유 회장은 욕심이 많아 창의적으로 일도 많이 벌리고 인근에 강의도 한다며 서로 칭찬을 한다.

찾아가는 민원접수를 비롯해 삼성 서울병원 의료봉사, 사랑의 수건 나누기, 행복 진천 건강 100세 프로그램, 길거리 상설공연장 운영을 자치회에서 실행하였다.

그 결과, 임기 중에 2017 전국 주민자치대상, 2018 전국 주민자치 우수 선정, 제4회 충북 공익활동 사례 발표회 혁신상 수상, 충북 자원봉센터 으뜸 봉사상을 수상하였다.

앞으로의 주민자치회가 발전하려면 주민자치사무실과 유급간사가 있어야 행정기관 주무관의 손을 안 빌리고 할 수 있도록 하고, 예산을 필요한 주민자치회가 예산을 받을 수 있도록 공모제 실시해 필요한 주민자치회가 신청하여 선순환되도록 해야 된다고 말한다.

5) 충청권: 충청남도 천안시 동남구 원성1동

2019년 4월 하순경 천안의 원성1동 주민자치회를 방문하러 갔다. 오후 4시에 만나기로 약속을 하고 청주에서 새로 개통된 오창 IC를 통과하여 천안으로 향했다. 고성에서 속초까지 번진 대형 산

불이 발생한지도 20여 일이 되었고 고속도로 통행 길은 봄비가 내려 나날이 푸르름이 점점 더해가고 있다. 새로 개통된 한적한 도로를 달려 4시에 도착하니 이병한 자치회장과 사무국장이 3층 자치회 사무실에 먼저 나와 계신다.

천안 하면 명물 호두과자로 이름난 고장이며 2003년부터 시작되어 매년 개최되는 천안 삼거리에 얽힌 전설과 고유 민요인 흥타령을 모티브로 한 춤의 축제인 흥타령 축제 또한 아주 유명하다.

원성1동은 인구 1만 명으로 천안 지명 설화가 깃든 태조산 기슭의 도농 복합도시로서 2013년에 주민자치 시범마을과 안심마을로 지정되어 11억 원의 사업비를 지원받아 신안 초등학교 통학로 2m 폭으로 확보하고, 어두운 골목길 담장 색칠하기와 빈집 철거, 텃밭 조성공사 등을 통해 구도심 지역을 살기 좋은 마을로 가꾸었다.

주민자치회는 4개 분과로 총무기획, 안심마을, 도심창조, 지역복지분과로 이루어져 있으며 27명의 회원이 활발히 활동하고 있고, 찾아가는 심장 사랑학교 심폐소생술 교육, 안심순찰대 운영, 고사리 나눔장터 개척 등을 주민주도로 운영해 오고 있으며 지역자원 연계 및 주민참여를 이끌어 범죄율을 획기적으로 감소시키는 등 공동체 활성화에 기여한 공로로 2015년 제14회 전국주민자치 박람회 지역 활성화 부문 최우수상을 수상하였다. 3층에 별도로 주민자치회 사무실과 유급간사가 있는 원성1동 주민자치회를 소개하면 다음과 같다.

첫째, 활발하게 운영되는 주민자치 유료 프로그램이 눈에 띈다.

주민자치 잘 될 거야

3개월 단위로 운영되는 헬스 요가 노래 교실 등 9개 프로그램으로 운영되고 있으며 헬스 6만 원, 요가 4만 5천 원 등 연간 수입이 6천~7천만 원으로 이중 유급간사 인건비(월 150만 원)가 1년에 2천만 원으로 총수입의 1/3이 투입되고 연말에 프로그램 발표회, 고사리 나눔장터, 행복마루 신문발행, 헬스장 장비 유지비 등으로 재원이 사용되며 투명한 자금관리에 만전을 기하고자 회장, 사무국장의 자치회 업무 모임 시에도 공금이 아닌 개인적으로 식사비를 지불하고 있다.

둘째, 안심마을 만들기 프로젝트는 지역 범죄를 예방하는 안심순찰대로 학생과 주민이 스스로 도보, 자전거, 자동차 등 다양한 방법으로 지역 내 "안심하길 코스"를 순찰하며 청소년 폭력, 위험지역 제보 등 각종 범죄예방활동을 펼치고 있다. 특히 여름방학 동안에는 저녁 8시부터 2시간 동안 펼치는 순찰활동은 통장, 반장, 학생 등이 형광조끼를 입고 자율적으로 참여하였다.

그리고 찾아가는 심장 사랑학교를 운영하고 있다. 심폐소생술 및 자동 심장충격기에 대한 사용법 교육을 하고 있으며 지금까지 3000명이 교육을 이수하였고 자동 심장충격기는 각 마을 경로당 11곳에 1개씩 설치하고 5개 학교에 10개를 설치하였다. 교육 이수자들은 각 학교의 안전요원으로 나아가 1가정 1안전요원으로 활동하고 있다.

신안초등학교 통학로를 만들어 안전하게 등·하교할 수 있는 인도를 만들었다. 인도가 없는 대형 화물차 등 극심한 불법 주정차로 인해 초등학생 및 주민이 도로 중앙으로 보행하고 있어 교통사고 위험에 심각하게 노출되었던 신안초등학교 통학로를 주민들의 목소리를 통해 불법주차 예방을 위한 차선 규제봉 및 차선 분리봉을 설치하였고 아이들의 안전보행을 위하여 과속방지턱 및 안전한 인도개설을 통해 보행자들의 안전을 확보하게 되었다.

또 하나는 흉물스럽던 빈집을 철거하고 텃밭을 만든 사례로, 관내의 흉물스럽고 위험한 빈집을 철거하고 인근 주민들이 참여하여 안심 텃밭을 만들어 이웃 주민들과 함께 안심 알타리를 심어 어려운 이웃 10가구에 전달하였고, 도로변 주택 담장 밑에 게릴라 가드닝 사업으로 노란, 하얀, 붉은 꽃 등을 심어 마을을 아름답고 환하게 만들었다.

셋째, 행복마루 추진 실적을 살펴보면, 지난주 토요일(2019. 4. 27.) 주민과 주민을 잇는 "제7회 고사리 나눔장터"가 오룡 웰빙파크(오룡경기장)에서 성대하게 열렸다. "고사리 장터에는 고사리가 없다." 고사리는 초중고 학생 및 주민들이 함께하는 나눔 장터로 물물교환 및 판매가 이루어지는 벼룩시장 어린이와 학생들을 위한 떡메치기, 화분 심기. 보디페인팅 체험 프로그램, 무대 공연, 먹거리 장터 등 10시부터 14시까지 진행되었다.

또 지난해 10월 제4회 원성천 어울림 나눔장터를 열었다. 한적하던 원성천에 쿵작쿵작 음악소리가 나고 아이들의 깔깔거리는 웃음소리가 들려오고 재미있게 갖고 놀던 장난감, 작아서 못 입는 옷가지, 정성껏 만든 핸드메이드 물품들을 가지고 벼룩시장에 참여한다. 무대에서는 색소폰 연주, 무용, 트로트 공연까지 다양한 볼거리가 있고 체험부스에서는 꽃꽂이, 가훈 써주기, 떡메 체험,

주민자치 잘 될 거야

신체장애 체험 등 체험부스를 마련하여 다양한 연령이 함께 참여하고 즐기는 행사였다.

다음은 행복마루 소식지를 9호를 발행하였는데 매면 11월에 6,000부를 발행하는 소식지는 총 12면으로 1면에는 주민자치회 연간 중요한 사진과 주민자치회장, 동장 인사말이, 2면에는 편집자 김효숙 사무국장 칼럼과 자랑거리를 소개, 3면에는 홍타령 춤 축제 등 이모저모 소개 4~5면은 고사리 나눔장터 소개, 6~7면은 원성1동 학교 소개, 8면은 직능단체 이야기 등을 소개하고 있다.

주민자치위원은 지역 직능대표위원(10인 이내)과 주민대표위원(20인 이내)로 구성되는데 직능대표 위원은 통장, 지도자, 바르게 살기 등 7개 단체에서 2~3명씩 추천해 주었다. 주민자치위원으로 영입된 분들은 주민자치 회의 시에는 통장의 경우 통장이 아닌 주민자치위원이므로 회의 시 토의된 안건 내용들을 공식적인 절차에 따라 발표를 하여야 하나 개인적으로 안건을 외부로 알려 가끔 어려움을 겪는 사례가 있다고 토로한다.

또 하나는 원성1동 행정복지센터 팀장 2명과 동장을 최근 인사에 한꺼번에 교체되어 주민자치회를 운영사항을 이해하려면 시간이 걸려 애로사항이 있으므로 앞으로 최소한 1명을 남겨 주어 끊김 없이 연결이 되도록 하는 바램이다.

6) 충청권: 충청남도 당진시 신평면

오늘은 5월의 첫날이다. 엊그제 천안시 원성1동 주민자치회 방문을 하였을 때 오늘 당진시 신평면으로 벤치마킹을 간다는 정보를 입수하여 신평면에서 10시에 만나기로 급히 약속을 정하게 되었다.

청주에서 신평면 내비게이션을 입력하니 1시간 30여 분이 소요되며 국도인데도 4차선으로 확장되어 시원하게 달릴 수 있었다. 삽교호 방조제를 통과하니 바로 신평면 행정복지센터이다.

당진 하면 현대제철이 있다. 신평면은 인구 1만 7천 명으로 삽교호 관광지, 삽교호 방조제가 유명하다. 서해안 고속도로를 들어설 때 가장 먼저 만나는 행담도 휴게소에 신평 로컬 푸드매장이 있고 농산물로는 평야지의 해나루 쌀, 밤호박, 황토감자가 특산품으로 유명하다.

지역적 특성은 구릉지 야산으로 축산단지가 상존하고 초등학교 3개소, 중학교, 고등학교, 대학교가 관내에 모두 위치하고 있으며 읍 승격을 목표로 한다고 한광현 면장은 말한다.

신평면 주민자치위원회 회원은 30명으로 총무기획, 지역복지, 문화교육, 사회지도분과로 구성되어 있으며 "주민의 행복은 주민이 스스로 만들어간다"라는 슬로건을 내세우고 있다.

참여와 공감, 소통과 화합이라는 테마로 주민자치회 추진실적을 보면, 다음과 같다.

첫째, 2018년 신평면 주민총회를 개최하였다. 주민주도형 마을 워크숍(교육)을 통해 마을 계획을 수립하고 주민총회를 개최하여 마을의 사업을 결정하고 실행한다. 마을 사업은 주민이 모여 지역의 과제를 발굴하고 사용가능한 인적, 물적 자원을 찾아 스스로

주민자치 잘 될 거야

실행하는 사업이다.

마을 계획단은 4개의 조로 이루어져 있으며, 4월부터 7월까지 몇 차례의 회의를 통해 주민들이 직접 마을사업을 발굴하였다. 각 조에서 발굴된 의제를 가지고 주민총회를 열어 4개의 조에서 마을의제 종합 발표가 있었다. 주민총회는 2018년 7. 24일 195명의 신평면주민들로 투표인단을 구성하여 전자투표로 진행하였다.

□ **당진시 주민총회 개최현황**

기관명	일자	참여인원(명)	주요 내용
당진1동	2018. 7. 20.	165	원도심 밝히다. 청소년쉼터, 과속방지턱
송학읍	2018. 7. 25.	284	불 밝히기, 회희낙락 프리마켓, 행복발전소
당진3동	2018. 7. 19.	183	가고싶은 공원만들기. 안심귀가버스, 놀공 카페
당진2동	2018. 7. 23.	87	스쿨존 설치, 청소년talk 놀이터

둘째, 공모사업으로 2억 2천 700만 원 예산 확보, 신평면 마을사업에 대한 전자투표 결과를 보면, 1위는 학교 주변 LED 가로등 설치, 2위 전통시장 활성화 프로젝트, 3위 신평면 청소년 축제, 4위 신평 다문화가정 어울림 축제였다. 그중 1위였던 LED 가로등 설치는 당진시 시민참여 예산 제안사업 선정되었고, 2위였던 전통시장 활성화 프로젝트는 충남 도민참여 예산사업 1위로 선정되어 2억 2천 700만 원의 예산을 받게 되었다. 이렇게 시민 참여예산과 도민참여 예산사업선정으로 인해 3위와 4위였던 신평 다문화가정 어울림 프로젝트와 청소년 축제 모두 다 진행할 수 있었다.

셋째, 도심권 축사 갈등을 주민자치로 해결, 축사 악취로 민원과 갈등이 끊이지 않던 지역은 신평면 거산리로 이곳에는 모두 아파트 10개 단지, 2460여 세대, 7000여 명이 입주해 도심을 형성하고 있는데 인근 양돈·양계 농가에서 발생하는 악취로 반목이 끊이지 않았다. 갈등 해결의 실마리가 보이지 않고 있을 때 신평면 주민자치위원회가 나서 양측을 만나 대화를 시도했다.

2017년 5월 12일 축산농가 대표를 만난 주민자치위원들은 악취로 인한 인근 지역 주민들의 피해를 설명하고 5월 19일 주민자치위원들로부터 축산농가의 악취 저감 설치 완료하였다. 31일 축산농가 대표와 아파트 주민들은 신평면사무소에 모여 주민자치위원회와 함께 상생 협약을 체결 대화와 양보·협력으로 갈등의 해결 실마리를 찾은 사례로 가장 바람직하고 이상적인 주민자치 사례다.

넷째, 청소년이 제안하는 행복한 신평 만들기(청소년 100인 토론회), 관내 청소년 100명 공개 모집하여 지역 현안 6개(관광 & 놀 거리, 참여와 시민의식, 안전과 보호, 보건과 복지, 교육환경, 생활환경과 자연) 주제로 원탁토론 실시하였다.

청소년 100인 토론회로 인해 개최하여 나온 안건으로 여성청소년 자치센터 공간 조성추진위원회를 구성하였다. 주민의 의견 수렴 장소는 구 119센터를 리모델링하여 여성·청소년 자치센터를 개강하여 프로그램을 운영할 계획이다. 예산은 2018년 충남도민 공모사업 신청으로 사업비 3억 원을 확보한 상태로 300만 원을 들인 청소년 100인 토론회가 3억이라는 큰 성과를 이룬 사업이다.

이외에도 소통과 화합이라는 주제로 어르신 인생 자서전 학교,

어린이 재능기부캠프 "I LOVE 아이", 신평주민과 함께하는 가을 추억 만들기, 아랫목 토론회를 통해 어르신이 제안한 농한기에 경로당을 찾아가는 극장 사업, 제6회 신평 가을 콘서트 등 행사를 실시하였다.

다섯 번째, 대회의실에는 주민자치위원회 참여위원들의 출결사항을 기록하는 상황판이 게시되어 있다. 밑의 하단부에는 위원들의 30명의 이름이 기재되어 있고 세로는 월이 표시되어 있다. 위원들 출결사항을 빨강(회의), 파랑(행사), 노랑(교육)으로 스티커로 표시하여 참석여부를 한눈에 알 수 있도록 하여 자발적 참여를 유도하고 있다.

신평면은 주민에 의한, 주민을 위한 주민자치를 실시하여 전국에서 주목받고 있다. 전국 주민자치 박람회 3년 연속 우수사례 선정, 제15회 주민자치분야 우수상, 제16회 주민자치 분야 장려상, 제17회 주민자치분야 장려상을 수상하였다.

벤치마킹 간 천안시 원성1동 분과장이 묻는다. 주민자치위원장을 하면서 힘든 일이 무엇인지? 정복순 위원장은 "봉사는 마약과도 같으며 무척 재미가 있다. 여러 사람들이 잘 도와주고 있어서. 일주일에 2~3회는 모이고 있다."라고 답한다.

7) 영남권: 부산광역시 동래구 안락2동

2018. 5월 부산 동래구 안락2동으로 주민자치회 벤치마킹을 가려고 청주 오송역에서 KTX를 타고 부산으로 향했다. 속도가 300

km까지 올라간다. 1시간 50여 분이 되니 부산역에 도착했다. 부산에서 동래까지 지하철을 이용하기로 마음먹고 검색해보니 12km 정도로 30분가량이 걸린다고 검색이 된다. 소요 시간이 길었으나 바로 부산역에서 출발, 동래역에서 내려 안락2동을 주위 사람에게 물어보니 걷기는 멀다고 해서 택시를 타고 안락2동을 찾았다.

주민자치 송도선 사무국장(간사)과 동장을 만났다. 안락2동은 인구 3만 3천 명에 33개 통으로 이루어져 있으며 해운대구 연제구 수영구와 경계를 이루는 지역으로 도시 고속도로와 인접하고 충렬대로와 동해선이 통과하는 교통의 요충지다. 안락2동에는 1592년 동래부사로 장렬히 전사한 송상현공을 영령을 기리기 위한 충렬사가 있고, 온천천을 구민 휴식공간으로 개발해 온천천 둑길을 따라 계절별로 초화를 식재 꽃길을 만들어 시민들이 산책과 운동코스로 적당한 곳이다 특히 3월 중순경 오래된 아름드리 벚꽃이 필 때면 시원한 물과, 파란 풀, 노란 유채, 연분홍 벚꽃 등 다양한 색상이 어우러져 인근에서 봄이면 찾는 명소가 되었다.

주민자치 분과는 주민자치, 평생교육, 관리, 복지의 4개 분과로 구성되어 있으며 임명 시 위촉장을 행정복지센터장이 주민자치위원에게 수여하고 있다.

동 행정복지센터 프로그램은 라인댄스, 요가, 영어, 서예 등 9개로 적은 편이지만 어린이 청소년 교실인 생활과학 교실과 토요음악 줄넘기 교실 2개를 운영하고 있다.

안락2동은 주민자치위원이 아닌 주민자치회로 운영하고 있으며 사무실이 협소한 관계로 자치회 별도의 사무실은 없으나 주민자

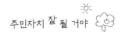

치위원회보다 폭넓은 사업을 하고 있다.

2018년도 사업을 보면 알뜰장터 운영. EM 발효액 등을 들 수 있다. EM(Effective Microorganisms) 발효액은 유용 미생물이라는 뜻으로 함께 만드는 녹색도시인 EM으로 하수구, 화장실 악취 제거, 주방 설거지용, 청소(냉장고, 유리, 변기 등) 욕실(샤워, 머리 감을 때)에서 다양하게 사용한다. 발효액은 원액을 사서 기계에 넣어 행정복지센터 공터의 파란 발효 통에 넣어서 미생물을 발효시켜 필요한 주민들에게 나누어 준다.

지금까지 주요 사업 실적을 보면, 건강하고 살기 좋은 마을 만들기를 위한 "찾아가는 생태교실"을 홍익유치원 등 10개 유치원을 직접 찾아가 360명의 아이들에게 고슴도치 관찰, 개구리 알 관찰, 장수풍뎅이 애벌레 관찰, 마리모 키우기에 대해 설명하여 초롱초롱한 눈으로 호기심을 자극하는데 충분했다.

2017년 5월 주민자치위원 등 운영위원 90명 등 700명 참여하여 알뜰 장터를 개설하여 집안에서 사용하지 않는 의류 가방, 장난감 등 생활용품 판매도 하고 교환 실시하여 주민소통과 화합의 기회 제공하였다.

한 땀 한 땀 손끝으로 이어지는 이웃사랑 실천으로 안락2동 주민자치회 "손바느질 수강생"이 수면바지, 생활복 등을 만들어 저소득 취약계층 및 다자녀 출산가정 등 방문 전달하여 마을공동체 및 재능 기부문화 확산에 앞장서고 있다.

8) 영남권: 울산광역시 북구 농소3동

울산시 농소3동을 가기 위해서 새벽 6시 반에 집을 출발하여 청주 오송역에서 울산(통도사)으로 가는 KTX에 7시에 올랐다. 옷이 젖을 정도로 부슬부슬 비가 내리는 날씨, 차량 넘어 보이는 사과꽃은 활짝 피었고 산천은 녹음이 짙어지고 있어 봄이 끝나감을 느낀다. 울산 하면 고래고기와 도심 중앙을 흐르는 태화강, 2년 전 용암1동 근무 시 와 봤던 시원하고 깔끔하게 정돈된 4㎞ 길이의 십 리 대밭길이 유명하다.

2019년 4월 26일 용암1동 주민자치위원회가 대형버스로 행정기관 도움 없이 주민 스스로 결정하고 시행하여 자치회가 모범적으로 운영되는 울산시 북구 농소3동으로 벤치마킹을 하는 날이다. 용암1동 자치위원들과 현장에서 11시에 만나기로 하였다.

농소3동 행정복지센터에 1시간 먼저 도착하였는데 1층 회의실에 PPT 자료와 책상, 의자 등 회의장이 준비되고 11시가 되자 인사 소개에 이어 지난해 역점적으로 추진하였던 상황 설명이 이어진다.

농소3동 행정복지센터는 4만 1천 명의 인구로 삼한시대부터 달천철장이 있는 철의 고장이다. 천마산 편백 산림욕장과 천곡천 생태하천을 통해 생활 터전 가까이에서 자연을 만날 수 있는 천혜의 환경을 갖추고 있다. "좋은 사람 정다운 이웃 행복마을" 슬로건으로 함께 행복한 마을을 만들기 위해 최선을 다하고 있다.

2013년 6월에 시범기관으로 선정, 울산시 농소3동은 울산시에

주민자치 잘 될 거야

서 유일한 주민자치회다. 2층에 주민자치회 전용사무실과 유급간사도 있어 회의 서류 작성과 36개 프로그램을 운영한다. 수강료는 3개월 분기 단위로 징수하는데 대체로 매월 15,000원(분기 45,000원)으로 모든 프로그램은 선착순 방문 접수한다. 할인 대상은 자원봉사자 20%, 만 65세 이상 50% 감면하며 혹시 수입보다 지출이 많을까 봐 손익을 따지는 경영을 도입해야 한다고 농소3동 주민자치회 장용삼 위원장은 말한다. 프로그램 회원은 강좌별 '최소 17명은 되어야 손익분기점'이다. 수입보다 지출이 많으면 안 되니까. 프로그램 중 효자는 150여 명의 회원이 있는 헬스이며 강사료 지출 없이 많은 수익을 주는 과목이라고 말한다. 눈에 띄는 것은 주변에 대단위 아파트가 많고 학교가 9개(초등4, 중3, 고등2)나 있어 어린이 학생 프로그램으로 창의로봇 2개, 키즈밸리 초급(정원 15명, 월, 수요일 16~17시, 분기 45,000원), 중급(17~18시) 총 4개가 운영 중에 있다.

1년에 북구청에서 행정복지센터로 지원해 주는 예산은 1억 정도인데 올해는 줄어들어 95백만 원 지원받았다며 우리 동은 자치회라 타동에 비해 많은 자금을 지원해 준다.

재원 확보를 위하여 5개 공모사업(1억 3천2백만 원)으로 안심마을 아파트 놀이터 CCTV 설치(1억 원), 공동체 라디오 교육(1천 6백만 원), 어울림 한마당 마을축제(1천5백만 원), 인문학, 영화로 배우기(1백만 원), 문화예술 공연으로 3개 공연 단체가 지원한다.

주민자치위원은 24명이고 분과는 문화복지, 교육, 안전 3개이며 임원회의는 매월 셋째 주 분과회의를 하고, 월례회는 일주일 후 매월 넷째 주 목요일에 개최한다.

역점적으로 추진하는 사례를 보면 첫째, 주민과 함께 만들어 가는 행복마을이다. 깨끗한 우리 동네 만들기로 "함께 우리 동네 깨끗이"라는 슬로건으로 설맞이 대청소를 시작으로 자생단체별 책임 청소구역별 마을 청소를 실시한다.

사랑과 정을 담은 어르신 위안잔치를 개최하여 무대에 풍선도 달고 경품도 준비하고 춤과 공연으로 경로효친의 전통을 계승하고 어르신들의 기쁨의 장을 마련하고 있다.

매년 함께 만들어 가는 어울림 축제 한마당으로 2018년 6월 22일(금) 농소3동 쇠부리거리에서 동아리팀 노래자랑, 문화센터 수강생들의 발표회 및 주민노래자랑으로 주민과 소통하는 화합의 장을 마련한다.

둘째, 안심하고 살 수 있는 안전마을이다. 학교폭력 추방 캠페인 차원으로 농서초 삼거리에서 "욕설, 비속어 추방하여 아름다운 우리 되자"라는 거리 캠페인을 추진하였고 올해 사업으로 신발에 야광 스티커를 붙여 야간에 보행 시 안전 등을 지도할 계획이다.

관내에 있는 울산 중구 소방서 119 안전 체험장에서는 평소 견학 온 학생들에게 교육할 때 차량, 보행, 위험 등 안전의 중요성을 강조한다.

셋째, 배움이 열려있는 교육마을이다. 지난해 2018년 9월 15일 내 고장 문화탐방을 실시하였는데 성안동 지석묘에서 천곡동 정임석 열사 묘까지 문화 해설사를 초빙하여 내 고장을 알 수 있는 계기를 마련하였고 10월 20일에는 순금산 생태 자연체험을 운영

주민자치 잘 될 거야

하여 10가족을 선정하고 숲 체험 놀이, 순금산 걷기 등을 실시하였다.

수강생 재능 기부를 실시하였는데 10월 10일에는 명성요양원에서 문화센터 수강생들이 어르신 위문공연을 실시하였고, 10월 29일에는 엘림요양원을 찾아 요양원 어르신들에게 웃음치료사 레크레이션을 진행해 웃음을 선사하였다.

넷째, 감성이 살아 있는 문화복지 마을이다. 우리 마을 별빛극장으로 6월 22일 쇠부리 문화거리에서 영화관 없는 농소3동에 영화 〈임금님의 사건수첩〉을 19시부터 21시까지 상영하여 주민들에게 여가 문화를 제공하고 6월 23일과 10월 27일에는 쇠부리 나눔장터 & 프리마켓을 운영하였다. 의류, 도서, 장난감 등 중고 재활용 물품을 서로 교환하고 판매하여 나눔과 베풂을 실천했다. 주변에는 농산물 직거래, 주민자치센터 작품 전시회도 열어 볼거리, 즐길 거리도 있다.

2018 마을 만들기 공모사업으로 선정된 관내 중, 고등학생을 대상으로 "소중한 물 너를 지켜 줄게!" 관내 빗물받이 10개소를 찾아 오물 청소도 하고 빗물받이 그림 그리기를 하여 물의 소중함과 중요성에 대한 교육을 실시하였다.

이외에도 수강생과 강사 간담회, 역량 강화를 위한 경남 산청의 선진지 견학을 실시하였다. 모든 자치회원들이 직업이 있음에도 불구하고 지역을 위하여 스스로 주민을 위하여 생각하고 실천하는 앞서가는 모범적인 자치회라 생각된다. 질의 응답시간에 "혹시 올해 전국 주민자치 박람회에 나갈 거예요?"라고 묻는다. 대답은 "

우리는 많은 사업을 하기도 바빠요 안 나갈 겁니다."였다.

9) 영남권: 경상남도 거창군 북상면

경남 거창군 북상면을 찾아가는 길 국도변에는 벚꽃이 만발하고 만물이 소생하는 2019년 4월이다. 거창한 북상면은 남 덕유산 끝자락 지역으로 차창 밖의 밭에는 사과나무가 잘 전지되어 사과의 고장인 것을 알 수 있으며 따뜻한 봄이 북상하는 북상면 주민자치회를 찾아갔다.

오후 3시에 만나기로 했는데 약속된 시간보다 일찍 도착하여 시간을 맞추기 위해서 동네 안으로 차를 몰고 들어갔더니 펜션 지을 집터가 눈에 들어왔다. 왜 이런 곳에 집터를.

안쪽으로 들어가니 월성계곡을 흐르는 강선대의 깨끗한 물과 넓은 바위가 보여 더운 여름철에 많은 피서객들이 찾아오겠구나 하는 생각을 해 본다.

북상면은 인구가 1,600명으로 옛 조선들의 숨결이 살아있는 문화유적과 전통문화를 보유한 지역이며 지역 특산물로는 사과, 오미자, 더덕이 많이 생산되고 고로쇠 물도 유명하다. 대다수 면민들이 다 그렇듯이 고령에다 연로하고 인구수가 점차 줄어든다고 박준옥 면장이 걱정을 한다.

주민자치회는 2013년에 주민자치회 시범 면으로 선정되고 9월에는 자치회 안심마을 시범 사업으로 선정되어 국비 6억 원을 받았다. 주민자치회는 3개 분과(운영위원회, 환경개발위원회, 주민소득위

주민자치 잘 될 거야

원회) 22명으로 구성되어 있다. 주민자치 임종호 회장은 북상면이 고향이고 북상면 전전면장을 지냈다고 하며 많은 일을 계획하고 실천한다고 칭찬을 한다. 마침 방문 시에 거창군 결산검사 위원으로 참석해서 직접 만나지는 못하고 통화만 했다. 매년 주민자치회 1년 사업비로 1,100만 원 군에서 지원해 준다.

사업내용을 보면 연초에 주민자치회 주관으로 1월 7일 주민들의 올 한해 건강과 행운을 기원하고 지역발전의 염원을 기원하는 "면민 안녕 기원제"를, 면사무소 건너편 면민의 상(한반도를 닮은 바위) 앞에서 기관단체장 직능단체장 주민 등 200여 명의 참여하에 면민의 날 행사를 실시한다. 기원제에 앞서 주민자치 프로그램인 풍물패 수강생들의 지신밟기 행사로 한바탕 신나게 놀며 흥을 돋운다.

주민자치 프로그램으로 9개 운영 중인데 풍물, 서예, 7080 노래, 단학기공, 요가 등으로 130여 명이 수강하고 있으며 월 수강료를 1~3만 원씩 받고 있다.

그중 눈에 띄는 프로그램은 2009년에 창단된 "농부 합창단"이다 노래하는 농부를 브랜드화해서 2013년에 특허청에 상표등록을 마치고 경남도 박람회, 행안부에 출전하여 수상도 많이 하였다고 주위에서 칭찬이 자자하다.

토박이 농민과 귀농인으로 결성된 거창군 북상면 "거창하게 노래하는 농부들"은 43명으로 구성되어 농사일로 바쁜 중에서도 밤 시간을 이용해 주 1~2회 꾸준한 연습으로 실력을 쌓아 2011년 농촌진흥청주관 합창경연대회 최우수상, 2012년 전국농어촌마을 합창경연대회 대상, 2015년 경남농정 비전 선포식 초청공연 등 전국 대회 수상으로 합창 실력을 인정받아 주위에서 출연요청이 쇄도한다.

다음은 EM 흙공을 이용한 하천정화 활동으로 쑥쑥 크는 "풀뿌리 자치"가 진행 중이다. 2017년 7월 주민자치회와 북상초등학교 학생들이 EM이 들어있는 효소발효액과 황토를 반죽해 손안에 쏙 들어가게 만든 흙공을 하천에 던지면 강바닥에서 서서히 풀려 물속 오염물질을 제거하고 수질을 정화한다. "EM은 인간에게 유익한 미생물로 오염된 하천의 악취나 해충을 친환경적인 방법으로 제거할 때 쓰인다. 가정생활 하수가 수질오염의 50%를 차지하는 골치 아픈 문제를 학교 주민자치회 연계, 주민이 주체가 되어 지역 문제였던 하천 오염을 해결하고자 흙공 운동을 전개하고 있다. 다양한 사업을 추진하는 과정에서 주민, 관계 기관이 손을 잡고 지역의 다양한 문제해결에 직접 참여한다는 점을 높이 평가받아 최우수 사례로 선정 장관상과 사례 발표를 실시하였다. 방문 시 강선대에 흐르는 물이 유난히 깨끗함을 느꼈다.

깨끗한 월성계곡에 면화인 수달래[진달래 종류, 물에서 자란다 하여 수(水)달래] 식재를 통해 아름다운 월성계곡의 경관조성을 위해 올해도 사업비 1,000만 원을 들여 심을 계획이다.

계곡에 갈대류 등 유수 지장목을 제거하고 주변 정화 활동과 함께 면화인 수달래를 심는 사업으로 2018년에 사업비 4,000만 원을 투입하여 월성계곡에 면화를 식재하였다.

2019년에는 북상 면지 편찬을 하려고 진행 중이다. 주민자치회

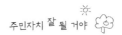

에서 전통과 변화상을 담은 면지 편찬을 추진하고자 2015년에 사업비 1억 5천만 원을 계획으로 2014년에 주민자치위원회에서 사업을 제안하고 다음 해 편찬위원회를 구성하여 주민설명회, 마을 좌담회를 개최하여 주민들의 공감대를 형성하고 마음을 한곳에 모았다. 향토자료수집 및 기초 원고를 완료하여 98% 진도가 나갔으며 멋진 면지(面紙)가 될 것으로 기대하고 있다.

나눔 행사로 주민자치회 회원들 스스로 솔선수범, 이웃사랑을 실천 홍보하고 있다. 매년 관내에 벼를 재배하고 수확하여 어려운 이웃에 나눔 행사를 추진하고 있는데 2017년에는 벼를 20kg 63포를 수확하여 소외계층에 24포(마을별로 2개)와 거창군 아림 1004 운동본부에 140만 원을 기부하였다.

적은 면 지역에서 창의적인 다양한 사업과 주민들, 학생 등이 힘을 합쳐서 깨끗하고 잘 사는 지역공동체를 만드는 것이 지도자의 힘이라는 것을 느끼게 된다.

그동안 추진성과로는 다양한 프로그램 운영으로 주민 공동체의식 형성 및 활성화와 지역 자생단체와의 유대강화 여러 가지 행사를 통한 주민화합 계기를 마련하였다.

극복 과제로는 일회성에 그치고 지속성 확보의 어려움이 있고 특정 소수의 참여와 다양하고 고루 참여하는 문제, 농촌지역의 초 고령층, 관심 부족이 문제라고 하며 "그래도 우리는 극복해야 합니다."라고 말한다.

10) 호남권: 광주광역시 북구 임동

　광주광역시 북구 임동 주민자치회를 찾았다. 광주를 가는 길에 하루 전 광주역에 도착했다. 임동은 광주역에서 1.5㎞ 정도 위치에 있다. 주위 사람에게 광주는 무엇이 맛있느냐고 물어보니 탕탕이란다. 탕탕이는 살아있는 낙지를 칼로 탕탕 썰어서 술안주와 저녁을 먹으면 좋다고 귀띔을 해준다. 전에는 광주에 와서 떡갈비를 맛있게 먹었던 것이 생각나서 물어보니 송정리까지 가야하기 때문에 퇴근시간이라 길도 막히고 멀다고 일러 준다.

　출근시간인 9시에 임동 행정복지센터를 방문했다. 사무실 직원들은 각자 맡은 바 일에 전념하고 있었고. 동장은 구청과 화상 회의를 한다고 보이지 않았다. 공간도 없고 해서 2층 다목적 회의실로 올라갔다. 쇼핑백에 홍보 책자 2권과 물병이 들어 있는데 물병 뚜껑이 야구공 모양으로 만들었는데 임동은 광주 야구의 역사를 품은 "타이거즈 홈구장" 마을을 홍보하고 있다. 20여 분이 지난 후 2층으로 동장이 올라오고 듬직한 조규재 주민자치회장이 올라온다. 주민자치회장은 임동에서 태어나고 자란 61세로 주민자치 경력 10년 차이며 동장은 주민자치를 행정복지센터에서 담당도 하고 업무에 산중인인데 대화 중 동장과 주민자치회장이 서로 열심히 한다고 칭찬을 한다. 코드가 잘 맞는 것을 엿볼 수 있었다.

　2013년 주민자치회로 전환된 이후 환경 개선, 지역공동체 구성이라는 목표에서 지역 활성화, 도시 재생에 눈을 돌려 2014년에는 안전마을을 구축했다. 2016년부터는 야구마을을 콘셉트로 야구

주민자치 잘 될 거야

명문 서림초등학교, 기아 홈구장이 소재하고 있다는 특성에서 착안 "야구마을" 사업을 지역주민에게 설득하고 열정적으로 추진하여 "야구"를 테마로 관광 지역 브랜드를 발전시켰다.

임동은 버드나무 등 고목숲길이 울창하여 "유림촌" 또는 "버드리"라고 불려 왔으며 광주천과 서방천이 만든 퇴적지형인 자연제방으로 배수가 잘 된 농경지로 일제시대부터 종묘장과 광주농고가 위치해 있었다. 1960년 도시계획에 의하여 서방천으로 하류와 저습지를 매입하여 현재 무등 경기장(전 공설운동장)이 만들어지면서 주거와 상업, 공업, 스포츠의 중심지역으로 발전해 왔다. 1970~1980년대는 일신, 전남방직 산업을 바탕으로 광주에서 손꼽히는 공업, 상업중심지로 발전하였다.

2017년도에 유림촌 이야기 "마실"이라는 책을 민관 상생, 도시재생, 주민 자생으로 살아 숨 쉬는 임동의 "어제와 오늘 미래를 말하다"라는 주제로 조규재 주민자치회장을 중심으로 강예순 외 10명의 단원과 4명의 조사 지원으로 150여 쪽 책을 만들었다. 책자 구성은 총 3장으로 엮어져 있는데 다음과 같다.

제1장은 옛날 임동은, 기록으로 보는 임동의 역사, 구슬로 듣는 임동의 변천
제2장은 임동 주민으로 살아온 이야기, 임동의 볼거리, 즐길 거리, 자랑거리
제3장은 내가 꿈꾸는 임동, 함께 그리는 내일의 임동을 소개

그동안 추진할 사업을 보면 첫 번째 감성의 숲이다. 임동 행정복지센터 입구 쪽으로 다가오면 입구 바로 옆에 자리를 잡은 소나무 두 그루가 눈에 띈다. 서로 마주 보고 줄기가 뻗은 멋진 소나무는 약 20년 정도의 소나무로 안쪽으로 줄기가 뻗어 있는데 한쪽 소나무(기부자)가 무엇을 주면 다른 쪽 소나무(손은 내미는 수혜자)는 받는 형상이며 소나무 아래에는 빨간 우체통과 책 모양 안내판이 있다.

　고운 마음씨를 가진 사람이 찾아와 우체통의 벨을 울리면 복지 담당 직원에게 연결되어 다양한 분야의 복지 상담을 받을 수 있다. 또한 기부자의 이름은 명패가 되어 소나무 가지에 모여 아름다운 열매가 된다.

　두 번째, 서림 유림공원이다. 야구의 명문 학교인 서림초등학교 맞은편에 있는데 개발 전에는 낡은 폐가가 있어 미관이 좋지 않고 날마다 초등학교 학생들이 등하교할 때 안전상 위험하던 것을 어른의 시각이 아닌 초등학생들에게 어떻게 해주면 좋겠느냐고 의견을 그림으로 받았다. 우수작을 받아들여 입구에는 남녀 학생들이 줄넘기를 하는 것을 형상화하고, 해바라기 모양의 분수대와 종이비행기 모양의 파고라는 그늘을 만들어 준다. 비가 오면 우수통으로 물을 받아 저장했다가, 가뭄 때 공원식물들에게 물을 주어 가꿀 수 있게끔 창의적으로 만든 세 가지 종합 선물세트다.

　세 번째, 꽃길 특성화 골목길이다. 쇠락한 구도심답게 임동 깊숙이 자리 잡은 주택가에는 차 한 대도 들어가기 힘든 좁은 골목에 주민들이 직접 꾸민 꽃길 특성화 골목길이 있다. 나란히 있는 골

주민자치 잘 될 거야

목길에 고운 색감의 벽화와 다양한 식물을 심은 화분들이 빼곡하게 늘어서 독특한 매력을 풍긴다. 낡은 화분이나 오래된 양동이, 금이 간 시루에 예쁜 그림을 그려 재탄생시킨 아트 화분에 이름도 종류도 색깔도 다양한 식물들이 쑥쑥 자라고 있다. 화분 관리에 물이 많이 소요되어 전기료가 부담되자 골목 입구에 놓인 커다란 고무 통을 우수 통으로 주택 지붕을 타고 흘러내린 빗물을 모아 골목을 가꾸는 데 사용한다.

처음에는 머리를 맞댄 주택 3~4개소의 주민들이 집집마다 화분을 내놓고 키우기 시작한 것을 시초로 더 아름답게 가꾸어보고자 머리를 맞댄 결과물이다. 중간 주택에 맞벌이하는 부부가 있었는데 주위에 아름다운 꽃들을 가꾸는 것을 보고 우리는 식물을 가꿀 수가 없으므로 물관리를 안 해도 되는 예쁜 벽화를 그려 동참을 했다고 한다.

최근에 주민을 위해서 하신 일에 대해서 묻자 사랑의 민원발급기를 주민들이 많이 이용하는 새마을금고 1층에 설치했다고 한다. 동 행정복지센터에서 떨어져 있는 곳에 주민등록증명서 발급기인 민원발급기를 설치하여 주어 주민들의 편의를 도모하여 주었고 주위에 학교가 있는데도 도서관이 없어 책에 대한 갈증을 하던 차에 새마을금고 3층에 책을 비치할 수 있는 장소를 확보해주어 일부러 먼 도서관을 안 가더라도 손쉽게 이용할 수 있도록 주민자치회와 동 행정복지센터의 긴밀한 협조로 이루었다고 서로 칭찬을 한다. 홈런 정원, 광주 야구의 거리, 야구와 녹색의 숲이 숨 쉬는 명품 스로우길, 신명나는 주민 주도의 마을 만들기를 통해 국토해양부 선정 국토도시 디자인대전 우수마을, KBC 선정 좋은 이웃 밝은 동네, 행정평가 최우수마을, 전국주민자치박람회 우수사례 등에 수차례 소개된 주민자치 선도지역이다.

앞으로 주민자치회 나갈 방향에 대하여는 행정기관에서 필요한 것이 아닌 주민이 필요한 수요자 중심으로 주민참여가 절실하며 서두르지 말고 천천히 나가는 것이 중요하다. 사업은 지역공모제를 실시하여 지역 활성화 사업으로 지역에서 간절하게 필요한 사업을 선정하여 아줌마, 길거리 그늘 등 사람들이 모이는 곳을 찾아서 자연스럽게 의견을 청취, 공청회를 하여 주민들의 마음을 읽고 있다.

앞으로의 임동 미래의 청사진은 옛 일신방직, 전방공장이 있던 슬럼화된 지역의 도시 재생사업을 성공해서 도심 재생의 랜드마크가 되길 소망해보고, 일신 방직자리에 롯데월드처럼 놀이동산이나 스포츠 힐링타운, 도심 속 수목원을 만들어 아이들과 손잡고 놀러 갈 공간을 만들어 살맛 나는 도시를 만들고 광주 천변 공간을 공원으로 활용했으면 한다. 자녀 키울 때는 도서관 옆에 살고 늙어서는 복지관 옆에 살아야 편리하지 않겠는가?

조규재 회장님께서 바쁘신데도 사업 지역을 본인의 차량으로 안내도 해주시고 미래를 내다보는 리더자의 안목과 민관상생으로 고민하고 열정적으로 추진한 결과물이 임동에 많다.

임동에서 맺은 우연한 만남과 인연을 바탕으로 살맛나는 마을을 만들기 위해, 우리 동네를 위해 서로의 믿음을 모아 노력하는 것이 진정 주민자치일 것이다.

주민자치 잘 될 거야

11) 호남권: 전라북도 군산시 수송동

전북 군산시 수송동에서 11시에 주민자치위원장을 뵙기로 했는데 10시 30분에 광주에서 출발하여 내비게이션을 보니 12시가 되어야 도착할 수 있다. 광주에서 자치회장이 바빠서 못 만나다고 하여 30분 정도 있다가 오려고 했는데 차로 가까운 사업현장을 가보자고 해서 거절도 못 하고 해서 늦어지게 되었다. 올라오는 길은 널따란 김제평야를 가로질러 수송동에 도착하니 11시 50분이다. 신축 건물로 벚꽃이 활짝 피었다가 꽃잎이 흩날린다. 근처 감자탕집에서 점심을 먹었는데 감자탕집은 자기네 집이 맛집이라며 은근히 자랑을 한다.

수송동은 으뜸 수(秀) 소나무 송(松)으로 사철 푸르름을 잃지 않는 소나무의 기상으로 발전하여 군산시 신도심의 심장 역할을 하고 있으며 인구 5만 4천 명의 가장 큰 동이다. 1시가 되어 동 주민센터 입구에 도착하니 자치위원장, 동장이 나와 반겨주신다. 11시에 왔어야 하는데 2시간 늦은 것이다. 오다가 늦는다고 연락은 했지만 죄송했다. 안내하는 장소로 들어가 보니 발표장을 만들어 놓고 PPT와 화면 등 설명 준비가 세팅되어 있었다. 함경구 위원장의 발표가 시작되었다. 첫 분위기가 주민자치위원회이지만 사무실도 있고 유급간사도 있고 무언가 다른 지역보다 달라 보였다. 수송동에는 "우리 동네 우리가 책임진다"라는 슬로건 아래 편리한 인터넷 수강 신청, 수강생 한마당 축제의 화합, 어려운 이웃 천사 모사업을 펼치는 나눔으로 문 높이를 낮추었고 운영되는 프로그램은 32개 강좌가 개설되어 있다고 설명을 한다.

주민자치위원회 위원 입회 절차라고 할까 가입 수준도 높은데 공고를 거쳐 접수와 면접으로 선정하는 방법, 주민자치위원이 지역의 인재를 추천하는 방법이 있는데 입회비를 50만 원 납부해야 함에도 주민자치위원은 항상 만석으로 인기가 높다.

강사의 경우, 한 달 강사료로 20~30만 원을 받는데 수송동에서 주민자치 프로그램 강사를 한다고 하면 군산시 최고의 강사로 주위에서 인정받아 높은 퀄리티가 있고, 온라인이 활성화되어 있어 수강생 접수 시 40명 정도 모집하면 15명은 인터넷으로 신청할 정도로 젊은 층이 많이 참여하고 있다.

수강생은 분기별로 접수하는데 에어로빅(주 5회)만 6만 원이고, 라인댄스, 요가, 난타, 풍물, 서예, 사진 등은 주 2~3회 하므로 3만 3천 원씩 납부하고 있다. 수송동에 거주하는 65세 이상은 무료로 수강할 수 있다. 참석률이 75% 이하가 되면 '삼진 아웃제'를 적용하는데 프로그램 신청만 하고 출석을 안 하는 사람들이 없도록 3개월 제재를 한다. 이유는 다른 수강자들이 수강을 하고 싶어도 한정된 인원으로 희망자들이 수강신청을 못하기 때문이다.

주민자치위원회에서 매년 프로그램 수강료, 시 강사지원금 등 총 수입금 9천만 원의 수입으로 간사 급여를 지급하고 있으며 간사는 주로 수강료를 징수하고 주민자치 회의 시 회의 서류 작성, 회의실 준비 등을 담당하고 있다. 수송동의 2018년 분기별 프로그램 운영 시 역점적으로 추진한 내역을 소개하면 다음과 같다.

주민자치 잘 될 거야

첫째, 수송동 시설장비 유지비 3% 정도 사용하여 프로그램 내 환경정비 청소 등 쾌적한 프로그램을 만들려고 노력을 하고 있다.

둘째, 프로그램 홍보 활성화를 꾀하고 있는데 인근 학원에서 하는 노래, 요가, 댄스 등을 지향하고 인문학 등 마음의 양식이 되는 신규 프로그램 도입을 하려고 노력하고 있다.

셋째, 32개 프로그램 중 공연이 가능한 15개 프로그램 지원으로 평생학습 한마당 대 축제(2018년 6월 27일 실시) 시 우수한 성적을 거둘 수 있도록 식대지원, 소품지원 등을 하고 있다. 또한 프로그램 수강생들도 지역에서 어려운 이웃을 대상으로 봉사활동을 자체적으로 하도록 권장하고 있다.

넷째, 프로그램 수강자들이 동 행정복지센터에 오지 않고 온라인 인터넷으로 수강신청할 수 있도록 프로그램을 만들어 운영하고 있다.

추진한 성과를 보면 프로그램에 주민 참여를 제고시키고, 통장협의회 부녀회 지역사회보장협의체 등 직능단체와 주민과 교류도 실시하고, 주민들에게 열린 주민자치위원회가 되도록 하였다.

첫째로 수강생 대축제를 실시하는데 예산의 25%를 사용한다.

둘째로 평생학습 한마당 축제를 하는데 매년 가을에 2개 프로그램을 출전한다.

셋째로 주민자치위원회 역량강화사업으로 연 2회 주민자치 위크숍(대천 근처에서 실시)을 개최하여 내부적으로 결속도 다지고 친밀해지는 계기를 마련한다.

넷째로 지역봉사를 실시하는데 사랑의 김장 나누기, 복지시설 위문, 취약계층 무료급식, 붕어빵을 준비하여 경로당 순회 방문을 통해 더불어 잘사는 마을 만들기에 앞장서고 있다.

지역 소외계층을 위한 천사 모 사업을 하는데 지역주민과 기관장을 회원으로 모셔서 월 1천 원부터 1만 원까지 선택하여 기부하는 사업으로써 지역관 내에 갑자기 발생하는 어려운 가정을 돌보는 대표적인 사례로 위기가 발생하면 연탄 또는 난방유 식량 지원 반찬 지원 등 실질적인 모범사례다.

주민자치위원회 회의는 매월 마지막 주에 분과별 소 운영위원회 회의를 실시하는데

분과별로 올해는 무엇을 할 것인가 고민하고 분과별로 특성 있는 과제를 선정하여

제출하라고 주문하고 있다. 매월 첫째 주 수요일에 주민자치위원회 전체회의를 실시하여 분과회의에서 올라온 안건과 당월에 처리할 안건을 심도 있게 토론하여 안건을 처리한다.

앞으로 주민자치가 나갈 방향에 대하여 함 위원장에게 들어보았다.

첫째, 주민자치위원회는 주민들에게 군림하는 자세가 아닌 섬기고 봉사하는 마음으로 대하면 좋겠고 주민들에게 가깝게

다가가는 노력이 필요하다.

둘째, 주민자치위원과 직능단체장은 완장을 찬 것이 아니라 늘 겸손해야 한다.

셋째, 주민자치위원들의 주민자치에 대한 교육이 절실하게 필요하다. 주민자치위원이 임무가 무엇인지, 무엇을 해야 하는지 모르는 사람이 너무 많다. 나도 지금까지 주민자치에 대해서 교육을 받아 본 적이 없다. 따라서 주민자치위원들의 교육이 필요하다(매년 1회, 반기별로)

넷째, 주민자치의 꽃은 박람회다. 주민자치위원이라면 목표가 있어야 하는데 매년 열리는 주민자치 박람회에 출전도 해야 하고 참여만 하여도 주민자치에 눈이 떠진다.

다섯째, 주민자치회는 작은 지방의회이다. 지역 현황 및 시에서 협조사항(시민의 날, 새만금 마라톤, 걷기 대회 등) 적극적으로 참여할 수 있도록 행정복지센터와 긴밀하게 협의하여 진행한다.

군산시 수송동을 다녀오면서 주민자치위원회 함경구 위원장의 열정을 높이 평가하고 싶다. 주민자치 박람회는 꽃이라며 회원들에게 왜 박람회에 나가야 하는지를 알게 하여 나아가야 할 방향을 제시하여 뭉치게 하고 주민자치가 원하는 간사를 자체적으로 두어 행정기관의 손을 안 빌리고 자체적으로 업무를 처리하고 오늘보다 내일을 위해 프로그램 등 마을을 발전적, 창의적인 고민을 하는 리더가 적임자라고 생각한다.

12) 호남권: 전라북도 군산시 옥산면

군산시 옥산면 주민자치회를 찾아서 길을 나섰다. 따뜻한 봄날 톨게이트에 들어서니 어제 만개한 벚꽃 잎들이 흩날리기 시작한다. 군산 하면 가 볼 만한 곳으로 시내에 유명한 초원사진관이 있다. 2년 전 왔던 지역으로 과거로 시간여행을 하기 좋은 곳이 많으며 길거리에 어렸을 때 코 흘릴 때 먹던 쫀드기, 어린 시절 벽화, 일본식 전통가옥 등이 있고 찹쌀 꽈배기가 유명하다.

옥산면에 16시에 만나기로 약속하고 도착하니 옷이 젖을 정도로 비가 내린다. 1층에 면사무소 직원이 근무하는데 출입구에서 70대로 보이는 할머니가 혼잣말로 큰소리로 독백을 한다. 어디나 큰소리치는 사람이 있는 것 같다. 2층 면장실로 올라갔다 형님 같은 주민자치회장과 간사, 면장이 자리에 계신다. 옥산면 주민자치회는 2013년 9월 11일 22명으로 구성되었다. 전국의 주민자치회 시범 실시지역 31개가 확정될 때 결정이 된 것이다.

군산시 옥산면은 전형적인 농촌지역으로 인구가 4,400여 명이고 인근 아파트 건립으로 늘어나고 있으며 주민자치회의 구성인원은 28명으로 프로그램을 5개로 운영하고 있으나 농촌지역으로 원활하게 이루어지지 못하고 있다.

옥산면 주민자치회 주요 추진 상황을 보면 2017년 6월 수원시 장안구 조원2동과 자매결연을 하고 먼저 옥산면에서 장안구 조원2동 행정복지센터로 가서 30여 명이 참석하여 자매결연 협약식, 주민자치위원회 운영 현황 자료교환과 옥산면 옥산 한과와 찹쌀

주민자치 잘 될 거야

보리, 장류 등을 판매하기 위해 직거래 장터 운영방안과 도·농 상생발전을 위한 의견 나눔의 시간을 가졌다.

수원시 장안구 조원2동은 인구 2만 명으로 대단위 아파트와 대형 유통매장이 고루 분포되어 있고 군산시 옥산면의 경우 청암산 주변에 위치한 농촌마을로 26개리로 매년 11월 첫째 주 토요일 청암산 축제를 실시한다.

화답으로 2017년 9월 조원2동에서 옥산면을 방문하였다. 조원2동 주민자치회에서 25명이 옥산면을 방문하여 면 현황 설명과 특산품 교환이 이루어 졌으며 군산의 근대역사문화지구와 군산 저수지 제방 등을 견학하였다.

2018년 9월 19일 10시부터 18시까지 수원시 주민자치박람회에 농산물 직거래 장터를 운영하였다. 장소는 수원 화성행궁 광장에 농산물 직거래 장터 판매부스를 만들고 옥산면 농산물을 판매하였다. 옥산면의 주요 농산물인 흰찹쌀보리. 햅쌀, 멜론, 떡 등 10개 품목을 판매하였는데 그날 하루 총 판매수입은 4,836천 원이다.

농가에 홍보는 많이 하였으나 "고령으로 직거래 장터에 많은 농가가 대부분 미참석해서 간신히 체면 유지하고 장터 운영에 어렵고 힘들었다."라고 말한다. 앞으로 주민자치회원들이 사전에 농가에 많은 홍보로 직거래 장터의 적극적인 참여가 요구된다고 자치회장은 말한다.

2018년 11월 제10회 청암산 구슬뫼 전국 등산 축제를 실시하였다. 축제는 군산 호수제방 및 청암산 일원에서 시비 2천만 원으로 3,000여 명이 참여 개막식, 등산 행사, 축하공연 경품 추첨 순으로 이루어져 참가자 모두 호수를 걸으며 행복한 하루를 보냈다.

옥산면 인터넷 홈페이지 공지사항에 옥산면 이장이 26명 중 21명을 공개 모집을 하였다. 한꺼번에 모집하는 것은 특이한 일이다. 면장께 여쭈어보니 군산시 이·통장 임명에 관한 규칙 제2조의 규정에 의거 공개 모집 공고를 하였는데 이장은 임기가 3년이고 한번 연임하여 6년까지 할 수 있다.

○ **군산시 이·통장 임명에 관한 규칙**

제4조(이·통장의 임기) 이·통장의 임기는 3년으로 하고 1회에 한하여 연임할 수 있다. 〈이하 생략〉 단, 공개 모집 지원자가 없어 읍·면·동장이 적임자를 직권으로 임명하는 경우에는 1회 이상 연임한 이·통장이라 할지라도 연임제한은 받지 아니한다.

〈개정 2019. 02. 26.〉

우리 청주시도 통장은 임기가 2년으로 연임 시 최고 6년까지 할 수 있고 이장은 임기가 없어 임기가 수면 위로 올라 일부에서는 기간을 같게 "통장과 같이 임기를 맞추어야 되지 않느냐?"라는 여론이 있는데 군산시는 이·통장을 기간에 관한 사항을 발 빠르게 개정했다. 아마도 개정에 진통이 있었으리라 생각된다.

대화 도중 면장실 벽면에 걸린 사진을 보니 물과 산들이 잘 어우러진 멋진 풍광이 있다. 이렇게 멋진 곳이 있느냐고 물어보니 청암산(해발 113m, 낮은 산)에 있는 군산호수라고 하는 곳이다.

주민자치회장의 안내로 군산 호수를 방문했다 군산 호수공원은 1939년 수원지로 조성되었고 1963년 상수도 보호구역으로 지정되

주민자치 잘 될 거야

어 2008년 지정 해제될 때까지 45년 동안 생태계가 그대로 보존되어 왔다. 그 면적은 2.34㎢에 달한다.

수변 산책 노변은 보존가치가 높은 다양한 습지식생 환경으로 학생들의 자연 학습장소로 좋다. 주변에 왕 버드나무, 대나무, 연꽃이 있으며 수변 산책로가 평지로 잘 정비되어 있다. 수변로는 13,8㎞로 4시간 소요되고, 구불4길은 2시간, 구불5길은 6㎞로 1시간 40분 소요된다. 평지로 걷기도 좋고 인근 주변 지역에서 널리 알려져 아이들과 함께 많은 사람들이 찾아와 호수를 거닐면서 힐링도 하고 행복한 시간을 보냈으면 한다.

옥산면 주민자치위는 수도작을 주로 하는 농촌지역으로 인구 대부분 고령화되어 참석률이 저조하고 주민자치위원회 사무실 공간도 부족하다.

전국의 눈에 띄는 주민자치회 주요 사업을 정리해 보면, 서울시 역촌동- 노노(老老)케어 사업을 주민자치 프로그램에서 자체 집행, 남양주시 진건읍- 자원 재활용 및 어르신 일자리 창출에 기여한 'ECO-반올림', 오산시 세마동- 벽화그리기 사업, 로컬푸드 사업, 진천군 진천읍- 분기별 '상산골 주민자치 신문 발행', 천안시 원성1동- 주민과 주민을 잇는 '고사리장터', 당진시 신평면- 주민총회 개최로 사업순위 확정, 부산시 안락2동- 유치원생을 위한 '찾아가는 생태교실', 농소3동- 어린이프로그램인 창의로봇, 키즈밸리 등 프로그램 경영 도입, 북상면- 농부합창단, EM흙공을 이용한 환경 정화, 임동- 감성의 숲, 종이비행기 파고라(그늘, 우수 통), 수송동- 주민자치위원 입회비 50만 원, 다양한 32개 프로그램 개설, 옥산면- 자매결연 지역의 농산물 직거래 장터 개설 등이 눈에 띈다. 주민 스스로 참여할 수 있는 다양한 사업을 추진하고 있으며 각 지역의 고유한 특성을 반영하여 브랜드화하고 환경 친화적인 사업까지 펼치고 있다.

주민자치 잘 될 거야

제2부

읍·면·동 직능단체

1. 대한 노인회

노인회는 청주시 대한노인회의 청주시 지회 지원에 관한 조례에 의거 동별로 조직되어 있다. 경로효친 사상이 투철한 우리나라는 경로당을 지어서 어르신들을 모이게 하고 취미생활과 식사를 같이 하는 등 행복한 노후를 지내도록 많은 지원을 하고 있다.

노인회는 지역에서 웃어른으로 읍·면·동지역에 마을축제나 신년회 등 행사 시 "개회식 선포" 등 빠짐없이 참석하여 경로효친 사상을 높이고 있다.

경로당에는 에어컨, TV. 냉장고 3종 세트가 구비되어 있고 점심도 같이 먹고 취미생활이 없는 어르신들은 드라마 관람 등으로 소일하고 있다. 여름철에는 시원하게, 겨울에는 따뜻하게 지내고 있다. 또한 조건이 좋은 아파트에서는 자체적으로 노래방 기기도 마련하여 즐거운 노후를 보내고 있다.

처음 동장을 발령받았을 때에는 무더위에 쉼터로 사용하는 23개 경로당 위치도 익히면서 어르신들께 인사도 드리고 불편한 것은 없는지 안전점검도 실시하였다. 3일 만에 전체 경로당을 순회하면서 무더위에 에어컨은 정상적으로 작동하는지 확인하고 지인들에게 선물 받은 난 화분을 보내준 사람의 리본을 떼고 다른 리본으로 "어르신 건강하세요. ○○동장 박진호"라고 교체하여, 경로당에 화분을 1개씩 선물하였다.

선물을 드리는데 경로당에서는 동장한테 선물을 받아보기는 처음이라며 무척이나 즐거워하신다. 그리고 며칠 후 이정골 경로당

주민자치 잘 될 거야

에서 이렇게 고마울 때가 없다며 보답으로 더 큰 화분을 보내주셨다. 아마 지금도 용암1동 일부 경로당에서는 화분 리본도 안 떼고 정성껏 물과 온도를 잘 맞춰 관리하고 있으리라고 생각된다.

주민자치 프로그램에 제과·제빵 교실에서는 관내 어르신들에게 주민자치프로그램에서 빵 200개를 만들어 경로당에 순차적으로 주민자치위원들이 방문하여 안부도 전하고 사랑의 빵을 만들어 맛있게 드실 수 있도록 배려하고 있다.

동 분회별로 경로당 노인회장이 읍·면·동 행정복지센터에서 회의를 개최해서 보조금 정산, 경로당 건의사항 등 당면 사항을 논의하며 자체적으로 모임 회비를 거출한다. 매년 1회 정도 버스 임차한 후 화기애애한 가운데 단합대회 겸 경로당 회장단이 경치가 좋은 인근 지역에 야유회를 실시하여 친밀감을 도모하고 있다. 오랜만에 야유회에서 막걸리, 소주 등을 많이 마셔 넘어져 신체가 다치지 않도록 안전사고에 주의가 필요하며 인솔자는 안전하게 다녀와서 귀가하도록 긴장을 해야 한다.

경로당에는 봉사단체에서 방문하여 간단한 몸풀기, 마사지 등 건강관리를 위하여 복지관에서 9988 등 다양한 프로그램이 진행되고 있다. 이것은 우리나라 노인복지가 많이 좋아졌으며 베이비부머 세대 은퇴로 다양한 봉사가 이루어져 살기 좋고 행복한 사회 분위기가 조성된 결과가 아닌가 생각된다.

2. 통장(이장) 협의회

통장(이장)은 행정기관의 최말단 조직으로서 설립 근거는 행정 동·리·통·반 설치 및 통장·이장 정수조례에 의거 읍·면·동장의 지시를 받는다. 주민등록 사실 조사, 전입신고 확인, 민방위 통지서 교부, 경로당 어르신 보살핌 등의 업무를 주로 실시하며, 매월 25일 전후에 통장 월례회의와 깨끗한 마을조성을 위한 취약지 청소를 하고 있다. 이와 함께 겨울에는 폭설 시 주민들과 함께 도로의 눈도 치우며 동네 주민들의 안전을 위해 적극적인 봉사의 마인드로 항상 열심히 일하는 정말 고마운 분들이라 할 수 있다.

통장 업무 중 가장 어려운 업무는 주민등록 사실 조사이다. 주민등록은 실제 거주하는 읍·면·동에 두어야 하며 주민등록 사실 조사 시 읍·면·동 행정복지센터에서 명부를 출력하여 실제 거주 여부를 일일이 방문하여 확인하고 세대주의 확인을 받는 것이다. 아파트 지역의 경우, 주민등록 사실조사 시 엘리베이터를 이용하여 세대를 방문하기 때문에 수월하게 진행되는 편이다. 그러나 단독주택의 경우에는 보통 3층까지 오르락내리락해야 되는 경우도 있고, 특히 원룸의 경우는 나이가 적은 단독 세대주가 거주하는 편인데 빈번히 찾아간다 해도 집에 없는 경우가 많으며 수차례를 방문한 노력 끝에 세대주 조사가 이루어져 주민등록 사실 조사 시 큰 고생을 하는 편이다.

통장이 특히 주의할 점은 주민등록 사실 조사를 실시할 경우 다른 업무를 추진할 때보다 각별한 주의와 긴장을 해야만 한다.

주민자치 잘 될 거야

사실 조사서에는 거주하는 사람들의 이름과 주민등록번호 등 개인정보가 기재되어 있기 때문에 조사 마감 시까지 특별한 주의가 요구된다. 여성 통장이 대부분인 요즈음 주민등록 사실 조사서 용지를 꺼내기 편리한 헝겊 가방에 넣어서 들고 다닌다. 주민을 만나서 차 한 잔 마시러 커피숍에 들렀다가 깜박 잊고 조사서를 분실할 염려도 있으며 집에 거실이나 안방 등에 사실 조사서를 놓고 장시간 조사를 중단하면 조사서 자료를 어디에 두었는지 잃어버릴 수도 있기 때문이다.

통장의 근속 연한은 2년이다. 한번 위촉하면 최고 6년까지 통장 업무를 수행할 수 있다. 통장은 아파트 지역과 일반 주택 지역에 따라 선호도가 다른 편인데, 아파트는 2년이 지나면 다시 공고하여 배점표에 의하여 통장을 선출한다. 아파트 지역은 동선이 짧고 승강기로 이동하므로 다수의 주민이 통장 지원을 하는 데 반해, 일반 주택 지역의 통장은 쓰레기 불법 투기지역도 있고 서류 전달 시 주택 계단 등을 힘들게 오르내려야 한다. 또한 요즈음 주택은 베이비부머 세대 퇴직으로 원룸이 많이 신축되어 출입 시 입구의 비밀번호를 알아야 되고, 또 출입구로 들어간다 해도 단독 세대가 많아 세대주를 만나기 어려워 통장을 기피하고 있는 실정이다. 따라서 이사 등으로 통장 해촉 사유를 제외하고는 차분하게 통장 직분을 수행하면서 본인이 희망하면 거의 6년까지 롱런할 수가 있다.

지방자치 단체나 의회에서는 통장을 수시로 교체하여 다양한 사람들이 통장 진입 장벽을 낮추어 다수의 원하는 주민이 참여해 보라고 하는 입장이고 통장들은 한번 해보았어도 다음에 또 더 통장을 했으면 하는 입장이다. 2년이 지나면 통장 공고를 거쳐 지원서를 받아 점수에 의거 재임 여부가 결정이 된다.

기간 만료 등으로 통장 모집 시 홈페이지에 통장 모집 공고를 하는데 공고기간은 12일이고 그 후 5일간 신청서(반명함판 사진), 심사동의서, 자기소개서를 작성하여 동 행정복지센터에 접수를 한다.

자격 조건은 당해 관할 구역 내에 거주하는 자, 자원봉사할 의사가 있는 자로 모집공고일 3개월 전까지 당해 관할구역에 주민등록이 되어있으면 지원할 수 있다. 통장 지원신청서에는 인적사항과 가족사항, 지원 동기를 사실대로 작성하고, 심사동의서는 지원자의 인적사항을 기재하고 심사에 동의하며 심사결과에 따를 것을 서약하는 것이며, 자기소개서는 인적사항과 간단한 자기소개 통장을 지원하게 된 동기, 앞으로 통 운영방법, 봉사활동 경력을 기재하면 된다. 기재된 세 가지를 동 행정복지센터에 접수하면 동 행정복지센터의 총무 담당자는 통장 지원자 심사표에 지원자별로 계량화하여 지원자의 점수를 환산한다. 거주 기간, 봉사활동 기간, 업무수행 대처상황, 통장 수행자질, 관내 현안숙지 등 점수화하고 후보자 감사패를 받은 경우 가점을, 지방세가 체납되어 있을 경우 감점을 한다.

봉사활동의 경우 관내에서 통장이 청소, 환경 정비, 경로당 물품전달 등을 하는 것은 통장의 고유 업무에 속하므로 봉사활동 점수를 얻으려면 관내가 아닌 지역 외에서 봉사활동을 하는 것이

주민자치 잘 될 거야

원칙이다. 복지관, 장애, 아동 등 불우시설에서 급식봉사, 목욕봉사를 하면 자원봉사센터에서 인정해 주는 자원봉사로 365, VMS에 올라와 있는 시간만 봉사활동 시간으로 인정해 주는 것이다.

다수 지역에서 통장 위촉 시 봉사활동 분야 점수를 상향하고 있다. 처음 동장할 때는 몰랐는데 두 번째 동장을 하니까 자원봉사의 중요성을 알게 되어 통장 심사표에 봉사활동 점수를 상향시켜 통장 위촉 잣대로 활용하였다. 그렇게 되자 봉사점수가 향후에 통장 재위촉 시 당락이 결정될 수도 있으니까 어떻게 하면 봉사점수를 받을 수 있는지 동요하기 시작했다.

통장 회의 시 통장 협의회 자체적으로 동에서 가까운 봉사활동 기관도 찾아도 보고 여러 명이 동시에 할 수 있는 봉사활동 시설을 주위에서 알아보았다. 그 결과 2018년 1월 이후 통장들은 충북사회복지관에서 월 1회씩 급식봉사를 36명 인원을 절반씩 나누어 봉사활동을 한다. 봉사활동 내용은 복지관 어르신들이 점심에 드실 반찬도 만들고 그릇도 씻고 밥도 배식하는 등 통장들이 관내가 아닌 인근 지역에서 많은 봉사를 하고 있다.

1) 이·통장 임기 3년으로 1회 연임 정비 필요

통장 위촉된 후 2년은 금방 지나간다. 따라서 통장을 2년씩 3회 연임할 수 있는 규정을 1회 3년씩 연임으로 바뀌었으면 좋겠다는 건의가 많다. 일리가 있다. 신규 통장 위촉 시 1년은 통장 업무를 익히다 보면 1년이 금방 지나가고 다음해에 어느 정도 익숙해지면 2년이 지나간다. 2년이 지나면 통장 재위촉 공고를 하므로 2년 기간이 짧다. 1번 위촉되면 통장을 3년하고 1회에 한하여 연임토록 개정 6년이 지나면 만료 하도록 기간을 조정하였으면 좋겠다. 또한 이장의 경우도 3년씩 1회에 한하여 연임(6년)으로 통장 규정과 일치하도록 정비가 필요하다. 그 후 제로에서 다시 선임하는 것으로 조례 개정이 필요하다. 많은 지방자치단체에서 이·통장 임명이 불합리하여 아래와 같이 최근에 조례와 규칙을 정비하였다. 아마도 기간에 있어 많은 잡음과 진통이 있었으리라 추정된다.

○ **군산시 이·통장 임명에 관한 규칙**

　　제4조(이·통장의 임기) 이·통장의 임기는 3년으로 하고 1회에 한하여 연임할 수 있다. 단, 공개 모집 지원자가 없어 읍·면·동장이 적임자를 직권으로 임명하는 경우에는 1회 이상 연임한 이·통장이라 할지라도 연임제한은 받지 아니한다.

〈개정 2019. 2. 26.〉

이외에도 고흥, 구례, 강화는 2년으로 1회 연임(4년), 무주, 김제, 군산은 3년으로 1회 연임(6년), 보성, 영광, 태안은 3년으로 2회 연임(9년)으로 기간을 한정하고 있다.

요즘 베이비부머 세대 대량 은퇴로 사회에서 잘 나가고 능력 있는 훌륭한 인재들이 귀농, 귀촌으로 농촌으로 들어와 이들에게도 동네를 발전할 수 있는 기회를 주어야 하고, 인재를 활용하여야 한다. 그러한 규정이 없으면 한 번 이장은 평생 이장으로 교체 시

주민자치 잘 될 거야

계속 연임하려는 주민 간 갈등과 잡음이 나서 개선이 필요하다.

현재 이장이 받는 보수는 읍·면·동 행정기관에서 24만 원(기본급 20만 원, 출무수당 4만 원), 농협에서 15만 원으로 매월 약 40만 원의 보수가 지급된다. 이외에도 마을사업 결정, 가로등 신설, 보조금 농약 등 마을에서 이장 위상과 권한이 막강하다.

은퇴 시 고향으로 돌아오는 사람은 큰 트러블이 없지만 외지인이 올 경우 상황은 다르다. 잘 대해주는 지역도 있지만 그렇지 않은 곳도 있는 것 같다. 외지에서 공기 좋고 전원생활을 누리기 위해 전입 온 사람들이 소외감을 느끼는 경우가 있으며, 특히 동네에 동산, 부동산 등 재산이 있으면 더 심한 경향이 있어 갈등 요인이 되고 있다. 이 글을 읽는 이장은 배려 있고 이해심이 넓은 사람, 누구든 넓게 포용해 줄 사람이라고 믿고 싶다.

농촌으로 전입하는 사람도 낯선 환경에 잘 적응하려면 동네에서 하는 일에 적극 협조하여 주고 이웃과 잘 지내려고 노력을 해야 한다. 어른에게 공손하고 솔선수범하여야 하며 주민들에게 신뢰를 쌓아가야만 한다. 그러면 주민들도 색안경 끼지 않고 경계를 풀고 한 가족으로 인정해 줄 날이 올 것이다. 로마는 하루아침에 이루어지지 않는 것처럼 정성을 다하고 최선을 다하면서 손해 보는 느낌으로 살면 어느 누가 따돌림 시키겠는가? 이권에만 관여하고 손해 보지 않으려고 하면서 바른말만 하고 따지려고 한다면 누가 반기겠는가. 역지사지로 생각해 보아야 할 것이다. 그러면 열심히 일할 수 있는 다양한 인재가 많아질 것이다. 인간극장에서 소개된 피아골 20대 여성도 이장으로 활동하고 있으니까 말이다.

2) 통장 등 위촉시기 개선

다음으로는 통장 정기위촉을 매년 2월 28(29)일과 8월 31일로 일률적으로 개선하는 것이다. 매월 25일 통장 월례회의를 하므로 많이 모인 월례회의 시 위촉장을 전달하는 것이다. 40개 통이 넘어가는 큰 동 행정복지센터에서는 2~3개월에 한 번씩 위촉업무에 매달린다. 동에 근무하는 총무담당자는 통장 위촉업무만 하면 되겠는가? 안되면 위촉을 묶어서 하는 방법도 있다. 예컨대 오늘이 4월인데 5월에 통장을 1명, 7월에 1명, 9월에 1명이 기간이 만료된다고 할 때 5월에 3명을 공고해서 한꺼번에 뽑는 것이다. 위촉장은 7월. 9월에 가서 통장 월례회 시 위촉하는 것이다.

청주시는 11명의 많은 통장이 지난 2017년 9월 27일에 한꺼번에 교체되었다. 2003년 청주시 대통대반제로 시행으로 인구가 작은 통은 통합하여 시행한 시기가 9월이어서 한꺼번에 많은 통장이 신규로 위촉되었다.

10월은 읍·면·동별 각종 문화행사가 많이 이루어진다. 봉명동의 경우 봉황제가 매년 10월에 열리는데 신임 통장들은 무엇을 해야 하는지 잘 모르고, 이임 통장들은 "내가 통장도 아닌 내가 왜 거기서 나대느냐?"라고 하며 남들이 수군거려 안 간다고 한다. 그때가 9월 말 축제 행사 직전 교체가 되어 신·구 통장 간 갈등이 심하다. 그래서 통장 선출 주기를 2월과 8월로 일률적으로 개선하였으면 하며 이, 통장 정년 연령을 너무 많지 않게 사회적 합의로 조정이 필요할 것으로 보인다.

주민자치 잘 될 거야

청주시는 이러한 지방 자치단체의 어려운 실정을 감안하여, 현행 통·반 운영의 혁신적인 구조조정 및 활성화 방안으로 2003년 10월 대통대반제를 실시하였는데, 기존 통장수의 약 30%에 해당하는 327명의 통장과 1,766명의 반장을 감축시킴으로써 연간 예산 13억 원을 절감시키고 통··반 운영도 활성화시키는 일석이조의 성과를 거둔 바 있다.

3) 청주시 대통대반제 요약

청주시는 대통대반제 시행 이전에는 통장을 위촉함에 있어 동장이 적당한 대상자를 추천하면 행정복지센터장이 위촉을 하고, 반장을 위촉함에 있어서는 통장의 추천을 받아 동장이 위촉을 하였다. 따라서 이런 형식적인 위촉이 오랜 관행으로 시행되어 온 까닭에 통·반장은 주민의 대표자요, 마을의 지도자, 봉사자로서 훌륭한 자질과 역량을 가지고 주어진 임무와 역할을 성실히 수행하여야 하나, 대부분 고령자, 영세 사업자, 무직자들이 맡고 있어, 지역 주민의 대표로서 신망도가 낮았다. 10년 이상 장기 근속자가 많았으며, 각종 선거에 개입하는 사례가 종종 있어 지역 주민들로부터 불신을 받는 경향이 있고, 대부분 노령으로 컴퓨터 사용능력이 부족하여 주민과의 대화 시 사이버 공간을 활용하지 못하는 문제가 있었다.

1. 주요 변경 내용

○ 지방세 고지서 전달업무 폐지, 적십자 회비 모금 폐지, 민방위대원 수 감축

2. 통 규모 조정 기준

- 단독주택: 200가구 이상(종전: 80가구 이상)
- 아파트: 300가구 이상(종전: 80가구 이상)

3. 일정별 주요 추진 현황

○ 2003. 4. 10. 대통대반제 시행을 위한 통반 조정(안) 검토

○ 2003. 6. 5. 통반 규모 조정(안)동장, 주민자치위원장 시의원에 의견 수렴

○ 2003. 7. 12.~8. 1. 조례입법 예고

○ 2003. 9. 19. 청주시통반설치조례중개정조례 공포

○ 2003. 10. 6. 청주시 통반설치조례중개정조례 시행 및 통·반장 위촉

4. 주요 추진 내용

가. 통장 공개모집제 실시

○ 통장 공개모집 배경: 주민을 위한 봉사정신이 투철한 지역 인재 발굴

○ 응모 대상자

　-구역 내 거주하는 25~65세 이하인 자, 자원 봉사직 통장을 희망하는 자

　-국가관이 투철 주민 지도능력이 우수하고 봉사정신이 투철한 자

▲ 2003년 시행결과: 공개모집 605개통, 2,011명 응모(평균 경쟁률 3.3대 1)

※경쟁률이 가장 높은 곳: 금천동 부영아파트 6:1, 용암제1동. 산미분장동 각 1 개통 5:1

▲ 과다 경쟁지역 주민직선제 실시

※금천동 1개통, 용암1동 1개통, 용암2동 1개통, 수곡1동 1개통

나. 통장선정위원회 구성 운영: 5인 이상 10인 이하로 구성하되 동장이 선정

5. 통·반 조정 현황

구분	현행		조정		확정		감축비율(%)	
	통	반	통	반	통	반	통	반
총계	1,207	6,174	▲327	▲1,766	880	4,408	27.1	28.6
상당구	514	2,656	▲151	▲944	363	1,712	39.4	35.5
흥덕구	693	3,518	▲176	▲822	517	2,696	25.4	23.4

6. 주요 성과

ㅇ2004년 예산 절감: 12억 5천만 원(5년간 예산절감액: 62억 5천만 원)

ㅇ통.반장 수 30% 정도 감축(통장 327명, 반장 1,766명)

 - 10년 이상 장기근속자 대거 퇴출 → 젊고 유능한 통장 신규 위촉

ㅇ불특정 다수인에게 통장을 할 수 있는 균등한 기회 부여

 - 통장 결원 시 공개 모집, 민간심사위원회 적격자 선정, 주민직선에 의
   한 선정

3. 지역사회 보장 협의체

지역사회 보장 협의체 설립은 지역 내 제도권 밖에서 어려운 사람을 일시적으로 지원해주어 삶을 영위하도록 해주기 위한 복지 사각지대 해소 목적으로 설립되었다. 제도권인 「국민기초생활보장법」에 의해 생계급여, 의료급여, 주거급여, 교육급여를 보장받는 사람들은 정부에서 수급자 관리를 하고 있으나 차상위계층이 생계를 영위하다 실직이나 몸이 아파 일을 못 할 경우 생계가 막막해진다. 이와 같이 일시적으로 생계가 어려운 사람들을 보호차원에서 각 동 단위로 지역사회보장협의체가 운영 중에 있다.

청주시 지역사회보장협의체 운영 조례에 근거로 설립되었으며 위촉장은 지방자치단체장인 시장이 위촉장을 수여한다. 지역사회보장협의체 공동위원장은 지역위원장과 동장으로 2명이며 25명 내외로 구성되며 복지 사각지대 발굴과 함께 어려운 사람이 발생 시 지역위원장과 함께 의사, 사회복지사, 요양보호사, 지역아동보호 센터장, 우체부, 복지관장, 통장 등 다양한 직업의 가진 위원들이 직업적 전문적 분야에서 다양한 토론으로 최적의 대안을 찾아 어려운 삶을 해결해 준다.

사업이 거창한 것보다는 읍·면·동 행정복지센터에는 규모가 작은 사업으로 독거노인에게 TV를 지원해 준 사례, 아파트 관리비가 체납되어 지원해준 사례, 생활이 어려운 한부모 세대에 생활비를 지원해 준 사례, 주택에 불이 나 갈 데가 없어서 임시로 거처할 곳을 마련해준 사례 등 금전적으로 적게 들어가는 사업 위주로 하며 사업비는 지역사회 공동모금회에서 지원을 받는다. 일선 현장에서 보면 일시적으로 어려운 사람들에게 꼭 필요한 사업을 한다 할 수 있으며 주민이 다 같이 행복하게 사는 하나의 구조적 장치이며 최소한의 사전 예방조치라고 할 수 있다.

노인 문제, 장애인 문제, 청소년 문제는 단순하게 어느 특정한 하나의 문제가 아니고 복합적이라 할 수 있다. 예를 들어 노인 빈곤하면 열악한 주거환경에 노출되고 정기 진찰이 어려워 치매와 질병이 많이 발생하고 최종적으로 고독사가 발생하므로 정부에서는 열악한 환경에서 생활하는 노인들에게 '마인드맵'을 그려 원인을 찾아 세심하게 치유하는 복지정책을 펴서 노후생활이 행복해지도록 해야 되겠다.

사람은 누구나 태어나 생을 졸업하는 날까지 행복하게 살기를 원한다. 그러나 주변에는 양극화로 생계라든지 삶이 어려운 사람이 많이 볼 수 있다. 흔히 길거리에서 폐지를 줍는 사람이라든지, 힘든 노동일을 하면서 사는 사람이라든지 이혼에 따른 저소득층 어린이들 문제 등 어려운 사람을 주변에서 흔히 본다. 일찍이 매슬로우는 '인간 욕구 5단계 이론(Maslow's hierarchy of needs)'을 주장하였는데 사람은 누구나 다섯 가지 욕구를 가지고 태어나는데 이들 다섯 가지 욕구에는 우선순위가 있어서 단계가 구분된다는 것이다. 사람은 가장 기초적인 욕구인 생리적 욕구를 맨 먼저 채우려 하며, 이 욕구가 어느 정도 만족되면 안전해지려는 안전욕구를, 안전 욕구가 어느 정도 만족되면 사랑과 소속 욕구를, 그리고 더 나아가 존경 욕구와 마지막 욕구인 자아실현 욕구를 차례대로 만족하려 한다는 것이다. 즉, 사람은 다섯 가지 욕구를 만족하려 하되 우선순위에 있어서 가장 기초적인 욕구부터 차례로 만족하려 한다는 것이다.

우리나라의 경우 1997년 IMF 이후 대량 실업 저소득층의 증가 등과 같은 사회문제가 심화되었고 가정불화 가족해체와 같은 가족문제가 야기되었다.

예기치 못한 일로 생긴 일시적 고난을 해소하고자 각 읍·면·동에 지역사회보장협의체가 있는데 1차로 통장으로 하여 각 통에 어려움에 있는 사람을 발견하면 지역사회보장협의회에 통보하여 회원들이 어떻게 하면 어려움에 처한 사람들을 효율적으로 도와줄 것인가를 회의를 거쳐 도와주는 것을 임무로 하고 있다.

사람들은 평소 정부 복지지원을 못 받았기 때문에 복지의 정보부재, 접근성 부족, 복지 분야 인지부족으로 인해 도움을 못 받는 경우가 많다. 일시적으로 어려움이 있을 경우 지역사회보장협의체에서 복지조건과 혜택을 필요한 사람들에게 알려주고 수급자 조건이 맞으면 제도권 내로 포함되도록 안내해 준다.

지역사회보장협의체 주요 활동사항을 보면 고 위험 독거노인 가정방문과 전화로 안부 확인도 하고 아동이나 청소년 직업체험 활동을 전개하고 위기발생 시 긴급구호비를 지원해 주고 있다.

지난 7월 80세 초반의 여성 어르신의 경우 과거에 선생님이셨는데 주위의 가족이 모두 떠나고 혼자 남아 누구의 도움도 받으려 하지 않는 성격의 소유자로 더운 여름에 선풍기도 없이 지낸다는 소식을 듣고 주민자치위원장, 통장과 함께 찾아가 설득도 하고 해

주민자치 잘 될 거야

서 주위에 아무도 모르게 소문도 없이 에어컨을 구입하여 달아주어 시원하게 보내도록 해 드린 사례도 있고, 장애인 20대 여성이 출산을 해서 분유와 생필품을 지원해 준 사례가 있는데 남편 역시 장애인으로 생활 능력이 없어 원룸에서 살고 있다는 소식을 전해 듣고 동 행정복지센터에 연말 독지가들이 불우이웃 돕기로 후원해준 쌀과 지역사회보장협의회에서 아기에게 줄 분유와 기저귀를 지원해줘 생활에 도움을 준 사례가 있다.

지역사회보장협의체 위촉장은 시장 명의로 위촉장을 수여하고, 주민자치위원회는 동장이 위촉장을 수여하기 때문에 시장이 위촉장을 주는 것은 지역사회보장협의체가 동 직능단체 중에서 가장 앞선다고 위상 때문에 갈등이 있는 지역도 있다.

직능단체는 목적에 맞는 사업을 하면 되지 위촉장을 시장한테 받는다고 위상이 높다고는 볼 수 없으며 열심히 단결해서 동민을 위하는 단체가 서열이 앞선다고 본다.

주민자치 협의회는 주민이 스스로 참여하여 주민의 대표성과 전문성을 확보하고 읍·면·동과의 대등한 관계에서 파트너십 구축으로 동 사업에서 의결하여 시행하기 때문에 엄밀히 따지면 직능단체라고 볼 수 없다.

4. 방위 협의회

방위 협의회는 유사시 각 동마다 있는 예비군 동대를 동네 유지들이 모여서 지원하고 협조하는 지원단체이다 이 조례는 「통합방위법」 제5조 및 제9조에 따라 청주시 통합방위협의회 및 청주시 통합방위지원본부의 구성 및 운영 등에 필요한 사항을 규정함을 목적으로 한다. 「청주시 통합 방위 협의회 구성 및 운영 등에 관한 조례」[시행 2017. 12. 29.]

방위 협의회는 지역 방위요소의 효율적인 육성 운영을 위하여 예비군법 제14조의 제2항에 따른 방위협의회<개정 2017. 12. 29.>와 민방위기본법 제7조에 따른 민방위협의회기구와 통합 운영할 수 있으며 읍·면·동에서 운영하는 기구도 같다.

○○동 방위 협의회는 지역유지들에게 금전을 모아서 후원금을 마련하고 자체적으로 회비도 납부하여 평소에는 친목도모를 하고 예비군 동대 향방훈련, 작개훈련 시 빵과 음료를 지원해 주고 있다.

방위 협의회가 잘 운영되는 곳은 조직의 활동을 촉진하고 목적을 달성해 나가기 위한 중심적인 힘을 가진 사람이 다른 사람을 섬기는 서번트 리더를 지도자로 추대하여 지역 유지들이 모여 결속력 있고 회비도 넉넉히 납부하고 사업장으로부터 후원도 받아 매월 월례회를 잘할 뿐 아니라 행정복지센터 환경정화 활동에도 적극 참여하여 잘 운영하는 직능단체로 활동을 한다.

반대로 그렇지 못한 직능단체는 구성원 자체도 소개로 들어오고 리더도 수시로 바뀌고 생업에 바빠서 회의도 제대로 잘 구성되지 않고 있다. 따라서 리더가 재력도 있고 사교성도 있으며 성격도 넉넉한 인품을 가진 사람으로 추대하여 활력 있는 방위 협의회가 되었으면 한다.

　방위 협의회 공동의장은 동의 경우 동장으로서 회의 시 옆자리에 앉을 것으로 만족할 게 아니라 평소에 잘 소통해서 필요한 것이 무엇인지를 사전에 충분히 숙의하여 동을 발전시켰으면 한다.

5. 새마을 협의회

새마을 지도자는 새마을 운동 조직 육성법에 의하여 설립한 단체로 근면, 자조, 협동의 새마을 정신 아래 새마을 운동을 통한 지역사회 발전과 균형 있는 발전과 시정발전에 기여하고 있다. 관내 환경정화 활동으로 나무 심기, 취약지역 방역 추진, 교통사고 줄이기, 산불 캠페인 등을 한다.

청주시 새마을회는 지도자회, 부녀회, 직·공장 새마을 운동 청주시 협의회, 새마을문고 중앙회 청주시 지부를 일반적으로 말한다.

여자 지도자를 "새마을 부녀회"라고 부르는데 취약지 청소, 농촌 일손 돕기, 축제 행사 지원, 어려운 소외 계층 반찬 지원 사업 등을 전개하고 있다. 읍·면·동에 새마을 남자 지도자 새마을 부녀회가 각각 별도로 조직되어 있으며 25명 내외의 인원으로 지역 내 음지에서 봉사활동을 하는 단체 중의 하나이다.

새마을 지도자 하면 일반적으로 남자 지도자를 말하며 여름이면 관내 방역을 주로 실시한다. 방역은 매년 4월에 방역사업 발대식을 시작으로 한해 지역주민의 건강은 우리가 책임지겠다는 마음으로 관내 취약지는 물론 모기 서식지인 웅덩이, 지역주민이 많이 이용하는 공원 지역을 중심으로 방역을 실시한다. 읍·면·동 행정복지센터에서 보유하고 있는 트럭에 방역기와 소독약 담을 200~500리터 물통을 싣고 결속시켜 차량에 움직이지 않도록 고정하여 분무 소독기를 설치한다.

물통에는 소독약을 담아 2~3명이 트럭에 탑승하여 1명은 차량

주민자치 잘 될 거야

운전을 하고 1명은 짐 싣는 적재함에 탑승하여 이동하며 소독약을 살포한다.

전에는 하얀 연기가 피어나는 연막 소독을 할 때에는 아이들이 연기를 마시며 뛰어다녔으나 이제는 건강에 안 좋다는 이유로 연막 소독을 하지 않고 분무 소독을 한다.

방역은 여름철 한낮에는 폭염이 심하므로 이른 아침이나 저녁 무렵에 소독을 하고 있으며 대다수 지도자는 직업을 가지고 있어 없는 시간을 쪼개 봉사를 하고 있다. 집안의 생계도 유지해야 하므로 지역에서 지원하는 지도자가 적어 새마을 조직을 활성화시키고 운영하는 데 애를 먹고 있다.

새마을 조직은 중앙회가 있고 시도별 새마을 지회가 있고 시군별 지회가 있다. 매년 가을철에 정기적으로 시 주관으로 청주시 읍·면·동 부녀회, 새마을지도자가 한곳에 모여 소외계층에게 전달할 사랑의 김치 담그기, 매년 4월 22일 새마을의 날 기념행사를 한다. 새마을 교통, 질서 지키기 캠페인으로 연 4회 정도 실시하며 청주 생명축제장 지원 등 자체 행사도 하고 읍·면·동 행정복지센터에 인력지원도 하고 있다. 회원 중 학생이 있는 자녀에게는 학비도 지원해주고 지역에서 오래 봉사하고 경력이 쌓이면 표창과 훈장도 받는다.

관내 깨끗하고 아름다운 동네를 만들기 위하여 새마을 지도자 협의회에서 회원이 참여하여 식목일 날을 전후하여 이른 새벽 학교 주변 울타리에 미리 준비한 무궁화 나무를 심어 아름다운 마을 가꾸기 봉사활동을 실시하여 지역을 위한 활동에도 앞장서고 있다.

또한 장미 터널에 장미 묘목이 죽어 나무 사이가 촘촘하기 못한 곳에 군집된 장미 터널을 만들기 위해 장미 150주를 보식하고 미래에 더 풍성한 멋진 장미를 시민들에게 보여주고 주변의 무성한 잡풀들도 정리하여 땀을 흘리는 무더운 날씨지만 한마음으로 뭉쳐 타 직능단체에서 부러움의 대상이 되고 있다.

부녀회의 경우에도 음지에 있는 어려운 취약계층을 위하여 말없이 봉사활동을 한다. 매월 음식을 만들어 관내 취약계층에 지원하므로 자원봉사대와 겹치는 부분도 있지만 부녀회의 경우 음식을 만들고 필요한 회원이 들어갈 수 있는 공간과 재료를 다듬고 끓이고 볶고 설거지할 수 있는 실내 면적이 구비해야 한다. 많은 주방기구와 가스통, 가스레인지 등 취사용품을 구비하여 필요시 언제든지 먹을 음식을 만들 수가 있다.

더운 곳에서 어렵고 힘든 일을 해도 부녀회원들이 모여서 음식을 만들어 봉사를 하는 날이면 주위가 시끌벅적하다. 반찬을 만드는 날이면 가끔씩 나도 참여하여 버섯도 찢고 간단한 일을 돕는다.

나이가 많으면 언니, 적으면 동생 등 회원 간 끈끈한 정으로 뭉쳐져 있어 끊어지지 않는 소통의 장을 만들어 가고 있다. 동마다 부녀회 모두 힘든 일을 하지만 웃는 행복한 얼굴이다. 우리는 좋은 인간관계가 행복의 조건이다.

주요 업무로는 매월 1회 정도 어려운 취약계층에게 반찬을 만들어 전달하는데 매월 하순경 읍·면·동 행정복지센터 새마을 부녀회에서 새마을 복장을 착용하고 전 회원이 나와서 버섯을 잘 쪼개고 파를 다듬고 마늘 까고 사전 준비를 한다. 일부 회원은 고기를 삶고 잡채에 기름과 채소 등을 넣어 맛있는 반찬을 만들어 15시가 되면 관내 독거노인 등 취약계층으로 전달된다. 동 복지담당자가 일괄해서 "반찬 가져가세요." 문자 연락을 하면 일부는 동 행정복지센터에서 오셔서 수령하시고, 거동하기 불편한 분에게는 통장이 집으로 배달하여 더불어 사는 사회를 만들고 있다.

가을철 봉사활동으로 고구마 캐기에 동행했다. 장화를 준비하고 옷은 작업할 수 있도록 작업에 편한 복장을 입었다. 고구마밭으로 가서 낫으로 헛골 사이에 있는 고구마 싹을 낫으로 절단해서 좌, 우로 분리시키고 고구마 싹을 손으로 뽑아 헛골로 싹을 옮긴다. 고구마를 심은 곳에 덮여 있는 검은색 멀칭 비닐을 제거하고 직원 1인당 1골씩 고구마 골을 잡는다. 쪼그려 앉아서 고구마 캐기란 무릎도 아프고 허리도 아프고 해서 자주 일어나 허리를 편다. 그러나 부녀회원들은 평소에 앉아 일을 해봐서 머리에 넓은 챙 모자를 쓰고 열심히 고구마 캐기에 분주하다.

고구마 순이 무성한 거로 보아서 풍년이 들어 많은 고구마가 땅에서 나올 줄 알았는데 한참을 캐야 한두 개씩 나온다. 올해는 흉년인가 보다.

부녀회에서 매년 하는 대표적인 지역봉사는 동 행정복지센터에서 사랑의 김치 담그기다. 많은 양의 배추를 하루 전에 깨끗이 씻어서 소금에 절여 놓는다. 다음날 잘 버무려진 양념을 군데군데 놓고 서너 개 조로 분리시킨다. 절임배추를 날라서 정성껏 양념을 집어넣고 두 포기 정도 보기 좋게 양념 통에 담아 관내 어려운 가정에 배달이 되는데, 무거운 배추 날라주는 사람들은 남자 지도자가 도와준다. 남, 여 지도자는 사이가 좋다. 어떤 달 월례회와 야유회는 동일한 날 함께 하기도 한다.

부녀회에서 일 년 중 가장 큰 행사로 김치 담그기가 완료되면 배달 전 앞에다 김치 통을 모아 놓고 참여자들이 모여서 사진 촬영을 한다. 모두 한 해 동안 열심히 수고하였다고 서로를 격려하면서 손을 잡는다. 이날은 돼지고기 수육을 넉넉히 준비하여 참여한 직능단체와 동 행정복지센터 직원과 함께 맛있는 점심도 먹는다.

주민자치 잘 될 거야

6. 바르게 살기 협의회

바르게 살기 협의회는 바르게 살기 운동조직 육성법에 의거 설립하여 중앙회, 시도협의회, 각 읍·면·동에 조직되어 있다. 바르게 살기 운동조직 육성법은 〈2011. 5. 30. 전문개정〉 바르게 살기 운동을 선도하고 확산시키기 위하여 국민의 자발적 참여로 설립된 바르게 살기 운동의 지속적인 추진과 발전을 도모하고 나아가 밝고 건강한 국가 사회건설에 이바지함을 목적으로 한다.

바르게 살기 운동은 독립된 개별법에 의해 설립된 국민운동 단체로서 진실, 질서, 화합을 3대 이념으로 선진 한국의 밝은 미래를 건설하기 위하여 모든 국민이 자율적이고 능동적으로 바르게 살기 운동을 전개함으로써 민주적이고 문화적인 국민 의식을 함양하고 공동 운명체로서의 국민화합을 이루며 선진국형 사회 발전에 이바지함을 목적으로 한다(출처: 바르게살기중앙협의회 홈페이지).

바르게 살기 운동 협의회는 우리 민족에게 전해지는 훌륭한 민족정신과 문화적 전통을 발전시켜 21세기에 맞는 사회규범 체계화 새로운 문화를 창조하고 건전한 국민정신을 확립하기 위한 올바른 의식과 가치관을 기르는 정신운동을 추진하는 단체이다.

바르게 살기 운동은 정직한 개인 더불어 사는 사회 건강한 국가를 만들어가는 국민정신운동이며 행동 강령은 행동기준으로 네 가지가 있다.

첫째, 우리는 21세기를 선도하고 삶의 질을 높이는 국민 의식 개

혁운동에 앞장선다.

둘째, 거짓과 부패를 추방하고 법질서를 확립하는 바른 사회 만들기 운동에 앞장선다.

셋째, 국민이 하나 되는 통합사회를 구현을 위해 노력하고 국가 선진화 운동에 앞장선다.

넷째, 가정사랑 이웃사랑 나라사랑 정신을 실천하고 사회의 도덕성 회복운동에 앞장을 행동기준으로 국민정신운동에 앞장서고 있다

바르게 살기 운동 중앙협의회 홈페이지에 의하면 2017년 안전 및 윤리의식 확립 및 시민 교육 전개를 위해 전국 17개 시·도 약 4,300여 명을 대상으로 국민 행복의 전제 조건인 안전한 사회구현을 위해 안전 의식 및 법질서를 확립하고 저출산 극복을 위해 저출산의 심각성에 대한 인식을 같이하여 가족의 소중함과 일, 가정 양립 등에 대한 대국민 인식을 높이는 것을 목적으로 하고 있다.

최말단 읍·면·동 행정복지센터에서는 3월 1일 삼일절을 비롯한 5대 국경일에 태극기 달기를 가장 큰 사업으로 시행하고 있다. 먼저 태극기를 동 행정복지센터 트럭에 가득 싣고 한 명은 운전을 하고 다른 한 명은 짐 싣는 적재함에 타서 큰 도로변 전봇대 태극기 꽂이에 태극기를 꽂는다. 태극기 부착 방법은 대로를 트럭으로 천천히 지나가다 전봇대 밑 도로 경계석에 차를 순간적으로 멈추면 적재함에 탄 회원이 태극기를 전봇대 태극기 꽂이에 거는 방법으로 호흡이 잘 맞아야 손쉽게 작업을 마칠 수 있다. 뒤에 태극

기 꽂는 사람은 운전사와 손발이 척척 잘 맞아야 순조롭게 작업이 끝난다.

바르게 살기 협의회 활동 사례는 이렇다. 동 행정복지센터 2층에 여분의 대형 화단이 조성되어 있다. 이곳에 동 바르게 살기 협의회가 봄이면 해동과 동시에 토지에 퇴비도 넣고 땅을 뒤집어 잘 정지한 두둑을 만든다. 며칠 후 대형 화분에 얼갈이배추, 고추, 토마토 등을 심어 노래 교실이나 스포츠댄스, 서예 등 주민자치 프로그램하다 쉬러 나왔다가 가까이서 토마토를 보면서 힐링하도록 해주어 좋은 반응을 얻고 있다.

다음은 원룸 주변의 불법 투기를 줄어보고자 쓰레기통을 시범적으로 비치하여 의식 개혁운동을 한 사례다. 정년 퇴직자들이 노후대책으로 구입하여 월세를 받아 생활하는 원룸에 주인세대가 거주하면 집 주변 환경은 깨끗하다. 반면에 주인세대가 없는 원룸 주택은 '나 하나쯤이면 지저분하면 어떠랴!' 하는 식으로 쓰레기가 쌓여 있는 것을 종종 발견한다. 이런 지역은 '깨진 유리창의 법칙'에서 보듯이 순식간에 쓰레기 더미가 되는 것을 알 수 있다. 이러한 원룸에 사는 사람들에게 정신계몽 운동으로 5개소에 쓰레기통(20리터) 4개씩 준비해 재활용, 일반, 타는 쓰레기, 안 타는 쓰레기 4종류를 넣을 수 있도록 준비해서 비치해 시범사업을 실시하였다.

2018 청주시 사업은 저소득층 대상으로 가을철 사랑의 김장 나누기와 다둥이 20가구를 초청하여 가족사진전달, 선물증정, 생활수기 소감문 발표 등을 실시하였다.

우리 주위에는 횃불로 표기된 바르게 살기 협의회 조형물이 많이 있다. 피폐해지는 요즈음, 정신 계몽을 통하여 인정이 넘치는 더불어 잘사는 행복한 사회를 기대해 본다.

주민자치 잘 될 거야

7. 자원봉사대

자원봉사대는 청주시 자원봉사활동 지원 조례에 의해 설립된 직능단체로 자원봉사대는 지역사회, 국가 및 인류 사회를 위해서 대가 없이 자발적으로 시간과 노력을 제공하는 순수 민간조직으로 사랑의 빨래방 운영, 반찬 나누기, 마을 대청소 등 자원봉사를 벌이고 있다.

사랑의 반찬을 만들어 어려운 저소득 가정에 반찬 나누기 행사를 가졌는데 먼저 지역 기부자들이 제공한 재료를 가지고 자원봉사자들이 선짓국, 제육볶음, 청포묵, 동치미 등을 아침부터 정성껏 만들어 관내 어려운 이웃 30세대에 전달해서 사랑과 정이 넘치는 행복한 마을을 만들었다.

용암1동 자원봉사대는 여름철에 지역의 새마을금고, 신협의 후원으로 열무를 사서 동 행정복지센터 지하층에 전날 깨끗이 씻고 다듬어 재료를 준비하고 한편에서는 열무에 버무릴 양념을 만들어 둔다. 다음날 열무에 양념을 넣어 열무김치와 김칫국을 만들어 플라스틱 통 용기에 담아 취약계층과 경로당에 배달해 훈훈한 정을 느끼고 있다. 우재분 자원봉사대장은 70대 노령인데도 불구하고 젊은 사람 못지않은 열정으로 선도적으로 팔을 걷어붙치고 앞장서서 솔선수범하고 있으며 이런 분이 계시므로 앞으로도 쭉 봉사대가 건재하리라 생각된다.

봉명2송정동 자원봉사대는 청주시 자원봉사센터에서 적극적으로 후원해 주고 있으며 봉사 대원들이 관내는 물론 관외 지역인 지역복지관에서 매월 둘째 주 수요일, 양파, 대파, 채소 등의 반찬 재료를 다듬는 등 어르신들에게 점심 봉사를 실시해서 365 봉사 시스템에서 봉사점수도 쌓고 음지에서 묵묵히 참 봉사를 실천하고 있다.

청주시는 "사랑의 밥차"를 운영하는데 밥차는 청주시 자원봉사센터 소속 차량으로 동별로 돌아가면서 1년에 동별 1회씩 연간 총 40~50회 운영을 한다. 날씨가 포근하면 공원 지역에서 궂은 날씨나 추울 때에는 회의실과 지역 어르신을 찾아가 지역봉사 단체인 봉사단과 연계하여 흥겨운 노래와 춤으로 어른을 공경하고 있다.

사랑의 밥차는 차량에 밥과 국 500명분의 식사를 할 수 있는 트럭으로 자원봉사센터에 사전에 신청을 하면 봉사대장이 사전 조율하여 봉사 날짜가 정해진다. 봄, 가을에는 야외 공원에서 사랑의 밥차를 운영하는데 어르신이 앉아 식사할 테이블과 의자를 펼치고 무대에서는 지역가수와 노래와 춤이 어우러져 어르신들에게 흥겨운 노래 선물도 드린다. 자원봉사대 봉사대원들은 밥차에서 나오는 밥과 국 그리고 떡 음료 등을 맛있게 드시고 행복하시라고 질서 있게 배식을 한다.

사랑의 밥차가 행사하러 출동하면 근무자가 부족하기 때문에 인근동에서 봉사대원들이 출장해서 서로 도와주고 있으며 타 동에서 할 때도 인근 동에서 인력지원을 해줘 품앗이한다.

그 외에도 소식지, 물티슈 등 홍보 물품을 제작하고, 자원봉사자 간병인 서비스 지원을 해주며 봉사자 중 우수 회원은 해외 연수의 특전도 주어진다.

주민자치 잘 될 거야

8. 자연환경 보전 협의회

자연환경 보전 협의회는 「자연환경보전법」 55조(자연환경 보전을 위한 다음의 사업을 하기 위하여 한국 자연환경 보전협회를 둔다)의 규정에 의하여 설립된 단체이다. 1995년 순수 민간단체로 출범한 자연환경 청주시 보전 협의회는 전국에서 유일하게 청주시에만 설치된 단체이다. 이 단체는 자연을 사랑하고 후손에 아름다운 환경을 물려주는 것을 가장 중요한 덕목으로 여기고 있다.

각 동별로 조직을 둬 430여 명의 회원이 자연 보전을 위해 활동하고 있다. 청주시 자연환경 보전회 김진영 회장은 "후손들이 아름다운 지역을 물려받을 수 있도록 노력하고 있다. 이번 직지사랑 클린 워킹 페스티벌에 참가한 것도 자연보전의 일환이라고 생각한다."라며 이번 행사는 봉사활동이라는 생각보다는 당연히 보전해야 한다는 생각을 가지는 것이 중요하다.

봉명2송정동 자연환경 보전협의회에서는 새봄에 청사 입구에 꽃을 심기 위하여 40리터용 대형 고무 통 화분 20개를 구입하여 베고니아, 피튜니아, 데이지, 금잔화 등 4월 4일 봄꽃을 심었다.

꽃묘 심기 이틀 전 흙을 인근 공사장에서 무상으로 얻어 동 행정복지센터 트럭으로 싣고 와서 퇴비 30개를 준비된 흙과 섞어서 상토를 만들고 꽃묘 심을 곳에 안착시켰다. 다음날 자연환경보존협의회 주민자치 협의회, 방위 협의회 위원들과 합동으로 봄꽃을 심어 주위를 화사하게 만들었다.

직능단체에서 자발적으로 참여하여 웃는 얼굴로 행복한 모습으로 즐거운 대화를 나누며 부족한 상토를 트럭 위에서 퇴비도 섞어 노란 봄꽃을 위해 열심히 일하는 모습이 보기가 좋다.

자연환경 보전협의회 회원은 직능단체 회원 중에서 회원이 적다 전부 다 해야 10여 명 안팎이다. 새로운 회장이 바뀌었다며 손에 붕대를 감고 동장한테 인사를 시킨다. 앞으로 열심히 노력하겠노라고.

주민자치 잘 될 거야

9. 한국자유총연맹

한국자유총연맹 육성에 관한 법률에 의거 설립된 단체로 1954년 아시아 민족 반공연맹으로 출발하여 이 땅의 자유민주주의 수호와 선진 한국 건설을 위해 앞장서 온 대한민국의 이념 운동단체이다.

「한국자유총연맹 육성에 관한 법률」 정관 제3조(목적)는 대한민국의 자유민주주의를 항구적으로 옹호·발전시키고 자유민주적 기본질서에 입각한 평화통일을 추구하며, 이와 관련된 민간단체들에 대한 협조와 세계 각국과의 유대를 다지는 것을 목적으로 한다.

한국자유총연맹은 목적을 달성하기 위하여 국민의 행복과 국가의 이익을 판단기준으로 삼아 다음과 같은 사업을 행한다. 자유민주주의 역량 강화를 위한 국민운동 전개, 시민의식 제고를 위한 교육사업, 관련 단체와의 협력사업, 자유 민주주의의 가치 연구 및 홍보사업, 시장경제 가치창달, 통일기반 확충사업 등이다.

한국자유총연맹 청주시지회는 봉사단체로 4대 악 근절 캠페인을 전개하고 안보 전적지를 탐방하였다. 한국자유총연맹 청주시지회에서는 2018년에 경남 사천시 선진리성 정상에 있는 사천해전 승첩 기념지와 공군 조종사 65인이 잠든 공군 충령비를 탐방하였다. 또한 6·25 관련 행사를 하고 태극기 사랑 캠페인을 전개한다.

충령비는 6·25 한국전쟁 발발 이후 1958년 9월까지 공군 조종사로 조국의 하늘을 지키는 작전 임무를 수행하다가 전사하거나 순직한 이근석 장군을 비롯해 65인의 호국영령을 추모하기 위해 1958년 10월 30일 세웠다.

내가 근무했던 동 행정복지센터는 한국자유총연맹 직능단체가 구성되어 있지 않아서 본 자료는 한국자유총연맹 홈페이지에 의거, 작성하였고 청주시 한국자유총연맹 사업실적은 청주시 자치행정과 담당자에게 문의하여 작성하였다.

주민자치 잘 될 거야

제3부

나의 소중한 흔적

1. 400살 봉황송 명명식

1) 추진 동기

2017년 1월에 관내 출장 시 경로당 근처에서 어느 주민을 만났다. 경로당 건물 노후로 비도 새고 건물 주위를 살펴보니 오래된 푸른 소나무가 경로당과 맞닿아 있었다. 경로당 어르신들이 말씀하기를 우리 경로당이 30여 년이 되었고 비가 오면 물이 새고 난방 또한 잘 안되어 노후로 인한 불편함이 많으니 경로당을 새로 마련해 달라는 것이었다. 당시만 해도 오래된 소나무 정도로만 생각했는데 자세히 관찰해 보니, 청주시에서 관리하는 소나무로 높이 8m, 둘레 2.2로 1991년에 보호수로 지정되어 올해로 수령이 397살로 약 400살 소나무인 것이다. '참 오래되었고 가지가 분재처럼 멋진 소나무이구나!' 하면서 출장 시 여러 번 소나무 근처에 가 보았다. 처음에는 대충 보아서 잘 몰랐지만 보면 볼수록 소나무가 작은 분재를 확대해 놓은 것처럼 아담하며, 늠름한 줄기와 푸른 잎이 생동감이 넘치며 예술적이면서 오래된 나무치고는 크지 않은 나무다. 한마디로 말하면 멋진 소나무 분재를 100배쯤 크게 확대했다고 생각하면 대충 머리에 그려질 것이다.

청주시에서는 경로당 신축 시 토지 매입과 건축 비용이 많이 소요되므로 동에서 자체적으로 부지를 마련해 주면 그 위에 건축물을 지어주는 방침을 가지고 있다. 따라서 초점을 경로당 이전에 초점을 맞추지 않고 소나무에 포인트를 맞추어야 한다고 생각했

주민자치 잘 될 거야

다. 지난 학기 대학원 수강 시 행정 철학시간에 이기주 교수께 배운 메타포(metaphor)를 떠올렸다.

경로당이 아닌 400살 소나무를 잘 보존시켜 잘 관리하여 후대에 물려주자고 행정에 메타포를 도입한 것이다. 메타포란 보이는 것이 전부가 아닌 이면의 보이지 않는 것까지 주민의 마음을 읽어 표현하는 방법이다. 메타포 설명은 다음과 같다.

로빈 윌리엄스 주연의 영화 〈패치 애덤스〉로 유명한 게준트하이트 정신병원 이야기다. 아프고 불행한 환자들에게 웃음을 선물하고, 보이는 것이 전부가 아닌 가려진 이면까지 볼 수 있게 하는 이야기를 담은 코미디 영화로 우리에게 어떠한 상황에서도 남을 도울 수 있다는 메시지를 전달한다.

영화의 주요 내용을 보면 버지니아주의 한 정신병원, 우울증과 자살 미수로 스스로 입원하길 바라는 한 남자가 찾아왔다. 세상과 격리된 환자들과의 생활이 그렇게 시작된다. 거꾸로 매달려서 웃기기, 빨간 코를 우스꽝스럽게 만들어 놀기, 환자와 사냥하기, 풍선을 침으로 팡팡 터트리기 등 고요하고 침울한 병원에서 주인공은 환자들과 재미있게 웃고 즐긴다. 마치 광대가 관객을 웃고 행복해하는 것처럼.

그러자 환자들이 변하기 시작한다. 하루, 이틀, 한 달이 지나자 병원에 놀라운 변화가 생기기 시작했다. 함께 식사를 하게 된 결벽증 환자. 혼자 화장실을 가게 된 자폐증 환자. 감정을 표현하기 시작한 식물인간까지 한 일이라곤 즐겁게 해준 것뿐인데, 환자가 환자를 치료하게 된 것이었다.

주인공의 병원은 웃고 서로 도우며 의사가 아닌 환자가 환자를 치료하고, 환자가 의사를 치료하는 등 모든 치료법은 다 환영을 하며 모든 환자들은 친구로 장난도 치고 시시덕거리며 친구로 대하며 가족처럼 스스럼없이 대한다.

주인공은 말합니다.

"문제에만 초점을 맞추면 결코 문제를 풀 수 없어"라고.

전에 근무했던 용암동의 용박골 경로당도 수년 전에 토지 주인이 토지를 시에 기부하고 청주시로 소유권을 이전시킨 후 예산을 세워 경로당을 신축하였다. 신축 예정 토지는 당시 포도밭이었는데 포도가 꽃이 지고 열매솎기가 끝나고 거의 포도가 익기 직전 경로당을 신축하였다. 주민 입장에서는 한 달 정도만 더 두면 포도가 익어 판매할 수 있는데 경로당을 신축할 거면 농사 시작 전인 봄에 새순이 움트기 전에 할 일이지 하며 다 된 농사를 아쉬워하였다. 이렇듯 경로당을 신축하려면 부지를 자체적으로 마련해야만 한다.

　한편 봉명2동 지역개발회에서 봉명2송정 경로당을 어르신들이 이전해 달라고 하는데 마땅히 이전할 장소가 없어서 동 행정복지센터에서 가까운 백봉산 올라가는 공터가 옛날 부시장 관사라고 지정해 놓았던 곳인데 그곳에 경로당을 짓자고 한다. 그러나 지적공부를 확인해 보니 그곳은 이미 5년 전에 공원 부지로 편입되어 경로당을 지을 수 없는 곳이 되어 버렸다.

　그래서 소나무가 주변에 있는 두 명의 주민이 토지를 매매할 의사가 있음을 확인하여 지역개발회에 한번 의사 타진 해보라고 권하고 이런 사업을 하는 것이 지역 원로들이 할 일이라며 올해 지역개발회 사업으로 할 것을 권유하였다.

　지역개발회 사업으로 하라고 권유를 하였으나 한편으로는 이 사업을 어떤 특정 단체에서 경로당 이전 행사를 하면 "저 단체에서 하는데 우리가 참석을 왜 해?" 하고 다른 직능단체의 참여가 어려워진다. 또한 직능단체 간 서로 갈등하게 되어 어떻게 해서라

주민자치 잘 될 거야

도 동 행정복지센터 10개 직능단체가 모두 참여하여 서로 힘을 합치고 소외되지 않도록 하면서 자연스럽게 전 직능단체가 참여하도록 하는 것이 동장의 역할이다. 그래야 나중에 모두 잘했다고 다 같이 손뼉을 치면서 서로 칭찬할 것으로 생각하고 '어떻게 하면 전 직능단체가 참여 명분이 있을까?' 고민을 하였다.

며칠 후 동장실에서 팀장 회의를 실시, 내 마음을 읽은 눈치 빠른 정현민 복지팀장이 400살 봉황송(가칭) 행복 찾아주기, 봉명2 송정 경로당 이전 설치공사 계획을 보여준다. 단순히 경로당 이전을 목표로 하면 지역에서 경로당 지을 부지를 구입해야만 되는 것이기 때문에 막대한 자금이 소요되고 동 여건상 경로당 부속 토지를 확보하기 어렵다. 경로당도 현 위치에서 30m 이내로 건립해야지 다른 곳으로 옮기면 가까운 지역에 신라아파트 경로당이 있어 경로당 간 거리가 가까워 경로당 노인회에서 반발이 예상된다. 따라서 늘 푸르고 청렴의 상징인 400살 소나무에 대한 이름 짓기 행사를 전 직능단체가 참여시켜 행사를 하기로 마음속으로 결정한 것이다.

매월 첫째 주에는 직능단체별 회장, 총무가 참석하는 동 직능단체 회의가 열리므로 그때 안건으로 올려서 내부적으로 여론을 확산시키고 특정 단체가 아닌 전 직능단체가 참여하고 서로 힘을 합쳐서 멋진 행사를 하자고 제안하는 것이 좋겠다고 생각하였다.

다음 달 직능단체 회의 시 그간 추진사항을 설명하고 일부가 아닌 전 직능단체가 모두 참여하여 서로 협조하여 소나무에 대한 자긍심을 갖도록 분위기를 띄우고 행사 후에는 덕분에 잘했다고 격려해주는 분위기를 만들자고 동장 모두 발언을 하였다. 노송의 소나무 이름을 전 주민에게 의견을 들어 멋지게 지어 궁극적으로는 경로당을 이전할 수 있다고 강조하고 성황리에 추진해 줄 것을 부탁하였다

회의 결과 앞서 제일 먼저 제안하였던 지역개발회, 동의 어르신인 노인회, 행복한 마을 조성에 앞장서는 주민자치위원회 3개 단체가 추진위원장을 맡고 나머지 7개 직능단체는 적극 협조해 주기로 하고 회의를 마쳤다.

이틀 후 400살 소나무 이름 지어주기 여론을 조기에 확산하고 사업을 열정적으로 추진하기 위하여 기고문을 작성, 언론에 투고하였다. 기고문 본문은 다 작성하였는데 제목을 붙여야 되는데 쇼킹한 제목이 생각나지 않았다. 기고문에서 제목이 60% 정도로 비중이 크다. 제목은 내용을 함축적으로 잘 설명하고 독특하면 독자가 보기 때문에 고민하게 된 것이다. 마침 점심시간에 주민자치위원회 도재현 사무국장이 사무실로 왔길래 기고문을 보여주며 고민거리가 있는데 기고문 제목을 무엇으로 하는 게 좋겠느냐고 물어보았다. "제목 못 정했으면 '내 이름 지어줘'로 해봐요, 괜찮은 것 같은데." 하는 게 아닌가? 제목이 좋았다. 그래서 제목을 '내 이름 지어 줘'로 언론사에 기고하였다. 기고문 내용은 2018년 5월 15일자로 충북일보에 보도 되었는데 그 내용을 보면 다음과 같다.

주민자치 잘 될 거야

○ 제목: 내 이름 지어줘

봉명2송정동 동장으로 근무한 지 1년이 다 되어간다. 우리 동은 따뜻한 정이 많고 인심이 후덕한 인구 2만 7천 명의 주민이 살고 있다.

지난해에는 제18회 봉황축제를 10개 직능단체 간 서로 협조하고 화합하여 어르신과 어린이 등 많은 주민이 참여하여 성황리에 추진되었으며, 특히 봉황가요제를 실시, 수많은 청주시민이 찾아 청주시 으뜸 축제로 자리매김하는 희망차고 발전적인 살고 싶은 동이다.

봉명2송정동은 두 가지 전설이 전해지는데 먼저 먼 옛날 소나무 숲에서 봉황이 날개를 펴고 힘차게 울었다는 전설이 마을명으로 전해지는 봉(鳳), 명(鳴)이다.

또 다른 유래는 현재 봉명2동사무소 일대를 금반산(金盤山)에서 보면 봉황과 같이 생겨서 봉명이라 했으며 봉황은 나무 열매(竹實)만 먹는데 봉황의 먹이가 있던 곳이 죽천과 왕대골이라 설명하고 있으며 송정은 소나무 정자가 있어서 송정이라 하였다고 전해진다.

그 후 1981년부터 봉명동은 택지개발사업으로 신시가지를 이루고 있으며 지금의 봉명대로는 옛날 충북선 열차가 다니던 철길이었다고 전해진다. 1973년부터 청주산업단지가 조성되어 활기찬 지역경제 발전에 크게 이바지하고 있고 현재는 테크노폴리스 하이닉스 건설 등으로 숙소가 모자라고 지역상권이 활황기를 누리고 있다.

정사관(현재 정식품) 자리에는 보호수로 지정된 팽나무와 봉명2송정동 노인정 앞에는 400살이 된 노송이 오랜 세월을 두고 우리 마을을 지키며 마을을 굽어보고 있다.

400살씩이나 오래된 소나무는 동 행정복지센터 근처 봉송어린이 공원에 위치하고 있으며 식재연도는 397년 전 1621년에 추정되므로 사람으로 따지면 1대가 30년으로 약 13대째에 해당한다.

노송의 연혁에 의하면 의령 남씨 강무공 후손 5형제분 중 두 형제가 이웃에 살고 계실 적에 어린 소나무를 심었다고 전하며 현재 봉명동 백봉산에 의령 남씨 사당이 있고 직계후손으로는 남상규(가수, 서울 거주)이다.

지난 2018년 6월 13일, 제7회 동시 지방선거 시즌이다.

도의원, 시의원 시장, 군수 등을 뽑는 선거로 1개월 전부터 행정 기관에 각종 선거 공보물이 쌓이고 어느 후보가 들어왔는지 점검도 해야 해서 동 행정복지센터는 어느 때보다 분주하다. 선거는 법정 사무로 정해진 기간 내 시간을 어기지 않고 해야 한다.

따라서 D-60일인 4월 1일부터 예비 후보자 등록신청을 하고 선거일 20일 전에는 후보자 등록신청을 하고 사전투표소 설치 등 법정 선거 날짜가 다가온다. 동 행정복지센터에서는 어떠한 집회나 회의도 할 수가 없다.

따라서 빠른 시일 내에 400살 소나무 이름 짓기를 추진할 유능한 사람을 선출하여 미래의 안목을 읽을 줄 알고 열정적이며 저돌적으로 추진할 지도자에게 추진을 맡겨야 한다. 우리나라 사람은 책임자를 한 사람으로 하지 않으면 '서로 하겠지?' 하면서 미루며 진도가 나가지 않는다. 3개 단체에서 공동으로 추진한다고 하였으나 시간도 없고 자금도 들어가는데 추진할 인재가 없다 그러나 지역에서 인재를 찾아야 한다.

그 무렵 주민자치위원이 부친상을 당하였다는 문자를 받았다. 문자는 받았지만 개인적 사정으로 참석할 수가 없어 다음 근무하는 월요일 전화를 드려 죄송하다고 말씀드리고 점심이나 같이하자고 하였더니 흔쾌히 점심 약속을 잡았다. 오늘 점심은 약소하게 보리밥집이 어떠냐고 얘기하였더니 건강식으로 좋단다. 점심을 먹으며 400살 소나무 얘기를 하면서 맛난 점심을 먹었다. 그러면서 마땅히 추진할 적임자가 없어서 고민이라며 적당한 인재가 어느 분으로 하면 좋겠는지 등 대화가 이어졌다.

"그렇게 오래되고 멋진 소나무가 있느냐?"라고 반문하며 점심 먹고 한번 "소나무 있는 곳에 가보자."라고 말하고 점심 식사가 끝나기가 무섭게 400살 소나무를 보러 갔다. 그의 손에는 이미 수맥을 탐지하는 도구가 들려져 있었고 소나무 주위를 앞뒤, 옆으로 돌며 수맥 기운을 열심히 탐지하였다. 그러면서 이곳은 좋은 정기가 흐르고 있으니까 이렇게 오래도록 소나무가 잘 자라고 있다고 말하며, 소나무가 크지 않고 아담하게 분재를 확대해 놓은 것같이 멋진 소나무를 보고 감탄하는 것이 아닌가? 그리고 나의 설명이 이어졌다. 이곳이 어린이 공원으로 아쉬운 것은 "소나무 북쪽 나무줄기가 경로당 건물에 닿아서 줄기를 뻗지 못하고 팔을 못 펴고 있다." 그래서 경로당을 이전할 명분과 계기를 만들려면 소나무에 대한 행사, 다시 말해 멋진 이름을 지어 소나무를 잘 보존하고 관리해서 후세에 물려주도록 명명식을 하였으면 좋겠다고 말을 하였더니 고개를 끄덕이며 동감을 표시한다.

어떻게 하면 동민들이 잘 화합해서 단기간에 명품 소나무 이름 짓기를 할 수 있을까 고민을 거듭하다가 4월에 3개 단체 중에서 추진할 추진위원장을 뽑아서 추진해야 향후 1인 체제로 속도감 있게 추진할 수 있다고 생각했다. 그래서 회의 석상에서 400살 소나무 명명식 추진위원장을 뽑아달라고 부탁하였다. 그 결과 최헌식 주민자치 분과장이 적임자라며 천거를 해 주었다. 개인적으로 적임자라고 생각하고 눈여겨보았던 분과장이 추진위원장으로 선임되었다. 추진위원은 전 직능단체 회장 총무가 당연회원으로 되었고 그 외 핵심적으로 추진할 행동대장 10여 명을 선출하였다.

향후 6.13 지방선거 때문에 동 행정복지센터에서 회의 시 공직선거법에 위반되므로 회의를 하지 못하고 동에서 1㎞ 떨어진 추진위원장 개인 사무실에서 2일에 한 번씩 회의를 하였다. 주민들에게 소나무 이름 짓기를 홍보하기 위한 플래카드 설치, 소나무 이름이 적힌 리플릿 배부, 유래비 작성에 대해 회의를 수시로 실시하였다. 의례적으로 모임장소는 동 행정복지센터로 하여야 하나 개인사무실에서 실시하여 선거에 따른 불편함도 있었으나 명명식을 하고자 하는 주민들의 열망은 막지는 못하였다.

주민자치 잘 될 거야

2) 설문지 작성 및 홍보

400살 소나무 이름 짓는 것을 주민들이 참여도 하고 멋진 소나무를 청주 시내에 널리 알리기 위하여 홍보가 필요하였다. 그래서 플래카드를 걸어 알리자고 결정을 하고 관내 도로변 눈에 잘 띄는 관내에 40개의 플래카드를 걸었다. 플래카드 내용은 "400살 소나무 이름 지어 행복 찾아주기"로 하였고, 기간은 2018년 5월 18일(금)부터 5월 29일(화)까지 대대적으로 거리에 현수막 홍보하였다. 이 홍보 덕분에 주민들이 명명식에 대해 설문할 때 손쉽게 할 수 있었다.

다음은 주민들에게 400살 소나무의 이름 설문에 어떤 좋은지 의견을 듣는 순서다. 먼저 직능단체에서 회의 시 소나무에 대한 적당한 이름 세 개를 만들었다. 봉황송, 백봉송, 봉명송, 세 개 이름을 만들고 이름에 대한 설명을 하였으며 소수 의견을 적기 위하며 빈칸 한 줄을 넣기로 하였다 빈칸에는 세 가지 이름 외 좋다고 생각하는 이름을 개인적으로 적는 것이다.

제1안은 봉황송으로 먼 옛날 소나무 숲에서 새들 중 으뜸인 봉황이 날개를 펴고 힘차게 울었다는 전설이 전해져 온다고 하여 봉(鳳)명(鳴)동
제2안은 백봉송으로 동 행정복지센터 근처 산 이름으로 백(白)봉(鳳)송
제3안은 봉명송으로 봉명동 지명을 따서 봉명송

전단지를 만들어 "청주시에서 가장 오래된 400살 소나무 이름 공모", 위치는 봉송어린이 공원(봉명동 1677번지)이고 참여자(소속, 이름)를 적도록 하고 멋진 소나무 사진을 중앙에 넣고 하단부에 다음 사항을 넣었다.

명칭	설명	표기란
봉황송	먼 옛날 봉황이 날개를 펴고 힘차게 울었다	
백봉송	봉명2송정동 행정복지센터 인근 산 이름	
봉명송	봉명 1,2동 지명(91. 8. 23분동)	
기타		
기간: 2018. 5. 16.~5. 30.(15일간) 400살 소나무 명명식 추진위원회		

설문지 문안이 작성되면서 다음으로 많은 주민으로부터 설문지를 받아야 한다. 전 주민등록 인구수가 2만 5천 명이므로 수천 명 이상은 받아야 한다. 만약에 소극적으로 추진해서 수백 명만 받는다면 추후에 주민의 대표적 이름이라고 하겠는가? 이런 생각이 들어 제일 먼저 관내 통장에게 주문을 하였다. 각대 봉투에 설문지 100매씩 넣어 36개 봉투를 만들었다. 통별 공문함에 설문지가 들어있는 각 봉투를 넣으면서 통장 총무에게 통별로 100매씩 설문을 받아서 기간 내 제출해 달라고 메시지를 전달토록 하였다. 이렇게 하면 주민들에게 소나무 홍보도 되고 36개 통이므로 손쉽게 3,600명을 설문을 받는 것이 아닌가.

그 외에도 노인정 어르신들에게 대한노인회 봉명2송정동 분회 시 소나무에 대한 중요성 등을 말씀드리고 설문에 협조해 달라고

주민자치 잘 될 거야

부탁을 드렸고 새마을지도자, 부녀회 바르게 살기, 지역사회 보장 협의체 등 직능단체와 동 프로그램인 민화교실, 문인화 드럼음악교실 등에게도 홍보하여 많은 주민들이 설문에 참여하였다. 또한 동 행정복지센터, 관내 은행인 새마을금고, 신협 등 출입구에 찾아오는 관내 주민들이 손쉽게 설문에 응하도록 출입구에 현황판을 만들어 좋은 이름에 스티커를 붙여 봉황송, 백봉송, 봉명송, 기타 네 군데 이름 중 '하트' 스티커를 붙이도록 하였다.

그 결과 통장들이 3,500명, 각 직능단체 노인회에서 설문지로 338명, 설문지 3,162명으로 집계되었고 은행, 행정복지센터 사무실 등에 1,263명이 스티커를 붙여 집계해 본 결과 총 4,425명이 설문에 참여하였다.

400살 소나무 이름 지어 행복 찾아주기 개표를 2018년 5월 29일 의령 남씨 종친회 사무실에서 직능단체원들이 모여 개표해본 결과 봉황송 3,138명(70.9%) 백봉송 797명(18.0%), 봉명송 384명(8.7%) 기타 106명으로 집게 되어 400살 봉황송으로 확정하였다.

3) 유래비 제작과정

유래비를 만들려면 크게 두 가지가 합의되어야 원만하게 진행이 된다. 첫 번째는 주민들의 마음을 400살 소나무 한곳으로 결집시키고 전체 직능단체를 빠짐없이 참여시켜야 소외감이 없어 기념식 행사 후에 갈등이 없다.

둘째로 조형물이 있어야 한다. 무언가 소나무 옆에 흔적이 남아있어야 누구라도 언제나 시간 구애 없이 와서 보고 유래를 쉽게 만들어 글로서 남겨져야 한다.

따라서 봉황송으로 확정하고 난 뒤 유래비 만들고 안전하고 멋진 조형물이 남겨져야 했다. 2018년 날씨가 너무나 더웠다. 홍천이 여름 날씨가 41.0도 경신하는 등 근대 기상관측 이래 111년 만에 폭염으로 무더운 날씨와 오락가락하는 장마 등으로 400년 소나무 옆에 조형물을 세워야 하므로 주변 정리가 필요하였다. 보기 흉한 개 복숭아나무도 제거하고 주변 늘어진 나뭇가지도 정리를 하였다. 조형물 세울 곳에 바닥 콘크리트 타설이 필요한테 지반이 물러 푹푹 빠지는 악조건이었다.

그 이전에 석재가 있는 조경석을 몇 군데 들러 적당한 돌을 선별하느라 많은 시간을 소비하였다. 이는 밀어붙이는 추진력과 열정이 넘치는 최헌식 추진위원장이 아니고 다른 사람이었으면 느슨하게 추진되어 명명식이 어렵지 않을까 하고 염려했을 텐데 역시 '불도저'처럼 강력하게 추진해서 멋진 조형물을 수개월내 완성해 주어 그 고마움을 지면을 통하여 전달해 본다.

주민자치 잘 될 거야

봉황송 비문에 쓰인 글을 소개한다.

　　　무릇 산은 고을로 나누고 사람은 물길로 통한다. 백두대간 천왕봉에서 한남금북정맥이 분기 피반령 못미처 팔봉지맥을 낳고 팔봉지맥은 팔봉산 구룡산으로 갈라져 짐대마루 과상뫼 월송정에 매화송이 같은 봉우리들을 툭툭 내던지더니 여기 봉명동에 이르러 백봉산 금반산 월명산을 꽃봉오리처럼 빚어내었다. 한남금북정맥에서 발원한 무심천은 미호천으로 금강으로 흘러든다. 우리 마을 사람들은 뿌리 깊은 산 아래 삶의 터전을 일구어 물길은 따라 세계로 뻗어 나간다. 조선개국공신 강무공(剛武公) 남은(南誾)은 의령 남씨 시조 남군보(南君甫)의 5세이다. 강무공의 5세인 어모장군 남홍(南鴻)은 서기 1540년 낙향하여 이곳을 세거지로 삼았다. 12세 공조판서 응호(鷹浩) 장악원정 응수(鷹洙) 형제는 이곳에 집성촌을 형성하여 대대손손 살아왔다. 응호의 아들 통훈대군 대현(大賢)이 광해국 10년 서기 1618년 19살로 무과에 장원급제함을 기념하여 1621년 응호 응수 형제가 심은 소나무가 400년이나 건재하니 청주시가 1991년 2월 보호수로 지정하였다. 뿌리 깊은 나무는 바람에 흔들리지 아니하고 샘이 깊은 물은 가뭄에도 마르지 않으니 오랜 역사를 지닌 소나무 덕을 널리 알리고 보존하기 위하여 2018년 봉명2송정동 400년생 소나무 명명추진위원회를 결성 4,425동민이 참여 3,138명의 찬성으로 5월 29일 봉황송(鳳凰松)이라 확정하여 이날을 생일로 삼고 7월 14일 명명식과 함께 마을 상징으로 보존하기로 하였다. 봉황은 새 중의 으뜸이요, 백봉산 자락에서 대나무를 먹으려 힘차게 울었다는 전설이 있어 봉명동이니 봉황송이라는 이름은 비단에 꽃을 얹은 격이다. 의령 남씨는 대를 이어 장원급제하였고 고을에는 인재가 그침이 없으니 봉황송 정기의 덕이다. 봉황송이 울던 백봉산에서 문무를 연마하던 선현의 뜻과 400년 꿋꿋이 하늘을 우러러 용틀임하는 봉황송의 숨은덕으로 마을의 안녕과 풍요를 기원하고 지혜와 덕성을 지닌 인재가 연년세세 무궁무진함을 소망하는 마음을 담아 기리고자 한다.

〈수필가 이방주 글 짓다〉

2018년 7월 14일

봉명2송정동 400년생 소나무 명명추진 위원회

봉황송 유래비는 화강암 돌로 2개(상부, 하부)로 나누어져 있으며 하부인 몸통 부분은 무게가 10톤으로 소나무에 대한 유래가 빼곡하게 적혀 있다. 무과에 장원급제한 기념으로 심었고 최근 명명식 진행과정을 설명하고 있다. 상부인 머리 부분은 2톤으로 명조체로 크게 봉황송 3자로 소나무와 잘 배치되어 있다.

소나무가 있는 곳은 택지개발 전 "고향의 강"을 부른 원로가수 남상규 씨의 집이다.

청주시에서 가장 오래된 400살 봉황송

주민자치 잘 될 거야

<봉황송 명명식 >

○ 행사개요

-일시: 2018년 7월 14일(토) 10:00~11:00
-장소: 봉송 어린이공원 내(봉명동 1677)
-주관: 봉명2승정동 400년생 소나무 명명식 추진위원회

○ 명명식 진행 순서(사회: 이병철 전문MC)

시간	소요	내용	비고
09:40 ~10:00	20'	**<사전 공연>** 　-풍물공연(풍물패)	
10:00 ~11:00	60'	**<명명식>** 10:00~10:45 　-내빈소개 　-개식선언(강창구 고문) 　-국민의례 　-경과보고(남형우 부위원장) 　-공로패전달(위원장 → 박진호 전 동장) 　-명명식 인사말(최헌식 추진위원장) 　-격려사 및 축사(도종환 장관 외 2명) 　-제막식 　-기념촬영 **<다과회>** 10:45~11:00 　-행사장 앞	

○ 공로패

청원구 세무과장 박진호

　귀하께서는 봉명2송정동 동장으로 재임하는 동안 남다른 열정과 노력으로 동 발전과 주민화합에 힘써오셨으며 특히 봉송공원 내 청주에서 가장 오래된 400년생 소나무를 발굴하여 동민 4,425명이 참여, 71% 지지로 봉황송으로 확정하고 유래비를 세우는 등 그 공적이 크므로 동 주민의 마음을 모아 이 패에 담아 드립니다.

2018년 7월 14일
봉명2송정동 봉황송 명명식 추진위원회 위원장 최헌식

　명명식 행사 추진위원회 구성을 보면, 고문으로 강창구 주민자치위원장, 장기명 지역발전협의회장, 전희돈 노인회장, 남회 의령 남씨 판사공파 종친회장이며 추진위원장은 최헌식 주민자치위원이고 부위원장은 남형우 전 시의원이며 사무국장으로 도재현 주민자치위원회 사무국장이며 자문위원으로는 직능단체장, 추진위원은 직능단체 총무로 설문지 집계, 다과회 등을 도왔다.

　행사 참석자로는 관내 직능단체와 도종환 장관, 부시장, 당선된 시도의원, 봉명동 초, 중, 고등학교장 새마을금고 신협, 의령 남씨 종친회에서 참석하였다. 300여 개의 의자를 배치하고 앞에는 단상을 만들고 유래비에는 보자기를 씌워 내빈들 여럿이 줄을 구령에 맞추어 잡아당겨 벗기는 퍼포먼스를 하는 등 순조롭게 봉명2송정동 직능단체 모두가 힘을 합쳐 성대하게 본 행사를 마치었다.

주민자치 잘 될 거야

행사 종료 후 소나무 앞 주차장에 통장 협의회에서 과일과 음료수로 다과회장을 만들어 참석자들에게 음식을 제공하고 준비한 기념 타월을 제공하였다. 아마도 참석한 내빈과 외빈은 소나무를 살리기 위해서 경로당을 하루빨리 철거해서 후세에 소나무를 잘 관리해서 물려주어야 한다는 것을 알고 있었으리라고 생각된다.

그동안 수많은 동장들이 이곳을 거쳐 갔으리라 생각된다. 어떻게 나의 눈에만 보이고 그들의 눈에는 안 보였을까? 짧은 기간 내 역사에 남을 성대한 행사를 전 직능단체가 참여하여 기획하고 각자 위치에서 열정적으로 추진한 멋진 조형물을 완료한 봉명2송정동 직능단체 여러분 모두 수고하셨다는 감사의 말씀을 전한다.

우리나라는 자녀에 대한 지극한 사랑이 높기 때문에 미래지향적이고 긍정적인 소재로 이곳을 대구 갓바위처럼 '소원 성취' 분야로 널리 알려지고 홍보되었으면 한다. 정기와 좋은 기운이 흐르는, 400년 소나무에 대해서 장원급제한 기념으로 심은 나무이기 때문에 의미 있고 멋진 스토리텔링을 만들어 대학 입시를 둔 자녀나 회사 입사를 앞둔 자녀들이 간절히 원하는 소원이 이루어진다는 '희망'의 나무, '소원성취' 나무가 되었으면 한다.

2. 지역과 함께하는 밝은 마을 만들기

1) 영산홍 2,000주 식재

계절은 어김없이 밤이 지나면 아침이 오듯이 추운 겨울이 지나고 봄이 오고 있었다. 새봄이 오면 나무를 심고 식목 행사를 해야 한다. 우리 봉명2송정동은 인구 2만 5천 명의 작은 동이다. 봉명은 봉황새가 울었다고 하여 봉명으로 전해오는 전설이 있으며 송정동은 청주시의 공업단지로서 LG 한국 네슬레 킹텍스와 하이닉스도 연접해 있으며 최근 원룸 주택이 많이 신축되어 원룸촌이 형성되어 있다.

청주시는 묘포장을 가지고 있어서 봄이 되면 팬지, 베고니아, 피튜니아, 데이지, 금잔화 등 봄꽃을 시내에 겨우내 칙칙한 환경을 노란 꽃과 보라색, 흰꽃으로 색을 바꾸고 시내에 필요한 꽃을 제공할 꽃 모종과 매년 심을 묘목을 재배를 한다. 청주시는 43개 읍·면·동이 있어 3월이면 공문을 보내 필요한 꽃 묘 1,300여 본씩을 나누어 준다.

봉명2송정동은 약간 경사로에 동 행정복지센터가 위치해 있어 동 유래비 공터에 봄꽃인 꽃잔디, 팬지 패랭이꽃 등을 대형 화분을 동 직능단체인 자연환경보전회에서 20여 개를 준비해 주었고 소요되는 상토는 인근 개발지에서 포클레인으로 동 행정복지센터 트럭으로 반 트럭 실어서 가져왔고 퇴비는 자연환경보전회에서 20kg짜리 20포대를 구입하여 주민자치위원회 회원들이 참여하여 흙

주민자치 잘 될 거야

과 퇴비를 섞고 행정복지센터 주변에 민원인들에게 즐거움을 주기 위하여 대형 화분을 주변에 놓아 봄꽃을 주문하여 심었다.

주민자치위원 중 교장선생님으로 퇴임하신 송문규 분과장이 또 주문해서 2대 트럭으로 봄꽃을 수령해 가져와서 행정복지센터 주변에 심고 남아서 봉정초등학교에 드렸더니 교장선생님이 봄꽃을 심으려고 일부를 사 왔다면서 고맙다고 인사를 한다.

청주시는 매년 시정평가를 한다. 시정평가 목적은 시민들에게 친절하고 보다 좋은 행정서비스를 제공하기 위함이다. 평가는 시 본청 지원부서와 집행부서로 나누고 사업소와 직속기관을 나누고 구청 32개 부서를 지원부서 16개 부서와 집행부서 16개 부서로 43개 읍·면·동은 1차로 읍면 12개 부서와 동이 많아서 동을 2개로 나누어 평가를 한다.

읍·면·동 평가 방법은 전화 친절도, 창안시책, 홍보실적, 시민생활전망대 등 공통지표는 청주시 전 부서가 똑같고 시책으로 가서 주민화합시책, 주민자원봉사실적과 업무연찬회가 항목이 들어간다. 그래서 2017년에는 원룸 지역에 시범적으로 바르게 살기 협의회에서 시책 사업으로 원룸 주변을 깨끗이 하려고 5가구를 선정하여 쓰레기통을 구입 재활용, 일반 쓰레기를 구분하여 주변을 깨끗이 하려고 노력하였다.

그러나 마음먹은 대로 주변이 깨끗해지지 않아 불법투기 단속을 위해 원룸 지역에 CCTV를 설치 요청을 하여 설치도 하였고 2017년 7월 청주 지역 300㎜ 폭우로 인하여 청주의 무심천이 범람하고 아파트 지하 주차장이 잠겨 강한 민원이 발생하였다.

봉명2송정동도 연접한 산에서 토사가 한꺼번에 밀려와 아파트 1층이 완파되어 당시 아파트 안에서 TV를 보던 자녀와 가장이 토사에 덮쳐서 청주의료원에 입원하였다. 담벼락 아래에 있던 승용차를 토사가 덮쳐 승용차 지붕이 내려앉아 폐차시키는 등 피해를 입은 지역으로 많은 지원이 필요한 지역이다.

2018년도에는 3월 16일 직능단체 대표자 7명과 직원 11명이 청주 1번지 만들기 아이디어 발굴 거버넌스 워크숍을 개최하였다. 실천 계획으로 생활쓰레기 불법투기 근절을 위한 꽃 마을 만들기를 위하여 영산홍을 식재 및 사후 관리와 그 외에 마을 벽화 그리기 등을 넣어 활력 있고 주민을 위한 워크숍이 되도록 연초에 개최하였다.

워크숍 계획에 의거 영산홍을 심을 계획을 세웠다. 영산홍은 구입하여 심는 것이 아니라 시에서 지원해주고, 만약에 부족하면 바르게 살기 사업으로 일부 적은 예산을 들여 심을 생각을 하였다.

장소는 관내 원룸 주변의 절개지에 석축을 쌓고 석축 위 장마시 명심공원 석축 위 임야의 토사가 주택으로 내려오지 못하도록 흙으로 채운 곳이다. 또한 이곳은 원룸이 300세대 정도 밀집되어 있다. 혼밥 세대가 많아 주변이 잘 정리되지 않은 지역으로 주인 세대가 입주한 곳은 주변이 청소도 깨끗하지만 주인이 없는 세대는 휴지통도 제대로 비워지지 않고 주택 주변이나 인근 지역도 정리가 안 된 주택이 많다. 따라서 석축 위 풀숲이나 구석진 곳 등 음침한 곳은 쓰레기 불법투기 대상 지역이 된다.

주변이 깨끗해지고 환해지면 마음이 밝아지게 되어 쓰레기 버리고 싶은 마음이 없지만, 깨진 유리창의 법칙처럼 앞 유리가 깨진 채 방치된 차량이 일주일이 지나자 폐차 수준으로 변했다는 데서 착안된 이론이다.

정말 별것 아닌 사소한 잘못이 걷잡을 수없이 크게 확대된다는 말이다. 주변에 차량이 방치되고 유리도 깨져 있으면 지나가는 사람들도 아무렇지 않게 쓰레기 투기 행렬에 가세하여 버려서 금방 쓰레기장으로 변하는 것처럼 주변이 깨끗해지면 버리고자 하는 마음이 사라진다.

날이 풀리고 3월이 되자 날씨가 따뜻해지고 묘목을 심는 작업인 주민과 함께하는 마을 꽃길 조성을 23일 직원들과 통장협의회 36명이 참여한 가운데 명심공원에서 하였다. 이번 꽃길 조성은 아이디어 발굴 워크숍 때 선정된 내용으로 관내 취약지 환경개선을 통한 쾌적한 마을 환경 분위기 연출은 물론 아름다운 꽃향기로 마을 전체 이미지 개선을 위해 추진하였다.

나무 심기를 하려면 미리 나무 심을 곳을 삽으로 파서 흙을 뒤집고 땅을 부드럽게 해야 나무를 심으면 활착이 잘되고 해서 미리 묘목 심기 전 묘목 구덩이 파기도 쉽게 하기 위해서 작업을 하기로 결정했다.

심을 거리는 250m 정도로 석축 위 임야 접점지역으로 산 쪽에는 풀이 많이 자라서 1m 정도는 풀을 베는 정리를 하였다. 심을 묘목에 해가 안 가도록 하기 위해서 공공근로를 투입시켜 풀을 제거하고 나머지 직원 2명과 공익 2명으로 묘목 심을 곳을 파서 영산홍이 잘 살도록 땀을 흘렸다.

3월 29일 목요일 영산홍을 추가로 심기 위하여 묘목을 1,000주를 받았는데 마땅히 묘목을 내려놓을 곳도 없고 심을 곳으로 갔다 놓자니 분실할 염려도 있고 해서 트럭을 주민들에게 빌려서 영산홍 묘목을 실어 놓아야겠다고 생각을 했다. 내일 현장에서 묘목을 군데군데 내리기도 좋고 옮기면서 동선의 거리를 짧게 하여 작업하기 좋으며 새벽에 묘목 이동이 쉽지 않기 때문이다.

강창구 주민자치위원장과 사무실에서 차 한잔하면서 나무 심을 걱정을 했다. 내가 트럭이 있어야 하는데 하며 차량 얘기를 하니까 자기 집에 차가 한 대 있는데 너무 낡았고 움직일 수는 있으나 트럭이 스틱이라서 아무나 운전을 못 한다고 했다. "일단 차량을 빌려만 주세요. 내가 운전할 테니까요." 내가 운전한다고 하면서 차량을 빌리는 데 성공을 했다.

내일 아침에 영산홍 묘목을 차량에 싣고 동 행정복지센터 주차장에 주차 후 현장으로 이동을 해야 했다. 동에 있는 트럭을 타고 4km 정도 떨어진 곳으로 트럭을 가지러 갔다. 트럭을 보니 오래되기도 했고 사용하지 않아 시동도 간신히 걸렸고 의자는 먼지, 흙이 많이 묻어 있었으며 스틱이다 보니 기어 넣을 때 클러치를 밟아야 하는데 익숙하지 않아서 천천히 몰고 동 행정복지센터까지 왔다.

동장이 차를 운전하고 왔다고 놀라는 눈치다. 묘목업자가 대형 트럭에 싣고 온 묘목을 낡은 트럭에 옮겨 싣고 나니 내일 아침 시동이 안 걸릴 경우 큰일이 아닌가 하여 시동을 걸고 나서 시동이 꺼지면 안 되기 때문에 심을 장소로 이동하였다. 이동 시 묘목 분

주민자치 잘 될 거야

실 염려로 인해 포장재로 묘목을 덮었고 내일 아침 심을 준비를 완벽하게 하였다.

2018년 3월 30일 금요일 사무실로 일찍 출근을 했다. 영산홍을 심으러 7시까지 현장으로 가야했기 때문이다. 현장에 도착하니 근무시간 전으로 직원 12명과 통장 20명, 새마을 지도자 15명 등 많은 분들이 나오셨다.

일찍 나오셨다고 인사를 건넨 뒤 삽과 괭이를 지급하고 일부는 영산홍 옮길 조로 편성하여 순조롭게 심었다. 200m가 넘어서 묘목 차량을 이동하려고 시동을 거니 시동이 걸리지 않았다. 다른 사람이 시동을 걸려고 해도 걸리지 않는다. '어제 현장에 갖다 놓기를 참 잘했구나.'라는 생각이 들었다. 묘목을 안 갖다 놓았으면 묘목이 없어서 우왕좌왕하고 대안을 세워야 하는데 생각만 해도 아찔한 생각이 든다.

이렇게 하여 관내 쓰레기 취약지역인 명심공원 명일빌부터 황금빌 간 250m 구간 도로 옆 담벼락 절개지에 지난 3월 23일에 1,000주, 이번 3월 30일에 1,000주를 더해 영산홍 2,000주를 심었다. 앞으로 꽃묘를 심은 이곳에 벽화도 그릴 예정이어서 쓰레기 취약지역이 깨끗하게 변할 것이 기대된다.

보기 드문 가뭄으로 땅이 메말라 방역차량으로 물을 동에서 수돗물을 받아서 묘목에 물을 주었다. 그 후에도 계속되는 가뭄으로 주민자치위원장님 낡은 차로 4㎞ 정도 떨어진 곳의 농업용수에서 양수기로 물 10,000리터를 큰 물통에 받아와서 일주일에 두 번씩 영산홍에 물을 주었다. 동 행정복지센터 직원들은 스틱을 운전을 못하기 때문에 나하고 사회복무요원이 같이 동승하여 물을 계속해서 주어 가뭄과 폭염에 죽지 않도록 열심히 물 공급을 하였다.

현재 동 주민센터에는 여성 직원이 평균 70% 정도 되고 남성 직원은 귀하다. 그래서 인사 때만 되면 남성 직원을 달라고 동마다 아우성이다. 앞으로는 '나는 여성이니까 어렵고 힘든 일은 못 해!' 하는 생각보다는 '힘쓰는 일은 제외하더라도 기술적인 트럭 정도는 운전해야 되지 않을까' 하는 생각이 든다.

2) 벽화로 마을환경 개선

봉명2송정동 행정복지센터와 청소년 적십자사(RCY) 단원 130명이 명심공원 일원에서 벽화 그리기를 6월 16일 날 실시하였다

2018년 5월 사무실에서 근무하는 데 시의원에게서 전화 한 통이 걸려왔다. '벽화를 그려준다고 하는데 그릴 장소가 없느냐?' 하는 것이다. 주체는 RCY 대한적십자사에서 중·고등학생들이 봉사활동으로 벽화 그릴 장소와 날짜를 정해주면 소요되는 페인트도 준비해 와서 봉사활동을 한다는 것으로 동에서는 비용 부담 걱정을 할 필요가 없다는 것이다.

우리 동 관내 벽화 그리기 좋은 장소는 백봉산 옆으로 동 행정복지센터에서 봉정초등학교로 넘어가는 일방통행로가 좋다. 벽 높이는 2m 정도로 그려 놓으면 산책하는 사람과 걸어 다니는 주민들이 좋아할 터인데 단점은 일방통행으로 차량이 많이 다녀 안

주민자치 잘 될 거야

전에 문제가 되었다. 그래서 이곳은 벽화 그리기 대상을 제외하기로 하고 차선책으로 다른 장소를 생각해 보았다.

생각해 보니 36통 주변의 원룸 지역으로 높이는 1.8m 정도이며 명심산을 택지 개발한 곳으로 주택 지역이다. 차량 통행이 적어 그리기에 안전하고 게다가 쓰레기 불법투기 지역으로 청결하고 환경을 환하게 하면 쓰레기 불법투기 예방 차원에 좋은 곳으로 판단되고 120여 명의 학생들이 작업하기도 적당한 곳이었다.

일단 이곳이 적당하다고 생각하고 팀장들과 함께 의논을 시작했다. 벽화는 우리가 그리는 것이 아니라 학생들이 봉사활동으로 벽화를 그리고 우리는 준비만 하면 된다고 말했다. 우리 동 역점 시책으로 발전시켰고 벽화 그리기 전에 시멘트벽을 솔로 긁고 페인트가 잘 칠해지도록 사전에 정지 작업을 해야 했다. 가용인력을 동원해서 한번같이 해보자고 직원들을 설득하고 기간 내 열심히 준비해줄 것을 당부했다.

며칠 후 대한 적십자사에서 봉사활동 총괄하는 직원이 사무실로 찾아와서 동장실에서 차 한잔하면서 벽화 향후 일정에 대하여 설명도 하고 많은 사람이 한곳에서 모여서 작업하느니만큼 일정한 장소에 집합하여 안내사항 공지, 점심 식사 문제, 화장실 문제, 봉사활동을 하러 온 학생들이기 때문에 페인트 도색 비전문가라는 점 등 자세하게 설명도 하고 벽화 그리기 작업 현장도 답사하고 돌아갔다.

그 후에 적십자사에서 봉고차로 정지 작업을 전문으로 하는 일을 해 주는 분이 동 행정복지센터 사무실로 찾아왔다. 봉고차에

닦는 솔 20여 개, 칠하는 솔, 넓은 면을 칠하는 롤러 각 10개씩과 벽화 밑 작업용 페인트와 페인트를 덜어서 사용할 작은 페인트 통들을 준비해 주었다. 페인트와 물 섞는 비율 등 동장실에서 벽화 그리기 설명을 한 후 어떻게 많은 학생들이 한곳에 모여서 그릴 것인지와 사전에 해야 할 일등 여러 가지에 대한 설명이 이어졌다.

4월이 되어 동 직능단체 회의를 실시하였다. 동 직능단체 회의는 회장과 총무가 참석하며 매월 첫 번째 월요일 날 정기회의가 열린다. 벌써 추웠던 날씨는 물러나고 개나리, 진달래꽃 피는 좋은 계절이 왔다고 인사말을 먼저 전하고 직능단체 회장 총무님께 말씀드릴 내용은 벽화를 그리려고 한다. 벽화 그릴 총 길이는 250m이고 위치는 36통 원룸촌으로 이곳은 봉명동 원룸 신축 시 산과 경계 지점으로 산의 토사가 주택으로 흘러내리지 않도록 석축을 쌓은 곳이다. 높이는 손을 뻗으면 닿을 수 있는 약 1.8m 정도로 무늬가 있는 석축으로 쌓아서 벽화 그릴 시 학생들이 어느 곳 보다 안전하고 완료 시에는 주위가 깨끗해져 불법 쓰레기 투기가 줄어들 것으로 판단하여 이곳을 택하게 되었다고 설명과 부탁을 하였다. 그러니 시간이 되시는 직능단체에서는 벽화 그리는 데 참여를 부탁한다고 말씀드리며 그간의 RCY에서 1인당 1만 원씩 납부하고 사전 답사한 사항을 설명하였다.

우리가 할 일은 벽을 솔로 닦고 물로 청소를 해 놓아야 하고, 그림 그리기 일주일 전에 밑 작업을 해야 하는데 그때 나와서 협조 좀 해 달라고 부탁했다. 그 후 남자 직원인 복지팀장과 공익요원을 데리고 동에 있는 동 행정복지센터 트럭을 타고 벽화 그릴 장소로 향했다. 현장에 답이 있다고 한다. 우선 어떻게 하면 쉽게 할 수 있는지를 간 보기를 해야 한다. 먼저 한번 실행해보고 어떻게 하면 편하게 효율적으로 할 수 있는지를 해 보아야 한다.

우선 벽을 솔로 긁어 보았다. 솔은 나무로 만들었고 앞부분이 철사로 박혀있었다. 어쩌면 나무로 만든 큰 칫솔을 생각하면 되는데 잇몸이 닿는 솔이 부드러운 솔이 철사 부분이라 생각하면 이해가 쉬울 것이다.

철솔로 긁어 보니 시멘트 먼지가 많이 날려 쉬운 것이 아니었다. 마스크도 쓰고 했지만 길이 250m에 벽화 그리기 작업을 이렇게 한다는 것은 쉽지 않은 일이다. 그래도 출장을 나갔기 때문에 조금이라도 할 필요가 있기 때문에 한나절 하였더니 10여 m 작업을 완료하였다.

어떻게 하면 먼지가 날리지 않을까 생각해 보았다. 미리 작업할 곳에 물을 뿌리면 먼지가 날리지 않을 것 같아서 트럭에 방역용 물통을 싣고 물을 살포하였다. 작업 전에 물을 뿌리고 10여 분이 지난 후 시멘트벽을 긁어보니까 뽀얀 먼지는 덜 났으나 무더운 더운 날 근본적인 해결책은 아니었다. 단지 조금이라도 더 해야 되기 때문에 이렇게 해보고 또 다른 방법 강구해 보는 것이다.

작업을 하던 차에 담벼락 먼지 작업을 한다니까 우종구 통장이 어떻게 알고 작업 현장으로 찾아왔다. 하는 것을 보더니 매우 답답한가 보다. 그것은 그렇게 하는 것이 아니라며 "고압 분부기로 물 압력을 세게 해서 불순물을 제거해야 되지 언제 그렇게 하고 있느냐고 하지 말고 그만하라. 제가 내일 공업용 고압 분무기 기계를 빌려와서 해 드릴 테니 걱정하지 마세요." 하는 것이 아닌가. 그 대신 오늘같이 물은 준비를 해 주시고 고압분무기는 휘발유를 연료로 사용하므로 휘발유가 필요하다며 준비해 달란다.

다음날 근무 시간에 동 행정복지센터 트럭에 방역용 물을 가득 싣고 현장에 도착해서 흡입구를 물에 담그고 고압 분무기 엔진에 시동을 거니 물 압력이 강력해서 붙어있는 불순물이 손쉽게 제거되는 것이 아닌가. 물 압력이 강하여 담벽에 붙어있던 거미줄, 불법 전단지, 낙서, 시멘트 부스러기 등 파편이 주위로 튀기면서 벽 청소를 손쉽게 실시하였다. 간혹 담벼락에 주차해놓은 차량 때문에 고압 분무기를 사용할 수 없는 곳은 솔로 시멘트벽을 긁어서 민원이 생기는 것을 방지하였다.

벽화 그릴 곳은 적어도 일주일 전까지는 사전에 벽을 깨끗이 청소를 마쳐야 한다. 그 후 그리기 전 밑 작업을 해야 한다. 밑 작업이란 흰색 페인트를 묽게 물에 타서 연하게 페인트를 담벼락에 칠하는 작업이다. 밑 작업을 하는 이유는 본 작업에 페인트를 적게 들게 하고 최종적으로 벽화 색감이 선명하게 나타나게 하기 위해서다.

행정복지센터 남자 직원과 공익요원 그리고 공공 근로 2명도 합세시켰다. 7명이 페인트를 넓은 면은 롤러로 바르고 좁은 홈은 솔로 발라서 천천히 밑 작업을 해나갔다. 그렇게 힘든 작업은 아니었다. 순조롭게 페인트를 잘 칠할 수 있었다. 도로와 벽 경계석에 잡초도 제거하고 주변도 깨끗이 청소하여 벽에 오염원을 제거하였다.

사전 작업이 거의 끝나갈 무렵 대한적십자사 충북지사 직원들

주민자치 잘 될 거야

과 향후 일정에 관하여 논의가 있었다. 참여인원은 학생이 120여 명 정도 봉사활동을 실시하는데 1인당 페인트 대금으로 봉사활동 시 1만 원을 참가할 때 납부하고 참석을 한다고 하였다. 또 하나는 점심 식사이다. 점심 식사는 많은 사람들이 12시경에 한꺼번에 먹어야 하는데 장소가 마땅하지 않았다.

현장에 답이 있다고 벽화 그릴 장소 주변에는 다행히 원룸이 많아 1층 주차장으로 사용하는 필로티 부분 시원한 곳에서 식사를 할 수 있게 조치하였고 식사는 도시락으로 적십자사에서 제공해 주기로 협의를 보았다.

많은 사람들이 어느 화장실을 사용해야 할지도 고민되었다. 화장실은 평소 행정복지센터에 어려운 이웃들에게 평소 많은 도움을 주시는 지역의 서원웰빙 식당에서 해결하기로 팀장이 결정해 주었다.

그래서 우리 직원들은 고마움의 보답으로 10여 명이 그날 점심을 그 집에서 예약을 해서 식사를 했다. 또한 난제는 벽화 그리기 현장에서 식당까지는 100여 m가 되기 때문에 차량도 조심해야 하고 하므로 안전에 신경을 기울여야 하고 여학생들은 혼자가 아닌 두 명 이상 동행해서 가도록 해서 사고가 발생하지 않도록 당부했다.

당초에는 선거전에 작업을 하려고 계획하였으나 선거법 저촉 등으로 날짜를 선거 이후인 6월 16일(토)로 날짜를 잡았다. 직원들에게 미안하지만 직원들도 나와서 학생들이 조 편성되면 조별로 필요한 페인트와 담을 그릇, 솔들을 배분하고 손쉽게 작업할 수 있도록 직원 조 편성도 마치고, 벽화 현장으로 가서 바닥에 페인트가 흘려서 지저분해지지 않도록 폐현수막을 바닥에 깔고 차량도 주차되지 않도록 플래카드를 내걸고 내일 작업에 지장을 주지 않도록 안내문도 게시하였다.

다음날 벽화 그리기 현장에서 가까운 공원에 집결시킨 후 작업 요령, 주의사항, 작업 시간 등 안전 교육을 시킨 후 옷에 페인트가 묻지 않도록 준비해 온 우의를 입고 20인이 1조로 작업을 실시하였다. 볼록 튀어나온 시멘트벽에 노란색, 분홍색, 파란색 칠을 하였다. 노란색 페인트를 든 학생은 노란색만 칠하는데 색상 배합이 잘되도록 전문가가 칠할 곳을 지정해주어 조화롭게 완성해 갔다. 학생들의 페인트 벽화 그리기는 순조롭게 작업이 진행되었고 작업하러 오신 분 중에는 벽화를 전문적으로 그리는 화가도 한 분 계셨다.

화가 선생님께 부탁하기를 우리 동에 유명한 400살 소나무가 있는데 봉황송으로 주민들이 이름을 지었고 앞으로 많은 홍보가 필요하므로 벽화에 소나무를 그려 널리 알릴 필요가 있다고 말씀드리니까 소나무 사진을 달라고 해서 홍보용 전단지를 드렸더니 살아있는 멋진 소나무를 벽에 넣었다.

오후 1시에 통장들을 소집시켜서 학생들이 그림을 그리고 30분 정도 지나 페인트가 마르면 페인트 그림이 오래가도록 왁스 작업을 해야 했다. 왁스 작업은 통장이 참여하여 한낮 30도가 넘는 뜨거운 날 비옷을 입고 엷은 페인트를 칠하고 너무 수고가 많았다. 또한 사전에 직능단체에 홍보한 결과 주민자치위원회에서 위원장

주민자치 잘 될 거야

과 사무국장이 학생들에게 줄 간식 빵을 사 오고 김한기 방위협의 회장이 음료수를 지원해주고 새마을 지도자 등도 참여하여 성황리에 마치게 되었다.

더운 날씨에 봉사활동에 참여한 학생들과 한낮에 비옷을 입고 작업에 참여한 직원과 통장협의회를 비롯하여 직능단체 회원 여러분께 무더운 여름날씨에 비옷입고 고생하신데 대하여 진심으로 감사를 전한다.

3. 낙가천의 '못다 핀 코스모스'

용암1동의 자연 명소는 장미 터널이다. 5월 덩굴장미가 필 때면 200여 m에 이르는 긴 아파트 단지 옆 산책 도로는 붉은 장미로 멋들어지게 장관을 이룬다.

보살사에서 흘러 저수지에 들렀다가 용천제가 열리는 계곡으로 흘러 낙가천으로 흘러 영운천으로 흘러들어 무심천으로 합류하는 세천이다. 하천 옆에 흙으로 제방을 만들고 12년 전에 장미를 두 줄로 심었다가 이제는 터널로 만들어져 마음이 우울한 사람들이나 집안에 괴롭고 힘든 사람들에게 기쁨과 즐거움을 준다.

5월 덩굴장미들이 만개하면 청주에서 가장 멋진 장미 터널을 구경하고 즐기러 인근 주민들이 몰려오고 전국의 사진작가들이 외지에서 작품을 찍으러 찾아오고 있다.

2016년 7월에 용암1동장으로 발령받고 관내 순찰을 열심히 다녔다. 제일 먼저 간 곳은 관내에 있는 36개 경로당이었다. 7월에는 한참 폭염이 기승을 부리고 있을 때 발령을 받고 지인들이 보내온 난 화분을, 보내준 사람의 리본을 떼어내고 "어르신 건강하세요! 용암1동장 ○○○" 하고 난 화분용 리본을 새로 만들어 붙이고 용암1동 전 경로당을 직원과 함께 보름 만에 전체 방문할 수 있었다. 경로당 어르신들이 동장님이 난 가져온 적은 처음이라며 칭찬인지 아니면 고마움의 표시의 말씀인지 긍정의 말씀을 전해 주셨다. 지금도 몇몇 경로당에는 제가 전해준 축하 난이 물과 햇볕 등 정성껏 보살핌을 받으며 싱싱하게 잘 자라고 있으리라 생각된다.

주민자치 잘 될 거야

이렇게 첫 번째로 어르신들이 소통하는 장소이며 만남의 장소인 경로당을 순회하면서 관내 방문을 마치고 들어오는 길에 낙가천을 처음으로 보게 되었다. 하천 가운데 일반 근린상가에서 아파트로 건너가는 다리가 아치로 놓여 있고 장미 터널에 꽃은 없었지만 길게 활대처럼 유선형으로 굽어 있었고 하천과 장미 사이에는 풀과 코스모스 등이 섞여 있어 조금만 개발하면 시민들에게 내놓을 좋은 구경거리가 될 것으로 생각됐다. 그러면서 걸어보았더니 장미가 잘 심어져 있었지만 장미가 죽어 포기 사이가 넓은 곳은 보식이 필요해 보였다.

우선 공공근로를 투입하여 낙가천과 장미 터널 사이에 있는 코스모스는 남겨두고 풀을 뽑았다. 200m 되는 긴 면적을 작업하는데 많은 시간이 소요되었고 한쪽 풀을 뽑아도 다른 쪽에 큰 풀이 많아서 시간을 많이 할애했다.

해가 바뀌어 2월경에 장미 터널에 대한 종합 계획을 세우게 되었다. 전 직능단체가 모여 장미 터널 중심으로 아름다운 마을 가꾸기 사업을 해 보자고 제안을 해서 직능단체장 협조를 받아 동장이 직접 사업계획서를 세웠다. 장미 터널 보식은 새마을 지도자가 2017년도 사업계획으로 세우고 장미 터널 코스모스 심기는 주민자치위원회에서 씨를 사고 코스모스 모종하기 위한 종자도 뿌리고 재배 방법을 알아서 핵심적으로 추진하기로 하였다. 통장협의회에서는 코스모스가 10센티 자랐을 때 옮겨심기를 실시하고 지역사회 보장협의체 외 직능단체는 옮겨 심을 때 직능단체별 유니폼을 입고 나와 새벽에 1시간 정도 심으면 직능단체 간 협조도 되고 앞서가고 서로 돕는 직능단체가 되리라 생각하고 추진하게 되었다.

3월이 되자 용암1동 주민자치협의회에서 코스모스를 파종하기 위하여 코스모스 씨앗을 구입하고 월례회시 회의 시 실천 사항 중 낙가천 정비를 위한 회원을 소집하였다. 현장으로 가서 심을 곳에 무성하게 자란 풀을 말끔히 정리하면서 더운 날씨에도 불구하고 장미 터널 밑까지 가시에 찔려가며 풀을 뽑고 수분이 있고 평탄한 곳에는 삽과 괭이로 정지작업을 하고 씨앗을 파종하기 위하여 열심히 땀을 흘렸다.

날씨가 가물어 가뭄에 대비해야 하는데 흙도 충분하지 않고 가뭄이 계속되면 식물이 비실비실해지고 시들므로 보기가 흉하고 지나기는 시민들이 눈살을 찌푸린다. 많은 물이 흐르진 않지만 물을 이용하기 위해서 양수기와 전기가 필요했다. 양수기는 주민자치위원회 경비에서 사업비로 성능이 좋은 수중 모터를 구입하였고 양수기로 통해서 물을 줄 수 있는 장미에 물을 떨어트리는 접적관수도 구입했다. 접적관수는 신상호 제1통장이 사과나무에 물을 주는 호스가 물이 세지 않고 밤새도록 은근하게 번지면서 땅이 파이지 않고 물이 떨어지는 것을 보고 5m 간격으로 물이 나오는 호스를 선택했다.

또한 전기를 해결하려고 장미 터널 인근 부영 10차 아파트 통장 2명을 동장실로 불렀다. 날씨가 가물어 낙가천 물을 양수기로 관수하려고 하니 아파트 관리소장과 동 대표들에게 잘 얘기를 해서서 전기를 사용하게 해 달라고 부탁했다.

주민자치 잘 될 거야

전기를 다른 곳에 쓰는 것이 아니고 가뭄 시 장미 시듦과 코스모스 가뭄 예방을 위하여 전기를 이용하게 해달라고 당부를 드렸다. 며칠 후 아파트 관리소장에게 찾아가 말씀드렸더니 입주자 대표자가 말씀하셨다며 전기를 사용하도록 해 드리겠다는 허락을 받았다. 동 행정복지센터에 비치하고 있는 전깃줄이 100m가 모자라 50m를 추가로 연결하고 해서 물 있는 곳까지 전기를 끌었다.

장미나무 밑에 물 호스를 깔아야 하는데 말려있는 긴 호스가 쉽게 풀어지지 않았다. 직원 2명과 공공근로, 자원봉사자 등 여러 명이 호스를 잡고 한쪽에선 풀고 물호스를 장미나무 뿌리에 붙였다.

장미나무와 하천 사이에 코스모스가 가뭄 시 젖도록 코스모스 심은 곳도 한 줄 늘였다. 다음날 농사짓는 통장님을 오시라 하면서 직원과 사회 복무요원이 수중 양수기에 호스를 연결하고 전기 스위치를 넣자 양수기에 가까운 쪽은 물이 뚝뚝 잘 떨어지고 끝쪽은 150m 넘어서 간신히 물이 나왔다. 그런대로 아쉽지만 성공적이었다. 이젠 가뭄이 와도 물을 줄 수 있으니까 오가는 시민과 근처의 유치원 어린이 등에게 좋은 볼거리가 될 것이다.

5월이 되니 장미 터널에 장미가 피었다. 유선형으로 휘어져 있어 사진 촬영 시 멋지게 나오고 화사하고 다복하게 피어있는 장미를 향해 인근에서 사람들이 몰려오고 낙가천 인근 상가 삼겹살집, 커피숍들은 덩달아 찾아오는 사람들 때문에 장사가 잘된다. 또한 물이 흐르기 때문에 도심의 온도도 내리는 효과가 있다. 마치 서울의 청계천처럼 말이다.

조금 아쉬운 것은 낙가천에 흐르는 물이 적다는 것이다. 신라 진흥왕 28년에 의신대사가 세운 보살사는 보물 제1258호가 있는 청주의 유명한 절로서 바로아래 시내버스 주차장이 있어 접근성이 좋고 한적하고 마음의 여유를 느끼는 곳에서 물이 흘러 저수지에 모여져 다시 아래로 흘러 낙가천과 영운천을 거쳐 무심천으로 흘러 들어간다.

　인근에는 맛 좋은 용암 포도밭이 군집되어 있어 가뭄 시 물이 부족하므로 저수지에 농업용 대형 관정을 굴착하여 여름에는 인근 포도밭에 물을 대고 저수지에 분수도 만들고 남는 물은 아래로 흐르게 하여 보다 시원하게 해 주면 어떠할까 하는 생각을 해본다. 또한 저수지에서 김수녕 양궁장 사이 도로가 협소하므로 도로를 개설해주면 방서동에 지어지는 아파트 주민들과 청주시 어린이들이 손을 잡고 행복해할 모습을 그려본다.

　꽃도 피었다 시드는 법, 비가 오고 바람이 부니 장미 터널의 장미 꽃잎도 떨어지며 흩날리고 꽃들도 늘어져 오가는 사람들의 머리에 부딪히고 해서 동 행정복지센터 직원들이 공구를 가지고 전산 묶는 끈으로 트럭 위에 올라가 지지대에 결속시켜 정리했다. 정리 중에 청바지가 장미 가시에 걸려서 찢어져 피가 나는 상황도 발생하는 등 장미 터널을 관리하려고 열과 성의를 다하였다.

　남들은 그렇게까지 안 해도 된다고 하지만 일을 보고 안 하면 안 되는 성격 때문에 직원들과 직능단체에 고생을 시키지 않았나 하는 생각도 든다. 앞으로 장미 터널을 잘 관리해서 명소로 발전시키고 가을에 열리는 지역 축제가 경로잔치, 노래자랑, 화합행사

주민자치 잘 될 거야

등으로 대동소이한데 이곳의 축제는 특색 있게 장미를 테마로 장미꽃 필 때 작은 축제를 열어 새로운 시도를 하는 생각의 전환이 필요하다고 생각되었다.

2019년 4월 26일 울산 농소동에 벤치마킹하러 가서 점심 식사 때 초대장을 주었다. 오는 5월 18일(토) 용암동 낙가천변 장미 터널 일대에서 용암동 새마을회 주관으로 제1회 장미 터널 축제를 하는데 낙가천변 장미 터널 일대에서 먹거리 장터 아나바다 운동, 가요, 민요공연, 주민 장기자랑, 유치원 원아들의 장미꽃 사생대회와 5월 출산 산모들에게 미역을 전달하는 행사를 한다고 참여해 달라고 초대장을 받았다. 내가 있을 때는 코스모스 작은 음악회 꿈을 못 이루었지만 처음으로 행사를 개최하게 되어서 기분이 좋다. 좀 부족하면 어떠랴! 다음 해 또 보완해서 하면 되니까!

용암1동 명소 장미터널

〔"작은 음악회 개최 계획"〕

- 첫 작은 음악회를 개최하고자 동장이 직접 계획서를 작성한 후, 직능단체장
들이 직접 검토하고 서명할 수 있도록 하여 많은 관심을 받았다.

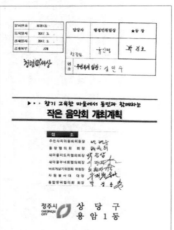

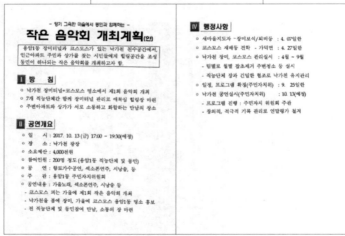

주민자치 잘 될 거야

4. '전국 최초' 개발한 것도 있네

2004년 7월 청주시 상당구 징수 1팀장으로 승진 후 담당하게 된 업무가 부동산 압류, 차량 압류·해제, 지방세 완납증명서 발급 업무였는데 온라인이 안 되던 시절에 지방세 체납자 중 원거리 거주자가 고지서 없이 체납세금을 납부할 수 있는 방법으로 징수관 계좌의 무통장 입금 방법이 있었다. 무통장 입금 시에는 입금자 이름과 입금액만 표기(박영자 동명 91명, 처가 남편 이름으로 대납)되어 실제 체납자를 찾기 어려웠다. 이것을 찾으려면 동명을 전부를 조회해서 금액을 비교해서 찾기도 하지만 남편 체납액을 부인이 납부할 때는 찾을 수 없었다.

집에 와서 TV를 시청하다 채널을 돌리는 과정에서 고등어를 판매하는 것을 보고 먹음직스러워 구입하기로 마음먹고 080으로 전화해 본 결과 주소, 전화번호 등이 모두 음성으로 녹음되어 실제 구매자의 연락처 등을 쉽게 찾을 수 있었다. 홈쇼핑의 ARS를 지방세 업무에 활용하면 동명이인 대납자가 누구인지를 전 과정이 녹음되므로 실제 납세자를 쉽게 찾을 수 있다고 판단해서 마음속으로 도입을 결정하였다.

비용도 들어가고 시스템이 도입되면 혹시 추가로 프로그램을 구성해야 되는 것은 아닌지, 직원들의 생각이 어떤지 의견을 들어보았다. 반대 의견은 "현재도 문제없이 잘 되고 있는데 왜 하려고 하는지?", "가만히 있으면 중간이나 가지?", "완성되면 잘 될 수 있을까!", "공연히 예산만 낭비하는 것이 아닌지?" 하는 의견이었다.

찬성 의견을 보면 "정말 그렇게 쉽게 찾을 수 있는 거예요? 누가 납부했는지 찾기가 어려웠는데 그렇게만 된다면 참 편리하겠다.", "ARS는 여러 군데 돌리면 기계음을 오래 들어야 하므로 짜증 난다. 수신자 부담이지만 짜증 안 나게 개선이 필요하다." 등의 찬반 견해를 들었으나 마음속으로 시도해보자 마음먹고 실행에 옮기기로 하였다.

해가 바뀌어 2005년 "체납세금 ARS를 통한 체납세금 납부 계획서"를 결재를 득한 후 1차 추경에 사업비 1,000만 원을 확보하였다. 예산이 편성되었으므로 집행하기 위하여 네이버 검색창에 "ARS"라고 검색을 하니까 몇 개의 회사가 검색되었다. 전화를 해서 동명이인 찾으려고 하는데 할 수 있는지를 물어보았다. 그러나 생소해서 잘 알아듣지 못하고 동문서답하였다. 그래도 전국에서 가장 기술이 앞선 곳이 서울이므로 서울 출장길에 올랐다. 프라이드 승용차를 몰고 경부고속도로에 차를 올렸다. 내비게이션도 없던 시절이라 길눈이 어두워 엉뚱한 곳으로 갈까 봐 아내를 옆 좌석에 태웠다. 가는 도중 문득 '예산까지 세워 놓았는데 연말까지 집행을 못 하면 어떡하지?' 하고 은근히 걱정이 되었다.

차를 가지고 두 군데 회사에 들렀다. 첫 번째 회사는 경부고속도로에서 서울 초입인 양재동에 있는 충무빌딩 4층이었다. 분야가 여론조사 업체로 사업에 대한 이야기를 하자 "그런 것도 있어요? 처음 들어보는 얘기인데요." 하며 이해를 하지 못했으나 관심은 보였다. 그러다 보니 12시 점심때가 되었다. 1층이 청국장집으로 회사 직원과 같이 청국장을 주문했다. 마음속으로 생각해 보

주민자치 잘 될 거야

왔다. 만약 내가 청국장을 얻어먹으면 책잡혀서 이 업체하고 계약을 해야 하는데 머리가 복잡하다. 그래 내가 "점심값을 내자." 하고 얼른 카드로 점심값을 계산했다. 점심을 마치고 서울 시내로 차를 몰고 다른 업체를 찾아갔다. 직원 규모가 30명 정도는 되어 보였는데 사업 설명을 하니 우리는 그런 것에 관심이 없다고 거절을 당하였다. 날은 저물고 길은 막히고 청주로 돌아왔다.

　다음날 잘 이해는 못 하지만 관심을 보이는 첫 번째 업체에 전화를 하니까 반갑게 맞아 주면서 CTI(Computer Telephony Integration) 프로그램 설명을 하면서 내가 미처 생각하지 못한 부분까지 디테일하게 제시하는 것이 아닌가? 그 후 프로그램 완성에 가속도가 붙었다.

　홈쇼핑 상품 판매는 전화번호가 외우기 쉽고 누르기 쉬운 전화번호로 080 수신자 부담 전화를 사용하고 있으며 수억 원의 기기를 사용한다. 홈쇼핑 기기의 성능엔 못 미치더라도 통장에 입금자를 쉽게 찾으면 되므로 1,000만 원의 예산을 집행하면 되는 것이다.

　지방세 체납 시 5% 가산금을 납부하여야 하므로 전화요금을 구청에서 부담하기로 생각한 후 080을 도입하기로 결심하고 직원들의 설문을 거쳐 080-369-8282로 결정하여 번호를 확정, KT에 전화 가입 문의 결과 기 가입된 번호로 사용할 수 없었다. 그래서 차선책으로 080-369-0038(헌법 38조에 의거 모든 국민은 납세의무를 진다)로 결정하였다.

　시스템 주요 내용은 체납자가 체납액을 납부하려고 전화할 때 체납자 주민등록번호 연락처 등이 자동 녹음 저장되므로 정당 납세자를 쉽게 찾을 수 있고, 납부 시에는 정상 처리되었다는 메시지가 SMS 문자로 전송이 되도록 하였다. 수분간 나오는 기계음을 없애기 위해 근무시간 내에는 세무담당자와 직접 통화하도록 하고 근무시간 외(18시 이후, 공휴일 등)에는 080-369-0038을 누르고 주민번호를 전화기 버튼을 누르면 자동으로 음성이나 휴대폰으로 체납액을 전송해 주어 자동차 중고 매매상에도 유용하게 사용하게 되었다. 2006년부터 "놀토"라는 용어가 생겨나 둘째, 넷째 토요일 휴무가 실시되어 토, 일요일에 중고 매매상에 가면 차량의 체납액이 있는지 알 수 없었다. ARS 시스템 도입 이후 버튼만 누르면 체납액이 얼마인지도 알 수도 있고 납부도 할 수 있고 차량 압류해제도 월요일 즉시 해제할 수가 있어서 매매상, 폐차장에서 근무시간 이후나 휴일 ARS 시스템을 유용하게 사용할 수 있다.

ARS 시스템 완료 후 인근 상당구 자동차 매매상사를 찾아가 시스템 구축 설명을 하니 반응이 좋았고 앞으로 근무시간 내에만 체납액을 확인하던 것을 퇴근 후나 토요일, 공휴일 등에는 ARS 시스템으로 체납액을 확인하여 차량 매매를 하도록 홍보하였다.

시스템 설치 후 6개월 만에 체납자가 이용한 실적은 3,007명에 1,062백만 원을 징수하였고 봉급 압류 예고 시에는 1일 최고 120명이 이용하는 성과를 거두었다.

지방세 분야에 아이디어를 내서 개발한 전국 최초로 실시하는 프로그램으로 타 지자체에는 프로그램만 설치하면 되므로 업체에 주문하기를 "앞으로 타 지자체 도입 시 로열티를 30만 원씩 주세요." 하고 30만 원 지급계약을 실시하였다. 예를 들어 냉장고 회사에서 냉장고를 처음 신제품을 만들어 출시 후 앞으로 다른 사람이 구입하겠다고 하면 냉장고를 가지고 가서 설치만 하면 되기 때문에 계약서에 "타 기관에서 프로그램 계약 시 3회까지는 전체 을이 수익하고 그 이후 계약 시에는 건당 300천 원씩 갑에게 지급한다. 갑에게 지급 시에는 대금 지급받은 날이 속하는 해당 말일에 청주시 세입으로 입금 조치한다. ARS 시스템 완성 당시 특허청에 조회를 해보니 특허는 건당 50만 원이었고, 하위인 실용·실안은 30만 원이었다.

프로그램이 완성되자 시루떡과 과일을 준비하여 앞으로 ARS 시스템이 전국 234개 자치단체로 쭉 뻗어 나가고 일 년 365일 무탈하게 운영되도록 천지신명께 예를 갖추어 제를 올리게 되었다.

위의 축문은 김동훈 세입팀장이 축문안을 작성하여 낭독해 주었고 전 직원이 참여하여 마음속으로 잘 될 거라고 기원해 주었다.

ARS 시스템 주요 추진상황으로는 2005년 3월 1천만 원 1차 추경에 계상, 5월 상당구 새로운 시책발표, 8월 체납세금 ARS 시스템 구축 완료, 9월 ARS 체납액 납부 업무 개시, 11월 프로그램 등록 완료, 12월 프로그램 홍보(매매상사 등)가 있다.

추진성과는 2006년 3월 충청북도 세정연찬회 최우수상을 수상(박진호 발표)하고 프로그램 설치 시 1건당 로열티로 300천 원 지급 계약체결(상당구 박진호, 케이알시스 이영도 대표)을 하여 우리도 로열티 수입을 얻으려면 전국 지자체에 홍보가 필요하였다. 2006년 7월 전국 지자체에 "체납세금 ARS를 통한 납부" 공문을 통보하였다. 그 결과 전국 40여개 지자체에서 벤치마킹을 다녀갔고 2008년 9월 말에는 25개 지자체에서 프로그램을 설치 완료하여 7,500천 원의 세외 수입을 올렸다.

그 이후로 지방세 전체로 ARS는 발전하게 되는데 그 내용은 다음과 같다.

2007년 ARS 지방세 납부 자동안내 시스템(지방세+가상계좌)
2010년 ARS 지방세 간편 납부 시스템(신용카드, 휴대폰 소액결재)
2011년 ARS 세입통합 간편 납부 시스템(지방세+세외수입통합)
2012년 ARS 상하수도 요금 납부로 확대, 전국 지방세 ARS 140개 자치단체 도입 완료

2010년 흥덕구 세무과 주무팀장으로 근무 당시 ARS 전화번호를 무엇으로 하면 좋을까 하고 고민하다가 고객인 납세자를 생각하고 한번 들으면 외우기 쉬운 전화번호로 200-8000번으로 마음속으로 정했다. 그 당시 매스컴에서는 사장 위에 고객이라고 한참 홍보할 때 행정기관에서도 기관장보다 한 단계 위 번호를 고객이라고 생각하고 전화번호를 확정하였다.

2006년 12월 지방신문에 "상당구청 박진호 씨 '체납세금 ARS 납부시스템' 개발 프로그램 상용화에 성공… 도입 지자체 로열티 부

가수입"이란 제목과 "업무효율에 수익 벌어주는 청주시 '효자' 공무원"이란 소제목으로 소개되었으며 현재는 ARS로 지방세 카드 납부, 과오납 환급, 가상 계좌 납부 등 다양하게 업그레이드되어 차원 높은 진화를 거듭하여 160여 개 지방자치단체에서 도입하여 유용하게 사용하고 있다.

업무 효율에 수익 벌어주는 청주시 '효자' 공무원

번뜩이는 아이디어로 청주시에 '로열티' 수입을 가져다주는 공무원이 있어 화제가 되고 있다.

그 주인공은 상당구청 세무과 과표담당으로 근무하고 있는 박진호씨(세무6급).

박 씨는 지난해 체납관리담당 업무를 맡아보면서 체납세금을 납부하는 과정에 불편함이 많은 것을 인지하고 노력 끝에 납세자 편익을 위한 '체납세금 ARS 납부시스템'을 전국 최초로 개발해 상용화에 성공했다.

이 시스템은 체납자가 ARS를 통해 가정이나 직장에서 체납세금을 납부할 수 있는 프로그램으로 민원인이 체납세금 납부를 위해 구청·은행 등을 방문하는 번거로움과 업무담당자의 동명이인으로 인한 업무불편까지 동시에 해결해 줬다.

또 그동안 공휴일에는 불가능했던 체납관련 민원이 언제든 가능하게 됐으며, 체납액 수납처리 완료를 알리는 혜택을 문자메시지도 제공된다.

박 씨는 이처럼 업무자와 민원인의 불편을 동시에 해결해준 이 프로그램을 컨택센터 구축 및 관리 전문업체인 (주)케어알시스와 공동으로 프로그램 심의 등록위원회에 등록한 후, 업체와 다른 자치단체에서 이 프로그램을 도입할 경우 상당구청 앞으로 30만원씩 부가수입을 제공되는 계약을 맺었다.

현재 경기도 의정부시에서 이 프로그램을 도입해 운영하게 됨에 따라 처음으로 30만원의 로열티가 구청으로 입금됐으며, 서울시 서초구 등 전국의 수많은 지자체에서 문의가 잇따르고 있다.

특히 충주시 등 20여개 지자체에서는 이 프로그램 도입을 위한 사업비를 내년도 본예산에 반영한 것으로 알려져 앞으로 로열티 수입이 더욱 늘어날 것으로 보인다. 또한 이 프로그램은 체납세금 징수는 물론 주·정차위반 과태료 징수, 상수도 체납액 징수 등에도 폭넓게 활용이 가능해 전국적으로 큰 파급효과가 기대된다. 〈전창해〉

○전국 최초로 '체납세금 ARS 납부시스템'을 개발해 상용화에 성공한 청주시 상당구 세무과 박진호씨가 프로그램에 대해 설명을 하고 있다.

상당구청 박진호씨 '체납세금 ARS 납부시스템' 개발
프로그램 상용화 성공…도입 지자체 로열티 부가수입

주민자치 잘 될 거야

1) SOW(취·등록세 자동입력 프로그램) 개발

청주시 흥덕구는 2009년에 복대동 금호어울림을 비롯해 4개 소의 신규 아파트 등 3,000여 세대가 순조롭게 분양을 마치고 입주하고 있으며 2010년에는 사직동 재건축 아파트 25,000세대가 입주 예정으로 향후 법무사에서 아파트 취·등록세 신고를 한 번에 수백 건씩 접수가 예상되어 민원 창구가 혼잡하고 담당자들은 처리에 따른 자진납부 고지서 발급에 큰 어려움이 예상되고 있었다. 자진납부 고지서는 취득금액·주소·성명·주민번호 취득일자·구조·용도 등 15가지를 입력하여야 고지서를 발급받을 수 있다. 또한 차량 등록에 따른 자진신고 건수가 매일 350건씩 신규·이전 등록되고 있으며, 특히 매매상사 직원은 여러 건을 한꺼번에 창구에 접수시켜 놓고 취득세 고지서가 늦게 처리된다고 고함을 치고 있는 실정이다.

이렇듯 취득세 민원창구에서 25,000세대가 고지서 발급 시 건당 5분이 소요되므로 첫째는 발급시간도 최소화시키고, 둘째로 쉽게 고지서 발급으로 직원 피로도 최소화하여 고지서 발급업무를 획기적으로 개선할 필요가 있어서 SOW(Speed, Out, Work) 프로그램을 개발하게 되었다.

마트에 가보면 시장을 보고 계산대에서 가격을 바코드로 읽어 계산을 손쉽게 하고 이차원 바코드는 바코드 안에 문자·숫자 등이 암호화되어 저장되었다가 리더기로 읽으면 자동 입력되는 특징이 있다. 그래서 취득세 자진신고서에 이차원 바코드를 도입하여 발급대기 시간도 줄이고 직원 피로도 줄이고자 생각하였다.

「지방세법」 제120조에 "【신고납부】취득세 과세물건을 취득한자는 그 취득한 날로부터 30일 이내에 산출한 세액을 신고하고 납부하여야 한다.", "지방세법시행령 제120조 규정에 의하여 취득세를 신고한 자는 신고서에 취득물건, 취득일자 및 용도를 기재하여 과세물건 소재지를 관할하는 시장·군수에게 신고하여야 한다." 따라서 취득자는 취득세 신고서를 반드시 작성하여 관할 세무부서에 제출하게 되어 있다. 위임받은 세무사, 법무사는 신고서를 반드시 작성 제출해야 한다.

법무사나 세무사가 자진신고서를 작성할 때 SOW(Speed, Out, Work)프로그램을 사용하여 입력 → 자진신고서 출력 → 세무부서에 제출 → 즉시 고지서 출력하여 대기시간을 효과적으로 단축시키고 직원의 피로도를 최소화하는 두 마리 토끼를 잡을 수 있었다.

○ **〈취득세 자납고지서 발급 개선〉**

1. SOW(Speed, Out, Work)프로그램에 취득 금액, 취득 일자, 지번 등을 입력하여 인쇄를 하면 2차원 바코드가 생성되어 신고서가 출력되는데
2. 법무사는 2차원 바코드가 생성된 신고서를 세무부서에 제출하면
3. 세무담당자는 바코드로 리딩하면 세무전산 프로그램에 자동입력된다.
4. 세무담당자는 세액 확인 후 고지서 즉시 출력(소요 시간 90%단축)

주민자치 잘 될 거야

2009년 본 예산에 SOW(Speed, Out, Work) 프로그램 3천만 원의 예산을 계상하였다. 그동안 추진사례를 보면 2009년 7월에 프로그램 2개 업체에 연락하였고, 내부적으로 전산업체, 법무사 직원, 차량 매매상사, 세무과 직원 등 프로그램 개발업무 협의를 하였으며 표준지방세 데이터 접근성 검토와 시스템 보안성 검토를 마쳤다. 8월에는 시험운영을 통한 결점보완 및 자료수정을 하였고, 관내 자동차 매매상, 법무사 및 세무사에 대하여 시스템 개발 홍보를 하였다. 지방세 ARS 시스템을 개발한 이영도 대표와 함께 연구한 작품으로 널리 홍보하고자 전국에 시연회 개최공문을 발송하였다. 그래야 나중에 로열티를 더 받을 수 있으니까.

2009년 9월 10일 SOW시스템 개발 전국시연회를 흥덕구 대회의실에서 전국 시군구 직원 150명을 대상으로 1시간(14:00~15:00)동안 시연회를 개최하였다.

대회의실 입구 현수막에는 "전국 세무공무원 여러분! 자동입력 프로그램 SOW프로그램 시연회에 오신 것을 환영합니다. 청주시 흥덕구"라고 표기하였으며 시연회는 성황리에 마치고 멀리 지자체에서 오신 분들이기 때문에 유명한 관광지인 청남대 대통령 별장 관광을 구청 버스로 한 후 귀가토록 조치하였다.

이 얼마나 뿌듯한가? 구 단위에서 전국 시연회를 한다는 것은 쉽지 않을 뿐더러 우수한 아이디어를 내고 열정적으로 실행을 하였기 때문에 나름 엄청난 일을 했던 것이다.

지역신문인 충청일보에서는 "'전국 첫 지방세 SOW개발' 청주시 흥덕구, 1500만 원 들여 민원·행정 효율 높여"라는 기사로 보도하였다.

청주 흥덕구가 전국 최초로 취·등록세 자동 입력 프로그램인 SOW 시스템을 개발, 10일 시연회를 자졌다. 이 프로그램은 부동산(아파트. 토지, 건물 등)이나 차량 취득 때 민원창구에서 4~5분 걸리던 전산입력시간을 1분대로 줄여 그만큼 민원서비스 행정 효율성을 높였다. 흥덕구는 이 시스템 개발을 위해 사업비 1,500만 원을 들여 지난 7월부터 작업을 해 왔다. 시스템 개발 성공으로 2010년 예정되어 있는 사직동 재개발, 복대지웰시티 등 4,700여 세대 입주 업무처리에 큰 효과를 볼 것으로 기대되고 있다.

11월에는 다른 지자체에서 SOW 프로그램 도입 시 30만 원의 로열티를 받도록 계약하자 19일에 충청일보에서 "SOW 시스템 꿩 먹고 알먹고"를 보도하였으며 충북뉴스에서는 "홍덕구 SOW프로그램 일석이조 취·등록세 자동입력 프로그램 고지서 발급단축, 세외수입증대"라고 보도하였고 중부매일에서는 "홍덕구 취·등록세 입력 뚝딱 SOW시스템 계약체결 - 1건당 30만 원 로열티"라고 보도해 주었다.

해가 바뀌어 2010년 1월에는 "취·등록세 신고 SOW(자동입력 프로그램)가 대세 청주 홍덕구 대기시간 3분 → 1분 단축 타 지자체 로열티로 세외수입증대"라고 홍보해 주었다.

2010년 4월에는 전국 지자체 세무부서에 자동입력 프로그램(SOW시스템)인 전국 홍보를 실시하여 널리 알렸으며 4월 말까지 전국 3개 지자체에서 도입 로열티 90만 원의 세외 수입을 올렸다.

이제는 내가 아닌 '직원들에게 도움을 주자.'라고 마음속으로 생각하며 배운 스피치 역량을 발휘하여 후배들에게 발표도 시키고 수상도 하게끔 도와주고자, 내부적으로 6월에 열심히 도와준 팀

주민자치 잘 될 거야

원을 시켜 도 세정연찬회에 발표하게 하였는데 발표 지도와 발표 훈련을 실시 SOW프로그램을 발표하여 지역신문에 "이규하 씨 충북세정 최우수 청주시 홍덕구 첫 개발 SOW프로그램으로 수상"이라고 게재되었고 2010년 9월에는 전국 세정연찬회에 참가 발표하여 '우수상'을 수상하는 쾌거를 이루었다.

2015년에 이영도 대표가 저에게 감사의 글을 보내왔다.

안녕하세요? 박진호 팀장님! 케이알시스 대표 이영도입니다.

2005년 여름, 누추한 저희 회사를 찾아오셨을 때 홈쇼핑의 전화 안내를 지자체에 도입하고 싶다고 말씀하셨습니다. 일반 기업의 ARS 시스템 구축이 주 사업이었던 저희 회사로서는 새롭지만 두려운 도전이었습니다. 그 뒤 팀장님과의 여러 번 미팅을 통하여 서로의 의견을 조율하고 팀장님의 도움으로 그해 8월 전국 최초 ARS 시스템을 만들어 상당구에 구축을 완료한 후 2015년 지금까지 전국 160개 지자체에서 전화를 이용한 세금 안내 시스템을 사용하게 되었습니다.

또 저희 케이알시스는 팀장님과 함께 2009년에 취득세 자동입력 프로그램을 전국 최초로 공동 개발하고 개발 로열티를 청주시청에 납부하기도 하였습니다. 이 시스템 역시 전국 8개 지자체에서 사용하고 있습니다.

팀장님께서는 홈쇼핑 결재를 'ARS 체납세금 안내 시스템'으로 할인마트 바코드 입력시스템을 '취득세 자동입력 시스템'으로 구상하신 것과 같이 주변의 모든 일들을 업무와 연관시켜서 생각하시고 행동하셨습니다.

전국 최초로 시스템을 구상하고 시스템을 지자체 구축 시 로열티 수입을 통한 청주시청의 세입 확대에도 많은 기여를 하시는 모습을 보여주시는 등 팀장님께서 인용하시는 "생각이 바뀌면 행동이 바뀌고 습관이 바뀌고 결국 인생이 바뀐다."라는 윌리엄 제임스의 말처럼 노력을 하면 모든 부분에서 성과가 있다는 사실을 저에게 가르침을 주신 점 감사드립니다.

그동안 많은 가르침을 저에게 주신 점 감사드리고 앞으로도 많은 가르침 부탁드립니다.

2015. 3. 20. (주)케이알시스 대표이사 이영도 올림

사실 이영도 대표는 나에게 좋은 인생 파트너이다. 직원들이 "이 거 잘 안돼서 불편해." 하는 것을 메모한 후 시스템을 개선해서 남 보다 한발 앞선 프로그램을 만들어 지방세 납세편의 분야 TOP을 차지하고 있으며, 특히 더욱 친밀감을 느끼는 것은 과감하게 시스 템을 개발하여 실패를 무릅쓰고 도전하는 도전정신을 높이 평가 하기 때문이다. 어떤 대표는 이리재고 저리재고해서 행동에 못 옮 겨 항상 2등으로 뒤쳐지게 되는데 이러한 과감한 도전정신이 오늘 의 회사를 탄탄하고 건실하게 하지 않았나 하는 긍정의 메시지를 전해본다.

매월 1일 날, 그러니까 일 년에 12번은 꼭 이영도 대표와 통화를 한다. 2005년 인연을 맺은 뒤 한 번도 전화를 거른 적이 없다. 너 무 심하게 투자하지 말라고 그리고 직원은 일이 무척 많아서 힘이 들 때 채용하고 너무 쉽게 많이 뽑지 말라고 말이다. 인생 선배로 서 인생 컨설팅을 한다고 할까?

2) 교통과태료 특별징수팀 운영

청주시는 2011년 6월 1일 교통특별회계 과태료 징수팀을 구성· 운영하였다. 과태료 징수팀이란 2011년까지 주정차 등 과태료 체 납자를 징수하기 위해서 임시로 만든 부서로 팀장은 본청 세입팀 장이, 나머지 3명 직원은 내가 적임자를 선택하여 뽑는 것이다. 3 명은 과태료 업무도 조금은 알아야 되지만, 성격이 원만하고 여유 있어 민원인과 부딪혀도 스트레스를 덜 받을 직원이 필요했다. 그

주민자치 잘 될 거야

래서 세무과를 거쳐 간 직원들에게 전화를 걸었다. 일부 직원은 "내가 거기 가서 그 고생을 왜 하느냐."라고 거절하는 직원이 있었지만 "한번 해보고 싶다."라고 흔쾌히 나선 3명의 직원으로 구성하여 청주시 의회건물 지하에 과태료 징수 사무실을 만들었다.

청주시 교통과태료는 대부분 주정차 과태료 4~5만 원으로 151억 원, 책임보험 과태료 건당 90만 원으로 163억 원, 자동차관리법 건당 50만 원으로 3억, 검사 지연은 건당 30~45만 원이어서 33억 원으로 당시 조금만 노력하였어도 이렇게 많은 민원사항이나, 체납액이 줄지 않았을까 개인적인 생각을 해본다. 다시 말해서 독촉고지서나 체납고지서를 한 번 더 보냈으면 선량하게 납부할 체납자가 많았을 거라는 얘기다.

먼저 '과태료 특별징수팀 운영계획'을 직원들 파견 발령 전에 만들었다. 체납액 규모, 징수목표액, 월별 추진계획 등을 만들었다. 당초에는 체납액이 10만 원 이상으로 하였으나 분석해보니 10만 원이면 주정차 과태료가 전부 빠져 징수할 대상이 줄어들어 건당 3만 원 이상으로 체납금액을 수정하여 징수 계획을 세웠다. 다시 말해서 촘촘한 망으로 물고기를 잡아야지 구멍이 큰 망으로 잡으면 대부분의 물고기가 빠져나가므로 대상자를 확대한 것이다.

과태료 체납자는 전산으로 관리되므로 6월에 차량등록사업소의 자동차 손해배상보장법 과태료 체납분에 대하여 일제 발송을 하였다. 금액이 주정차에 비해 크며 건수가 적어 먼저 부딪혀 보자는 생각으로 선정하였다.

전화는 거의 마비가 되었고, 의회 건물 지하 사무실로 민원인이 찾아와서 "5년도 넘는 과태료 3만 원을 내가 안 냈을 줄 아느냐!"라며 항의하고 "돈 받을 게 없어서 이런 것까지 받으려고 하느냐!" 등의 거센 항의가 빗발쳤다. 민원인의 항의가 시장실, 언론 등 여러 군데로 항의가 들어가자 청주시장이 특별징수팀 전체를 불러서 고생하는 것은 아는데 전화가 안 된다고 하니 세정과에 "민원 접수용 전화 6대를 추가 설치한 다음에 접수해서 징수팀으로 넘겨라."하고 업무지시를 받았다. 넘긴 전화번호로 접수 순서에 따라 징수팀에서 전화를 걸어 민원을 해결하라는 것이다.

지역 언론에서는 2011년 6월 21일 자 신문에 "교통과태료 체납자와의 전쟁 청주시 특별징수팀 구성"(충청일보), "청주시, 교통과태료 체납 징수 팔 걷어"(중부매일), "교통과태료 체납 351억 원 청주시 특별징수팀 구성"(충북일보)으로 보도하였고 CJB 방송에서는 종합 뉴스에서 "누구는 면제… 또 논란", "청주시 1990년~지난해 과태료 미납분 독촉장 발송"으로 TV도 높은 관심을 표명하였으나 보도 내용은 부정적이었다.

7월에는 상당구 주·정차 과태료 체납 전체에 대하여 고지서를 발행, 일제 발송을 하였다. 고지서가 발송될 때마다 전국 최초로 이슈가 되었다. 7월에 보도한 내용은 이렇다. "20년 전 주정차 과태료 강력 징수"(조선일보), "교통과태료 꼼짝 마 청주시 21년분, 7만 5354명에게 고지서 발송, 불이행 시 부동산, 급여, 예금압류 등 적용"(충청일보), "주정차 위반 청주시민 '과태료 폭탄' 징수팀, 이달 16만 건, 새달 17만 건 20년 치 발송 문의 빗발· 일부 항의… 시 체납액 늘어 불가피"(충청타임즈)

8월에 주정차 과태료 체납자 7만 5천 명에게 체납고지서를 발송하였고 그달에 보도된 내용은 이렇다. "'과태료 143억 원 내라' 15만 명에게 독촉장"(조선일보), "교통과태료 체납 '꼼짝 마' 7만 5천 명에게 고지서 발송, 청주시 73억 5400만 원 청구"(충청일보), "청주시, 교통과태료 16만 건 또 발송 상당구에 이어 흥덕구에 73억 원 부과 -31까지 납기"(충청타임즈)

고질민원 처리 현황을 보면 아래와 같다.

구분	합계	유기한민원	청주시에 바란다	국민신문고	국민권익위
계	67	12	33	6	16
상당구	35	4	25	3	3
흥덕구	28	4	8	3	13
차량사업소	4	4			

이와 같이 고지서 일제 발송으로 2010년도에는 27억 원을 징수하였고 2011년에는 39억 원을 징수하는 실적을 올렸다. 20년이 경과된 자료를 제대로 정리하지 않음으로써 체납징수 시 강력한 민원이 제기되고 징수 활동을 제대로 하지 못한 책임이 크다. 징수 활동과는 별도로 체납자 중 차량이 매각되어 징수할 수 없는 경우 등 결손사유가 있는 1,464건을 결손하고 1995년 자료 9,670건에 대해서는 소멸시효 결손을 추진하여 징수할 것은 징수하고 정리도 하여 차차 민원이 줄어들기 시작했다.

며칠 전 세외수입 징수팀 직원이 세외수입 체납자 번호판을 영치하다 들렸다고 하면서 "과장님이 그때 체납액 징수팀을 만들어 고생하셨기 때문에 아무 민원이 생기지 않고 순항할 수 있었다." 라고 고마움을 전한다.

제4부

민원봉사

1. 봉사하는 마음은 나의 행복

봉사는 받는 사람이 기분 좋은 것이 아니라 봉사를 하는 사람이 더 기분이 좋다고 한다. 평소에 하는 봉사는 시간을 쪼개어토, 일요일에 실시하기 때문에 마음도 바쁘고 시간적으로 여유가 없는 편이다.

10년 전에는 일반적으로 많은 사람들이 봉사하는 것이 아니고 일부 계층에서 봉사 활동을 해왔다. 그러나 이제는 지역별로 자원봉사 센터가 생기며 봉사활동도 장려하고 복지사회로 가는 길목에서 강자가 약자를 보살피는, 더불어 사는 세상으로 분위기가 조성되어 가고 있다.

지역별로 자원봉사 행사를 대대적으로 실시를 하여 자원봉사를 확산시키고 있으며 퇴직한 선배들도 일정 시간을 할애하여 봉사활동에 참여하는 것을 흔히 본다.

봉사활동을 처음 접해본 계기는 8급 시절, 근무 외 시간에 과 단위로 상·하반기 매년 2회씩 봉사활동을 단체로 가야 되기 때문에 어쩔 수 없이 참여하게 되었다. 봉사활동 내용은 화장실, 사무실 청소, 복지관 주변 잡초 제거와 양파 다듬기 식사 배식 등 주로 일상적인 분야에 대해 봉사활동을 해 왔다.

1) 중증 장애인 봉사

봉사는 여러 가지를 해 보았지만 그 중에서도 나에게 큰 비중을

주민자치 잘 될 거야

차지하고 있는 봉사 분야는 중증 장애인 목욕 봉사로 지금까지 매월 1회 마지막 주 토요일마다 하고 있는 중이다.

2013년, 같이 근무하던 직원이 청주·청원 통합 분위기 조성을 위하여 청원군으로 파견을 나간 적이 있다. 가끔씩 통화하던 차에 이번 주 뭐 하냐고 물으니 봉사활동을 하러 간다고 하길래 어디로 봉사활동을 하러 가냐고 물었다. 나도 봉사활동에 관심이 있어서 그럼 나도 같이 가도 되냐고 물었고 선뜻 동행을 허락하여 같이 참여하게 되었다. 그 당시는 청주 오송역 근처의 민가를 지나 산 끝자락에 믿음의 집으로 운영되었으며, 약 40여 명 가량의 장애우들을 천주교 재단에서 보살펴 주고 있었다.

해당 장애인 시설은 2년 전에 청주 오송역 철도부지 확장으로 수용되어 옥산면으로 새 건물을 신축하여 이전하였다. 시설에는 초등학교 어린이부터 환갑이 넘는 사람까지 다양한 연령대가 생활하고 있다. 시설에는 마음이 아픈 사람도 있고 몸이 아파서 휠체어에 의지하는 사람도 있으며 심지어 생활을 100% 누워서 하는 사람들도 있었다.

목욕봉사를 하기 전까지는 등 정도만 밀어 보았지 타인의 몸을 씻고 비누칠하고 비눗물을 씻겨내고 타월로 물기를 닦아주는 것까지는 한 적이 없기 때문에 어색해서 목욕에서 가장 쉬운 다 씻겨주면 물기 닦아주는 담당을 맡게 되었다. 봉사는 매월 1회로 토요일 9시부터 11시까지 하고 있으며 날이 거듭될수록 봉사자 간 마음도 읽을 수 있고 목욕 과정이 익숙해져 장애우들이 목욕하러 들어오면 자연스럽게 물을 뿌리고 머리를 감기는 등 여유 있고 순조롭게 씻길 수 있었다. 씻기고 나면 "고맙습니다." 하며 먼저 인사를 건넨다. 이럴 때 봉사자는 뿌듯함과 행복함을 느끼게 된다.

몇 년 동안 장애인 시설 봉사를 하여 나름 익숙해지다 보니 봉사자들이 봉사하러 가면 먼저 반갑다고 손을 내밀며 "안녕하세요?" 하고 인사를 한다. 임꺽정, 임꺽정하고 자기가 임꺽정이라며 웃으며 엄지손가락을 번쩍 치켜세우는 분도 있다. 기분이 좋은 날인가 보다. 어떤 이는 커피를 무척 좋아해서 수시로 커피를 달라고 하기도 한다. 너무 많이 마시면 몸에 안 좋을까 봐 몰래 물에다 커피색이 나는 음료수를 타서 주면 커피가 맛있다고 하며 잘 먹는다. 또 한 분은 60세가 되었는데 교통사고가 난 후 형님을 잃어버려 서로 찾으려고 연락을 취하다가 엊그제 연락이 왔단다. 설에 만나자고 연락이 와서 형이 부천에서 온다고 마음이 들떠 있었다. 설이 훨씬 지난 후 넷째 형을 만나게 되어 내부적으로 모든 형제들에 연락하여 부모님 산소도 가고 처음 보는 조카들에게 절도 받고 기분이 좋았단다. 성격이 차분해서 시설장 내 질서를 유지하고 민화 그림도 수준급으로 잘 그린다. 그 외에도 몸이 안 좋아 휠체어에 24시간 누워있는 친구도 있고 나이가 11세 적은 아이도 주변 사람들과 잘 적응하며 모두가 얼굴이 행복해 보이고 긍정적이다. 복지 업무에 종사하는 사람은 기본적으로 사람을 사랑해야만 한다. 보통 사람보다도 사람을 사랑할 줄 아는, 먼저 손을 내밀 줄 아는, 무언가 도와주려고 하는 마음이 따뜻한 사람이 복지 업무를 해야 된다고 생각된다.

2017년 12월 말 드럼 음악 교실에서 '청목 아카데미 시설'에 위

주민자치 잘 될 거야

문 공연을 하였다. 지난 10월 우리 동 축제인 봉황제 때 봉황 가요제 입상자를 가수로 섭외하고 악기로는 드럼 1조와 엘프 반주기를 동 행정복지센터 트럭에 싣고 장애인 시설에서 공연을 하였다. 공연 1일 전 공연 시나리오를 작성하였는데 인사 멘트, 첫 번째 가수, 두 번째 노래 제목 등 순서대로 노래 제목을 적고 엘프 반주기에 입력하고 당일 드럼, 스피커 반주기 등을 트럭에 실으니 한 차가 가득 되었다.

공연은 시설 1층 식당에서 했다. 거동이 불편한 사람은 제외하고 남자, 여자 시설수용자 모두 한자리에 모여 즐거운 시간이었는데 진행은 내가 맡게 되었다. 조용한 피아노 정도의 음악에서 쿵쿵 울리는 목소리, 큰 드럼과 반주기로 노래하는 동안 장애인들은 신이 나서 손을 잡고 즐겁게 춤을 추는 사람도 있었고 노래를 신청해서 부르기도 하였다. 지금 생각해도 1시간 반 동안 흔하지 않은 멋진 공연이 펼쳐진 것이다. 다음에 봉사 갔을 때 노래 봉사가 어땠었냐고 물어보았더니 즐겁게 잘 놀았고 이런 시간이 거의 없다고 하면서 좋은 시간이었다고 말했다.

또한 봉명2송정동 행정복지센터 프로그램 중에 민화 교실이 있는데 수강생들은 인근 주민들로 열정으로 노력하고 오랫동안 수강한 결과 매년 수준급의 민화 작품을 한 점씩 내고 표구도 하고 결과물을 청주 시민들이 관람할 수 있도록 청주 예술의 전당 전시실에서 동별로 작품 전시를 하고 동으로 가져오는데 올해는 좋은 작품을 1점씩 어려운 시설에 기증을 하자고 민화 강사에게 제안하였다.

그 결과 실력이 좋은 수강생 다섯 분께서 공작새에 목단 그림, 부채꼴 모양의 목단 그림, 꽃병에 달리아, 사슴과 학 한 쌍, 닭 그림 등 각 한 점씩 다섯 점을 기증하여 장애인시설 사무국장 등을 동으로 초대하여 작품 기증식을 하였다.

청목 아카데미 장애인 시설로 가져간 민화 다섯 점은 1층 사무실 복도에 멋지게 작품을 게첨하여 "멋진 당신, 당신이 있기에 우리가 있어요!" 등 벽면을 디자인하고 봉명2송정동 민화 교실 기증자 이름을 표기하여 시설에 찾아오는 사람들에게 민화를 널리 홍보하는 것은 물론 마음을 평안하고 행복하게 해 주고 있다.

2) 희망원 스피치 봉사

충북 희망원에서 체계적으로 스피치 봉사를 실시하였다. 봉사를 하게 된 계기는 그동안 평생 교육원에서 꾸준하게 스피치를 수강해서 2012년 7월 스피치 토론 지도사 1급 자격증을 취득하여 연습도 하고 봉사도 하기 위해서다. 초기에는 월 2회로 매주 토요일 오전 충북 청주 옥산에 있는 어린이 아동보호시설에서 초등학교 4~6학년을 대상으로 스피치 봉사로 재능기부 형식으로 이루어졌다.

내가 경험한 바로는 어려서부터 말 잘하는 것을 배우면 성격이 활발해지고 긍정적으로 변하기 때문에 스피치 봉사를 하기로 마음먹고 충북 희망원에서 월 2회 스피치 교육을 실시하였다.

초등학교 때 놀고 싶을 시기에 학생들이 좋아하는 과목은 아니

주민자치 잘 될 거야

지만 그중에서는 몇 명은 관심을 가지고 노력하는 것이 보였다. 학생들 중에는 반에서 반장도 하는 어린이도 있었고, 앞서가는 학생들은 눈빛이 달라서 열심히 하려고 발표 문안을 외우는 등 열정적으로 수업에 임하는 것을 볼 수가 있었다.

스피치 진행 순서는 먼저 목청 틔우기를 먼저 한다. 단계적으로 올라가는 발성법으로 하나 하면 하나요, 둘이면 둘이요, 셋이면 셋이요, 하고 열까지 단계별 목소리를 조금씩 높여 가는 것이다. 마지막 10일 경우에는 가장 큰 소리로 기침이 날 경우도 있다. 갑자기 큰 소리를 지르니까 성대가 놀래서 콜록콜록한다.

그다음에는 '나 선언 스피치'를 한다. 이 내용은 A4 한 장의 짧은 내용이지만 자신감과 용기가 들어가 있어 스피치 훈련을 해야 하는 이유와 목적을 잘 말해준다.

○ 〈나 선언 스피치〉

　　존경하는 청주시민 여러분! 저는 리더십 스피치를 공부하는 황소같이 우직한 남자 ○○○입니다. 저는 남 앞에 서면 벌벌 떨리는 불안증을 가지고 있습니다. 그래서 오늘 이렇게 자신감을 훈련하기 위하여 이 자리에 섰습니다. 성공하는 사람을 모두가 자신감이 바탕이었다고 합니다. 나에게 용기를 주십시오. 나에게도 자신감을 주십시오. 나 ○○○도 리더로 성공할 수 있도록 자신감과 용기와 희망을 달라고 이렇게 소리쳐 외칩니다.
　　끝까지 경청해 주셔서 감사합니다.

－ ○○○은 자기 이름을 넣어서

---

3) 유치원생의 산타 할아버지

자라나는 유치원생들에게 연말에 산타 할아버지 행사를 하였다. 10년간 청주시 행정복지센터 유치원의 초롱초롱한 눈을 가진 자라나는 어린이들에게 꿈과 희망을 주었다는 것에 대하여 뿌듯함을 느낀다.

산타 선물은 부모가 사전에 아이들이 가지고 싶다는 물건들을 사 온다. 장난감이라든지. 로봇이라든지 연말에 꼭 가지고 싶다는 품목을 그리고 조그만 메모지에 유치원 선물을 받을 원생한테 희망의 메시지를 적는다. 예를 들어 "밥 잘 먹어라.", "동생들과 사이 좋게 놀아라.", "친구들과 싸우지 말고 잘 지내라." 등을 메모지에 조그마하게 글씨를 써서 산타 할아버지인 내가 연기를 한다.

빨간 모자를 쓰고 얼굴에 허연 수염을 달고 안경도 끼고 산타가 등장한다. "영철이 너는 동생과 자주 싸운다며? 앞으로 동생과 싸우지 않는다고 산타 할아버지와 약속하는 거야! 알았지?" 하고 손도장을 찍는다. 주위가 시끄러우면 산타 할아버지는 "싸우는 데는 싫어." 하고 슬며시 빠지면 "아니에요. 가지 마세요." 하며 산타를 잡는다.

지금도 눈에 선하게 남는 얼굴이 예쁘고 눈이 똘망똘망한 여자아이가 있었다. 메시지를 전하고 추가로 "너는 예쁘고 착하게 자라서 미스코리아가 될 거야. 산타 할아버지하고 약속." 하고 손도장을 찍었다. 지금은 세월이 많이 흘러 성년이 되었겠지만 산타 할아버지의 마법(?)을 통해 자랄 때 고운 마음을 갖고 성실하고 착

주민자치 잘 될 거야

하게 잘 자랐으리라 믿는다. 대부분의 유치원 어린이들은 시청 자녀가 많은데 두 달 전 청주 온천탕 안에서 직원을 만났는데 목례로 가볍게 인사하고 서로 등도 밀어주고 하다가 같이 온 아들한테 하는 말이 "앞에 있는 분이 너 어렸을 때 산타 할아버지셨어."하고 하는 게 아닌가. 덩치를 보니 고등학생 정도로 보였는데 "안녕하세요."하고 인사를 하였다.

이렇듯 봉사는 작은 시간을 쪼개어 했지만 돈이 많다고 하는 것도 아니며 시간이 많다고 하는 것도 아니다. 어렵게 살아본 사람이 마음과 몸이 힘든 사람의 심정을 잘 알고 더 많은 봉사를 하는 것 같다.

지난번 교육 시간에 강사의 말에 의하면, 임종이 가까워진 연로한 노인이 "이봐 젊은이, 내가 세상에 태어나서 못해 본 게 한 가지 있어." 젊은이가 "그게 뭔데요?" 하고 묻자 "글쎄 내가 남을 위해 봉사를 못 해 봤거든, 남을 위해 한 번이라도 봉사를 해 보았어야 했는데…" 하며 아쉬워하는 모습을 보였다고 한다. 시간이 있으면 남을 위해 조그마한 봉사라도 해보도록 하자. 나중에 후회하지 말고….

프랑스 빈민의 아버지 피에르 신부는 "인생의 삶이란, 사랑하는 법을 배우기 위한 얼마간의 자유시간이다."라고 말하였다.

우리에게 주어진 얼마간의 자유시간 동안 사랑하는 법을 충분히 익힐 수 있기를 바란다. 더 사랑하고 상처 입는 것을 두려워하기보다는 덜 사랑하는 마음을 품을까 두려워했으면 한다. 우리는 오직 사랑하기 위해서 이 세상에 태어났기 때문이다.

4) 뇌출혈로 쓰러진 동료 직원을 돕다

2003년 2월 우암동 사무소 박○○ 씨(44세)가 잔무처리 중 쓰러져 중앙대학교 병원에서 뇌수술을 받고 중환자실에 입원하여 치료 중이며 앞으로 7개월 동안 더 입원해야 할 형편이지만 치료비가 모자라 동료 직원들의 도움이 절실히 필요하다는 기사를 보게 되었다.

집에는 90세의 조모와 당뇨 합병증으로 거동도 못 하는 칠순 노모를 모시고 있으며 1남 2녀를 둔 가장으로 월 100만 원씩 들어가는 약값과 본인도 장기 입원하게 되어 가족들의 생계가 걱정된다는 내용을 접하게 되었다.

늘 메모하는 습관으로 좋은 생각이 나면 적어놓았다가 공무원 제안을 제출하곤 하였는데 제안 내용이 우수하고 시민들에게 편리한 시책이면 금상, 은상, 동상, 장려상, 노력상으로 구분하여 시상해서 상장과 시상금도 수여하고 했다. 그 당시 이종배(현 국회의원) 부시장이 직원들에게 상장만 줄 것이 아니라 다른 포상을 주도록 검토해 보라고 지시해서 제안 부서에서 '호봉 승급'을 하기로 결정하였는데, 호봉 승급 기준은 제안을 하면 동상 이상이고 그 제안이 시행까지 되는 경우 대상이 되는데 그 시행한 날짜가 호봉 승급 기준일이 되는 것이었다. 그 첫 호봉 수혜자로 청주시에서 최초로 1호봉을 승급하였는데 3년 전 제안을 기준으로 승급해주어 그동안 1호봉 3년 승급분이 100만 원이나 되었다. 그래서 그중 절반을 동료 불우이웃 돕기 성금으로 전달하게 되었다.

주민자치 잘 될 거야

그로부터 까마득하게 잊고 있다가 2015년 1월 근처 식당으로 직원들과 점심 식사하러 갔는데 어디서 많이 본 사람이 가족과 함께 식사를 하고 있었다. 그 사람이 내가 도와 준 그 직원이었는데 나는 그분을 알아보지 못 했었는데 그 직원은 먼저 알아보고 말을 건넨다. "내가 우암동에 근무하다 쓰러져 어려울 때 나를 도와 준 잊지 못할 사람이시다."라고 하면서 그 당시 참 고마웠었다고 마음속에 잊혀 지지 않는 공무원이라고 칭찬을 해주었다.

은혜를 준 사람은 잊어버려 사람을 몰라볼 수 있어도 은혜를 입으면 마음속에 고마운 상대방을 잊지 않고 은혜를 갚으려고 더 열심히 사는가 보다. 그날따라 칭찬을 들으니 기분이 좋아지고 한편으론 마음도 뿌듯하고 사무실 들어오는 발길이 무척 가벼웠다.

5) 어려운 학생에게 장학금 전달

나의 학창시절 생활은 어려운 편이었다. 초등학교는 15리 길을 걸어 다녔고 학생이 많아서 오전 반, 오후 반도 해 보았다. 중학교 시절은 돈이 없어 학교에 못 가는 줄 알았는데 누나가 부모님 설득을 했다. '사회생활해 보니까 남자는 배워야 한다고' 그래서 추가로 중학교 등록금을 내서 중학교에 다닐 수 있었다. 그 당시 시골에서는 중학교를 30% 정도 진학을 하였다. 주로 밭농사를 하고 겨울이면 지게에 나무하고 소죽을 쑤고 여름이면 소 뜯기고 풀을 베서 소 밥 주고 하는 것이 대부분 농촌의 일상이다. 중학교 2학년 때는 자전거도 하나 장만하였다. 얼마나 신나고 자전거가 잘 나가던지 늘 타고 싶어 안달이 났었다.

그로부터 3년이 지나 고등학교 갈 시기가 되었다. 등록금이 문제였다. 나보다 4살 많은 누나가 또 엄마한테 부탁을 했다. 본인은 서울에서 미싱 공장에 다니면서 모은 돈을 드릴 테니 보은에 있는 고등학교에 보내자고 한다. 그 당시 고등학교는 원서를 내서 시험을 봐서 합격을 해야 하는 것이다. 보은군 내에 있는 유일한 고등학교로 관내 6개 중학교에서 200여 명만 들어갈 수 있는 곳으로 쉽지는 않다. 나는 먼 거리를 걸어 다니며 영어 단어도 외우고, 원소 기호도 외우고 했으니 수월하게 합격할 수 있었다.

1975년 고등학교 1학년이 되었다. 집에서 학교까지의 거리는 16km로 버스로 통학을 해야만 했다. 그 당시 버스는 마이크로버스라고 해서 미니버스다. 아침 버스는 8시, 저녁은 보은에서 막차가 5시 반이다. 여름에 5시 반이면 대낮이다. 담임 선생님께 부탁을 드렸다. 저는 버스로 통학을 하는데 막차(마지막 버스)가 5시 30분으로 버스를 놓치면 집에 못 가니 선처를 해 달라고 하니까 허락을 하신다. 한번은 비가 많이 와서 아침에 버스가 못 다닌다고 한다. 어떡할까 고민하다가 학교까지 걸어서 갔는데 도착해 보니 4시간이 끝나고 점심시간이 되어 마지막까지 수업을 마치고 온 기억도 있다. 그날은 결석이 아니고 지각했으므로 1학년 때 개근상을 받았다.

2학년도 마치고 3학년 2학기가 되었다. 그런데 등록금이 없어 학교를 못 다닐 형편이 되어 학교를 며칠 나가지 않자 몇 명의 같은 반 친구들이 집으로 찾아왔다. 창피하지만 사정 얘기를 하자

주민자치 잘 될 거야

1000원씩 불우이웃 돕기 성금을 모아 20만 원을 전달하고 학교가 너무 멀기 때문에 보은 시내 친구 집에서 2달 정도 숙식하며 학교를 다녀 무사히 학교를 졸업할 수가 있었다.

친구들의 도움으로 고등학교를 졸업하게 된 것이 한편으로는 기쁘지만 또 다른 편에는 친구들한테 빚을 지게 된 것이다. 언젠가 친구들에게 빚을 갚아야지 하고 생각했지만 갚을 길이 없었다. 그러던 차에 친구한테 사정 얘기를 했더니 그럼 "학교에 장학금을 내면 어떻겠는가?" 공부 잘하는 학생에게 주는 것이 아니라 어려운 학생에게 주는 것으로 하는 것이 아닌가? 그게 좋겠다고 생각하고 장학금을 내기로 결심을 하고 실행했다.

청주시는 매년 성과 상여금을 과 단위로 평가를 한다. 2009년 흥덕구 세무과 도세팀장(주무팀장) 시절 창의적인 성과 지표를 설정하고 특히 '전국 최초로 취·등록세 자동입력 프로그램을 개발'하여 전국 시연회를 개최하는 등 많은 성과가 있었다. 이 결과를 서류에 도입 배경, 과제 설정, 추진 성과, 피드백 내용까지 담아 해당 부서에 제출한 결과 'S' 등급을 받을 수 있었다. 나중에 결과 성적표를 보니 부서별 최고 점수를 받았다. 어떻게 하면 좋은 등급을 받는지 용역을 주어 심사한 충청대에서 어떻게 하면 부서에서 좋은 등급을 받을 수 있는지 설명을 하라고 했다. 상당구 민방위 교육장(현 청원구)에서 부서장에게 강단에서 ppt로 설명을 했다. 그래서 2010년에 성과 상여금으로 350만 원 정도 수령하여 300만 원을 고등학교 모교를 방문하여 1977년 졸업생이라고 하면서 동기를 설명하면서 옛날 나 같이 생활이 어려운 학생한테 장학금으로 주었으면 좋겠다는 뜻을 전달하고 돌아왔다.

학교에서는 내부 회의를 거쳐 5명에게 60만 원씩 300만 원을 지급하였다고 연락이 왔으며 2011년 5월 장학금을 받은 5명의 학생들과 선생님이 청주시청을 방문하여 고마움을 담은 손편지 다섯 통을 전달하고 고맙고 훌륭한 선배를 찾아왔다며 진정으로 고마움을 표시한다. 아마도 이들 학생들도 나만치는 아니지만 어제의 역경을 잘 견디고 이겨내 훌륭한 대한민국의 인재가 되리라 믿는다.

젊어서 어려워 봐야 어려운 사람들의 마음과 심정을 이해하고 측은지심이 생겨 도와주려는 따뜻한 마음이 생긴다. 세상은 돈이 많다고 어려운 사람을 도와주는 것이 아니고 어려워 본 사람이 남을 돕는 것이다.

앞으로 내 인생을 '어제는 감사, 오늘은 만족, 내일을 희망'을 가지고 살겠다고 다짐해 본다.

2. 민원봉사대상은 뭐길래

2015년에 제19회 민원봉사대상 본상을 수상하고 이듬해인 2016년에 사무관으로 승진하여 청주시 서원구 세무과장, 용암1동, 봉명2송정동을 거쳐 현재는 청원구 세무과장으로 근무 중이다.

2018년 올해로 22회째를 맞는 민원봉사대상은 행정안전부와 SBS 공동 주관으로 선발 대상은 지방자치단체 6급 이하 민원 공무원과 농협 소속 민원담당 직원으로 12명을 선발하였고 지금까지 358명이 수상하였다. 2015년부터 소방서에 근무하는 직원까지 확대되었다.

2018년에 민원봉사대상 후보자는 중앙부처와 시도에서 자체 공적심사를 거쳐 행정안전부에 추천한 공무원 27명과 농협중앙회에서 추진한 농협 직원 2명 등 총 29명이다.

이들을 대상으로 7월 한 달 동안 한국 행정 연구원의 위원과 행정안전부의 공무원으로 구성된 현지 실사반이 제출된 공적 사실의 진위와 후보자의 평판을 듣는 현지 실사를 실시하였다. 이와 동시에 지난 7월과 8월 두 달 동안 이들의 공적 내용을 행정안전부와 후보자 소속기관 홈페이지에 게시하여 국민 공개검증 절차도 추진한다.

9월에 개최된 집행 위원회에서 현지실사를 바탕으로 심도 있는 논의를 거친 후 민원봉사대상 수상 후보자 안을 마련하였고 이를 공적심사 위원회에 상정한다.

공적심사 위원회에서는 집행 위원회가 상정한 수상 후보자안을

주민자치 잘 될 거야

면밀하게 심의한 결과 대상 1명, 본상 9명, 특별상 2명등 총 12명을 올해의 민원봉사대상 수상자로 선정하였다.

대상자는 업무 공적이나 청렴도, 도덕성, 봉사정신 등 모든 면에서 누구나 공감할 수 있는 훌륭한 공직자라 자부할 수 있으며 수상자는 국민을 생각하고 국민을 섬기는 헌신적인 자세로 일하는 사람을 뽑는다.

매년 봉사대상 인원수를 달리하는데 농협은 인원이 15명일 경우 3명을 배정하나 12명일 경우는 2명을 시상하며 점차로 인원수가 줄어드는 실정이다. 최근 들어 시상금이 줄어 대상이 1천만 원에서 800만 원으로 본상 및 특별상은 500만 원에서 300만 원으로 줄어들었다.

민원봉사대상 시상금과 더불어 부부 동반 해외여행 특전이 있는데 여행 경비는 농협에서 후원해주고 있으며, SBS는 방송을 담당하여 국내에 민원봉사 수상자를 방송하여 널리 홍보하여 준다.

민원봉사대상 시상식은 SBS 상암동에서 방송되는데 대상, 본상 등 성적순으로 개인별로 공적 사항과 함께 영상으로 소개하고 봉사활동 사항에 대해 한 명씩 촬영 장면을 방영한다.

1) 후보자 추천

민원봉사대상 후보자는 시도별 2~4명 광역인 도를 거쳐 행정안전부까지 추천되며 국토부, 해수부, 고용부, 소방청, 우정사업본부까지 범위가 확대되었다. 민원봉사대상은 6급 이하 공무원 중, 10

년 이상 근무한 자로서 민원 부서에서 6개월 이상 근무한 자는 추천이 가능하다. 본인의 경우 청주시에 근무하였는데 2014년 7월 청주시와 청원군의 통합으로 청주시 세정과에서 근무하다가 통합되는 바람에 본청에서 구청으로 좌천되었다. 당시 청주시 공무원 수는 1,800명, 청원군은 600여 명으로 비율이 3:1이다. 본청 근무 인원이 청주시 3명이면 청원군 1명이 근무할 수 있었다. 따라서 6급 팀장급이 세정과에 2년 이상 세입팀장으로 근무하였는데 청주·청원 통합 규정에 따라 통합되는 바람에 물리적 강제 배분으로 인해 구청으로 근무하게 된 것이다.

흔히 윷놀이에도 백도가 있듯이 백도하여 서원구 세무과로 원치 않는 근무를 하게 되었다. 본청에서 근무하다 구청으로 왔으니 팀장 보직이 당시에는 문제가 되었다. 서열대로라면 당연히 주무팀장 보직을 받아야 되는데 일부에서는 그렇지 않을 수도 있다는 분위기도 있었다. 그러나 과장님은 무슨 소리 하는 거냐며 당연히 고참 대우를 해 줘야 된다며 주무팀장인 도세팀장 보직을 받을 수 있었다. 나름대로 노력하여 본청 팀장으로 근무하다 구청에 와서도 설움을 받나 하는 심정으로 성질나고 서운한 감정이 있었으나 속으로 그래도 다행이다 하는 심정으로 외적 표현은 "허허" 하고 일상생활로 돌아와 주무팀장으로 근무할 수 있었다.

해가 바뀌어 2015년이 되었다. 추운 겨울과 새봄이 지나고 청명, 한식과 식목일이 지나가고 4월 말 2015년 민원봉사대상 공문이 접수되었다. 공문 내용이 민원부서에 근무하는 자로서 창의적인 시책을 추진하며 봉사의 귀감이 되는 자로 시작한다. 민원인과

주민자치 잘 될 거야

최접점에 있는 부서로 명칭도 세무 민원실이 아닌가. '그럼 나도 자격이 되나? 본청에 있으면 안 되지만 구청으로 오니까 나도 해당이 되겠네?' 하며 속으로 고민을 일주일 정도 '될까? 아니면 제 욕심만 차린다고 남들이 손가락질하지 않을까?' 등등 마음의 갈등이 많았다.

　노래도 있지 않은가? 이래도 후회하고 저래도 후회한다면 일단 해보고 후회하자고 생각하고 '그래 올해 한번 민원봉사대상에 도전해 보는 거야.' 하고 마음먹고 도전을 결심하였다. 그동안 행정의 달인 때 모아놓은 자료를 다시 찾아보고 분류하여 한 달 동안 정성껏 추진한 자료를 준비하였다. 표지 제목을 '민원봉사 스토리'라고 하여 제본을 해서 공적조서와 함께 공적자료 증빙서를 제출하였다. 지금 와 생각해 보면 전화위복이라고 했던가! 구청으로 백도 했으니까 도전할 기회가 있는 것이 아닌가 하고 어쩌면 불행을 낙담하지 않고 오히려 기회로 삼았다. 또한 평소 자료가 준비되어 있으니까 기한 내 손쉽게 자료를 모아보니 503쪽이 되었고 증빙자료를 순서대로 정리하고 제본하여 제출할 수가 있었다.

2) 추천 기한

　민원봉사대상 추천 기한은 행정안전부 접수일 기준으로 매년 5월 31일이며 시도에 공문을 5월 초에 시달하여 기초자치단체에서 해당 광역자치단체인 도를 거쳐 접수한다. 자치단체에서는 비리 등 결격사항이 있는지를 감사부서 확인을 거쳐 접수하여 인원이 세 명이 초과될 경우는 봉사실적이 많은 자 등 분야별 배점 평점 기준을 참고하여 서열을 정하여 추천을 한다. 왜냐하면 충북도에서는 세 명의 추천인원을 지켜야 하므로 기일을 지켜 행정안전부로 추천을 한다.

제출할 증빙서는 창안시책 및 봉사활동 관련 증빙서를 제출하는데 목차에 순서를 시책추진 분야, 사회봉사 활동 분야, 공사생활 분야, 포상실적, 언론보도 실적, 민원부서 근무기간 순서로 한다.

시책 추진 분야의 경우 본인 창안시책, 공동 창안시책, 우수시책, 기타 순으로 정리가 되는데 본인이 가장 대표적으로 추진한 업무 중 전국적으로 시행하여 주목받은 건을 1번에 위치하게 하여 제3자가 보더라도 누구 하면 무슨 사업을 시행한 사람으로 인식되게 하는 것이 좋겠다.

다시 말해서 시책 추진은 계량화하여 점수로 매겨지는데 본인이 창안해서 10년 내 사업을 추진한 시책이다. 시책이 전국 시행이면 6점, 당해 도 단위 시행되었으면 4점 등 점수가 높은 순에서 낮은 순으로 사업 건별로 큰 순서대로 선별하여 편집을 한다. 해당 필요한 문서를 찾아서 복사하여 붙이고 수정하고 잘 정리하고 보기 좋게 제본하여 제출하여야 한다.

단 한 번으로 서류를 작성할 수 없으므로 처음 작성 시 3~6개월 정도의 시간이 필요하다고 보며 그렇다고 시간만 있다고 객관적으로 잘 되는 것이 아니다. 안목 있게 작성하되 넣을 것이 빠지지 않게 작성하는 것이 중요하며, 객관적으로 보아 추진한 자료 중 어떤 자료를 넣어야 심사자가 인정할 것인지 고민하고 작성을

주민자치 잘 될 거야

해야 한다.

본인의 경우 서류 작성 과정을 소개하면 2015년 민원봉사대상 서류를 제출하기 전 2012년도에 제3회 지방행정의 달인에 서류를 제출 응모한 결과 신청자 112명 중 총 40명이 행정안전부에서 서류심사에 1차 통과되었다. 2차로 해당 지자체 현지 방문 실사를 통해 후보자 개인 실적을 확인한다는 일정이 통보가 되어 청주시 후관 3층에 수감장을 마련하고 처음으로 수감을 받았다. 점검자가 안목이 없게 작성되어 답답하였는지 "책은 표지하고 목차 부분 해당 페이지와 작성 내용을 복사해서 붙이면 됩니다."라고 작성방법을 일러주고 수감을 마친 적이 있어 책 구성을 객관적으로 잘하는 방법이 중요하다고 할 수 있다.

결과는 제3회 행정의 달인은 1차로 만족해야 했으며 보기 좋게 탈락했다. 어쩌면 이렇게 한번 떨어져서 작성 방법을 알아 민원봉사대상 서류를 잘 만들었는지 모른다. 로마는 하루아침에 이루어지지 않은 것처럼 내공이 있어야 된다고 말할 수 있다.

3) 수상자 점수

추천기관에서 제출한 후보자의 공적조서 및 증빙서류를 기초로 '민원봉사대상 분야별 배점 및 평점기준'에 따라 심사를 한다.

1차로 시도로부터 제출된 서류로 창의적인 업무를 추진하고 봉사활동 점수를 계량화하여 서열을 정한다. 2018년도 민원봉사 대상자 수상자 발표에 의하면 1차로 29명을 선발하여 심사 결과에 따라 전년도 수상자의 1.5배 범위 내에서 서류심사 합격자를 선정하여 대상자에게 통보한다.

공문으로 해당 지자체에 통보도 하지만 공개검증을 하기 위하여 행안부 게시판에 게시하여 다수의 국민과 관련 있는 측근 공무원으로부터 공람도 시키고 잘못된 부분은 이의신청을 받는다.

4) 후보자 현지 실사

대상자 조사할 인원수가 확정되면 민원봉사대상 현지 실사반을 만들어 휴가철인 7월 중순부터 8월 중순까지 공정성을 기하고 투명한 조사를 위하여 2명씩 3개 조로 편성(행안부, 지방행정연수원)하여 현지 실사 조사반을 구성하여 현지조사를 실시한다. 가장 이상적인 조사는 담당자 혼자서 26여 지역을 다 조사하면 좋겠으나 1개조가 전체를 조사할 수 없으니까.

3개 조가 조사한다고 해도 조사반은 여름휴가도 못 가고 1조당 8~9명을 조사해야 하니까 시간도 소요된다. 지자체별로 거리가 가까운 것도 아니고 고생이 많은 것으로 추정된다. 필자도 여름휴가를 7월 말에 계획하였으나 실사반이 온다고 하여 휴가를 연기한 기억이 있다.

실사 대상자로 선정되면 지자체에서 별도 사무실을 만들어 조사반이 방문하면 독립된 공간에서 확인과 조사를 할 수 있도록 사무실을 준비한다. 사무실에는 관련된 서류를 쌓아두어 조사반이 방문 시 자유롭게 볼 수 있도록 관련 문서 등을 비치한다. 따

주민자치 잘 될 거야

라서 관련 공적조서와 증빙서를 만들 때 3권(행안부 제출 1권, 보관 1권, 여유분 1권) 정도 여유 있게 준비하는 것이 좋다. 무거운 공적사항이 들고 다닐 수 없는 형편이고 미리 준비해 놓는 것이 좋은 인상을 줄 수 있다. 미리 가지런하게 정리해 두는 것이 입장 바꿔 조사반이라 생각해도 좋다는 생각이 든다.

현지 조사반은 오전 조사계획이 있으면 보통 10시 정도 해당 자치단체에 도착한다. 통상적으로 현지 조사 명목으로 방문하고 본인이 그 업무를 창안하고 실천한 것도 중요하지만 그보다 큰 조사는 대상자의 평판을 듣는 것이라 할 수 있다. 만약 평판이 나쁜 사람을 선정해서 주위의 지탄을 받으면 수상 시 문제가 되기 때문이다.

대상자의 아래 직급, 동등한 직급, 상위직급의 여론을 듣는다. 별도로 만들어진 사무실에 관련된 서류를 비치하고 또한 실사대상자와 관련된 상·하 직급의 연락처가 기재된 인적사항을 비치하도록 사전에 고지한다. 예를 들어 조사할 대상자가 6급이면 동등한 6급 직원, 7급 직원, 5급 직원들에게 무작위로 전화해 선정자의 인품, 창의적 노력도, 대인관계 등 여론을 듣는다. 아마도 동일 직급의 경쟁관계에 있는 직원이라면 칭찬을 할 수 있을까? 어렵겠지만 여러 직원의 의견을 종합하면 답이 나온다.

그래서 평소에 선배, 후배 두루두루 원만하게 지내고 내 옆 사람에게 잘 대해주고 평소 잘 소통해야 한다. 필자는 가장 가까이에 있는 직원이 나를 홍보해 줄 수 있는 홍보맨으로 최선을 다해서 잘 대해 주고 소통을 잘해야 된다고 말하고 싶다. 현재 같이 근무하는 8급 직원, 9급 직원의 직급이 낮다고 무시하거나 제외하면 언젠가는 그 직원이 위치가 바뀌어 예산부서에 있을 수도 있고 인사부서에 있을 수도 있고 언젠가는 도와줄 수 있는 위치에 있을 수 있기 때문이다.

여러 직원이 집단적, 조직적으로 근무하기 때문에 많은 직원을 다 알 수는 없다. 항상 좋은 이미지, 업무에 열심히 하는 사람으로 알려지면 좋겠다. 예를 들어 다른 곳에서 그 직원의 품성이 입방아에 오르내릴 경우 "내가 근무해보니까 그 직원은 전혀 그렇지 않아." 하고 부정에서 긍정으로 바뀔 수도 있다. 또한 잘 대해주면 이런 전화로 질문 시 얼마나 답변을 긍정적으로 잘해 줄까 하는 생각이 든다.

현장에서 자료가 미흡할 경우 추가 자료를 요구하기도 하는데 정성껏 잘 정리하고 자료를 모아 기한 내 제출해야 한다. 나의 경우는 공적 분야별로 500여 쪽을 작성해서 업무 추진실적으로 전국적으로 시행된 창안시책과 보도내용을 도 단위 시행된 자료와 신문에 보도자료를 보기 쉽게 정리하고 봉사활동 내용과 자료 등을 항목별로 구분하여 작성하여 5월 말까지 작성 충청북도에 제출하여 행정안전부까지 도달되도록 하였다.

서류를 제출하라는 것은 아마도 수상권내에 들어 갈 수 있으니까 서류를 주관적이 아닌 객관적으로 증빙해야 되며 보완서류도 정해진 기한 내 즉시 제출하여야 한다.

주민자치 잘 될 거야

5) 공적 분야별 배점 및 평점 기준

민원봉사 대상 평가 시 우열을 판단하기가 어렵기 때문에 점수로 계량화하는데 평가 점수는 업무추진 실적이 50점, 사회봉사 및 공사 생활 30점, 민원부서 근무 기간 15점 공무원 재직기간 5점으로 총 100점 만점으로 평가한다.

업무추진 실적 50점은 기본 점수 10점에 창안시책 20점으로 전국 최초 시책 및 제안으로 전국 파급 시 6점, 시도 단위 파급 시 4점, 시군구 2~3점 부여하고 우수시책으로 남다른 열정과 헌신적인 노력으로 기존의 업무를 발전, 정착시킨 시책 또는 고객 만족도를 획기적으로 제고한 사례는 건당 3점씩 부여한다. 언론보도는 신문. 방송 각 중앙 0.3점, 지방 0.2점, 기관소식지 0.1점이다.

사회봉사 및 공사생활 실적은 총 30점으로 기본점수 10점에 사회봉사 실적 12점으로 근무 시간 후 휴일 등을 이용하여 실시한 봉사활동 실적에 한해 1회 4시간 단위로 0.2점씩 부여 연간 최대 인정 범위를 12회까지 인정하고 단순 위문 및 헌혈 등은 1회당 2시간 인정한다.

다음 공사생활 방송언론보도 등을 보면 총 6점으로 공사생활 3점, 모범성 1점, 청렴성 1점, 도덕성 1점으로 공사생활은 인사기록카드의 징계처분 말소대장, 주변 여론 등에 따라 공사생활 확인(인사, 감사 부서면담), 가정 확인(부모, 장애인, 독거노인 부양 등)이고 직장확인(상하 동료 관계 등), 지역사회 평판 확인(활동 관련 등)이다. 공사생활 관련 언론보도는 3점으로 중앙(방송)지는 0.3점, 지방(방송)지는 0.2점이다.

감사패는 2점으로 감사, 공로패 감사편지 등은 0.2점/건당이고 주민으로부터 받은 경우에 한해 인정하되 의례적인 전별 패는 제외한다.

민원부서 근무 기간 총 15점으로 15년 이상 15점, 12~14년은 14점, 2년 미만 6점이다.

공무원 재직 기간은 총 5점으로 20년 이상 5점, 19년~15년은 4점, 15년~10년은 3점으로 인사기록카드로 확인한다.

후보자 조사 3개 팀을 7월과 8월에 현지 지자체에 출장 가서 정해진 대상자에 대한 현지 조사를 마치면 자체적으로 순위를 정하고 공적 심사위원회를 열어 팀별 각 1명씩 본인 실행 여부, 주위 평판 징계 사항 등을 상세하게 설명한다.

행정안전부 관계자에 의하면 3개 조에서 현지 조사한 조별로 순위를 정하고 합동 워크숍을 하여 9월 초 개최된 집행위원회에서 현지 실사를 바탕으로 심도 있는 논의를 거친 후 민원봉사대상 수상 후보자 안을 마련하였고 이를 공적심사 위원회에 상정한다. 2018년에는 대상 1명, 본상 9명, 특별상 2명 등 총 12명을 올해의 민원봉사대상 수상자로 선정하였다.

민원봉사대상을 받으면 승진하는 사람도 있지만, 주위 직원의 견제도 많이 받는 편이다. 이 상에 대해 건의사항을 말씀드린다면 다음과 같다.

첫째, 승진할 만한 위치에 있는 직원이면 좋겠다. 행정직이면 다수의 인원이 행정이므로 별문제가 없지만 사회복지직, 지적직, 보

주민자치 잘 될 거야

건직 등 일부 소수 직렬의 경우에 순서가 바뀔 경우 조직의 문제가 생길 수 있다. 조정은 어렵겠지만 승진할 만한 위치에 있는 사람을 추천하는 것이 좋겠다. 예를 들어 직원으로 있던 사람이 어느 날 팀장, 과장으로 근무하면 상대자가 '어떻게 생각할까' 역지사지 심정으로 헤아려 줘야 해야 하지 않겠는가 말이다. 그 위치 밖에 있는 수상자는 승진도 못 하고 주위 직원에게 견제만 받고 이중고에 시달리는 사람이 많다.

둘째, 근무 연수가 20년 이상은 되는 사람으로 추천하자. 민원봉사대상은 청백봉사상과 더불어 공무원에게 주는 가장 권위 있는 상이다. 매년 해당 도를 거쳐 올라온 사람들의 공적사항을 확인하여 1차로 선별하여 지역 안배 없이 계량화해서 선발을 하는데 근무경력이 적은 직원을 추천해서 수상자가 되면 조직에서 견제를 많이 받을 수 있으므로 20년 이상은 되어야 하는 것이 어떨까?

6) 해외여행

민원봉사대상 수상 후 부부동반 해외여행 특전이 부여된다. 매년 시상이 10월 중순에 있으므로 10월 하순이나 11월 초에 실시된다. 2015년에 수상한 19기는 10월 하순에 부부동반으로 독일, 오스트리아, 체코를 다녀왔다.

독일은 프랑크푸르트 공항, 하이델베르크성의 5만 8천 갤런 술통, 철학자의 길, 하이네의 시로 유명한 로렐라이 언덕, 쾰른 대성당 등을 관람하였다.

오스트리아는 영화 사운드 오브 뮤직의 주 무대였고 모차르트의 탄생지인 잘츠부르크를 관람하였다.

체코 프라하의 경우 프라하성, 비트수 대성당, 카렐교 등을 관람했고 맛있는 맥주도 현지에서 먹고 유명한 빈에서 비엔나커피도 마셨다. 먹음직스럽게 누렇고 크게 잘 익은 족발 등을 잘 먹고 수상자 간 서먹한 간격도 좁히며 즐거운 시간도 보냈고 추후 형제자매처럼 되는 친밀한 초석이 되었다.

우리나라의 라마다 호텔이 오스트리아 체코에서 유럽의 메이커 호텔인 줄도 처음 알았고 세 나라를 버스로 이동하였는데 국경을 넘을 때도 검문 없이 지방 도시로 이동하는 것처럼 40㎞ 속도로 달리는데 국경을 넘는 건지 감각을 느끼지 못했다. 오스트리아의 경우 복지국가로 알려져 있으며 시민들이 담세 부담도 매우 높고 그 재원으로 병원비. 노인 요양 등 복지 지원으로 만족도가 높으며 성당, 교회 등 종교시설도 세금을 납부하고 있다. 우리나라 종교시설도 현재는 종교시설에 대하여 비과세 되고 있는데 세금이 납부가 이해와 양보로 조만간 정착이 되었으면 한다.

7) 민원봉사 수상자회

민원봉사 대상을 수상자는 자동으로 민원봉사 수상자회 회원이 된다. 자동적으로 1기부터 2018년도에 22기가 배출되어 1년에 1회니까 22년이 되었다. 매년 기수별로 1년에 1회 이상 회원들 합의하에 장소를 정한 후 모여서 봉사활동을 하고 있다. 우리 기수는 민원봉사대상 19기로 2015년에 수상하여 회장을 수행하고 있다. 2016년 첫해 회장의 지역인 청주 장애인 시설에서 봉사활동을 하였고, 2017년에는 경기도 여주에서 봉사활동을 하였으며 지난해에는 3년 차가 되었으므로 "색다른 경험도 해 보자!" 하고 제주도에 회원이 있으므로 제주도로 봉사활동을 계획을 했다.

처음에는 얼마나 참여할까? 걱정을 했다. 부부 동반으로 금요일, 토요일 1박 2일로 가는 것인데 제주도는 수개월 전에 항공권도 미리 예약하고 많은 시간도 내야 되고 여러 문제점을 내포하고 있는데도 불구하고 전원이 참여하였다. 대형버스를 빌려서 제주 관광도 하며 즐거운 시간을 보내고 맛있는 제주 음식을 먹고 행복한 시간을 보내며 결속력을 다지는 시간이 되었다.

어떤 기수는 단결이 잘 되어 기수별 회원 간 외국도 다녀오고 하는가 하면 어떤 기수는 모임이 잘되지 않아 애로사항이 많은 기수도 있었다.

앞으로 2019년에는 활발한 민원봉사대상 수상자회 중앙회에서 2019년 5월 24일부터 25일에 행정안전부 장관, 대전 시장을 모시고 민원봉사대상 수상자 만남의 날 행사를 한다. 모임을 위하여 총회에서는 권장 사항으로 지역별로 모임을 갖도록 하였다. 지역에서 회원 간 결속도 다지고 주위에 민원봉사 대상자의 자부심과 긍지를 가지고 업무에 임하고 지역봉사의 활력에 앞장설 계획이다.

3. 영예로운 민원봉사대상 수상

공무원에게 수여하는 상은 대통령상, 장관상, 도지사상, 시장상 등이 있지만 가장 영예로운 상을 민원봉사대상과 청백봉사상이다.

민원봉사 대상은 행정안전부와 SBS 공동 주관으로 하며 선발 대상은 지방자치단체 6급 이하 민원공무원과 농협 소속 민원 담당 직원으로 12명 정도 선발한다.

매년 5월 후보자는 중앙부처와 시도에서 자체 공적심사를 거쳐 행정안전부에 추천하면 1차 선정을 마친 후 7월 한 달 현지 실사반이 공적 사실의 진위와 후보자의 평판을 듣는 현지 실사를 실시한다. 매년 7월과 8월 두 달 동안 이들의 공적 내용을 행정안전부와 후보자 소속기관 홈페이지에 게시 검증도 실시하여 최종 수상자를 확정하는 것으로 공무원이 수상하는 영예로운 상이다. 수상자는 업무 실적을 점수화(2. 민원봉사 대상은 뭐길래 참조)해 선정하고 공적이나 청렴도, 도덕성 봉사 정신 등 모든 면에서 누구나 공감할 수 있는 훌륭한 공직자라 자부할 수 있으며 수상자는 국민을 생각하고 국민을 섬기는 헌신적인 공무원이라고 할 수 있다.

나의 2015년 민원봉사 대상 '창조 & 봉사 STORY'를 소개하면 총 503페이지 달하는데 먼저 시책추진 분야로 본인 창안 시책을 보면 다음과 같다.

주민자치 잘 될 거야

1) 체납세금 'ARS를 통한 납부' 시스템을 전국 최초로 개발

2004년 7월 시청에서 청주시 상당구 징수1 담당으로 승진 후 구청 세무과 지방세 체납자에 대한 부동산 압류, 차량 압류 해제, 지방세 완납증명 업무와 온라인이 안 되던 시절에 지방세 체납자 중 원거리 거주자가 고지서 없이 체납세금을 납부할 수 있는 방법인 징수관 계좌의 무통장 입금 방법이 있다.

무통장 입금 시 입금자의 이름과 입금액만 표기(예, 박영자 동명이인 91명, 처가 남편 이름 대납 시 찾기 어려움)되어 실제 납부자를 찾기 어려웠다.

집에 와서 TV를 시청하다 채널을 돌리는 과정에서 홈쇼핑에서 고등어를 판매하는 것을 보고 먹음직스러워 구입하기로 마음 먹고 080 전화로 고등어를 구입해 본 결과 주소, 전화번호 등이 모두 음성으로 녹음되어 실제 구매자의 연락처 등을 쉽게 찾을 수 있었다. 홈쇼핑의 ARS 사용 시 전 과정이 녹음되므로 동명이인, 대납자가 누구인지를 쉽게 찾을 수 있어 도입하게 되었다. 도입 전 직원들이 찬성, 반대 의견 등이 있었으나 도입하기로 마음 먹고 2005년 제1차 추경 예산에 1,000만 원을 계상하였다.

예산 계상 시 예산 부서에는 왜 흥덕구는 안 하는데 상당구만 하려고 하느냐? 이견도 있었으나 잘 설득하여 예산을 세울 수가 있었다. 그리고 팀장이 되니까 좌석도 'T'자의 상석에 앉아서 승진한 기분도 좋았지만, 창의적인 아이디어와 실천하겠다는 추진력만 있으면 실행을 할 수가 있어서 더 좋은 것도 있었다. 직원이면 팀장 눈치를 보아야 하기 때문이다.

팀장이 가만히 있으면 좋겠는데 "왜 이런 것을 하려고 해? 안 해도 봉급 받고 이상이 없는데 꼭 이걸 해야 해?"라고 말하면 하고 싶어도 못하는 경우가 있기 때문이다. 한마디로 발목을 잡는 것이다.

체납 시 가산금이 붙으므로 ARS를 080 전화로 개통해서 전화요금을 구청에서 부담하기로 마음먹고 직원들에게 좋은 ARS 전화번호가 어떤 번호인지 투표를 하였다. ARS 전화번호는 외우기 쉽고 누르기 쉬워야 한다. 080-339(상당구)-8282(빨리빨리)번이 11표, 080-369(가운데 죽 내리면서)-8282번이 15표, 080-111-5555(뜻은 없으나 외우기 쉬움)번이 8표를 얻었다. KT에 가서 15표 얻은 080-369-8282번으로 개통하였다.

네이버에 ARS를 검색해서 서울 서초동으로 출장을 가 ARS 여론조사 업체를 만나 설명을 듣게 되었는데 처음에는 이해도 안 가고 알아듣지도 못했으나 차츰 이해도 가고 사업에 속도가 붙어 사업비 1,000만 원으로 완성하게 되었다. 주요 개발내용을 보면 다음과 같다.

지방세 입금 시 ARS 전화(080-369-8282), 주민등록번호를 눌러 체납액 확인

근무시간 내 담당자 통화 및 근무 시간 외 ARS 납부 실시

- 1차 휴대폰 문자전송 "체납자명, 체납액, 계좌번호"

- "귀하가 입금하신 금액은 체납세금으로 정상 은행수납처리 되었습니다.": 납부 시

주민자치 잘 될 거야

미확인 부분은 ARS 녹음분을 확인(정상 납부자 색출)하여 체납액을 납부

2005년 8월 26일 프로그램 잘 운영되도록 고사를 세무과에서 실시.

2005년 11월 4일 프로그램 등록: 프로그램 심의조정위원회

2006년 3월 17일 로열티 계약체결 1건당 30만 원

2006년 7월 19일 전국 지방자치단체 "ARS" 납세편의 우수시책 공문발송

2006년 8월부터 전국에서 상당구로 벤치마킹 방문 - 안양시 세정과 등 세무과에 방명록 작성토록 조치

창원시 강창도 징수 담당 "체납징수담당의 적극적인 생각 하나가 청주시청 홍보대사가 된 것처럼 좋은 생각은 세상을 바꿉니다."

2006년 충북도 세정연찬회에서 "체납세금 ARS를 통한 납부" 최우수상 수상

2007년 11월 14일 현재 ARS 로열티 450만 원 받아 세외수입 처리

2) SOW(취·등록세 자동입력 프로그램) 전국 최초 개발

청주시 흥덕구에 2009년에 신규 아파트 등 3,000여 세대가 순조롭게 분양을 마치고 입주하고 있으며 2010년에는 사직동 재건축 아파트 25,000세대가 입주 예정으로 아파트 취·등록세 신고를 한 번에 수백 건씩 접수할 경우 접수창구가 혼잡하고 담당자들은 처리에 따른 자납고지서 발급에 큰 어려움이 생길 것으로 예상되었다.

자진납부고지서는 취득금액·주소·성명 등 15가지를 입력하여야 고지서를 발급받을 수 있다. 취득세 민원창구에서 25,000세대가 고지서 발급 시 건당 5분이 소요되므로 첫째로 발급시간도 최소화시키고, 둘째는 고지서 발급을 쉽게 해서 직원 피로도를 최소화하는 식으로 고지서 발급 업무를 획기적으로 개선할 필요가 있어서 SOW(Speed, Out, Work) 프로그램을 개발하게 되었다.

마트에 가보면 계산대에서 바코드를 읽어 계산을 손쉽게 한다. 2차원 바코드는 안에 문자·숫자 등이 암호화되어 저장되었다가 리더기로 읽으면 자동 입력되는 특징이 있다. 그래서 취득세 자진신고서에 2차원 바코드를 도입하기로 생각하였다. 취득세 자납고지서 발급 개선방법을 보면 다음과 같다.

① SOW(Speed, Out, Work)프로그램에 취득금액, 취득일자, 지번 등을 입력하여 인쇄를 하면 2차원 바코드가 생성되어 신고서가 출력됨
② 법무사는 2차원 바코드가 생성된 신고서를 세무부서에 제출함
③ 세무담당자가 바코드를 리더기로 읽으면 세무전산 프로그램에 자동 입력됨
④ 세무담당자는 세액 확인 후 고지서 즉시 출력(소요시간 90% 단축)

2009년 9월 10일 SOW 시스템 개발 전국 시연회를 흥덕구 대회

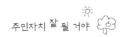
주민자치 잘 될 거야

의실에서 전국 시군구 직원 150명을 대상으로 1시간(14:00~15:00) 동안 개최하였다. 메모하고 창의적으로 아이디어를 내고 열정적으로 추진하고 완성하여 구 단위에서 전국 시연회를 실시하여 가슴이 뿌듯했다 2009년 11월에는 프로그램 도입시 로열티 1건당 30만 원 지급계약을 체결하였고 2010년 4월 4개 지자체에 프로그램을 보급시켜 90만 원을 로열티 수익을 얻었다. 매년 열리는 2010년 세정연찬회에는 팀원을 출전시켰다. 그 이유는 나는 상을 많이 받았으므로 부하 직원에게 발표도 시키고 상을 양보하기 위해서다. 그 결과, 2010년 6월 충북도 세정연찬회에서 이규하 최우수상을 수상하였고 2010년 9월 전국 연찬회(충북 제천)에서 이규하 우수상 수상을 하였다.

3) 교통 과태료 징수팀 운영(도내 최초)

그동안 방치된 교통 과태료 강력 징수를 통하여 세입을 증대시켜 성실 납세자와 형평성을 유지하고 보통교부세 페널티 최소화로 지방재정을 확보하기 위해서 운영했다.

징수 부진 시에는 22억 원 페널티가 부과되므로 2011년 6월 1일 교통과태료 징수팀을 운영한다. 청주시 교통과태료는 대부분 주정차 과태료 4~5만 원으로 151억 원, 책임보험과태료 건당 90만 원으로 163억 원, 자동차관리법 건당 50만 원으로 3억, 검사지연은 건당 30~45만 원으로 33억 원을 제대로 독촉하지 않고 방치하였을 뿐만 아니라 신규 공무원이 담당하게 하여 체납액이 늘어나지 않았을까 개인적인 생각을 해본다. 다시 말해서 독촉고지서나 체납고지서를 한 번 더 보냈으면 체납자가 줄었을 거라는 얘기다.

먼저 '과태료 특별징수팀 운영 계획' 계획서를 만들었다. 체납액 규모, 징수목표액, 월별 추진 계획 등을 만들었고 당초에는 체납액이 10만 원 이상으로 하였으나 분석해보니 10만 원이면 주정차 과태료가 빠져 징수할 대상이 줄어들므로 건당 3만 원 이상으로 체납금액을 수정하였다. 물고기를 잡을 때 구멍이 큰 망으로 잡으면 대부분의 물고기가 빠져나가므로 촘촘한 그물망으로 도구를 교체한 것이다.

6월 15일에 제일 먼저 차량등록사업소에 자동차 손해배상보장법 과태료 일제 발송을 하였다. 금액이 주정차에 비해 크며 건수가 적어 먼저 부딪혀 보자는 생각으로 선정하였다. 일제 발송하자 전화는 거의 마비 수준이 되었고, 의회 건물 지하 사무실로 민원인이 찾아와서 "10년도 지난 과태료를 내가 안 냈을 줄 아느냐!", "돈 받을 게 없어서 10년 전까지 받으려고 하느냐!"라는 등의 거센 항의가 빗발쳤다. 민원인의 항의가 시장실, 언론 등 여러 군데로 들어가자 청주시장이 특별징수팀 전체를 불러서 고생하는 것은 아는데 전화가 안 된다고 하니 세정과에 민원접수용 전화 여섯 대를 추가 설치하고 접수부를 만들어 징수팀으로 넘기고 징수팀에서는 접수 순서에 따라 전화를 걸어 민원을 해결하라는 것이다.

지역 언론에서는 2011년 6월 21일 자 신문에 "교통 과태료 체납자와의 전쟁, 청주시 특별징수팀 구성"(충청일보), "청주시, 교통과태료 체납 징수 팔 걷어"(중부매일), "교통과태료 체납 351억 원 청

주민자치 잘 될 거야

주시 특별징수팀 구성"(충북일보)으로 보도하였다.

CJB 방송에서는 종합 뉴스에서 "누구는 면제… 또 논란", "청주시 1990년~지난해 과태료 미납분 독촉장 발송"으로 TV도 높은 관심을 표명하였으나 보도 내용은 부정적이었다.

7월에는 상당구 주·정차 과태료 고지서를 체납 전체 분을 고지서를 발행 일제 발송을 하였다. 고지서가 발송될 때마다 전국 최초로 이슈가 되었다.

7월 보도에는 "20년 전 주정차 과태료 강력징수"(조선일보), "교통과태료 꼼짝 마 청주시 21년분, 7만 5354명에게 고지서 발송, 불이행 시 부동산, 급여, 예금 압류 등 적용"(충청일보), "주정차 위반 청주시민 '과태료 폭탄' 징수팀, 이달 16만 건, 새달 17만 건 20년치 발송 문의 빗발·일부 항의… 시 '체납액 늘어 불가피'"(충청타임즈)가 있었다.

8월에 주정차 과태료 체납자 7만 5천 명에게 체납고지서를 발송하였다.

8월 보도에는 "과태료 143억 원 내라, 15만 명에게 독촉장"(조선일보), "교통과태료 체납 '꼼짝 마' 7만 5천 명에게 고지서 발송, 청주시 73억 5400만 원 청구"(충청일보), "청주시, 교통과태료 16만 건 또 발송, 상당구에 이어 흥덕구에 73억 원 부과 - 31까지 납기"(충청타임즈)가 있었다.

고질민원 처리현황을 보면 아래와 같다.

구분	합계	유기한민원	청주시에 바란다	국민신문고	국민권익위
계	67	12	33	6	16
상당구	35	4	25	3	3
흥덕구	28	4	8	3	13
차량사업소	4	4			

이와 같이 한꺼번에 고지서 일제 발송으로 2010년도에는 27억 원을 징수하였고 2011년에는 39억 원을 징수하는 실적을 올렸다. 20년이 경과된 자료를 제대로 정리하지 않음으로써 체납징수 시 강력한 민원이 제기되고 징수 활동을 제대로 하지 못한 책임이 크다. 징수 활동과는 별도로 체납자 중 차량이 매각되어 징수할 수 없는 경우 등 결손사유가 있는 1,464건을 결손하고 1995년 자료 9,670건에 대해 소멸시효 결손을 추진하여 징수할 것은 징수하고 정리도 하여 차차 민원이 줄어들기 시작했다.

그 결과 세정과에는 세외수입 징수팀 조직이 탄생하게 되는데 많은 징수와 자료 정리로 아무 민원이 발생하지 않고 원만하게 운영되고 있다.

주민자치 잘 될 거야

4) 미등기 전매 다가구 주택(원룸)
탈루세원 조사(도내 최초)

2013년 사용승인되지 않은 원룸 주택을 불법으로 사실상 사용 후 사용 승인 전 매매하여 취득세를 납부하지 않아 탈루세원을 조사하여 13억 원 추징한 사례다.

> ○ **지방세법 시행령 제20조(취득의 시기) 제6항**
>
> 건축물은 건축하여 취득하는 경우에는 사용승인서를 내주는 날과 사실상 사용일 중 빠른 날을 취득일로 본다.

조사 동기를 보면, 2012년도 청주대학교 내덕동 주변, 신흥 주택 지역 등에 원룸 주택이 왕성하게 신축되어 있었고 일부 지자체에서 조사하여 취득세를 징수하였다는 보도를 접하게 된다. 가을에 청대 주변으로 출장을 가서 보니 여기저기 건물물이 신축 중이다. 어떻게 하면 자료를 조사할 수 있는지를 고민해 보았다. 건물이 신축되어 1번 사용 검사 후 취득세를 납부하는 것이 정상적으로 취득하는 원칙이나, 탈루가 이루어지는 건축물은 사용검사 직전에 명의 변경하여 취득세를 내지 않고 탈루하는 것이다. 한마디로 건축업자가 집을 짓고 사용검사 전 필요자(타 지역에서 온 학생, 미혼 직장인 등)에게 전·월세(세입자는 전세 보증금을 확보하기 위해 반드시 전입신고를 함)를 많이 놓고, 원룸을 구매자는 원룸을 사서 노후 대책으로 구입을 하므로 원룸 건축 붐이 일어나고 있었다. 보도를 한 전주시로 벤치마킹을 갔다.

　세무조사 팀장인 나와 직원이 전북 전주시로 향했다. 미리 벤치마킹을 간다고 공문을 보냈으므로 조사하는 기법을 알려준다. 사전 조사 내용은 사전 조사 내용과 미등기 전매 건축물을 조사하는 것으로 먼저, 해당 지번 원룸에 건축주 명의 변경자를 건축과에서 조사한다. 두 번째로 건축된 신축 건축물에 전입자 여부(전입일, 성명)를 조사한다. 세 번째, 앞에 두 가지 조건이 충족되면 전기, 가스, 상수도 조사를 한다.

　추후 전입신고만 하고 살지 않았다고 하면 전기, 가스, 상수도를 사용하여야 전입하여 실제 거주가 이루어졌는지의 여부가 확실하게 증명되어 취득세를 추징하게 되는 것이다. 추징 시에는 미신고 가산세가 추징되므로 7배 추징하게 되므로 강력한 반발이 예상되었다.

　해가 바뀌어 2013년 1월이 되었다. 실행하기 위해서 원룸 조사 계획을 세웠다. 먼저 2008년부터 2012년까지 5년간 건축주 명의 변경자를 조사했다.

주민자치 잘 될 거야

□ 5년간 건축주 명의 변경 내역

(2008~2012년)			
구분	조사 대상(건)	사용승인 원룸	명의 변경 원룸	비고
계	1,302	1,755	1,302	
상당구	194	311	194	
흥덕구	1,118	1,444	1,118	
다가구 주택(원룸) 준공 전 입주 → 사용검사 전 전매(취득세 탈루)				

　조사대상 1,302건에 대하여 동 행정복지센터로 공문으로 보내 전입자를 파악한다. 전입자는 282건으로 조사되었다. 282건에 대하여 전기, 상수도, 도시가스 사용량을 조사한다. 사용량이 있어야 전입하여 취사 등 살고 있다는 것이 증명이 되기 때문이다. 세 가지 조건이 맞는 대상자가 115건이 조사되어 추징 대상으로 파악되었다.

　1건은 전기, 도시가스는 사용량이 나오는데 상수도 사용량이 없는 것이다. 그래서 조사대상에서 빼야 하는지 고민하고 있었다. 현장에 답이 있다고 생각하여 바로 현장을 나갔다. 현장을 가보니 평지에 원룸을 지은 것이 아니고 지대가 높은 곳에 위치하고 있었고 확인 결과 좋은 식수(우물)가 옆에 있어서 상수도를 사용하지 않은 것이었다.

　2013년 4월에 115건 탈루된 취득세 13억 원을 추징하였다 지방신문인 충청일보에 "사용승인 전 세입자 입주 취득세 탈루 건축주 철퇴, 청주시 원룸 소유자 115명 대상 13억 추징"이라는 보도를 해 주었다. 과세 예고 후 세액이 크므로 강력한 민원이 발생할 줄 알았는데 의외로 조용하다. 사실은 건축주가 토지를 빌려 건축하여 수요자에게 판매한 것이기 때문이었다.

5) 자동차 체납자 영치 시스템 도입(도내 최초)

자동차는 한 곳에 정착되어 있는 것이 아니라 움직이는 물건으로 지방세 체납자의 30%를 차지하는 세목이다. 자동차 체납액을 징수하기 위해서 새벽에 동 직원을 동원하여 번호판 대상자를 수기로 작성, 해당 집을 사전에 파악하여 주차된 번호판을 떼어오면 체납민원인은 "새벽에 출근하려고 하는데 왜 말없이 번호판을 떼어갔느냐?"라고 큰 고함을 치며 한바탕 새벽에 큰 소동이 났었고, 그 후 좀 더 발전하여 노트북에 체납 자료를 담아 근무시간에 승용차에 3명이 탑승하여 1명은 운전하고 1명을 주차된 자동차 번호를 불러주고 1명은 노트북으로 검색하여 자동차 체납차량을 영치하였다.

2004년도에 되자 자동차 체납액을 위하여 차량을 이용한 '번호판 자동 인식기를 이용한 영치시스템'이 있다고 해서 도입하기로 마음먹었다. 번호판 자동인식기는 1대당 가격이 1500만 원으로 차량 앞면 유리창에 번호판 인식기를 붙여 체납 시 체납자와 체납액을 알려주는 시스템으로 그 당시에는 쇼킹한 시스템이었다.

도입이 원활하게 되는가 싶었는데 다른 업체에서 지금 기능보다 더 좋고 가격도 낮은 제품이 있다고 태클을 걸어왔다. 고민 끝에 팀장들에게 공정하고 사심 없이 어떤 것이 좋은 제품인지 평가를

주민자치 잘 될 거야

해달라고 부탁을 하였다.

상당구(현 청원구청) 건물 뒤편에서 시스템 검증을 실시하였는데 상대방 사업체에서는 일반적인 영치시스템이 아닌 차량 위에 단속 장비가 달려있는 주·정차단속 차량시스템으로 당초 생각했던 시스템과 거리가 멀었다.

검증 결과 내가 추천한 사업체 제품으로 하기로 결정하고 그 자리에서 확정을 해 버렸다. 그 시기에 혁신 시상금을 받게 되었는데 시상금이 5천만 원으로 발전적이고 시민을 위해 사용하라는 주문이 있는 것으로 생각해서 팀장을 만나 체납자 영치 시스템을 도입하려고 하는데 단방향은 1500만 원, 양방향은 3천만 원인데 단방향보다는 양 방향을 하자고 팀장을 설득을 하였다. 그렇게 해서 청주시에 양방향 번호판 영치시스템을 최초로 도입하게 되었다. 그 후 그 업체 실장과 친밀하게 지나게 되었는데 나중에 알고 보니 실장이 아니고 이준호 대표였다.

6) 지방세 신용카드 자동납부 서비스(전국 최초)

고지서 납부방식은 자동이체, 전자납부, 신용카드, 폰뱅킹 납부 등 보다 신속하고 편리하며 다양한 방식으로 납세 환경이 변화하고 있다. 기존의 통장계좌 이체방법에서 신용카드 자동이체 납부방법으로 확대 개선이 필요하였다. 기존 통장 잔고가 부족해서 체납될 때 "내가 자동이체를 했는데 왜 체납을 해."하고 민원이 계속해서 증가하고 있는 실정이었다.

신용카드 자동납부는 전화로 신청할 때 납세자의 인적 사항을
확인하는데 성명, 생년월일, 주민번호를 확인하고 카드번호, 유효
기간 확인하여 신청 세목 확인 후 등록하면 납기 말에 카드로 자
동이체 된다.

2015년에 신규 세무공무원을 도 세정연찬회에 출전시켜서 현행
자동이체의 문제점을 개선한 신용카드 자동납부 서비스를 발표하
여 도지사상을 수상했다.

7) 지방세 홍보(찾아가는 지방세, 아르바이트 대학생)

2010년 5월 홍덕구 관내 5월부터 10월까지 각 동 통장 및 행정
복지센터 직능단체 회원에게 회의 시 출장하여 2011년부터 달라
지는 새 지방세 3번과 지방세 홍보와 ARS 등 납세 편의 시책을 홍
보하였으며, 교재는 2010년 지방세 안내 책자를 활용하고 직능단
체 일정을 사전에 파악 후 회의시간 전 지방세 교육을 15분 정도
실시하였다.

아르바이트 대학생이 여름과 겨울 방학 때 행정기관에서 돈도
벌고 근무하는 맛도 보기 위하여 아르바이트를 하는데 아르바이
트 대학생을 세무과로 소집하여 지방세가 무엇인지 어떻게 납부하
여야 되는지를 홍보하였다. 그 외에도 2005년부터 2013년까지 18
건에 대한 공무원 제안을 실시하여 주위에서 '아이디어 뱅크'라는
별칭을 얻기도 하였다.

주민자치 잘 될 거야

제5부

부족해도
노력하면 되더라

1. 벙어리 탈출기

　업무를 하다 보면 사무실에서 많은 민원인과 만나게 되는데 어떤 사람은 큰 목소리로 한바탕 시비 걸면서 말하는 사람, 상대방의 이야기는 듣지 않고 본인 말만 하는 사람, 잘못된 것도 말하고 상대방 말도 잘 경청하는 사람, 수줍어 자기표현만 간신히 하는 사람 등으로 나름대로 크게 네 가지로 구분할 수 있다.

　그럼 나는 어떤 부류에 속하는가? 자문해 보면 대중 앞에 서서 말하는 훈련을 해 본 적이 없기 때문에 불안증과 공포증이 있어서 내성적인 사람이다. 생각해 보니 딱 한 번 있었는데 초등학교 6학년은 매주 월요일 주번이 금주 주훈을 발표했는데 "금주 주훈을 발표하겠습니다. 금주 주훈은 '청소를 깨끗이 하자'입니다. 한 주 동안 잘 지켜주시기 바랍니다."라고 말하고 단상에서 내려왔다. 앞이 캄캄하고 몇 글자 읽는데도 얼마나 떨었는지 모른다. 그동안 경험이 없었으니까…. 지난 고교시절에도 여학생이 여럿이 앉아 있으면 여학생 앞을 못 지나가고 피해서 다녔으니까 말이다. 공무원 생활 초기인 1983년부터 1989년도까지는 소심하고 수줍어 자기표현만 간신히 하는 사람이라고 말할 수 있다.

　그러다가 8급 때 고향인 대추의 고장 보은에서 청주시로 전입을 왔는데 나에게 여러 사람 앞에서 말하지 않으면 안 될 기회가 생겼다. 시정발전 연구팀으로 팀명은 시민의 소리라는 모임인데 행정직, 토목직, 건축직, 세무직, 농업직 등 직렬별로 1명씩 구성되어 있었다. 발표자는 정해져 있어 연구모임에 참여만 하려고 하였으나 갑자기 발표자가 발표를 못 하게 되었다고 나보고 하라는 것이다. "왜 내가 해야 되느냐?" 따졌다. 발표 경험이 있는 다른 분 시키라고, 앞으로 발표할 일이 많이 있을 거니까 경험 삼아 발표를 해 보라는 것이다. 그러나 발표해 본 경험이 없었기 때문에 앞이 캄캄하기만 하였다.

나에게 발표를 시킨 선배를 속으로 많이 원망하였다. 처음 해보는 발표라 어떻게 해야 될지 겁부터 났다. '꼭 내가 해야만 하는가?' 그러나 안 할 방법이 없었고 해야만 했다. 발표를 하기로 마음을 먹고 발표 시나리오를 먼저 작성하였다. 시나리오를 수정하고 다듬고 읽어보고 말이 잘 안 되는 부분도 문장이 잘 이어지도록 정리하고 나름대로 발표 준비를 하였다. 발표 날짜가 차츰 다가왔다. 발표 전까지 마음이 개운하지 않고 스트레스가 심하고 정말로 사는 게 아닌 듯하였다. 마음속에 큰 바위가 가슴에 부딪히는 듯한 느낌이랄까. 발표 시간이 되어 가기는 싫지만 어쩔 수 없이 발표장으로 갔다.

청주시청 4층 대회의실에 가보니 '시정연구팀 발표' 현수막이 걸려 있었고 발표장 가운데는 좌석이 빽빽하게 세팅되어 있고, 중앙을 중심으로 한쪽 옆에는 시장님, 각 국장님 명패가, 반대쪽에는 심사위원인 기자의 명패가 놓여 있었다. 숨소리를 죽이며 발표석 자리 앉았다. 마음이 뛴다. 나보다 전부 지위가 높은 사람이 있지 않은가? 나보다 나이도 많지 않은가? 나보다 경험이 많지 않은가? 갑자기 마음이 더 위축이 되었다. 잠시 후 순서대로 발표 차례가 되어 단상 앞으로 걸어갔다. 앞을 쳐다보았더니 사람 얼굴은 안 보이고 뿌연 희미한 사람의 형체만 보이는 것이 아닌가. 준비한 원고를 앞도 못 보고 떨리는 목소리로 더듬거리며 글자를 읽어 나갔다. 자신감 없이 기어들어 가는 목소리로 발표를 간신히 마쳤다. 그때 심사위원 중에 누군가 질문을 했다. 읽기도 바쁜데 질문이 머리에 들어오겠는가, 무슨 질문을 했는지 당황해서 들리지 않았다. 마음에 여유가 없어 그렇게 겨우 마치고 단상에서 내려왔다. 이 꼴이 얼마나 한심스러운가? 나 자신을 원망하며 어떻게 하면 많은 대중 앞에서 말을 잘할 수 있는지 처음으로 고민을 하게 되었다. 사람은 크게 깨닫고 간절하게 느끼면 생각이 달라지고 실천하게 된다. 윌리엄 제임스의 말처럼 생각이 바뀌면 행동이 바뀌고 나중에는 인생이 바뀐다고 하지 않았는가. 간절함은 목마름이 매우 심할 정도로 간절하고 꿈이 있으면서 실천을 해야 한다.

사람에게 있어 실천의 계기는 어떤 일에 관심을 보이고 흥미를 가지며 그 뒤 의욕을 가지고 일을 하다 보면 확신을 느끼고 5단계의 실천을 거치게 된다. 나 자신한테 물어보았다. 나는 그동안 어떤 사람이었나. 어떻게 살아왔나. 발표하는데 그동안 관심이나 있었나? 그저 피하기만 했지 맞서서 부딪히고 노력을 해 보았는가? 그러지 않았다. 나 자신이 원망스러웠다. 그때 나는 굳게 결심하고 나 자신한테 다짐했다. 앞으로 노력해 보기로 나 자신에게 투자하기로 마음먹었다.

결심은 하였으나 좀처럼 연습할 기회가 주어지지 않았다. 말할 계기가 없었던 것이다. 그러나 뚝심과 열정을 가지고 내가 담당하고 있는 지방세 업무에 대해서 법령연구와 납세자에게 편리한 시

주민자치 잘 될 거야

책 등 업무 연구를 많이 하고 새로운 시책 자료를 수시로 제출한 결과, 우수사례로 선정되어 연찬회에 참석을 많이 하였다.

전국 연찬회에서는 지역 예선인 충청북도 연찬회를 거쳐 우수사례를 전국에서 발표하게 된다. 재산세 업무를 4년씩이나 담당하면서 지방세법에서는 과세대상인데 그 당시까지 과세가 되지 않고 누락된 것이 있어 누락 세원에 대한 발표 자료를 만들어 충북도에 제출한 결과, 채택이 되어 발표하게 되었다. 1999년도 봄에 괴산군 화양동 자연학습원에서 '건축물 필로티 과세 사례' 발표로 충북 세정 연찬회에서 우수상을 수상하여 그해 5월 말에 전국 연찬회에 참석하게 되었다.

지금은 파워포인트로 멋지게 만들어 발표하지만 그 당시만 해도 단상에 서서 설명하는 정도가 거의 대부분을 이루고 있었다. 내가 출전하게 되었지만 발표 걱정이 태산이었다. 자신이 없었기 때문에 발표할 원고를 나름대로 준비해 갔다. 발표장 안을 보니 약간 어둡고 발표자 있는 곳만 부분 조명을 하고 있었다. 내 발표 차례가 왔다. 아뿔싸, 발표자에게 비춰주는 조명이 스르르 꺼지는 것이 아닌가? 앞이 캄캄했다. 원고가 보이지 않아 내용은 알지만 조리 있게 설명도 못 하고 말도 얼버무리면서 제한 시간 10분 발표를 더듬거리면서 4분 만에 단상을 내려왔다. 결과는 낙방이 뻔했고 오늘 여기까지 참석한 것으로 만족해야 했다.

전국 연찬회는 도 단위에서 2명씩 세정 분야, 세제 분야에 출전하게 되는데 같이 참석한 제천시 직원은 별명이 교수라 칭할 정도로 원고를 외우고 일정한 톤으로 말하는 방법을 배웠는지 떨지도 않고 말을 유창하게 잘하였고, 출전 시마다 그는 항상 수상하였으나 나는 홈런을 치지 못하고 매번 들러리가 되었다.

어떻게 하면 말을 잘할 수 있을까? 또 한번 고민하고 굳게 결심을 했다. 여러 번 발표를 해보니 경험상 세면의 길이가 같아야 면적이 넓다는 정삼각형이라는 원칙을 알게 되었으며 발표 시 세 가지 변이 같은 정삼각형이 되어야 좋은 성적을 거둘 수 있다. 다시 말해 스피치에는 발표 내용, 자연스럽게 원고 없이 말하는 발표력, 청중 반응 이 세 가지를 모두 잘해야 높은 점수를 받을 수 있다.

그 후 돈을 주고 학원을 다니기로 마음먹고 청주에서 성인을 대상으로 하는 스피치 학원을 찾아보니 지금은 없지만 청주 체육관 앞에 성인 웅변학원이 있었으나 평소에는 운영을 안 한다는 답변이다. 선거 시즌 시의원이나 도의원 수요가 있으면 고액으로 학원을 열었다가 선거가 종료되면 폐강하는 학원이다.

이듬해 청주시 재무과에서, 자라나는 중학생들에게 찾아가는 지방세 교육을 한다는 공문이 왔다. 사무실 내 타 직원들은 기피하였으나 나에게 절호의 기회가 찾아온 것이다. 학교를 방문하여 교실에서 학생들에게 지방세를 설명하는 것으로 말하는 연습이 필요한 나에게 좋은 기회였다. 속으로는 좋지만 들어내 놓고 좋다고는 말할 수 없었다. 혹시 무슨 문제가 발생하면 "그럴 줄 알았어." 안 좋은 인상을 주기 때문이다.

발표할 때 처음에는 부담이 없는 사람 앞에서 시작하면 좋다. 청중이 나이가 적은 사람, 지위가 낮은 사람, 학력이 낮은 사람 앞에서 말을 하면 자신감 있게 할 수 있다. 예를 들어 스피치는 마

주민자치 잘 될 거야

음속으로 "앞에 있는 청중이 무식하고 내가 무슨 말을 한다 해도 못 알아듣는다." 하고 생각하면 떨림이 덜하다. 일반 시민도 세금에 별로 관심이 없는데 중학생들이 세금에 관심이 있겠는가? 설명을 해도 아이들이 자유분방하고 떠들고 듣지는 않겠지만 나에게 겁먹지 않고 떨지 않으며 스피치 연습을 하는 데 많은 도움이 되었고 많은 경험을 해서 발표에 자신감이 생기게 되었다. 2년 동안 중학생을 대상으로 찾아가는 지방세 교육은 나에게 자신감과 용기를 주는 좋은 시간이었다.

2003년에는 청주시에서 취미활동 지원 프로그램으로 청주대학교에 위탁하여 스피치 교육을 실시하였는데 희망자를 모집한다는 공람이 있어서 나는 기쁜 마음으로 신청을 하였다. 수강을 하여 보니 스피치 발표만 하는 게 아니고 청자가 알아듣기 쉽게 스피치를 할 수 있는 발성, 호흡, 청중 반응 등 이론적인 부분까지 나에게 많은 도움이 되었다. 간절히 하고 싶은 과목이므로 앞자리에 앉아서 충실하게 수업에 임하였다. 한 학기가 끝날 무렵 종강 시간이 다가왔다. 자체적으로 시상을 한다고 하는데 시상 방법은 발표를 하고 발표를 잘하는 사람 이름을 적어 제출하면 표를 제일 많이 받은 사람이 최우수상을 받는 것이다. 지금까지 2년간 자신감과 용기를 얻기 위하여 성실하게 노력하였고 출석을 열심히 수강한 덕분에 수강생들 중 최우수상을 받는 기쁨을 얻었다. 그리고 공무원 교육이 있을 때 스피치 교육을 신청하여 많이 경험하고 진전이 있었으나 할 때마다 처음 3분간 떨리는 것은 여전하였다. 또한 발표하다가 중지하면 원위치 되는 것 같아서 청주대 수강 이후 일반인들과 스피치 모임을 만들어 한 달에 한 번씩 모여 일정 주제를 가지고 연습을 하였다.

속담에도 '물 들어올 때 배 띄우라고 했던가.' 경험과 노하우를 쌓기 위해서, 더 연마를 하려고 2008년 충북대 평생교육원 스피치 강의에 1년간 1, 2학기를 모두 수강하였으며 원우회장이라는 직책도 맡아서 평생교육원에 한 학기 동안 수강생들이 불편한 사항 등을 건의도 받았다. 연말에 스포츠, 벨리 댄스, 우리 춤, 등 프로그램별 발표회를 실시하여 우수 프로그램 시상도 하는 등 활력 넘치는 수강 분위기를 만들었다.

국어는 읽기, 쓰기, 말하기, 듣기 네 가지가 있는데 현대에 가장 중요한 것은 말하기라고 생각된다. 머리에 입력된 게 많아도 말하기로 잘 출력이 되어야 한다. 강사가 성량도 좋은 목소리와 웃는 얼굴로 체계적으로 이해하기 쉽게 말을 해야 한다.

스피치 하는 요령은 청자가 알아듣기 쉽게 말하는 삼 말 원칙이 있다. 삼 말 원칙은 세 가지 주제를 말하고 주제에 대한 예를 들어 설명하는 방법이다. 삼 말 원칙을 간략하게 설명하면 연단에 올라가 처음 연단에 서면 "안녕하십니까? 산소 같은 여자 김천사입니다(여성일 경우)."라고 말한 뒤 연단에서 옆으로 몸이 보이도록 나와 단상 옆에서 인사를 한다. 여유 있게, 서두르지 말고.

처음 말을 시작할 때는 날씨나 뉴스 소재로 예컨대 "어제까지 날씨가 우중충하더니 여러분을 환영하기 위해서 봄 날씨가 오늘따라 무척 상쾌합니다." 등으로 시작을 한다. 말할 것에 대하여 주제를 살짝 말하는데 예컨대 주제를 '건강'이라고 할 경우 요즈음

비만이 사회 이슈화되고 있습니다. 평균 수명은 길어지고 우리 모두는 건강에 대하여 관심이 매우 많습니다. 등 건강에 대해 살짝 언급을 한다. 그 다음 본론으로 삼 말 원칙으로 주제에 대해서 말을 하는데 보통 세 가지 정도 말을 한다.

첫째, 주제를 선언하고 예를 들어 설명
둘째, 주제를 말하고 예를 들어 설명
셋째, 주제를 말하고 예를 들어 설명

이렇게 세 가지 정도 주제를 말하고 예를 들어 우리 주위에 누구나 아는 내용을 설명을 해야 청중은 공감을 한다. 다음은 세 가지 요약 하는 순서다.

"지금까지 건강이라는 주제를 가지고 첫째, 둘째, 셋째로 말씀드렸습니다."라고 말한다. 이때 중간에 재미있는 말이나 속담 등을 섞으면 금상첨화이다. 마지막으로 "끝까지 경청해주셔서 고맙습니다." 하고 여유 있게 천천히 인사하고 단상을 내려오면 된다. 처음에는 잘 안되지만 3분이면 주제를 설명하고 예를 짧게 들고, 1시간이면 주제를 설명하고 예를 많이 들어 길게 설명하여 시간을 조정하면 된다.

늘 삼 말 원칙을 생각하고 말을 해야 하며, 초보자들은 끝나면 항상 "이 말을 했어야 했는데" 하고 후회를 한다. 늘 부족한 부분은 개선하려고 노력하고 개선 의지가 있어야 발전이 있다. 많이 연습하자, 말하다가 졸도해서 쓰러진 사람은 본 적이 없으니까 말이다. 또한 스피치는 청자가 쉽게 이해할 수 있도록 말하는 것이다.

 말을 잘하기보다는 잘 말하기 위한 평소의 관심과 훈련이 필요하다. 첫째, 목소리가 좋아야 하는데 복식호흡이 중요하다. 복식호흡은 숨을 들이쉴 때 배가 나오는 것으로 일반적인 흉식호흡의 반대로 복식호흡 시 목소리가 쉰 소리가 나지 않으며 보통보다 큰 소리로 우렁차게 말하려고 노력해야 한다. 둘째, 미소 띤 얼굴이면 더욱 좋겠다. 찡그린 얼굴보다는 환한 얼굴로 건강하게 보이면 청자들이 더 좋지 않겠는가? 거울을 보면서 연습을 하자. 셋째, 말을 잘하려면 말할 기회를 많이 만들라고 권하고 싶다. 사적 모임이라도 기왕이면 모임의 회장이나 총무가 되면 오늘 이 모임에 가서 무엇을 말할 것인가를 생각하게 되고 의도적으로 설명을 잘하도록 노력해야 한다.

 자치연수원(전 공무원교육원)에서 교육을 가면 첫 시간에 수업받을 때 교육생 주의사항을 전달하고 학생장을 뽑는다. 직원이 말을 한다. "이번에 학생장 하실 분 있나요?" 하고 묻는다. 이때 주저하지 말고 손을 드는 용기가 필요하다. "제가 한번 해 보겠습니다." 라고 나는 이렇게 말한다. "혹시 할 사람이 없으면 제가 한번 해보겠다."라고. 그러나 이런 용기도 과도하게 내성적인 사람은 할 수가 없다. 누구나 할 수 있다. 나도 잘 할 수 있도록 용기를 갖자. 학생장이 되면 수업 전 강사를 모시러 가야 되고 강의실에 들어오면 학생들에게 강사 소개를 한다. 이것도 하나의 발표 연습이라고 할 수 있다.

 초기에 불안증과 대중 공포증이 있어 절실하게 깨달아 15년 이

주민자치 잘 될 거야

상 스피치에 관심을 가지고 오랫동안 습득을 해서 이제는 자신감이 생기고 수강생이 아닌 스피치 선생님이 되었다. 후배 직원들에게 연찬회 발표 원고도 말하기 쉽게 고쳐주고, 말하는 방법도 청중이 이해하기 쉽게 수정하여 청사 내 대 회의실을 활용하여 실전과 같이 연습을 시켜 연찬회에서 수상하게 하는 등 '배워서 남 주자'를 실천하고 있다.

지난 2017년 4월 청주시 스피치 회장이며 용암1동장으로 근무하는 나에게 스피치 강사를 할 수 있는지 인사담당 부서에서 제의가 들어왔다. 청주시에 근무하는 직원 중 스피치 희망자를 대상으로 근무시간에 강의를 해 달라는 것이다. 가르치는 것이 배우는 것이다. 4월 한 달 4회(4월 6일, 13일, 20일, 27일) 교육 강사를 하였다. 디딤돌이라는 프로그램으로 본청에서 공문을 시행하여 30명이 상당도서관에서 스피치 교육을 받아 '벌벌 떨리는 벙어리'가 '스피치를 가르치는 선생님'으로 발전할 수 있었다.

2018년 9월 한 통의 전화가 사무실로 걸려왔다. "자치연수원인데요. 혹시 신규 공무원 대상으로 '읍·면·동장의 역할'이라는 주제로 강의를 할 수 있나요?" 하면서 원장이 선배 공무원한테 강의를 듣는 과목도 넣어 해 주었으면 좋겠다고 지시를 하셔서 몇 아는 지인한테 부탁했는데 못 한다고 거절을 당했다고 하며 형부한테 전화하니까 마땅한 분이 있다고 해서 전화를 했다는 것이다.

"해야죠. 할 수 있어요!" 하고 흔쾌히 승낙을 하였다. 내가 두 군데 동장으로 근무할 때의 내용, 다시 말해서 지나온 경험담을 쉽고 이해가 잘 되게 전달하면 되는 것이다. 지식을 전달하는 것도 아니고. 강의는 언제 하느냐고 물었다. 다음 달인 10월 둘째 주 월요일 3교시인 11시부터 12시까지이며 끝나고 점심을 함께 하자 며 친절히 안내를 받았다.

강의 순서를 정해야 했다. 강사 소개, 직능단체 역할, 동장 추진 사례, 민원봉사상 소개, 적극적인 공무원(스피치), 희망가, 시 낭송 순으로 ppt를 만들었다. 강의가 있는 날 사무실에서 직원과 함께 충북 자치연수원으로 10시 20분에 출발하였다. 청주 시내를 관통 하고 이동 중 어떤 교통 변수가 있을지 몰라 평소보다 10분 더 일 찍 출발한 것이다.

충북 자치연수원은 시설물, 구조라든지 교육도 많이 받아서 익 숙한 곳이 아닌가. 뒷산은 백족산으로 청주에서 16㎞ 떨어진 농 촌지역에 있어서 공기도 좋고 일 년에 한 번 이상 교육을 받으러 가는 장소다. 자치연수원에 도착했다. 어디로 가야 하는가? 나는 지금 교육받으러 온 것이 아니고 신규 공무원을 교육을 시키러 강 사 자격으로 온 것이다.

자치연수원 중앙 2층 강사 대기실로 올라갔다. 먼저 불러준 담 당자에게 왔노라고 인사를 하니까 잘 오셨다며 녹차를 건넨다. 그 러면서 강사를 섭외하려고 노력했는데 어려웠던 얘기를 들려준다. 그러는 사이 신규자 반 학생장이 강사를 모시러 강사 대기실로 들 어와 잠시 후 함께 강의실로 내려가 강의를 했다.

일반적인 주입식 강의보다 참여하는 강의를 하기 위해 다 같이 발성연습도 하였다. "하나 하면 하나요, 둘 하면 둘이요… 열하면 열이다." 하고. 마지막 순서는 잔잔한 음악이 깔리면서 '희망가'를 낭송하고 강의를 마쳤다.

점심은 자치연수원 식당에서 맛있게 먹었다. 공무원들 사이에서 자치연수원 "식당 밥맛이 좋다."라며 소문이 나 있다. 식당에서 식사하는 동안 교육을 받고 있는 낯익은 청주시 얼굴을 만난다. 서로 인사를 건넨다. "과장님 교육 오셨어요?" 나에게 더 관심 있는 직원은 "강의 오셨어요?" 하고 인사를 건넨다.

마음속으로 생각해 본다.

8급 시절, 남 앞에서 앞이 안 보이고 다리가 떨리고 목소리도 더듬고 하던 사람이 회피하지 않고 맞서서 도전하고 극복하고 열정적으로 노력한 결과 충청북도 자치연수원에서 강사를 했다는 자체를 나 스스로 칭찬을 해 본다. "그동안 열심히 노력했고 앞으로도 큰일을 하라고."

미국의 유명한 철학자 윌리엄 제임스는
생각이 바뀌면 행동이 바뀌고,
행동이 바뀌면 습관이 바뀌고,
습관이 바뀌면 인격이 바뀌고,
인격이 바뀌면 인생이 바뀐다고 했다.

요즘 100세 시대를 맞이하였는데 퇴직 후 30년 정도 남은 시간, 기회가 주어진다면 주민자치 분야 강사를 해서 행복한 마을을 만들고 싶다. 처음에는 배짱이 없어 도망치고 싶고 자신감이 부족했지만 나 자신을 존중하고 "나는 할 수 있다!"라는 열정으로 노력하면 인생도 바꿀 수 있다고 생각한다.

2. 떨다가 119에 실려 간 사람은 없다

사람을 만나보면 처음 보았는데도 자주 만나고 싶은 사람이 있고, 왠지 모르게 기분이 좋아지게 만드는 사람이 있다. 만나고 싶고 향기가 나는 사람은 시대의 변화를 잘 감지하고 있다는 증거이며, 조직에서도 주위 사람들과 잘 소통을 한다. 소통의 핵심은 믿을 만한 신뢰가 있는 사람이 진심의 전달로 말과 행동이 일치를 해야 한다.

스피치란 사전적 의미로 "청중과 공감대를 형성할 목적으로 자신의 의견을 조리 있게 말하는 것"이라고 한다. 먼저 내용에 대해서 알아보자

스피치의 목적이 구체적으로 결정되면 목적 달성에 필요한 메시지 자료들을 수집하는 것으로 화자가 말하고자 하는 정보·지식·의견·주장·경험 등을 수집한다. 다음은 자료를 준비하는데 최신의 새로운 자료를 모으는 의욕을 가지고 사물을 깊게 살피는 관찰력이 있어야 하며 매사에 호기심을 갖고 접근을 하자. 스피치의 중요한 구성요소로 좋은 목소리, 발성, 발음 세 가지가 있다.

첫째. 좋은 목소리, 좋은 목소리는 밝은 인상을 가진 사람의 목소리가 좋다. 목소리는 호흡, 발성, 발음이 정확해야 잘 알아듣는다. 호흡은 우리가 숨을 들이마셨다가 내뿜을 때 나오는 공기가 성대, 혀, 이, 입술, 코 등 발성기관을 통하여 만들어지는 것이다. 호흡 종류에는 복식호흡은 숨을 들이쉬면 배가 나오는 상태이고 흉식호흡은 숨을 들이쉴 때 배가 들어가는 형태로 스피치나 노래

주민자치 잘 될 거야

등을 잘하려면 복식호흡 훈련으로 배 속 깊은 곳에서 나오는 목소리를 해야 한다. 복식호흡을 다음의 세 단계를 체계적, 의도적으로 꾸준하게 장기적으로 하자.

1) 1단계 훈련방법

바른 자세를 취하고 마음을 편히 갖고, 숨을 들이마실 때 가슴을 펴고 배가 부풀어 오르도록 숨을 최대한 들이마시고, 될 수 있는 대로 천천히 고르게 숨을 고르게 내뱉는다. 속으로 열까지 세는 동안 들이마시고 열을 세는 동안 천천히 내뱉는다.

2) 2단계 훈련방법

온몸에 힘을 빼고 양손은 깍지를 끼어 자연스럽게 아랫배로 내린 자세를 취한다.
- 숨을 천천히 깊이 들이마시고 천천히 내뱉는다(5회 반복).
- 숨을 천천히 깊이 들이마시고 빨리 내뱉는다(5회 반복).
- 숨을 빨리 깊이 들이마시고 천천히 내뱉는다(5회 반복).
- 숨을 빨리 깊이 들이마시고 빨리 내뱉는다(5회 반복).

3) 3단계 훈련방법

- 편안한 자세로 서서 등뼈에 숨을 모으는 느낌으로 숨을 길게 들이마셨다 천천히 내뱉는다(5회 반복).

- 입술을 내밀면서 국수를 빨아들이는 기분으로 숨을 길게 들이마셨다 "후"하고 내뱉는다(5회 반복). 『파워스피치 커뮤니케이션』(민유선 저, pp 83-84 인용)

복식호흡은 습관화될 수 있도록 아침, 저녁 취침 전에 잠자리에 누워 계속 의도적으로 신경을 써서 연습을 한다. 관심과 신경에 무관심하면 전과 같이 흉식호흡을 하기 때문이다. 처음에는 흉식호흡 → 흉식·복식·흉식호흡 → 복식호흡으로 천천히 호흡 방법이 바뀌며 1년 이상 연습을 하여야 나도 모르게 복식호흡이 된다. 나도 의도적으로 연습을 한 결과 자연스럽게 평소에도 숨을 들이쉬면 배가 나오고 숨을 내쉬면 배가 들어가는 복식호흡을 하고 있다.

둘째, 발성에 대하여 알아보자. 정확한 발성음으로 소리를 내며, 최대한 명확한 발음을 한다. 하나를 더 추가하면 제스처를 사용하라. 옛날 장군들이 적과 대치하고 있는 상황에서 큰 소리로 적을 향하여 "어린놈이 가소롭구나, 잘 만났다. 오늘 나한테 죽어 봐라!" 하고 우렁찬 목소리로 큰 고함을 지른다. 본인도 떨리고, 오늘 죽을지 모르지만 태연하게 적을 향해 외치는 것이다. 평소에도 가능한 작은 소리보다는 큰 소리로 말하는 것이 남을 설득하는 데 도움이 된다. 작은 소리로 말하면 "잘 모르고 말하는가 봐. 그러니까 기어들어 가는 소리로 말하지." 하는 오해가 있을 수도 있다.

나는 평소 출·퇴근 시나 혼자서 승용차를 타고 다닐 때 아래와 같은 발성 연습을 한다. 그 이유는 창피하지도 않고 주위 사람들에게 피해도 없으므로 마음껏 소리를 지를 수 있어서다. 발성 방법은 저음을 1, 점차로 올리면서 가장 높은 음을 10으로 숫자가 올라갈수록 단계적으로 올리면서 점점 큰 목소리를 내는 것이다.

(1) 하나하면 하나요

(2, 조금 높게) 둘하면 둘이요

(3, 2보다 조금 높게) 셋이면 셋이요

(4, 3보다 조금 높게) 넷이면 넷이요

(5, 4보다 조금 높게) 다섯이면 다섯이요

(6, 5보다 조금 높게) 여섯이면 여섯이요

(7, 6보다 조금 높게) 일곱이면 일곱이요

(8, 7보다 조금 높게) 여덟이면 여덟이요

(9, 8보다 조금 높게) 아홉이면 아홉이요

(10, 제일 큰 목소리) 열이면 열이다

이렇게 승용차 안에서 혼자 있을 때 마음껏 연습을 하자. 큰소리로 "열이면 열이다."라고 하면 기침이 날 것이다. 성대가 깜짝 놀라 경기를 하며 기침이 나지만 자주 하다 보면 기침이 나지 않고 목도 아프지 않고 정상으로 돌아와 성량이 풍부해진다. 성대가 생명인 가수들도 노래를 부르려고 평소에 발성 연습을 많이 하며 성악가나 국악가들은 100% 복식호흡을 하지 않으면 우렁차게 높은음과 목소리를 길게 낼 수가 없다.

셋째는 발음이다. 발음은 연사의 생명이다. 먼저 숨을 깊게 들이쉰 후에 말하자, 입술의 움직임과 입의 개폐를 분명히 하자. 혀의 움직임을 원활하게 훈련하고 말머리(어두)는 부드럽게 말끝(어미)은 분명하게 말하자. 낱말은 물론 음절 하나하나까지 분명하게 발음하자. 말하는 것을 직업으로 가진 사람들의 말을 관찰하자.

이외에도 말을 하다 보면 쉬운 말인데도 쉽게 발음이 연결되지 않는 경우가 있다. 예를 들어, "중앙청 철창살은 쌍창살이고, 시청 철창상은 외창살이다." 등 어려운 말을 많이 연습하는 것이다. 또 다른 방법은 젓가락을 입에 물고 책을 읽는 것이다. 그러면 발음이 부정확하고 어렵게 말을 하게 되지만 젓가락을 빼고 말을 하면 부드럽고 쉽게 할 수가 있다. 나의 경우는 천천히 서두르지 않고 또박또박 여유를 가지고 하는 것이 좋았다. 긴장이 되면 말이 빨라지고 말이 빨라지면 발음이 엉망이 된다.

스피치에 있어서 초보자인 경우 많은 사람 앞에서 이야기한다는 것에 대한 불안은 불특정 다수가 갖고 있는 일반적인 현상이다. 스피치의 불안증이 언제 나타나는지를 보면 "이제 다음은 내 차례다.", "내 앞사람은 저렇게 잘하는 걸까?", "아차! 처음 시작하는 말이 뭐였지, 어라 생각이 안 나네." 이와 같은 생각은 순서대로 발표 시 누구나 한 번쯤은 겪어 보았고 스피치를 많이 해 직업적인 사람도 떨림은 마찬가지라고 한다. 단지 태연한 척해서 그렇지.

불안증의 증상은 상황적 불안증과 성격적 불안증이 있는데 먼저 상황적 불안증은 특수한 상황에서만 불안증을 느끼는 상태로 친구 만날 때 회식자리 등 자연스러운 자리에서 불안감이 없는데

주민자치 잘 될 거야

여러 사람 앞에서 말하려면 "혹 잘못하면 어떡하나." 하고 불안해하는 것이다.

다음은 심리적 불안증으로 발표자료 준비가 덜 되거나, 청중이 지위가 높거나, 중간에 발표자료를 분실하거나 지난번 발표 시 발표하다가 실패한 경험이 있는 경우다. 나도 첫 발표를 8급 시절에 처음 발표할 기회가 있었다. 발표장에 들어가 보니 중앙에는 직원이 좌측에는 시장님을 비롯해서 국장님들이 오른쪽에는 기자단과 심사위원 이 자리하고 있었다. 직급도 높고 경력도 오래되고 많은 눈동자들이 나만 쳐다보는 것 같아서 얼마나 떨리고 심리적으로 위축이 되었는지 모른다. 그래서 연습은 부담 없는 사람 앞에서 하는 것이 좋다. 예를 들면, 안면이 많고 잘 아는 사람, 그리고 직급이 낮고 나이가 적어 내가 이 말을 해도 이의를 하지 않은 사람 등 부담 없는 사람 앞에서 충분히 연습을 하자.

무대공포증을 극복하는 방법은 "나는 잘할 수 있어." 하면서 스스로를 칭찬한다. 마인드 컨트롤이다. 그다음은 나에게 익숙한 것을 동원한다. 친한 사람과 같이하고, 생소하고 낯섦을 될 수 있는 것 들을 제거하고 익숙한 것을 찾으면 심적으로 안정이 된다. 마지막으로 청중은 생각보다 화자가 긴장하는 것에 대해 인지하지 못한다.

스피치 스타일에 대하여 알아보자. 먼저 청중의 수준을 파악하자, 청중의 나이·성별·교육정도·생활수준·지역적 특성 등 청중의 분석은 필요하다. 지식을 전하는 정보전달 스피치라면 지식수준이 필요하고 청자가 관심 있는 주제라면 보다 쉽게 접근할 수 있다.

현장 수준을 파악하자. 스피치가 이루어지는 곳이 파워포인트가 구동이 안 되면 가지고 갈 필요가 없다. 점심시간 후면 졸리는 시간이고 냉, 난방시설 등 환경도 점검이 필요하다.

다음은 말하는 방법에 대하여 알아보자. 나는 삼 말 원칙을 사용하는데 처음 시작할 때는 날씨나 뉴스 소재로 예컨대 "어제까지 날씨가 우중충하더니 여러분을 환영하기 위해서 벚꽃도 활짝 피고 날씨가 오늘따라 무척 상쾌합니다." 등으로 시작을 한다. 말할 것에 대하여 주제를 살짝 말하는데, 예컨대 주제를 '행복'이라고 할 경우, 요즈음 수명이 길어져 100세 시대입니다. 평균 수명은 길어지고 등 어떻게 살아야 될까요, 행복하게 살아야 되지 않을까요? 하고 행복에 대해 살짝 언급을 한다.

그 다음 본론은 삼 말 원칙으로 세 가지 주제에 대해서 말을 한다. 주제가 친구, 배우자, 금전이라고 할 경우에 다음과 같이 말한다.

첫째, 주제를 선언하고 예를 들어 설명하는데 "첫째, 친구가 있어야 합니다. 예를 들어 친구가 있어야 속 깊은 얘기도 하고 여행도 가고 등산도 가고…" 설명을 한다.

둘째, 주제를 말하고 예를 들어 설명하고 "둘째, 배우자가 있어야 합니다. 30년 이상 어려울 때나 기쁠 때나 같이 살아왔는데 친구 삼아…" 하고 설명을 한다.

셋째, 주제를 말하고 예를 들어 설명한다. "셋째는 돈이 있어야 되지 않을까요? 돈이 있어야 맛있는 것도 먹고, 여행도 가

주민자치 잘 될 거야

고 등으로…" 세 가지 정도 소주제를 말하고 주제에 대한 예를 들어 주제를 설명해 준다. 예를 들을 경우 80% 정도는 청중들이 알고 있는 소재로 예를 들면 공감도 하고 신뢰를 준다.

넷째, 요약해서 말을 한다. "지금까지 건강이라는 주제를 가지고 첫째로 친구가 있어야 하고, 둘째로 배우자가 있어야 하고, 셋째로 금전이 있어야 된다고 말씀드렸습니다."라고 말이다. 이때 중간에 재미있는 말이나 속담 등을 섞으면 금상첨화다.

마지막으로 "끝까지 경청해주셔서 고맙습니다." 하고 여유 있게 천천히 인사하고 단상을 내려오면 된다.

처음에는 잘 안되지만 3분이면 주제를 발표하고 설명을 짧게 하고, 1시간이면 발표 시 주제를 말하고 설명을 길게 하고 삼 말 원칙 형식을 생각하고 말을 하면, 청중들이 이해가 쉬워지고 정리가 빨리 된다. 스피치를 마치면 어떤 부분이 부족한지 자신에게 묻고 개선하여야 발전이 있으며 부족한 부분은 열정을 가지고 충분한 연습이 필요하다.

2019년에 필자는 청주시에서 후원하는 명강사 과정을 수강하고 있다. 명강사 과정 중 최지현 강사의 스피치 화법을 소개하면 PREP 화법이 있다. 주제를 말하고 이유를 설명하고 근거를 말하고 마지막으로 결론을 말하는 방법이다. 한 가지 주제로 짧은 시간에 여러 사람에게 효과적으로 설명하기에 적합한 방법이라고 하겠다. PREP 화법은 P(point) 결론, R(reason) 이유, E(example) 근거, P(point) 결론으로 순으로 말하는 것이다. 예를 들면 이렇다.

  행복 중 금전에 대해 PREP 화법으로 말씀을 드리면 행복하려면 노후에도 돈이 있어야 합니다. 그 이유는 친구들과 맛있는 식당도 가고 여행도 갈 때 우리는 돈이 있어야 하죠.
  친구들은 모두 힐링하여 외국으로 가는데 나는 돈이 없어 못 간다고… 그래서 돈이 있어야 한다고 생각합니다.

  위의 삼 말 원칙과 PREP 화법을 필요시 적절히 사용하면 청중이 이해하는 데 도움이 되며 명강사가 되리라 확신한다. 스피치의 천재라고 하는 미국의 대중연설가 알렉산더 해밀턴도 "피나는 노력과 훈련만이 명연설의 최선"이라고 말한 것을 보더라도 "성공한 스피치 멋진 스피치는 피나는 노력과 훈련의 결과물"이다. 스피치가 부족하면 열심히 연습을 하자 실전과 같이 말이다. 남 앞에서 말하다가 졸도해서 쓰러져 119에 실려 간 사람은 본 적이 없으니까 말이다.

주민자치 잘 될 거야

3. 시 낭송에 도전을

시 낭송에 관심과 흥미를 가지고 접하게 된 동기는 근무 중 정기적으로 직무교육을 받는데 교육 중 강의가 거의 끝날 무렵 강사가 시 낭송을 멋지게 하는 모습을 보고 초보자에게는 단상에서 발표로 무대 울렁증도 극복하고 멋진 강사라는 인식을 심어줄 수 있을 것 같아 시 낭송을 배우면 좋겠다고 생각을 했다.

무대에 서면 발표력이 부족하고 긴장하여 본인의 실력을 발휘하지 못하고 시 낭송 대회에서 고개 떨구고 단상에서 내려오는 사람을 종종 본다. 초보자들은 낭송 시를 암송해야 하고 발표력도 부족하니까 그렇다고 본다.

시 낭송 시간은 1편이 5분까지 되는 장시도 있으나 보통 3~4분 정도이며 시 낭송은 여성이 70% 정도, 남성이 30% 정도로 여성 참여율이 압도적으로 높다. 여성의 목소리가 낭랑하여 감성적이라 그런지 몰라도, 연세가 지긋한 70~80십 대에도 치매가 예방된다고 하여 시 낭송을 배우려는 어르신들이 많다.

시 낭송은 시를 암기해서 느낌을 이해하고 소화시켜서 대중 앞에서 낭송하는 것이 스피치와 같아 떨림증을 없애기 위한 하나의 방법으로 시 낭송을 배우게 된다. 내 목소리가 좋다고 느끼진 않지만 주위에서 남자의 굵은 목소리가 좋다고 칭찬을 한다. 나 들으라고 하는 칭찬의 소리인지는 몰라도 관심이 있어 시 낭송을 배우게 되었다.

시 낭송대회는 전국적으로 이름을 알리기 위해 나날이 대회가 중가하고 있으며 전국 규모로는 재능 대회가 있고, 그 외에 진천에서 열리는 포석 전국 시 낭송 대회가 유명하다. 지금까지 포석 전국 시 낭송대회를 2번 출전하였고 재능 시 낭송대회, 충청북도 시 낭송 대회까지 총 4회 정도 출전을 하였다. 지난 2018년 11월 24일 충청북도 시 낭송대회에 출전하여 장려상을 수상했다.

진천에서 열리는 포석 전국 시 낭송 대회를 소개하면 2019년 올해로 동양일보에서 17회째 열리는 대회다. 대상 수상 시에는 상금과 중국 연변을 여행할 수 있는 경비를 지원해 주고 동상 이상 입상 시 시 낭송 전문가 인증서와 지역에서 시 낭송 전문가로 활동할 수 있어 시 낭송 대회 중 권위 있는 대회로 이름이 알려져 있다. 1회에 보통 160여 명 정도 지원하는데 예선부터 참가자 전원을 낭송시켜 초보자도 무대에 서서 낭송을 하므로 진천 대회를 권하고 싶다. 그 이유는 다른 지역에서는 시 낭송 녹음을 보내라고 해서 자체적으로 예선 없이 본선 출전자를 뽑아 비용도 줄이고 시간도 줄이기 때문이다. 그러므로 초보자들이 설자리가 없으나 진천 대회는 초보자들도 한 번씩 큰 무대에 서게 하고 발표를 함으로써 출연자에게 자부심을 갖게 하고 발전 가능성을 찾을 수 있도록 해준다.

처음 발표할 때를 떠올려 보면 다음과 같다. 2013년 진천 종 박물관에서 열리는 포석 전국 시 낭송대회 참가신청을 했다. 그 당시 배운 경력도 짧기 때문에 낭송용 시를 알지 못하고 짧은 시 도종환 님의 〈흔들리며 피는 꽃〉을 제목으로 참가 신청을 하였다. 참가 신청을 할 때 주의할 사항은 낭송할 시를 인터넷에 있는 그

주민자치 잘 될 거야

대로 옮겨 적지 말라고 권한다. 왜냐하면 오타가 있을 경우 감점이 되기 때문이다. 인터넷 시는 옮겨 적은 경우가 많기 때문에 글자가 오타가 있을 수 있다. 부호인 ',(쉼표), ·(가운뎃점), .(마침표)'등이 잘못될 수 있으므로 반드시 도서관에서 인쇄된 책으로 발췌하여 제출하라는 것이다.

시 낭송 대회 시 현장에 30분 정도 일찍 도착하여 낭송 전 먼저 발표 순서를 뽑는다. 앞 번호를 뽑으면 점심식사 전에 마치고 여유 있게 관람을 할 수가 있으나 늦은 번호를 뽑으면 장시간 자기 차례까지 초조한 마음으로 기다려야 한다.

운 좋게 앞선 번호를 뽑아서 일찍 내 차례가 되었다. 그동안 스피치 훈련을 해 왔기 때문에 "나는 잘할 수 있다."하고 마인드 컨트롤로 자신감을 준 후에 마이크를 조정하고 시선처리를 좌우 중앙 등으로 옮겨 가며 낭송을 시작하고 잘 마쳤다. 낭송 시는 1분 30초의 시로 내용이 짧아 좋은 점수를 받기가 어렵다는 것을 알게 해 준 대회였고 대회용 시가 별도로 있다는 것도 알게 되었다.

출연자 중 여성은 거의 한복을 많이 입고 오고 남성도 정장을 주로 하지만 약간 고전적인 시를 낭송할 때는 두루마기 한복을 입고 낭송하면 심사위원들로부터 좋은 점수를 받는다. 정호승 시인의 〈임진강에서〉를 낭송한 남성이 한복을 입고 낭송을 해서 대상을 받은 것으로 기억한다. 오전까지만 해도 내 옆자리에 보통 평범한 옷차림으로 앉아 있었고 가끔씩 시를 잊지 않으려고 되뇌는 모습이 보였는데 자기 차례가 임박해오자 탈의실에서 옷을 갈아입고 다시 나타났다. 차례가 다가오자 두루마기 의상을 입고 천천히 단상으로 올라가 마이크를 키 높이에 조정을 하고 천천히 배경음악 없이 시 낭송을 시작한다.

임진강에서

(5박자 쉼) 정호승

아버지 이제 그만 돌아가세요
임진강 샛강가로 저를 찾지 마세요
찬 강바람이 아버지의 야윈 옷깃을 스치면
오히려 제 가슴이 춥고 서럽습니다
가난한 아버지의 작은 볏단 같았던
저는 결코 눈물 흘리지 않았으므로
아버지 이제 그만 발걸음을 돌리세요
삶이란 마침내 강물 같은 것이라고
강물 위에 부서지는 햇살 같은 것이라고
아버지도 저만치 강물이 되어
뒤돌아보지 말고 흘러가세요

(이하 생략)

〈임진강에서〉 낭송하며 아버지에 대한 그리움, 노쇠함, 아쉬움을 고저 강약으로 잘 표현하여 잘했다고 싶었는데 대상을 받은 것이다. 수상 후 명함을 건넸는데 40대 장성군청 공무원으로 5년 뒤인 2016년 사무관 교육 시 박수량 선생 백비 등 청렴현장 학습프로그램으로 장성에 갈 기회가 있어서 뵐 수 있었다.

두 번째로 2014년 8월 제12회 진천 종 박물관에서 열리는 전국

주민자치 잘 될 거야

시 낭송 대회에서 낭송한 시는 문병란 시인의 〈희망가〉이다.

시는 대부분 이별, 사랑, 아쉬움, 고요, 평화로움 등 서정적인 내용으로 너무 정적인 시에 오랫동안 관심을 두다 보면 인생이 희망이 없고 나약하고 슬픈 감정에 길게 빠질 수 있다. 지극히 개인적인 생각이지만. 그래서 나는 희망적인 내용을 노래하는 "희망가"가 좋다. 문병란 님의 시로 내 인생에 희망을 주는 시다. 소개해 보면 다음과 같다.

희망가

문병란

얼음장 밑에서도
고기는 헤엄을 치고
눈보라 속에서도
매화는 눈망울은 튼다

절망 속에서도
삶의 끈기는 희망을 찾고
사막의 고통 속에서도
인간은 오아시스의 그늘을 찾는다.

눈덮인 겨울의 밭고랑에서도
보리는 뿌리를 뻗고
마늘은 빙점에서도
그 매운맛 향기를 지닌다.

절망은 희망의 어머니
고통은 행복의 스승
시련 없이 성취는 오지 않고
단련 없이 명검은 날이 서지 않는다.

꿈꾸는 자여, 어둠속에서
멀리 반짝이는 별빛을 따라
긴 고행길 멈추지 말라

인생항로 파도는 높고
폭풍우 몰아쳐 배는 흔들려도
한 고비 지나면
구름 뒤 태양은 다시 뜨고
고요한 뱃길 순항의 내일이 꼭 찾아온다.

위와 같은 희망과 긍정의 시는 흔하지 않다. 그래서 나약함, 아쉬움, 이별 고요함 등 정적인 것보다는 내일의 희망을 꿈꾸는 이런 시가 내 마음에 와닿는다. 아직도 마음은 청년이다. 내일 할 일이 많다. 누구나 오늘보다 희망찬 내일이 좋지 않은가.

계절로 말하면 초봄이다. 추운 1월에도 꽁꽁 언 보리밭은 조용히 멈추어 쉬는 것이 아니라 봄이 오면 어린 보리가 자라려고 쉬지 않고 열심히 양분을 공급하고 새싹을 틔우려고 한겨울에도 노력을 하고 있는 중이다. 마늘 역시 차가운 언 땅에서 몸을 웅크리고 끝까지 버텨내 봄이 되면 대지를 뚫고 일제히 나오려고 출발선

주민자치 잘 될 거야

에 선 100m 선수처럼 준비를 하고 있다. 마지막 부분에 '파도는 높고 폭풍우 몰아쳐도 잠잠해지고 순항의 뱃길 희망찬 내일이 꼭 찾아온다'고 내일의 희망을 노래한 시가 너무 좋다.

(사)한국시 낭송전문가협회에서 주관하는 진천 대회는 시 낭송의 기본을 중요시한다. 시인이 우리말을 압축하여 한 자 한 자 정성껏 쓰고 고치고 다듬어서 세상에 태어나기까지 고뇌한 글로 작가의 마음을 읽는 것은 물론이고 활자 그대로 낭송을 해야 한다. 또한 행과 연을 명확하게 구분하고 장음 처리를 강조하는데, 연이 끝났으면 '연이 끝났구나.' 하고 충분히 쉬어 주어야 청중이 인지하고 낭송자와 같은 호흡을 할 수 있다.

예를 들어 "절망 속에서도 삶의 끈기는 희망을 찾고"에서 낭송을 "삶에 끈기는 희망을 찾고"가 아니고 삶의 끈기라고 정확히 "의"를 발음해야 한다는 것이다. 초보자들은 긴장이 되어 까먹지 않으려 외우는 데 급급해서 낭송이 빨라지고 혹시 빼먹지나 않았는지 걱정이 많이 된다. 대회에 출전하여 암송을 다 하지 못하고 내려오면 다음번에도 또 중간에 내려오지 않을까 하는 트라우마가 생기게 된다.

최근에 충청북도 시 낭송 대회 공고가 나서 도전해 보기로 했다. 그런데 연습을 안 한 지 2년 이상 되어서 한번 전문가 앞에서 연습을 해보고 출전하기로 마음먹었다. 오랜만에 전미진 강사에게 전화를 드렸더니 지금도 청주 오송에서 동아리로 연습을 한다고 하면서 시간 되면 방문하라는 것이다.

다음 주 복지관 4층에 가보니 15명 정도 수강하고 있었다. 시골

마을 이장부터, 젊은 새댁, 주부, 70세 정도 되는 어르신 등 다양한 사람들이 모여서 시를 낭송하고 끝나면 낭송자의 고칠 점에 대해 이야기해 주는 형식으로 진행하고 있었다. 요즈음은 시 낭송 인구도 급증해 동 행정복지센터 프로그램에서도 시 낭송을 접할 수 있다. 시 낭송이 주는 힘은 크다. 메말랐던 가슴에 감성과 서정을 찾아주고 감동과 위로로 상처를 치유해 준다.

연습에 이어 충청북도 시 낭송대회에 출전을 하였다. 그때도 제목은 〈희망가〉였다. 참가자는 60여 명 되는 것으로 기억된다. 번호를 추첨했는데 3번을 뽑았다. 빠트린 곳 없고 틀린 곳이 없이 순조롭게 잘 마치고 당당히 단상을 내려왔다. "의"자를 신경 써서 낭송을 하고 연 사이를 5박자 충분히 띄우고 그 결과 장려상을 수상했다.

낭송용 시는 어려운 시가 아니라 발음하기 쉽고 청중에 감동을 주면 좋겠고, 교과서 등에 너무 많이 알려진 시는 신선감이 부족하여 부적당하다. 낭송자의 목소리에 잘 어울리고 나이와 성별도 감안하여 선택하는 것이 좋으며 시구절처럼 겪어본 상황이면 이해도가 높아 더 좋은 점수를 받을 수 있다.

표현 방법에 있어 속도 조절, 기쁨, 고요함, 힘참 등의 적당한 감정처리, 시어의 의미와 심상을 생각하여 자기의 것으로 해석하여 희망찬 것이면 시원한 목소리로 청중을 압도하고 아쉬움 있는 이별·슬픔·그리움 등 애절함이 있는 시는 애절함이 잘 표현되도록 낭송을 해야 한다.

심사위원들은 시 낭송 시 잘 된 부분을 찾는 게 아니라 잘못된

주민자치 잘 될 거야

부분, 부족한 부분을 찾아 감점하여 점수를 준다. 시 낭송은 발성법, 호흡법, 발음 세 가지를 갖추어야 시 낭송을 잘할 수 있다. 시 낭송을 배우려면 주위에 있는 대학교의 평생교육원이나 일부 동 행정복지센터의 프로그램에서도 운영하고 있으며, 전보다 많은 동아리 모임이 활성화되어 배우려는 열의만 있으면 손쉽게 배울 수 있다.

시 낭송을 처음 입문하게 된 곳은 '별 하나 시 낭송회'라는 동아리 모임이다. 1주일에 2시간 정도 배우는데 1시간은 이론을 배우고 나머지 1시간은 시를 외워서 앞에 나와서 낭송하는 것이다. 처음 초보 시절에는 암송하러 앞에 나와서 낭송하다가 잊어 버리도 하고 "아 참 그거지." 하고 단기기억에서 장기기억으로 넘어가면 쉽게 잊어버리지 않는다. 시 낭송도 앞에 나와서 많이 떨어보는 경험이 필요하고 연습이 중요하다고 생각된다.

평소에 복식호흡을 해야만 목소리가 배 깊은 곳에서 나오고 남성의 우렁찬 목소리와 여성의 청아한 목소리로 낭송을 해야 듣기도 좋다. 처음에는 숨을 들이쉬면 배가 볼록해져야 정상인데 숨을 들이쉬어도 배가 들어가는 흉식호흡이 된다. 부지런히 연습하면 나도 모르게 복식호흡으로 바뀐다.

시 낭송 강사는 전미진 강사로 장애인 복지관에서 시각장애인을 대상으로 재능기부로 시 낭송 지도를 하여 수상도 많이 하고 후배 양성을 위해 지도를 많이 해 주었다. 이곳에서 만난 인연으로 성실함이 엿보여 고향 마을인 보은회인 자드락 마을의 명예이장으로 추천해주어 명예이장으로도 활동하고 있다.

발표의 무대 울렁증이 있는 사람들은 시 낭송을 권유하고 싶다. 무대 불안증 극복에 도움이 되며 친구들 모임이나 소개 시 시 낭송을 멋지게 하면 자존감이 높아지지 않을까 한다. '오늘의 내 모습은 과거의 내가 만든 것'이며, '미래의 내 모습도 현재의 내가 만드는 것'이다.

주민자치 잘 될 거야

4. 적극적이고 열정적인 마음

　사람은 조직이라는 울타리 속에서 많은 사람들이 함께 어울리고 협동하며 사회 구성원으로 살아간다. 어떤 유형의 사람을 특정해서 사회생활을 잘한다거나 부족하다고 한마디로 말할 수는 없다. 그러나 현대에 와서는 조직에 잘 어울리며 열정이 있고 여유가 있으며 사람을 몰고 다니는 사람이 주위에서 소통을 잘한다고 인정받는다.

　사람의 성격이란 정체성의 핵심을 형성하는 생각, 판단, 감정 반응의 패턴으로 오랫동안 반복적으로 지속되며 어떤 환경에든 일관되게 나타나는 것으로 규정할 수 있다. 인간은 환경에 적응하기 위하여 외부환경과 내적 시스템 사이에서 변화한다. 따라서 사람이 태어난 지역에 따라 기질도 다르고 성격도 영향을 미친다고 생각한다. 과거에는 산이 많고 척박한 토양에서 자란 사람들의 성격이 와일드하고 씩씩하다고 할까? 반면에 널따란 평야지에서 태어나 풍요롭게 자란 사람들은 성격이 느슨하고 다소 여유가 있어 보여 옛날에는 산골에서 인물 난다고, 험준한 지역 사람들이 먹을 것이 적어서 그런지 선각자와 고위직에 잘 된 사람이 많았다. 인간은 사회적 동물이므로 생존을 위해 주위 배경 인간관계 등에 따라 사람의 성격도 바뀌어 인격이 형성되고 사회의 구성원으로 생활을 한다.

　요즈음 성격 행동유형검사로 DISC 검사를 한다. DISC 검사 핵심요소는 Dominance Influence, Steadness, Conscientiousness 약자로 주도형, 사교형, 안정형, 신중형으로 그 주요 특징을 보면 이렇다.

D형은 주도형으로 목표 지향적이며 도전에 의해 동기가 부여 됨. 자아가 강하다

I형은 사교형으로 낙관적이며 인정에 의하여 동기가 부여됨. 배 척당하는 것을 두려워함

S형은 안정형으로 정해진 일에 따라 업무를 수행, 팀 지향적 변 화하는 것을 두려워함

C형은 신중형으로 세부적인 사항에 주의를 기울이고 분석적, 비판당하는 것을 두려워함

공무원 조직사회에서 실무자 시기에는 안정형, 신중형이었다가 환경이 변화하고 조직을 이끌 리더자가 되면 주도형으로 바뀌는 경우가 많다.

기왕 사회의 일원으로 조직사회 구성원으로 살면서 기왕이면 적극적이고 열정적으로 살아가면 조직 내에서도 인정받고 좋지 않 을까 한다. 내가 청주시 스피치 회장을 맡고 있어 내부 메일을 통 하여 스피치 희망자를 모집하고, 강사를 행정복지센터로 초청하 여 스피치교육을 실시하였다.

잘 말하는 사람들이 더 실력을 늘리는 직원도 있겠지만 더 큰 이유는 소심하고 내성적인 사람이 적극적으로 열정적으로 바뀌기 를 바라는 마음에서다. 나도 고교시절에 소심하고 내성적인 조용

주민자치 잘 될 거야

한 성격의 소유자로 앞에 여학생이 앉아 있으면 그 앞을 못 지나가고 빙 돌아서 갔으니, 그런 소심함에서 탈피하려고 남 앞에 서서 많이 떨어도 보고 "겁먹지 말고 말하자." 하고 간절하게 마인드 컨트롤한 결과 내 성격은 점차적으로 적극적 바뀌었고 업무도 열정적이며 미래지향적으로 변하게 되었던 과거가 생각나서다.

우리 조직 내에서도 나의 암울했던 과거가 생각나 성격의 발전적 변화를 주려고 과 내 직원을 홍보 스피치에 참여시키려고 하였으나 집안 어린아이 핑계를 대며 "다음에 신청할게요." 해서 더 이상 권유를 못 하고 말았다.

틱낫한 스님은 "연꽃은 진흙을 필요로 하듯 행복은 고통을 필요로 한다."라고 했다. 무슨 일을 하려면 쉽게 되는 것이 없다 고운 꽃이 피는 것도 저절로 피는 것이 아니라 좋은 토양이 필요하고 행복하려면 부단한 연습이 필요하며 연습 시 고통이 따른다. 고통을 참고 추운 겨울을 견디면 꽃도 소중하고 탐스럽게 피며, 어려운 인내를 겪은 사람은 살아온 고통으로 남을 배려할 줄도 알고 행복의 가치도 높고 아름답다.

1) 멋진 인생, 행복하려면

엊그제 빡빡 깎은 머리로 공무원을 시작한 것 같은데 벌써 36여 년의 세월이 흘렀다. 육군 제3사관학교 화산 유격대 유격조교로 1982년도 3월에 전역한 후 충북도 주관 공무원 시험에 응시하여 공무원 생활을 시작하게 되었다.

첫 근무지는 1983년 단양 어상천면을 시작으로 적성면을 거쳐 태어나서 자란 고향인 대추의 고장 보은에서도 5년간 근무하고, 청주시 문화·북1·남2가동으로 전입, 30년의 세월이 흘렀다.

2014년에 청주시에서 발간한 직원용 책의 "멋진 인생, 행복하려면" 투고 내용이다.

돌이켜 보면 충북에서는 가장 오지(벽지수당 지급)라고 하는 어상천면에서 근무도 하고 또 가장 번화한 성안동(문화·북1·남2가동)에도 근무를 하였다.

먼저 초년생인 20~30대에 해야 할 일입니다.

현대인은 '미, 인, 대, 칭'을 잘해야 한다고 합니다. 미소, 인사, 대화, 칭찬을 말하는데요, 차례로 그 내용을 보면

첫째, 미소는 우리가 갖고 있는 가장 행복한 몸짓이며 마음이 웃지 않으면 결코 얼굴의 환한 웃음을 지을 수 없습니다. 미소는 국어사전에 소리 없이 빙긋이 웃음. 그런 웃음을 웃으면 엔도르핀이 솟아 건강에 좋고, 또한 마음의 여유가 생깁니다.

둘째, 인사는 섬김의 시작입니다.

내가 먼저 고개 숙여 하는 인사는 상대방에 대한 배려이고 반가움의 표현으로 너무 멀지 않게 3~5m 정도 앞에서 하는 인사가 적당하다고 합니다. 인사하는 데는 세금이 붙지 않으며 인사 잘하는 사람이 조직에서 평판도 좋고 인정도 받습니다. 인사는 보는 사람이 먼저 해야 합니다.

셋째, 대화는 마주 대하여 이야기를 주고받는 의사소통입니다.

대화 시 말을 많이 하는 것보다는 상대방의 말을 잘 들어주고 필요시 메모도 하고 고개를 끄덕이며, '그래 맞아'하면서 맞장구를 치면 금상첨화입니다.

주민자치 잘 될 거야

넷째, 칭찬입니다.

칭찬은 칭찬하는 사람이 긍정적인 눈으로 볼 때 할 수 있는 것입니다. '너는 커서 꼭 유명한 강사가 될 거야.' '우리 모두 잘 될 거야.'처럼 구체적으로 말한 사람을 칭찬하면 말한 사람과 조건 없이 친해지고 행동을 변화시키고 나아가 그 사람의 장래까지 바꾸는 힘이 있으며, 특히 나 자신에게도 넉넉히 칭찬해야 합니다.

다음에는 40대 이후(특히 50대) 행복해지는 10가지를 소개합니다.

① 일일이 따지지 말자.
② 이기적으로 살지 말자.
③ 삼삼오오 모여 다니자.
④ 사생결단하지 말자.
⑤ 오기 부리지 말자.
⑥ 육체적인 스킨십을 많이 하자.
⑦ 70%만 달성하면 만족해 하자.
⑧ 팔자 고치려 하지 말자.
⑨ 구질구질하게 살지 말자.
⑩ 10%씩은 남을 위해 베풀며 살자. 입니다.

그렇습니다. 마음먹기 따라서 행복의 크기가 달라집니다.

미국의 철학자 윌리엄 제임스는
생각이 바뀌면 행동이 바뀌고,
행동이 바뀌면 습관이 바뀌고,
습관이 바뀌면 인격이 바뀌고,
인격이 바뀌면 운명이 바뀐다고 했습니다.

인생 100세 시대! 오늘보다는 희망차고 행복한 내일을 위해서 생각을 적극적으로 바꾸자. 창조적으로 생각하고, 생각을 실현시키는 열정을 더하면 어떨까?

2) 어차피 해야 할 일이면 즐기면서 하자

　오랫동안 스피치에 관심을 가지고 생활하다 보니 성격이 서서히 바뀌기 시작했다. 흉식호흡에서 복식호흡으로, 피하기만 하던 아이가 앞에 나서기를 좋아하고 사회 모임에서도 거의 회장을 맡고 있다. 만약 회장이 안 되면 우울해진다고 할까, 아무튼 리더가 되어야 기분이 좋다. 이렇게 변한 것은 업무도 열정적으로 임하고 메모도 열심히 하고 성격도 적극적이고 변한 덕분이라 생각된다.

　그동안 공무원 생활을 하면서 많은 창의적인 제안을 했다. 그 결과 1호봉 특별 승급도 하고 민원봉사대상을 받아 사무관으로 승진도 하고 어려운 사람을 도와주고 모두 열정적으로 살아온 자랑스러운 결과물이라고 할까!

　스피치로 남 앞에 자신 있게 설려면 얼굴이 두껍고 뻔뻔해져야 한다. 익숙한 상황에서 낯선 상황으로 대중 앞에서 말을 빈번하게 하면 소심한 사람도 성격이 변하가 시작한다.

　부족한 부분은 보완해 가면서 적극적으로 변하지 않으면 앞으로 전진할 수가 없다. 그래서 후배들에게 소극적이고 내성적인 직원에게 스피치를 권하고 있다. 기왕이면 한 번뿐인 인생 자신과 용기를 가지고 씩씩하고 명랑하게 사는 게 좋지 않은가, 잘못한 직원을 핀잔이나 주고 꾸짖고 하는 갑질하는 상사가 아닌 아래 직원의 고충을 잘 들어주고 잘한 일은 칭찬해 주고 배려하면서 말이다.

　그래서 내가 좋아하는 말은 "잘 될 거야."이다. 회식할 때도 많이 사용하는 건배 구호이며 언제 사용하여도 잘 어울리는 단어로 적극적인 단어가 마냥 좋다. 물이 컵에 반이 있다고 가정할 때 부정적인 사람을 "반밖에 없다."라고 하고 긍정적인 사람은 "반씩이나 남았다."라고 말을 한다. 기왕이면 좋게 생각해야 머피는 가고 샐리가 올 것이 아닌가.

나의 명함 뒤에는 정신이 나약하고 힘이 들 때 적극적으로 헤쳐가자고 "어차피 해야 할 일이면 즐기면서 하자." 하고 쓰여 있다. 일, 노동보다는 재미있는 놀이로 생각하고 업무를 하면 피로도가 싹 없어진다. 인생은 마음먹기 나름이니까.

오늘은 2019년 3월 마지막 토요일이다. 직원들과 함께 안면도 자연휴양림으로 졸업여행을 다녀왔다. 진달래꽃이 바람이 서늘한 지역은 꽃봉오리가 맺혀있고 양지쪽에는 연분홍 진달래가 만개가 되어 벌이 날아와 분주하게 날아다닌다. 〈그 꽃〉 시가 생각이 난다. "내려갈 때 보았네 올라갈 때 못 본 그 꽃" 하고 비록 15자밖에 안 되지만 긴 여운을 남기는 시다. 올라갈 때는 누구나 숨이 차고 힘이 들어 옆과 주위를 보지 못하고 정상에 오르면 푸른하늘도 보면서 숨을 돌리고 내려갈 때는 누구나 좀 여유를 가지고 옆도 살피므로 올라갈 때 못 본 그 꽃을 말이다. 인생도 마찬가지가 아닐까? 지나온 세월이 잘 된 것도 있지만 후회스러운 일이 그동안 안 보이고 지나쳤던 일들이 이제는 보이기 시작하는 것이 아닐까.

정상에서 직원들이 쉬는 시간을 이용 낭송대회에 나갔던 시를 하나 낭송했다. 제목은 흔들리며 피는 꽃이다. 우리 인생을 노래한 시로 지역 의원이면서 문화체육관광부장관을 지낸 도종환 님의 시다.

흔들리며 피는꽃

도종환

흔들리지 않고 피는 꽃이 어디 있으랴
이 세상 그 어떤 아름다운 꽃들도
다 흔들리면서 피었나니
흔들리면서 줄기를 곧게 세웠나니
흔들리지 않고 가는 사랑이 어디 있으랴

젖지 않고 피는 꽃이 어디 있으랴,
이 세상 그 어떤 빛나는 꽃들도
다 젖으며 젖으며 피었나니
바람과 비에 젖으며 꽃잎 따뜻하게 피웠나니
젖지 않고 가는 삶이 어디 있으랴

　직원들과 함께 산 정상에서 아래로 내려오는데 운동기구가 있
는 놀이터가 있었다. 할아버지, 할머니, 엄마, 아빠, 손자 등 가족
들이 모처럼 휴양림에 놀러 온 듯이 보였다. 놀이터 운동기구에는
3살 정도의 꼬마 아기가 운동기구를 처음 타보지만 깔깔거리고
본인도 으쓱대며 자랑스러운 듯 탄다. 주위의 할머니, 할아버지가
손뼉을 치며 환한 미소로 아기에게 응원을 보낸다. 주위의 가족들
도 신나게 손뼉을 치면서 대견해 하면서 잘한다고 응원을 한다.
　자식들이 아장아장 어릴 때는 그렇게 응원과 힘찬 박수를 보내
면서, 왜 커 가면서 칭찬도 응원도 줄어들고 하는 걸까? 그뿐이랴
칭찬은 없어지고 더 열심히 하라고 채찍만 가하고 있으니 말이다.

주민자치 잘 될 거야

우리 자녀들에게도 놀이터의 아이처럼 좋은 점을 찾아 잘한다고 힘찬 칭찬을 해 주자.

3) 내 옆의 직원에게 최선을 다하자

내 옆의 직원에게 최선을 다하자고 말하고 싶다. 내 옆자리에 근무하는 사람이 현재는 직급이 낮고 좀 부족해 보인다 하여도 칭찬하고 정성을 다하자. 지나고 난 후에 언젠가는 그 직원이 힘 있는 부서에 자리를 옮기면 좋은 느낌으로 내 편이 되어 줄 것이다.

일선 동에 근무를 하면 신규 전입자가 행정기관의 최말단인 동으로 많이 온다. 누구나 그렇듯이 처음에는 어떤 곳일까 겁먹은 얼굴로 아무리 전임자인 선배가 알려준다 하여도 머리에 들어오지 않는다. 앞에는 민원인이 있지, 메모를 하며 듣는다 해도 무슨 말인지 단시간에 이해가 쉽겠는가 그러면서 6개월이 지나면 시보가 떨어진다. 시보라는 것은 공무원 6개월 동안 적응 기간을 거쳐서 정식으로 임명해주는 절차로 기간 내 공무원으로서 중대한 결격사유가 있으면 퇴출하는 기간이다. 다시 말해 6개월이 지나면 정식 공무원이 된다는 것이다. 이런 공무원한테 시보가 떨어지는 날 플래카드에 "김천사 님 정규 공무원 되심을 축하 합니다."라고 문구로 크게 걸고 전 직원이 모인 가운데 케이크과 음료수, 과일을 놓고 멋진 신규 공무원 앞날에 열심히 노력하고 무궁한 영광이 있으라고 격려의 축하행사를 가졌다.

그 직원은 퇴직 때까지 고맙고 뿌듯한 마음이 들 것이라 생각된다. 힘들 때 이런 장면들을 떠올려 적극적이고 맡은 바 일을 열정적으로 추진하고 어려운 복지업무를 내 가족처럼 돌봐주고 주위에서 인정받는 꼭 필요한 구성원이 되리라 소망해 본다.

주민자치 잘 될 거야

5. 글쓰기 도전 기고문

1) 원룸에서 탈루된 13억 원 찾아내

2013년 세정과 세무조사 팀장으로 근무할 때 일이다. 이 당시 건축업자는 주택을 두 채 매입해서 멸실하고 룸이 20여 개 이상 되는 원룸을 많이 지어서 판매하면 큰 돈을 벌수 있었다. 퇴직자들은 퇴직금 2~3억 원을 마땅히 둘 곳을 찾지 못하다가 대학가 주변의 땅을 사고 노후 대책용으로 하는 것이 붐이 되었다.

또한 건축업자가 땅만 있으면 토지주에게 접근하여 "사장님 내가 원룸 건물을 지어 세를 놓아 줄 테니 원룸을 짓죠." 하고 말한다. 내가 돈이 어디 있냐고 하면 "돈은 없어도 돼요. 나중에 다 지은 다음에 월세를 놓으면 고정적으로 지금 사는 것보다도 훨씬 매월 많은 소득을 얻을 수가 있어요." 하고 접근을 한다. 돈을 가지고 건물을 정상적으로 짓는 사람이 있는가 하면, 이렇게 돈도 없으면서 건물이 올라가는 경우도 있다. 어차피 건물은 건축업자가 짓는 것이니까. 정상적으로 짓는 사람은 착공하고 건물을 올려서 준공하여 사용승인서를 받는데 60일 이내에 한 번만 취득세를 납부하면 된다. 한마디로 문제 될 것도 없고 정상적으로 진행되는 것이다. 이와 달리 탈루가 이루어지는 건물은 착공 후 준공 전 건축주 명의변경이 일어난다. 다시 말해서 원룸 건물을 100% 다 지은 후 입주자를 모집한다. 일반인들이나 학생을 둔 부모는 건물이 다 지어지고 가스도 들어오고 물도 잘 나오고 하니 준공 검사 전

원룸에 들어가 산다. 입주자들은 보증금 300만 원에 한 달에 50여만 원 정도 월세로 납부하기 때문에 최소한으로 전입신고를 하고 확정일자를 받아 놓는다. 안 그러면 보증금을 못 받을 수 있기 때문에….

이렇게 건축업자들은 사전 입주를 많이 시켜놓고 실제 입주자에게 되팔아 취득세 탈루가 이루어져 7배의 추징으로 13억 원을 징수하여 충북 도내에서 최초의 성과를 이루었다. 과세 후 세액이 너무 커서 집단 민원이 생길 줄 알고 은근히 겁을 먹었다.

사전 입주를 찾아내기 위해서 첫 번째는 건축주 명의 변경자를 체크한다. 두 번째는 사용검사 전 전입자가 한 집이라도 있는지를 읍·면·동 행정복지센터에 공문을 시행해서 통보하도록 한다. 셋째로 위 두 가지 다 이루어졌으면 마지막으로 해당 건물에 사용승인 검사(준공) 전 전기, 수도, 가스 세 가지를 점검하게 되는데 세 가지 사용량을 체크해야 한다. 실제 거주 여부를 확인하기 위한 것이다.

이 세 가지가 충족이 되면 전 건축주가 원룸 주택 사전입주로 취득세를 납부하여야 함에도 납부하지 않은 사례가 된다. 이 업무를 하다가 전기, 수도, 가스 중에서 수도가 포착이 되지 않아 과세를 해야 되는지 안 해야 되는지 고민하다가 해당 지역으로 출장을 가 보니 그 지역은 상수도가 들어오지 않는 지역으로서 어쩌면 과세 누락이 될 뻔한 사례로 생각된다. 잘 안 풀릴 때에는 현장에 답이 있었다.

주민자치 잘 될 거야

2) 멋진 인생 행복하려면

2014년 초에 신문에 기고문을 쓴 내용이다. 초임 시절을 언급하는 이 기고문은 1983년에 충청북도 공채 시험을 봐서 단양군 어상천면을 시작, 그리고 고향에 근무했던 시절과 마침내 현 근무지인 청주시로 오게 된 내용이다. 그래도 저자는 가는 곳마다 윗사람으로부터 인정을 받아서 남보다 앞서가지는 못했어도 내 자리는 지켜온 것 같다. 청주시로 오게 된 계기는 고향에 근무할 시절 1989년으로 기억된다. 하루는 고인이 되었지만 박걸수 부면장이 나를 부르시며 "얼마 후 청주시에 구청이 신설되는데 개청 전에 출장소가 생긴다더라. 이젠 자네가 보은군청 아니면 청주시로 가는 것이 너의 앞길에 영광이 있을 거야!" 하고 말씀해 주셨다. 제가 말씀드리기를 "저는 아직 경험이 부족해서 어디로 가면 제가 잘 될 수 있는 것인지 잘 몰라요. 그러니 부면장님이 알아서 해주세요." 하고 말씀을 드렸다. 그랬더니 "내가 생각해보면 아무래도 군청 가는 것보다는 청주시로 가는 것이 좋을 것 같아." 하고 본인의 청주시 운천동 집으로 전입신고를 해 주셨다. 그 후 청주시로 와서 장글제과(현 지하상가 입구)로 시작되어 국민은행 전까지 가장 번화가인 문화동 북문로1가동, 남문로2가동 사무소에 근무하게 되었다. 지금은 고인이 되었지만 그 당시 연말이 되면 연말 신년카드를 500여 군데 보내는 등 활발하게 지역사회 사람들에게 멘토 역할을 해 주신 분이다.

그 당시 신문을 보니 미·인·대·칭에 대하여 설명하는 데 현대인이 꼭 알아야 할 내용이라며 소개를 해 놓았다. 미소 인사 대화 칭찬의 약자로 내용을 잘 살펴보니 신규 공무원에게 해 주면 조직 사회 적용하는데 도움이 되리라 생각하고 기고를 하였다.

그다음에 이어지는 40~50대 이후에 행복해지는 10가지를 소개한다. 팔자 고치려 하지 말고, 10%는 남을 위해 봉사하자는 말이 가슴에 와닿는다.

3) 지방세 납부 나는 어떻게

2014년 7월 청주시는 도농 복합도시로 청주시와 청원군이 하나의 청주시로 통합이 이루어졌다. 통합은 4번째 시도고 우리나라 역사상 최초의 자율 통합으로서 공무원 조직은 물론 많은 변화를 가져왔다. 사회단체들도 두 개로 되어있는 것을 한 개로 통합하기가 쉬운 일이었겠는가? 많은 진통을 겪어 한 개로 통합이 되었고 그중 공무원 조직은 청주시 1,800여 명, 청원군 600명으로 본청 근무자를 청주시 3명과 청원군 직원 1명으로 근무 비율이 짜였다. 그 당시 본청 세정과에 4명의 팀장이 근무했고 당연히 팀장으로 그대로 근무할 줄 알았는데 백도(시청 → 구청으로 전보)하여 서원구 세무과로 근무하게 되었다. 어렵게 시청으로 발탁되어 팀장으로 근무하였는데 통합되는 바람에 구청으로 좌천이 된 것이다. 그래도 구청으로 전출되어 주무팀장으로 근무하게 됨에 따라 이것저것 나름대로 열심히 일하는 와중에 홍보 우수부서가 되려고 솔선해서 재산세 업무에 대하여 기고한 내용이다. 재산세에 대한 설명

주민자치 잘 될 거야

과 납부방법이 기고되어 있다. 자동차세의 경우 자동차 소유 기간에 따라 일할 계산 되어 과세되나, 재산세는 매년 6월 1일 소유자에게 당해 연도분 재산세 납세의무가 있다. 따라서 나대지에 건물을 10층짜리 지었다고 할 경우 6월 2일 사용검사를 건축부서에서받으면 당해 건축물에 대한 재산세를 납부하지 않는다. 그 외에도 납부방법으로 여러 가지가 있는데 전화 한 통화로 편리하게 납부하는 ARS 납부방법, CD/ATM기 납부, 공인인증서에 의한 위택스 납부방법이 있는데 납세자가 납기 내에 편리하게 납부하면 된다고 소개하고 있다.

충청매일 2014년 08월 18일 (월) 15면 오피니언

발언대

지방세 납부, 나는 어떻게?

박진호
청주 서원구청 세무과 도세팀장

"재산세의 정확하고 오차도 없는 부과를 위해 최선을 다하는 것이 우리의 사명이다."

4) 용바위골의 전설

2017년 용암1동장으로 근무할 당시 정월 대보름에 용암동의 전해 내려오는 용천제를 소개하고 있다. 용천제는 용암동 보살사 아래에서 한 해 동안 동네에서 건강하고 서로 화합하고 운수대통하라는 뜻에서 용천제를 지내고 있다. 떡시루에 제단을 만들고 풍년농사를 기원하는 취지에서 시작했으나 마을 주민 등이 연로하여 제를 올리는 것에 어려움을 겪자 지금은 주민자치위원회에서 주관을 하여 제를 올리고 있다.

용바위골의 전설은 아주 오래전에 영웅이 되려는 사나이가 있었는데 어느 날 도인이 나타나 남쪽 땅 동쪽 끝에 청백수실을 찾아가 7년간 수행하면 장수가 되어 날개를 얻고 천하를 제패할 수 있다고 알려준다. 5년 동안 헤맨 끝에 현재의 용박골을 찾아내 하늘에 제를 올리고 웅덩이에 들어가려는데 이미 용 한 마리가 똬리를 틀고 있는 것이 아닌가! 낙담하던 차에 도인이 나타나 웅덩이를 뺏긴 것은 분통하지만 용이 승천하지 못하도록 문밖에 기다리고 있다가 용을 죽인다면 그 정기를 빼앗을 수 있다고 알려준다. 이 말을 들은 무사는 동굴 밖에서 용이 나오기를 기다리던 100일째 되던 날 새벽 갑자기 마른하늘에 천둥번개가 치고 짙은 안개가 자욱이 끼고 무서운 폭우가 쏟아져 무사는 잠시 정신을 잃은 그때 아홉 색깔 무지개가 피어나고 용이 승천하고 있었다. 무사는 스스로 무력함을 한탄하며 동굴에 뛰어 들어가 바위를 치며 애석함을 달랬다는 전설로 용의 입장에서 보면 소원성취한 것이고 장

주민자치 잘 될 거야

수 입장에서 보면 뜻을 이루지 못한 것이 된다.

용암동의 발원지이며 용이 승천했다고 전설이 전해지는 이곳은 보살사 가기 전 1㎞ 전에 위치하며 용이 승천했다는 평평한 큰 돌과 물이 흐르는 웅덩이가 있으며 비문이 새겨져 있다. 주위에는 청주에서 맛있는 포도로 유명한 용암동의 포도를 많이 재배하고 있으며 낙가동 소류지에 관정개발로 연꽃도 피고 분수가 내뿜는 수변공원으로 조성하고 낙가천으로 흐르게 하고 김수녕 양궁장과 천년고찰 보살사를 연계한 관광코스로 개발한다면 용암동 개발 중인 아파트 세대에서 아이들의 손을 잡고 많은 사랑을 받을 것으로 확신한다.

5) 소중한 나를 존중하자

지난 2018년 여름 날씨가 41도까지 올라가는 무더운 8월이다. 언론에서는 홍천의 날씨가 111년 만에 기상 관측 이래 최고의 폭염이니 하며 연일 보도한다. 그러나 제아무리 덥다 하더라도 더위는 백기를 들고 오래 못 버티고 머지않아 가을이 오며 추운 겨울이 찾아 올 것이라는 긍정적인 마음으로 일상을 임하자.

2016년 사무관 승진 후 서원구 세무과장, 상당구 용암1동장, 홍덕구 봉명2송정동장, 그리고 현재의 청원구 세무과장 등 청주시의 네 개 구청을 다 거치게 되었으며, 경험한 일들을 토대로 정년이 얼마 안 남은 시점에 후배 공무원들에게 기고한 내용이다.

먼저 "내가 나에게 선물을 하자."글에는 그랜저 승용차를 선물했다고 했지만은 본인이 조그만 성과를 이루었을 때 "그래 잘했어, 팔다리가 고생했지, 그래 잘했어." 하고 본인이 마음속으로 자존 감을 높이 세우고 우월한 마음을 갖자는 말이다. 경제력이 허락 하는 범위 내에서 예를 들어 "새 신발을 하나 살까?" 하며 자존심 을 높이 세우라고 말하고 싶다. 높이 세우던 누가 뭐라 하는 사람 도 없지 않은가.

둘째로 '부족한 부분은 끊임없이 채우고 살아가라.', 사람은 누 구나 장점이 있고 단점이 있다. 단점을 평소에 꾸준하게 노력하여 보완하여 장점으로 만들라고 권하고 싶다. 예를 들어 대중 공포 증이 있는 경우 앞에서 많이 떨리고 캄캄하지만, 열심히 훈련하여 장점을 만들자는 말이다.

셋째로 '행정기관의 조직도 사진을 잘 나온 것으로 바꾸자.', 내 부 조직도 사진은 본인이 올리지만 행정기관의 타 공무원을 잘 모 를 경우 클릭하여 어떤 사람일까를 생각하며 조직도상의 얼굴을 본다. 요즘 사람들은 개성이 강하여 조직도 사진을 등산 가서 촬 영한 사진, 풍경은 크게 사람은 작게 하는 직원이 많이 있다. 조직 도의 사진은 내가 보는 곳이 아니라 남들인 제3자가 나를 평가하 는 것이다. 그러므로 조직도 사진은 잘 찍어 포토샵(?)도 하고 나 의 얼굴을 자신감 있게 나타내자. 이 세상의 소중한 사람은 바로 나니까.

소중한 나를 존중하자

프리즘

박진호
청주시청흥구
세무과장

지난해에는 폭우로 피해를 주더니 올해는 강원 홍천이 41.0도를 기록하며 춘천 기록을 경신하는 등 근대적 기상관측 이래 111년 만에 폭염이 기승을 부리고 있다.

이로 인해 노약자나 농촌, 야외 작업장에서 일하는 사람들중 온열환자수가 증가하고 전기사용량이 증가함에 따라 정전 등 시민의 불편이 가중되고 있다.

제 아무리 더위가 기승을 부려도 오래 못 버티고 곧 백기를 들 것이다. 머지않아 가을이 오고 추운 겨울이 올 거니까 하고 긍정적인 생각을 하자, 평소에 잘 웃지않는 긍정적인 마음을 가지면 자신의 얼굴도 행복하게 바꿀 수 있다.

사무관 승진 후 청주시 서원구 세무과, 상당구 용암1동, 흥덕구 봉명2송정동을 거쳐 지난 7월초 청원구청 세무과장으로 자리를 옮겼다.

4개 구청을 다 근무한 셈이다. 정년이 얼마 남지 않은 이즈음 동료 후배 공무원들에게 "나를 존중하자"라고 말하고 싶다.

"나에게 선물을 하자"

나는 4년 전 18회 민원봉사대상 수상과 충북대대학원을 마친 기념으로 나에게 무엇을 선물할까 고민하다가 "그래 발이 많이 힘들었어"하고 그랬어 승용차를 선물했다. 선물 받은 나는 오늘도 소중하게 그차를 타고 다닌다.

혹자는 "내가 나에게 선물을 해?"하고 어쩌면 내가 나에게 선물하는 것을 이상하게 생각할 수 있다.

그러나 나 자신을 존중하고 사랑한다면 본인한테 투자를 해야 한다. 앞으로 100세 시대, 건강이 염려스런 사람은 건강하게 살 수 있도록 헬스장에 가서 운동을 하여 뱃살도 줄이고, 취미생활도 열심히 하면 부족한

부분을 끊임없이 채우며 살아야 하므로 본인한테 최우선으로 투자하라고 권유하고 싶다.

내가 먼저 나를 존중해야지 남도 나를 존중한다고 생각한다. 존중이란 국어사전에 '높이어 귀중하게 대함으로 적혀 있다.

먼저 손쉽게 나 자신에게 존중하는 일을 하자.

일부에 해당되는 일이지만 청주

시 공무원은 조직도에 있는 자신의 얼굴 사진을 먼저 바꿔보자. 어느 부서에 누가 있는지 알아보기 위해 조직도를 검색해 보면 직책과 전화번호, 사진 등이 나온다.

조직도의 사진은 나만 보라는 것이 아니다.

한 직장에 근무한다고 해도 조직이 방대하다보니 얼굴을 다 알 수 없어 상대방들이 보라고 올려져 있는 것이다. 얼굴이 조그만 사진, 동산 가서 찍은, 배경만 크게 나온 사진 등 여러 사진을 볼 수 있다. 그렇다면 나를 사랑하는 좋은 사진은 어떤 것일까?

전문적으로 증명사진을 찍는 사진관에서 정장 처럼에 환하게 웃는 사진을 조직도에 게첨하라고 권하고 싶다. 이왕이면 포토샵도 긍정적이고 희망적인 사진을 올리자, 나는 이세상의 조연이 아닌 주연이므로…

이 세상의 주인공은 바로 소중한 나니까.

5.9 × 13.6 cm

나는 기고문에 대한 글을 이렇게 쓴다. 먼저 무슨 내용을 쓸 것인가를 고민하여 4일 정도 걸려야 작성이 된다.

① 주제를 정한다. 정확한 주제가 아니라도 어떤 내용을 쓰려는지 방향을 잡아야 한다.

② 주제가 정해지면 해당되는 단어를 모은다. 그리고 생각한다.

③ 틀을 만든다. 처음에 시작되는 도입 부분, 중간 내용, 마지막 향후 계획, 다짐, 바람들을 대충 작성한다.

④ 다음날부터 그 분야에 대해 고민하고 생각한다. 그러면서 내용을 추가한다.

⑤ 4일 정도 되면 어느 정도 안이 작성되는데 전체적인 흐름, 내

용충실성, 읽을 가치를 판단하고 향후 계획이 바람이 잘 되어 있는지를 작성하여 신문사에 투고한다.

주민자치 잘 될 거야

제6부

주민자치회
발전 과제

1. 바람직한 주민자치 발전 방향

1) 주민자치회 전용 사무실 공간 필요

주민자치회 모임이나 구심점이 될 사무실은 적어도 20여 평의 공간이 확보되어야 한다. 왜냐하면 읍·면·동장 사무실 크기만은 못하더라도 자치회장과 간사가 같은 공간에 머무르면서 주민자치 회의 서류도 만들고 추후 예산 집행을 할 수 있도록 pc 설치 등 최소한의 공간이 필요하다. 주민자치위원은 다양한 직업을 갖고 있지만 전용 사무실이 없기 때문에 회의 종료 후 위원 간, 주민 간, 프로그램 이용자 등 차 한잔하면서 지역의 당면사항을 논의할 소통 공간이 없다. 또한 사무실에는 1년간 월별로 주민자치위원회가 해야 할 일을 게시하여 방문자들에게 주민자치회가 무엇을 하는 곳이며 건의사항도 귀를 기울여 청취하고 주민자치회원들의 자긍심을 높여주자.

현재 대부분의 읍·면·동 행정복지센터 사무실이 협소하다. 부녀회 주방기구와 창고로 시작해서 예비군 동대, 제설도구 등을 넣어둘 새마을 창고, 서류를 놓을 서고 등 크면 큰 대로 작으면 작은 대로 체념하면서 직능단체끼리 서로 공유하고 때로는 부딪히며 공간을 활용하고 있다. 따라서 전용 사무실 공간은 행정복지센터에 설치하는 것이 원칙이나 어려우면 인근 지역에 설치하는 것도 고려해 보아야 할 것이다. 한꺼번에 일괄적으로 전용 장소를 마련하려면 많은 예산이 일시에 투입되므로 모범적으로 운영되는 자

주민자치 잘 될 거야

치회를 객관적 잣대로 평가하여 계량화를 통해 높은 점수를 얻은 주민자치회 30% 정도를 선별하여 전용 사무실을 마련하는 것이다. 예를 들어 객관적 잣대란, 다음과 같다.

① 개별 분과회의 후 자발적인 월례회의 개최 유무
② 행정기관에 의지하지 않고 스스로 자치역량과 자생력을 갖추고 있는가?
③ 자치위원 간 단결이 잘 되어 위원장과 위원이 서로 협조하는가?
④ 자치회장의 리더십, 1년간 주민자치회 추진내용은?
⑤ 임시회나 월례회 시 회의 참석률이 좋은가?

특화 사업으로 소식지인 지역의 신문을 발행한다든지 자체적으로 주민자치위원회에서 특산품 판매사업 실시 등을 통해 독립할 의지가 있는 읍·면·동에 대해 우선적으로 지원이 필요하다고 본다.

이렇게 잘 운영되고 있는 지역 중에서 사무실 공간 마련을 선별하여 간절히 원하는 지역에 예산을 투입함으로써 읍·면·동간에 '우리도 잘해야만 예산을 지원받을 수 있다!'라는 의식이 확산되어야 조기 정착이 되리라 본다.

2) 역량 있는 유급간사: 자원봉사자/유급 사무원

건축물이 있으면 운영해 나갈 사람인 인적자원이 있어야 한다.

무급으로 온종일 근무하는 사람이 있으면 좋으련만 그런 사람이 어디 있겠는가. 그러나 생각을 바꾸어 조금만 찾아보면 우리 주위에서 자원봉사자를 생각보다 쉽게 구할 수 있다고 본다. 요즈음 베이비부머 세대 은퇴로 60대 신중년이 많은 편이다. 이들은 얼마 전까지 회사나 공직 등 전문적인 분야에서 잘 나가던 사람들로서 제2의 인생 2막에 봉사활동 분야로 끌어들여 긍지와 보람을 느낄 수 있도록 하자.

예를 들어 주민자치위원회 간사가 근무 시 일부는 유급으로, 일부는 봉사활동으로 지급하는 것으로 1일에 1시간당 8,350원(2019년 최저임금)으로 8시간 근무 시 6만 6,800원이 된다. 그러나 그중 4시간은 유급으로 3만 3,400원을 지급하고, 나머지 4시간은 봉사활동 시간으로 1365 자원봉사센터에 인정해 주는 것이다. 공직생활 정년까지 하면 보통 30년 이상 근무하는데 이들에게는 세 가지 공통점이 있다.

첫째는 앞만 쳐다보고 상사의 호된 꾸지람도 몸으로 받아들이고 가정을 위해 헌신적으로 직장에서 인생을 보낸 세대이며, 둘째로 퇴직 후 집에서 놀아도 연금을 매달 수령하나 놀아본 적이 없기 때문에 놀 줄을 모르는 세대로 무언가 퇴직 후에도 작은 소일거리라도 하려고 한다. 퇴직 후 6개월 정도는 편히 쉬니까 몸이 안정이 되고 친구한테 전화하여 가까운 산에서 등산도 하곤 하지만 이런 취미생활도 1년 정도 지나면 시들해지고 70만 원 미만의 적은 봉급이라도 본인이 했던 문서 작성, 회비 수납, 리더십 등과 관련된 일을 하여야만 원만한 업무 수행을 할 수 있을 것이다. 게다

주민자치 잘 될 거야

가 남는 시간 4시간은 봉사활동도 하여 본인에게 뿌듯함도 느끼며 자아 만족도 하고 반면에 더운 데서 땀을 흘리며 노동일하는 것처럼 힘든 일도 아니고 주민들과 만나 소통하면서 차도 마시고 세상 돌아가는 이야기도 하면 시간도 잘 가고 소일거리도 되어 퇴직자에게 메리트가 있다. 셋째는 많은 베이비붐 세대가 퇴직을 한다. 한국전쟁 이후 55년생부터 63년 사이에 태어난 세대 900만여 명이 한꺼번에 파도처럼 밀려 나오므로 이들을 잘 활용하면 능력 있는 인재가 자치회로 녹아들지 않을까 희망해 본다.

1일 33,400원*5일*4주= 668,000원이고 주에 토, 일은 휴일이므로 1일 4시간 근무하는 형태로 월 668,000원을 지급하면 된다.

3) 프로그램 수강료 유료화

프로그램 수강료는 최소한의 금액으로, 프로그램 수강자는 수익자 부담 원칙에 따라 3달(분기) 2만 원씩 프로그램 회원에게 부담을 하도록 하는 방법(군산시 수송동 참조)이다. 청주시처럼 무료로 한다면 1만 원을 받고 2년 후 점차적 상향 조정하는 것도 생각해 볼 수 있다. 일부라도 납부해야만 출석률도 좋다. 수강료 징수는 유급간사가 사무실에 상주하므로 간사가 월별로 수강료 징수를 하는 방법으로 수강생이 200명일 경우 분기에 400만 원(65세 이상 무료, 폐강 시 환불 등)이 징수가 가능하다고 판단되는데 이 중 일부는 유급간사 급여로, 나머지는 강사 수강료로 지급한다.

유료 수강료를 강사료 지원에 사용하여 자립 기반을 마련하는 계기를 마련하자. 주민자치란 독립적인 공간에 행정기관의 도움 없이 우리 마을에 필요한 일이 무엇인지 고민하여 회의 서류도 만들어 의견을 일치시켜 행복한 지역을 만드는 것이 목표이다.

지난해, 관치에 의존하지 않고 모범적으로 주민자치위원회를 운영하고 있는 인구 2만 5천여 명의 경기도 남양주시 진건읍을 벤치마킹하였다. 사무실 2층에는 주민자치위원장 전용 사무실이 있고 읍장이 아니고 센터장으로 불리며 5급 과장도 3명이나 되는 행정조직이다. 연접된 호평동도 70여 개의 프로그램을 직접 운영하면서 유명 강사를 초청하여 강의를 듣고 주민의 삶의 질 향상을 꾀하고 있는 주민자치 모범지역이다.

현지 방문 시 행정기관 사무실처럼 문서 발송대장과 유급직원이 상주하고 있었고 프로그램 이용자는 수익자 부담 원칙에 따라 주민자치위원회에서 수강생에게 월 6만 원 정도의 수강료를 징수하여 절반은 운영비로 사용하고 나머지는 유급간사에게 지급한다. 읍·면 지역은 인원이 적어 수입은 적지만 프로그램 중 헬스 이용자에게는 강사가 필요 없어 헬스 이용자 수강료는 강사료 지급 없이 100% 수익이 되므로 효자 프로그램이라고 귀띔을 해 준다.

이들 지역은 주민자치위원회 사무실 공간도 있어 주민자치위원들의 만남의 장도 마련하고 간사가 주민자치회의 월례회의 서류도 만들어 행정기관에 의지하지 않고 자립하여 주민자치의 앞서가는 모범적 사례로써 초기에는 주위 사설학원 등에서 반발이 있었으나 현재는 정착이 되어 문제없이 잘 운영되고 있다.

다음으로 잘 운영되고 있는 위원회는 군산시 수송동에서 찾아

주민자치 잘 될 거야

볼 수 있다. 수송동은 2019년 2분기에 32개 강좌를 모집 중인데 4월 1일부터 6월까지(3개월) 운영하는 프로그램은 3월 15일부터 3월 21일(1주일)까지 접수 기간이며 관내 동 주민은 신분증을 지참하여 신청을 하고 미달인 강좌에 한하여 3월 19일부터 타동 접수가 가능하다. 단, 65세 이상은 무료이다. 무료 수강생이 접수 후 출석을 안 할 경우에 페널티를 주는데 출석률 70% 미만 시 1분기(3개월) 수강을 제한한다. 그 이유는 무료인 사람이 신청해 놓고 안 나오면 다른 신청자가 수강을 하고 싶어도 못하는 경우가 있기 때문이다. 접수방법은 현장과 인터넷 접수를 병행(인터넷 25%, 현장 접수 75%)하고 있으며 인터넷 접수는 행정복지센터 홈페이지로 접수하면 된다. 수송동 주요 프로그램과 모집인원, 수강료를 보면 아래와 같다.

프로그램명	모집인원	수강료	프로그램명	모집인원	수강료
에어로빅	40명	6만 원	영어	20명	3만 3천 원
벨리댄스	40명	3만 3천 원	중국어	20명	〃
라인댄스	40명	〃	노래 교실	35명	〃
댄스스포츠	35명	〃	풍물	25명	〃
요가	40명	〃	통키타	20명	〃
서예	40명	〃	오카리나	20명	〃

이외에도 파스텔 & 캘리그래피, 우쿨렐레, 기초 데생, 탁구교실(20명)이 있다.

수송동 강사의 경우, 군산시에서 최고의 강사로서 우리 수송동에서 강사를 한다면 잘하는 강사로 정평이 나 있어 명예스럽게 생각하며 있으며 위원과 위원장의 열심히 하려는 마인드가 느껴진다.

4) 프로그램 수강자 봉사활동

옛날 70년대만 하더라도 힘들고 보릿고개 등 못살던 시대였지만 이제는 물질적으로 부족한 것없이 쏨쏨이는 커져 풍요로워지고 많이 배워서 지식도 늘어났으며 수명도 대폭 늘어난 현대 사회에서 프로그램에 나올 정도면 정신적으로도 여유가 있고 행복한 주민들이라고 할 수 있다.

프로그램 나온 수강생들이 배운 것을 어려운 이웃을 위해 봉사하는 장을 마련하자. 용암1동에 근무 시 주민자치회에서 주위에서 밀가루 등 재료를 협찬받아 사랑의 빵을 만들어 경로당 어르신들에게 순회·전달하여 간식으로 드시게 하였고. 봉명2송정동의 드럼 음악 교실 수강생들은 옥산면에 있는 장애인 시설에 봉황가요제 때 입상한 가수와 방문하여 위문공연을 실시하였다. 앰프, 스피커, 드럼 등을 싣고 시설로 가서 신나고 현장감 있는 반주와 노래를 선물하여 시설에 기거하는 사람들과 함께 손뼉 치고 함께 즐기는 유익한 시간을 보냈으며, 여러 번 입상 경험이 있는 수준급 봉명2송정동 민화반의 경우 열심히 수강하면서 공부한 결실인 민화 그림 다섯 점을 중증 장애인 시설에 기증하여 1층 복도에 "작품을 홀리다"라는 제목으로 전시하여 보는 사람이 마음이 풍성하고 여유롭도록 즐거움을 주고 있다.

이·미용 프로그램은 이·미용봉사를 실시하고 벨리댄스 등 봉사

주민자치 잘 될 거야

에 적합하지 않은 프로그램은 청소라도 실시하여 더불어 사는, 정이 넘치는 사회를 만들어 보자.

5) 미래를 보는 역량 있는 지도자

수도권, 충청권, 호남권, 영남권의 주민자치회, 주민자치위원회를 두 발로 다녀 보았다. 주민자치가 잘 되는 곳 중심에는 역시 리더가 있다. 면 지역은 일부 지역에서 이장협의회가 우위를 점하여 갈등도 있었고, 일부 역량이 있는 지도자가 있는 곳에는 주민자치회장이 이장 협의회장도 역임하고, 또 다른 지역에서는 지역에서 면장을 역임한 분들이 주민자치회장을 역임하고 있어 직능단체 간 갈등이 해소되고 행정기관 읍·면·동장과도 네트워크가 원만하게 형성되어 서로 칭찬하며 격려와 배려를 주는 것을 볼 수 있었다.

주민자치 열정이 있는 리더는 적극적인 자세로 자신에 차 있으며, 서로 칭찬하여 화목한 분위기와 네트워크를 만들고, 동네를 잘 설계하여 살고 싶은 마을을 만들어야 한다. 그 지역마다 처해 있는 상황이 다르기 때문에 표준 설계도가 없고 레시피도 없다. 고정관념을 바꾸고 변화를 일으켜 고유 자원을 개발·발전시켜 '사고 싶고', '가고 싶고', '살고 싶은' 마음이 들도록 내 지역을 브랜드화하려는 작은 변화가 보인다. 골목길 화단에 물을 주려고 하니 수도료가 많이 나오자 빗물 통을 만들어 해결하고, 추진 위원회를 구성하여 역사와 유래가 있는 면회지(面會紙)를 만들고 있다.

아름다운 현재의 자연을 보존하였다가 후세에 깨끗한 환경을 물려주려고 EM 흙공을 만들어 오염되지 않도록 초등학생들과 같이 투척하여 깨끗한 환경을 만들고 있다. 리더는 혼자만이 아닌 위원들과 함께할 일을 공유하고 있었으며 열정이 가득 차 있다.

재원이 부족하면 공모사업을 신청하자. 공모사업은 홈페이지 등에 공개 모집해서 선정되면 예산을 받아 오는 사업이다. 시·도의 행복한 마을 만들기, 행정안전부의 지역공동체 활성화 사업, 문화체육관광부의 생활문화 공동체 만들기, 문화재단(시·군·구) 각종 문화사업 등이다. 매년 성립된 예산은 타당성 있는 사업에 소진되어야 한다. 신청서에 사업 목적, 추진 내용, 기대 효과 등을 고민하여 일목요연하게 작성 제출하면 선정되는 것이다.

잘 안되는 지역은 남들이 하니까 어쩔 수 없이 능동적이 아닌 수동적으로 보였고, 완장(회장, 위원장)에만 관심이 있고 바쁘다는 핑계, 별로 할 게 없다는 핑계로 직능단체 간, 주민자치위원 간 발목이나 잡고 밑에서 흔드는 사람, 나는 누구 편, 저 사람은 내 편 등 편 가르기 하는 사람(리더를 투표로 선정할 경우, 기존파, 영입파들이 서로 충돌), 내가 하는 식당에 오도록 하여 이익을 취하려고 들어온 사람들이 있어 갈등이 많다.

또 한 가지는 지역 내 제도권 밖에서 어려운 사람을 일시적으로 지원해주어 복지 사각지대 해소 목적으로 설립된 지역사회보장협의체와 주민자치회에서 안부 확인, 반찬 배달 등 지역복지 향상을 위한 주민자치회 업무가 겹쳐 있어 갈등도 있다. 예를 들어 CMS(회원의 동의하에 자동이체) 사업을 지역사회보장 협의체로 옮겨 주민자치회 장학사업이 위축되어 업무추진력이 약화된 사례다.

앞서가는 우리나라 주민자치 제도가 있다. 역량 있는 지도자를 선별한다는 내용이다.

○ 세종시 읍 면 동장 시민이 직접 뽑는다 - 충청투데이 2018.7.20.

- 시민추천제 - 조치원 읍 시범 도입
- 내년부터 동지역까지 확대 추진
- 주민자치실현 재정권한도 부여

세종시가 민선 3기 시민주권 특별자치시 일환으로 읍·면·동장 시민추천제(공모제)를 도입 운영한다.

읍·면·동장 시민추천제는 개방형 공모로 공무원 또는 민간경력자를 읍·면·동장에 임명하는 제도다 시는 올해 조치원읍에 시범 도입한 후 향후 검토를 거쳐 내년부터 동지역까지 단계적으로 확대하겠다는 방안이다.

향후 운영성과에 따라 개방형 지위를 공모제 도입도 검토할 계획이다.

시범지역 첫 타깃으로 설정된 조치원 읍장 시민추천제는 1읍 4개 면을 관할하는 동 범위가 넓고 인구가 많은 점을 감안하여 주민심의 위원회가 면접을 시행하는 방안이다.

주민심의 위원회는 조치원읍과 면 지역 인구비율에 따라 심의위원을 추천받아 시의원, 이장, 주민자치위원 등 주민대표 20명으로 구성된다. 시는 4급 공무원을 대상으로 공모희망자를 접수해 오는 24일 주민심위위원회의 면접을 거쳐 고득점자 1명을 추천할 계획이다.

이춘희 시장은 "조치원읍에 시범도입 해 하반기 인사 때 읍장을 임용하기로 하고 현재 절차를 진행하고 있다. 앞으로 읍,면 동장 시민추천제 실시범위를 확대하는 등 세종을 대한민국 자치분권 모델도시로 만들어 가겠다."라며 읍·면 동장이 시민추천제를 계기로 주민과 함께 혁신과 비전을 창조하는 주민자치의 중심으로 거듭나게 될 것"이라고 말했다.

그러면서 재량사업비 확대 등 읍·면·동장의 책임과 권한을 확대하는 안도 제시했다.

---

6) 주민자치 성과 연말 자체평가 필요

주민자치가 시작된 지 20년이 되는 동안 '잘 되겠지?' 하고 너무 방치를 해 버린 측면은 없을까? 이상은 높은데 현실은 매우 열악하다.

동네를 잘 아는 주민들이 우리 지역의 장점이 무엇인지, 단점이 무엇인지, 기회요인이 무엇이고 위협요인이 무엇인지를 자체적으로 평가하고 그에 따르는 단기 계획, 중장기 계획을 세워서 추진해야 한다. 그러나 자격요건, 주민자치 업무를 내실을 기해서 고민하여 추진하여야 하는데 대부분 전년도와 업무 내용이 비슷하다. 작년 이때 무엇을 했는지 이번 달에는 작년에 꽃길 조성을 했으니까 올해도 "꽃길 조성해야 해" 하고 따라서 하면 쉽게 할 수도 있겠지만 다른 무언가를 찾으려고 고민해야 한다. 매년 신년에는 신년 인사회. 2월에는 프로그램 개강식, 4월에는 꽃길 조성, 5월에는 덥기 전에 야유회 개최, 10월에는 축제 등 매년 이러한 레시피로 한 해가 지나간다.

행사가 끝난 뒤에는 피드백을 실시하여 이번 행사에 잘 된 점은 무엇인지, 부족하고 아쉬운 점은 어떤 것이 있으며 다음에는 더 발전시킬 요인을 찾아서 기록해야 한다. 지방자치 단체별로 주민자치회를 평가를 하여 우수하게 잘하는 주민자치위원회는 발표를 하게 하고 표창도 주고 서로 발전하도록 선의의 경쟁을 유도하자. 매년 11월 말에 주민자치의 날로 정해서 우수하게 잘하는 주민자치회는 표창과 시상금을 주고 서로 선의의 경쟁을 유도하면 어떨까?

올해는 어디가 특색 있게 업무를 했는지 주민 스스로 생각하고 참여하여 성공시킨 성공사례 발표도 하면 타 읍·면·동 주민자치에서는 미처 생각하지도 못한 것을 배우기도 하면서 "우리도 내년에 잘해 보아야지!"하는 선순환적 마음이 싹트게 되어 주민자치 활동이 발전도 되고 역동적으로 움직일 수 있을 것이다. 주민자치위원 간 직능단체 간 내부 갈등이 있고 서로 반목하게 되는 지역은 매년 참여로만 만족하게 될 것이다.

7) 주민자치위원 대상 교육 필요

현재 주민자치위원은 읍·면·동별로 25명 내외이다. 2년(2018.1.1. ~ 2019.12.31임기 종료)에 한번씩 자치위원을 뽑고 위촉장을 주며 전년도와 비슷하게 매월 월례회의를 한다. 그러나 임기가 종료될 때까지 주민자치위원이 무엇을 하는 사람인지 한번도 집합 교육을 받아본 적이 없다.

군산시 수송동 주민자치위원장에 의하면 주민자치위원이 어떤 일을 하는 사람인지 무엇하는 사람이고 어떤 마인드를 가져야 되고 어떻게 운영하여야 잘 하는지를 교육을 한번 도 받은 적이 없다고 말하면서 앞으로 주민자치 교육을 하여 지역 인재의 중요성과 서로에게 연결해주는 네트워크의 중요성도 알려주고 선진 우수 자치회도 소개하고 임무가 무엇인지를 알 수 있도록 교육이 꼭 필요하다고 강조한다.

교육의 내용도 추상적이 아닌 구체적 사실적으로 다양한 사례를 중심으로 교육을 하면 교육생들은 우리 지역과 유사한 사례 등을 잘 접목시켜 어떻게 발전시키고 주민들을 움직여 동참 시킬 것인가를 고민하게 되고 앞서가는 위원들은 미래의 설계도를 제작하는 등 교육 효과가 배가될 것이다.

지역을 발전시키려면 한가지 문제가 아니라 여러가지가 복잡하고 포괄적으로 얽혀 있다. 먼저 주민들이 주인으로서 참여하고 있다는 사실을 느끼도록 해야 하고 각자가 그들에게 최선을 다할 기회를 주어야 한다. 주민들이 서로 공감하는 동지가 되고 공유하는 참여자로 동참을 이끌어 내야 한다. 주민들에게 꿈과 이상을 말하게 하고 그것이 달성되었을 때 누리는 행복을 그리도록 해야 한다. 비전을 갖게 하고 성공사례도 보여주고 자신도 할 수 있다는 희망을 갖도록 해야 한다. 그러기 위해서는 교육을 통한 동기부여가 필요하다.

8) 주민자치 사업을 공모로 선정

주민자치는 필요로 하는 곳에 예산 지원을 해주어야 한다. 국가 행정기관에서는 시·도별로 시·도는 하부 조직인 시·군별로 균등 배분을 염두에 둔다. 그래야 예산 편성 후에 '어느 시·도가 더 많네' 적네?' 하고 뒷말이 없다. 그러나 주민자치 예산은 그렇지 않다고 보는데 기본적으로 기초시설은 시의 해당 부서에서 사전 조사를 하여 노후 보도블록 교체, 가로등 신설 등 부서별로 시의 예산으로 사업을 하고 집행을 한다. 공모사업은 공개모집에서 타당성이

주민자치 잘 될 거야

있고 우수한 사업이면 선정되는 것이다. 사업목적, 전과 후 추진 내용과 효과가 부각되어야 한다. 일정 서식에 의하여 작성되는데 함축적이며 일목요연하게 작성되어야 한다. 그러나 주민자치 업무는 규모가 시에서 하는 것보다는 적은 예산으로 할 수 있는 사업, 자체적으로 미래를 보는 지도자가 큰 프로젝트를 가지고 하는 사업 등 두 종류가 있다.

이제는 개인균등할 주민세의 일정 부분을 사업 예산으로 지원하게 되는 규정도 정비되고 주민자치 재원에 변화의 바람이 감지된다. 개인균등분 주민세는 관할 구역 내의 주민들에게 세대별로 균등하게 과세되는 것으로 주민들에게 필요한 재원으로 환원하자는 취지로 지방세법 제74조의 제1항을 근거로 개인균등할 주민세는 세대별로 1년에 1번(8월) 납부하게 된다.

청주시는 통합 후 2015년 7월 17일 조례 일부 개정으로 5,000원에서 1만 원으로 인상되었다. 당시에 행안부에서는 개인 균등분 주민세를 인상하지 않으면 보통교부세 페널티를 준다고 해서 다수의 지자체에서 1만 원으로 인상하였다. 따라서 세무과 직원이 읍·면·동 지역을 순회하면서 인상의 불가피성을 대대적으로 홍보하였다. 2019년 현재 개인균등할 주민세가 서울시가 4,800원이며 기초생활수급자를 제외하고는 세대주면 모두가 납부대상이다.

주민세는 소득의 유무나 재산의 과다에 관계없이 마치 계모임의 회비적 성격으로 납부하는 것이므로 같은 금액으로 매년 8월에 1세대 당 1만 원씩 균등하게 부과된다.

아래는 2018년도 청주시 개인균등할 주민세를 구청별로 과세하여 29억 원을 징수한 자료이다.

청주시 개인균등분 주민세 현황(2018. 12. 31. 결산)			
			(단위: 천 원)
구분	조정액	징수액	비고
합계	3,336,105	2,918,157	
상당구	660,544	590,960	
서원구	830,468	733,793	
흥덕구	1,038,086	882,743	
청원구	807,007	710,661	

　다음은 '당진형 주민자치'라고 신문에 보도된 내용을 소개한다. 주민의 설득 과정, 예산 사용, 추진 우수사례를 담고 있다.

○ **당진형 주민자치 주민스스로 함에 있다**

　주민이 직접 마을계획 수립… 주민총회 통해 시행 결정
　2016년 주민세 인상… 해마다 증액 활용에 대한 토론 열어
　주민 주도의 실질적 주민자치를 표방한 당진형 주민자치가 최근 들어 주민자치 관련 행사에서 잇달아 우수사례로 소개되면서 모범형 주민자치의 전형을 보이며주목을 받고 있다.
　축사에서 나오는 분뇨로 인해 악취가 잠잠할 날이 없던 당진시 신평면 지산리, 그곳은 9개 단지에 7,000여 명이 사는 도심과 인근 양돈 양계농가가 악취 때문에 10년 넘게 갈등과 반목을 하고 있다. 이를 해결하기 위하여 먼저 손을 내민 것이 신평면 주민자치위원회였다. 축산농가와 아파트 주민 사이를 오가며 대화의 물꼬를 튼 주민자치위는 4번씩이나 만나면서 서로의 입장을 조금씩 이해하기 시작했고 드디어 지난해 5월 아파트 주민과 축산농가, 주민자치위원회가 상생하기로 굳게 약속하며 갈등이 봉합됐다

주민자치 잘 될 거야

갈등 해결 외에 주민 스스로 행정의 사각을 메우기도 한다.

당진3동 문화가 흐르는 사랑방 토론회가 그렇다. 주민자치위원회가 마을회관을 돌며 허심탄회하게 터놓고 이야기 장을 마련하는 것, 주민의 생생한 목소리를 듣고 행정에 전달하고 주민자치 프로그램 공연을 통해 보여주고 주민들에게 공동체의 중요성을 주제로 강의해 주민화합을 다지기도 하였다.

당진형 주민자치 활성화로 각 읍 면 동 주민자치위원회가 추진해온 주민주도형 자치사업의 성과에 대해 발표했다.

발표에 따르면 시는

첫째, 2016년 주민세를 기존 3,000원에서 1만 원으로 인상하고

둘째, 주민자치 관련예산에 해마다 증액 주민자치위원회를 중심으로 주민들이 직접 실행하는 읍·면·동 특화사업과 공동주택 어울림 사업 등을 추진했으며

셋째, 주민세를 활용사례 이외에도 올해부터 본격적으로 추진할 마을계획과 주민총회를 소개 마을단위 풀뿌리 주민자치사례로 관심을 받았다.

또 주민주도형 마을계획으로 읍 면 동 단위 이하에서 주민들이 직접 마을계획을 수립하고 주민총회를 통하여 시행여부를 결정하는 광장 민주주의를 표방하면서 보다 많은 시민들이 주민자치에 참여토록 하고 있다고 소개했다.

앞으로 개인균등분 주민세는 주민자치 예산으로 주민에게 되돌려 주려고 하는 추세로써 균등하게 나누어 예산을 골고루 나누는 것보다는 사업 예산을 신청하게 하여 적정한 곳에 교부하도록 하는 공모제가 필요하다. 공모해서 채택이 되면 필요한 예산을 행정복지센터가 아닌 직접 자치회로 보내어 행정기관의 회계서류와 같은 절차를 거쳐 집행하게 된다. 전에 근무하는 봉명2송정동에 '봉황송 온마을 돌봄 공동체' 개소식에 다녀왔는데 민간공모 신청서를 접수하여 청주 교육청에서 현지 실사 후 최종 청주교육청 공모

사업에 선정된 것이다. 사업비가 4천만 원(교육청, 시 각 2천만 원)으로 초등학교 18명 학생을 대상으로 13시 이후 바둑과 컴퓨터 활용 외에 요일별로 생활영어, 시 낭송, 탁구 생활 공예를 배우는데 학생들에게 인기가 높아 경쟁률이 높다.

9) 프로그램 조정 및 정치적 이용 금지

동별로 10개 이상의 주민자치 프로그램을 운영하고 있다. 요가, 노래 교실, 댄스 스포츠 등 다양한 프로그램을 동 행정복지센터 실정에 맞게 선정해서 주민들이 이용하고 있다. 시 낭송, 악기 등 특색 있는 프로그램은 일부에서 운영하기 때문에 인근 동으로 이동하여 수강을 한다. 노래 교실의 경우는 동 행정복지센터 프로그램 외에도 새마을금고, 신협 등에서 더 많은 수강료를 주고 유능한 강사를 영입하고 있는 실정이다. 따라서 같은 동에서 노래 교실 요일이 겹치지 않도록 조정하여 노래를 배우고자 하는 주민이 오늘은 새마을금고, 내일은 신협, 모래는 동 행정복지센터별로 돌아가며 즐겁게 시간을 보낼 수 있게 한다. 가능한 범위에서 자율적으로 사용 빈도수가 높은 노래 교실 등의 위주로 프로그램을 조정하여 다양한 주민이 이용하도록 개선이 필요하다.

요즘 사회 분위기가 한번 완장을 차면 80세가 되도록 종신 근무하려는 경향이 있는 듯하다. 새마을금고 이사장도 4년에 한 번 연임이나 35년째 이사장을 하며 법을 개선하여 종신으로 하려고 한다. 규모가 작은 동에서는 주민자치회에 통장협의회장, 새마을

주민자치 잘 될 거야

지도자 회장 바르게 살기 위원장 등 직능단체장이 회원으로 등록이 되어 있는 경우도 있다. 주민자치회장은 관할 구역 내 지역을 발전하려고 노력해야지 시의원 도의원을 목표로 하는 꿈을 가져서는 안 될 것이다. 행복한 동을 만들기 위해서는 미래를 보는 안목을 가지고 조직과 발전을 위해서 목표를 가지고 있어야 한다.

앞으로 자치회가 되면 위원이 50명으로 인원도 많고 예산도 지원되므로 권한이 막강해진다. 지원되는 예산은 행정기관의 손을 빌리지 않고 자체적으로 회계 처리도 일반 행정기관처럼 회계 프로그램을 이용하여 집행해야 된다. 권한이 막강해지면 일부에서는 지역 내 시의원과의 관계가 모호해질 수도 있다. 조금은 걱정스럽고 조심스럽지만 서로 무시가 아닌 존중해주고 지역 내 고민을 해서 서로 도와주고 칭찬해주고 해야 갈등이 없고 수레가 잘 굴러갈 것으로 본다.

10) 개성 있는 축제로 전환

각 읍·면·동에는 매년 10월에 축제를 하는데 내용이 거의 비슷하다. 농경문화의 영향을 받아 풍년농사가 이루어준 추수감사 차원에서 가을에 많이 행사가 열리고 있다. 행사 내용은 보통 11시에 노래 공연을 시작으로 12시에는 참가한 많은 어르신들에게 식사를 정성껏 대접한다. 점심 후에는 스포츠댄스, 요가 등 주민자치센터 프로그램 발표회를 실시하고 노래자랑으로 축제를 마무리한다.

행사장 주변에는 그늘막을 설치하여 농산물 판매, 아나바다 나눔장터, 가훈 써주기 등 볼거리, 먹을거리, 즐길 거리로 지역의 하루를 즐긴다.

주변에서 열리는 가을 축제를 지역의 차별화된 콘텐츠를 활용하여 개성과 특색 있는 축제가 되도록 생각을 전환하여 보자. 가을의 축제의 고정관념을 버리자. 예를 들어 지역에 멋진 덩굴장미가 있을 경우 5월 하순에 풀잎이 연녹색으로 변하고 화창한 날씨에 장미가 만개할 때 장미 축제를 하는 것이다. 보리가 많이 생산되는 곳에는 보리축제를 하는 것이다. 군산에서 '꽁당 보리축제'가 2019년 5월 3일부터 5월 6일까지 열렸다.

11) 축제성금 기부금 처리

대부분의 주민자치에서는 매년 가을이 되면 축제행사를 한다. 지금까지는 주민자치 하면 가을축제, 프로그램관리 운영이 대부분을 차지하고 있다. 기부금은 기부금품의 모집 및 사용에 관한 법률에 따라 엄격하게 관리되고 있다. 또한 기부금품 사용은 모집 목적 이외의 용도로 사용할 수 없다.

보통 일선에서 매년 정기적으로 실시되는 축제는 이웃주민들과 서로 알고 하나가 되는 축제로 그 내용을 보면, 마을 어르신을 위한 경로잔치용 식재료 구입, 경품추첨용 물품 구입, 음향장비 및 그늘막 설치 등의 비용이 거의 대부분이다.

일선 현장에 있어보면 축제를 치르기 위해서 주민자치위원회에

주민자치 잘 될 거야

서는 관내에서 사업하는 주민, 전년도 찬조하고 금전과 물품을 기증한 주민들에게 축제 시 찬조금 명목으로 금전을 거출하여 축제를 거행한다.

축제를 치르기 위한 찬조금도 지역 내 주민들을 위한 경로잔치 등을 위하여 사용되고 지역주민들에게 거출되므로 일정 금액 이하(3천~5천만 원)는 기부금품에 의한 기부행위로 처리될 수 있도록 조심스럽게 법 개정을 건의하여 본다.

2. 기왕 왔으면 그냥 가지 말자

동장은 그 지역의 지역 사령관이라고도 한다. 팀장인 6급에서 수많은(?) 어려움을 이겨낸 끝에 사무관으로 승진해서 동 행정복지센터 임지에 가면 홀로 있는 동장실 방과 2명의 팀장 그리고 10여 명의 직원이 있다. 사무실 내에서는 윗사람한테 지시받을 사람이 아무도 없고 동장 생각에 따라 말 한마디로 동 행정복지센터가 척척 움직이며 식당에 가더라도 늘 편한 자리가 준비되어 있고 주위 직원들이 직접 물컵도 채워주고 수저도 짝을 잘 맞추어 제일 먼저 앞에다 놓아주고 신분 상승을 몸과 피부로 느낀다.

조직에서는 어른으로 새내기 공무원들에겐 부러움의 대상으로 누구의 간섭 없이 인사이동 시 직원의 업무분장도 할 수 있는 권한도 있다. 한마디로 조직과 예산을 총괄적으로 운영하며 주민자치위원회, 통장협의회 지역사회보장협의체 바르게 살기 협의회 방위협의회 등 10여 개의 직능단체가 원활히 운영될 수 있도록 하는 1등 항해사의 역할인 것이다.

또한 동장은 얼굴마담이라고 할까 매일 찾아오는 사람도 많다. 정기 인사로 처음 동에 임용이 되면 어느 사람이 동장으로 왔나 궁금하기도 하고 몸이 통통하면 '성격이 무난하겠다.' 아니면 '빼빼하면 성질이 좀 있어 보인다.'라는 등 첫 만남을 간 보기 차원에서 한 번씩 들른다. 직능단체 회장, 총무는 물론 궁금하지 않겠는가. 불우이웃 돕기 성금을 낸다며 전달 장면을 사진을 찍자고 식당, 사업장 사장님들도 찾아오는 등 즐거운 경우도 있고, 또한 주

주민자치 잘 될 거야

민들도 영세민에서 탈락됐다든지, 생계가 어렵다는 불만의 목소리와 '동장한테 따질 거야, '내가 왜 떨어졌는지…' 등 억지성 민원도 가끔 있다.

지방 자치단체에서 팀장인 6급에서 사무관 내정을 받고 완주시에서 6주 교육을 받고 복귀하면 사무관으로 승진하며 사무관 임용장을 준다. 9급에서 사무관까지 빠르면 25년 정도 걸리며 보통 50~55세 사이에 된다. 아무리 늦어도 정년까지 남은 기간이 교육 이수 후 2년(공로연수 제외 1년) 미만이면 승진을 할 수가 없다. 잔여기간이 없기 때문에 승진 내정을 안 해 주는 추세이다. 60세에 정년이므로 1년은 공로연수가 있기 때문에 58세까지 승진 내정을 받아야 사무관으로 승진한다는 것이다.

6급에서 5급으로 승진하는 확률이 7.4% 내외로 사무관으로 승진하지 못하고 거의 6급으로 퇴직한다는 말이 된다. 그러므로 사무관으로 승진한다는 것은 선택된 사람으로 열심히 하고 관운이 있어야 한다고 할 수 있다.

동장은 그동안 신규 시절부터 여러 부서를 근무하며 얻은 다양한 경험으로 동 행정을 이끌어 나간다. 동 행정복지센터의 직원은 주로 신규 임용된 직원과 승진해서 내려온 직원으로 구성된다. 읍·면·동에는 경력이 짧고 경험이 부족한 공무원이 많고 본인이 알아서 하는 것보다는 기안하는 것, 계획서 등을 작성하는 데 있어서 상급자의 지도가 절실히 필요한 편이다. 경력이 적거나 신규 등 기안 작성이 부족한 직원에게 말을 건넨다. 본인의 경우에는 계획서나 기안문 등 문서를 효율적으로 작성하기 위하여 본청에 잘 세운 계획서를 복사해서 '잘 된 양식'이라는 폴더를 만들어 저장해 두었다가 계획서 세울 때 그 틀을 불러와서 쓰면 좋다. 본 청에서 시장에게 결재를 맡으려면 문단 구성체계. 'ㅁ, ㅇ, ㅡ, ·' 이외에도 타 직원이 많은 시간 들여서 만든 문단 부호, 다양한 좋은 도표와 좋은 문장, 참고할 것을 잘 저장해 두라고 권한다. 계획서를 세울 때 갑자기 생각하려면 잘 떠오르지 않을 때 검색해 보면 적합한 단어와 문장도 인용도 하고 연관된 자료가 생각나서 손쉽게 빠르게 계획서를 만들 수 있다.

처음 동장으로 나왔을 때는 보조 역할만 하다가 일선으로 나오면 책임자를 해 본 경험이 없어 그저 전에 동장이 하던 대로 큰 문제 없이 좋은 게 좋다는 심정으로 트러블 없이, 그전에는 어떻게 했는지를 직능 단체원 중 오랜 경험이 있는 분에게 물어서 동을 이끈다기보다는 협조하면서 시간을 보내게 된다. 그러니 주민자치에 대한 지식이 전무한 상태로 여러 직능단체가 있는데 무슨 일, 어떤 목적으로 설립되었는지 한순간에 알 수가 없다. 이쪽 단체에서 말하면 이것이 옳은 것 같고 저 단체에서 말하면 저 말이 옳은 것 같고 해서 심도 있는 공부가 필요하다. 그것도 아주 빠른 시일 내에, 또한 중심을 잡아야만 한다.

동장은 반드시 주민자치회 회의에 참석하여 심의 의결기관인 주민자치회서 무슨 안건으로 회의를 하는지 알 필요가 있으며 동장은 많은 직능단체 회의를 동 행정복지센터에서 하므로 대청소, 축제, 캠페인 등 행사에 최대한 많이 참여할 수 있도록 공약수를 만들어 결집하여 자발적인 참여가 이루어질 수 있도록 노력해야 한

주민자치 잘 될 거야

다. 따라서 주민자치 분과회의 시 사전 안건을 동장과 조율하여 협조받을 건 받고 겹치는 것은 조정하고 하는 등 사전 조율이 필요하다. 그렇지 않을 경우에 회의에 참석한다 하더라도 주민자치위원장이 회의 진행 시 엇박자가 나기 때문에 분과회의 시 부터 조정 작업이 필요하다고 본다.

그렇지 않을 경우 동장이 회의에 참석하지 않고 팀장을 참여하게 한다든지 할 경우 그날 회의 내용을 전달받게 되는데 간접적으로 전달을 받다 보면 50%도 전달이 안 될 수도 있고 불협화음이 발생할 수가 있다. 가령 회의 시 안건에 꽃을 주제로 작은 음악회 축제 날짜를 5월로 한다고 할 경우, 어느 단체에서는 5월 초순, 어느 단체에서는 5월 중순으로 엇박자가 생기며 이 시기를 사전에 잡아주지 않으면 혼란이 생기고 오해의 불씨가 된다. 이런 말들이 나올 경우에는 직능단체장 회의를 실시하여 서로 직능단체별 행사 내용과 참여인원, 특이사항 등 직능단체가 한자리에 모여 토론을 거쳐 화합하면서 시너지 효과를 낼 수 있도록 하는 등 조정자 역할이 필요하며, 바로 동장이 이 역할을 수행하는 것이다.

동 직능단체는 10여 개 이상이 설립 목적에 따라 설립하여 시나 중앙회에 지시를 받아 지역 내에서 대다수가 생업을 하면서 시간을 쪼개어 봉사활동을 하며 우리가 살고 있는 동이 행복한 마을이 될 수 있도록 노력하고 있다. 인구가 적은 동은 직능단체 구성원 중복 가입이 많은 점이 걸림돌이 되는 경우도 있다. 전 직능단체가 모여 새봄맞이 대청소를 한다고 하면 2~3개 직능단체에 가입되었을 경우 어느 단체 구성원으로 청소를 할 것인가 하는 문제가 발생한다.

　단, 지역사회보장협의체는 위기 가정이나 긴급구호가 필요한 사람에게 위원들이 모여 토론하여 생계 등을 지원되는 단체이므로 긴급한 사람을 주위에서 찾으려면 통장 정도만큼은 중복가입이 되어도 설립 취지상 가능하리라 생각된다. 따라서 직능단체는 1인 1직능단체로 가입으로 생업에도 종사하고 짬을 내어 지역주민에게 봉사를 해야 충실한 직능단체가 될 것이다.

　다음은 직능단체 모임 시 회의장소를 가능한 한 읍·면·동 행정복지센터 회의실에서 월례회를 개최하도록 조정을 해야 한다. 직능단체 수가 많으므로 직원 업무분장 시 업무연관자를 업무분장에 지역사회보장협의체 복지팀 ○○○, 바르게 살기 협의회 행정팀 ○○○ 등 구체적으로 명시하여 매월 단체 움직임을 파악하고 필요시 지원해주어 활발하게 움직일 수 있도록 개선하였다.

　직능단체는 단순 일반 계모임이 아닌 동네를 위해서 봉사를 하기 위해서 지역 내에서 모인 사람들이므로 동사무소의 직능단체 소속감도 알려주고 마음속에 회의 시 봉사의 자긍심을 심어주도록 읍·면·동 행정복지센터 회의실에서 회의를 열어 향후 계획 등 봉사활동 논의를 해야 한다. 월례회 시에는 동장은 참석하여 격려도 해 주고 플래카드가 없으면 구입해서 걸어주어 자긍심도 높여주는 등 칭찬과 힘을 보내주어야 한다. 예를 들어 새마을 지도자 회의 시 플래카드를 '나눔, 배려, 봉사 실천을 위한 봉명2송정동 새마을지도자 협의회 월례회의'로 한 번만 만들면 월례회의를 할 때마다 게첨하여 행복한 동네를 만들 수 있도록 자긍심을 높여 주어야 한다.

　매월 동 직능단체 회의 시나 어느 모임에 초청되어 가면 동장으로서 인사말을 하게 되는데 평소 스피치 훈련이 필요하다. 처음에 경험 없이 많은 사람 앞에 서면 당황이 되고 무슨 말을 어떻게 해야 할지 얼굴이 붉게 변하고 머리가 하얗게 되어 매끄럽게 말이 전달되지 않아서 매우 불만족스럽다.

　'내가 왜 이럴까? 미리 연습을 해 둘걸. 이런 훈련을 안 했을까?' 하고 후회를 하곤 한다. 따라서 6급 팀장 시절에 많은 사람 앞에 나가서 원고 없이 떨지 않고 잘 말하는 연습이 필요하다. 평소 많이 떨어 보아야 자연스럽고 익숙해진다. '남 앞에서 떨다가 쓰러져 119에 실려 간 사람을 못 보았으니까.' 나의 경우는 8급 시절에 많은 사람들 앞에서 떠는 경험을 일찍 하고 심한 갈증에 한 모금의 물이 필요하듯이 간절하고 절실하게 느껴서 평생교육원을 4~5회 연속해서 수강을 했다.

　청주시 스피치 동호회를 조직하여 10년간 회장으로 활동하고 있으며 2018년 지난해에도 전 직원에게 메일을 보내 말을 잘하고 싶은데 자신이 없는 사람이 교육을 지원하도록 하였다. 스피치 전문가인 민유선 한국스피치리더십토론협회를 강사를 구청으로 초청 야간에 불안중 극복, 호흡 발성 발음 코칭, 제스처 등 실전 위주의 스피치 훈련을 실시하여 참가들에게 큰 호응을 얻었으며, 자체적으로 봉사활동도 실시하여 동호회 평가 결과 장려상을 수상하였다.

　따라서 신년인사회, 직능단체 회의 등 대중 앞에서 말할 때에는 사전에 말할 내용을 메모를 하자 그러면 말할 내용을 빠트리지 않고 핵심내용만 잘 말할 수 있다. 회의 다 끝나고 나서 "아 참 한 가지 빠트린 게 있네요?" 하고 추가 말을 하지 않아도 된다.

준비할 사항은 먼저 메모지를 만드는데 A4 용지 반의반 정도에다 계절 인사말, 회의 시 말할 내용 중 중요한 소제목 단어를 "1. ○○○○, 2. ○○○○ 3. ○○○○" 식으로 10자 이내로 미리 적어 메모하자. 마무리 인사말과 필요시에는 말한 내용을 요약 순으로 말을 하면 깔끔하게 마치게 된다.

먼저 내일 3월 초 직능 단체장 회의라고 예를 들어보자. 제일 먼저 32절(A4 용지 1/4) 메모장을 만들어 먼저 계절 인사(안녕하세요 ○○동 직능단체장, 여러분 한 달이 금방 지나갔네요. 벌써 4월입니다. 무심천의 벚꽃도 만개하고 녹음이 짙어지는 계절입니다.)를 하고 소제목으로 "첫째, 우리 동에 배정된 영산홍 묘목 심기입니다. 너무 늦어지면 안 되니까 3월 20일 토요일 아침 7시에 통장협의회 주축으로 심기로 하였습니다. 주민자치위원회, 새마을 지도자 등 시간 되시는 직능단체에서는 많은 참여 바랍니다. 둘째, 새봄맞이 대청소입니다. 그동안 지난 겨우내 쌓였던 뒷골목 쓰레기 청소를 전 직능단체 합동으로 실시하고자 합니다. 어느 날짜가 좋은지 단체별로 말씀해 주시고, 셋째, 영산홍을 심은 후 사후관리입니다 잡초가 많이 발생하고 가뭄 시에는 물도 주어야 합니다. 직능단체 순으로 순번제로 물줄기를 실시해야 활착이 잘 되어 심은 보람이 있습니다." 등으로 말한다고 할 경우, 메모를 3월 직능 단체장 회의라 적고 다음 줄에 계절 인사 - (4월, 무심천 벚꽃) 다음 줄에 1. 영산홍

주민자치 잘 될 거야

심기 - (3.20. 토 7시) 줄 바꿔 2. 새봄맞이 대청소 - (뒷골목) 다음 줄에 3. 사후관리 - (잡초, 가뭄 시 물) 등으로 메모하면 된다. 위에서 경험이 있으신 읍·면·동장은 ( ) 안의 내용을 생략해도 되며, 반대로 자신이 없는 분들은 더 많은 내용을 추가할 수 있다.

다음에는 매년 10월이 되면 각 동에는 가을에 경로잔치, 노래자랑 등 축제를 주민자치위원회 주관으로 실시한다. 축제는 동에 있어서 일 년 중 가장 큰 행사인데 크게 두 가지 유형으로 하나는 티켓을 발행 판매 후 축제 행사 시 음식을 판매하여 소요되는 비용을 마련하는 경우와 두 번째는 티켓을 발행하지 않고 지역 내 모금으로 축제를 하는 형태이다. 축제 시작 1개월 전에는 주민자치위원회에서 축제 상황실을 운영하는데 먼저 축제 시 소요 예상 금액을 정하고 티켓을 판매한다. 행사 내용은 1부 경로잔치, 2부 관내 학생 장기자랑, 동 행정복지센터 에어로빅 등 프로그램 공연, 3부에 개회식에 이어 비중이 가장 큰 노래자랑이다. 근무 시 노래자랑은 관내 주민에서 청주시 전체로 확대하여 역대 가장 큰 행사로 계획을 하였으며 대상에게는 가수 인증서를 수여하는 등 그 위상을 높였다.

주민자치위원회 위원들이 주축이 되어 관내 금융기관 전 직능 단체에 티켓을 판매하여 축제기금을 사전에 만들어 여덟 가지 정도의 음식을 장만하고 티켓 1장 만 원과 음식을 교환한다.

축제 당일은 직능 단체별로 업무 분담을 꼼꼼히 해서 품목별 1만 원에 판매하는데 소주 2병, 김밥 부침개, 닭발, 수육 등을 만들어 물품을 판매하고 7시에 퇴근 후 축제 개회식을 시작하여 8시경 야간에 노래자랑할 때 술을 먹으며 깊어가는 가을밤을 즐긴다. 티켓이 없는 시민들은 현장에서 티켓을 구매하는데 축제 당일 현장에서 판매된 금액이 300여만 원을 넘는 등 축제에 대한 시민들의 호응이 매우 좋았다.

A동의 경우는 티켓 발행을 받지 않고 후원금만 받아 축제를 실시하는데 지역은행인 새마을금고 신협 등 은행권과 직능단체에서 후원금을 받고 유명한 식당 사업자 등에서 축제 후원금을 받는다. 관할 읍·면·동장은 축제 후원금을 받을 수 없기 때문에 관여를 할 수가 없다. 후원금을 받으면 큰 금액을 모으기 어렵기 때문에 11시에 경로잔치인 어르신 식사와 아파트별 게임으로 아파트 대항 화살 던지기, 다 함께 합동 공치기 등 건강 게임을 실시하여 1, 2, 3등 선물도 드리고 아파트별 단결을 목적으로 주민화합 행사를 한다.

단결이 잘 되는 아파트는 선수를 사전에 연습을 하여 매년 우승한 아파트도 있다. 아파트 세대수가 15,000세대로 규모가 큰 동으로 후원금 납부를 아파트 규모별로 납부를 하며 세대별로 500원 정도 후원금을 납부하고 있다. 어차피 동이 존재하는 한 축제가 없어질 수가 없고 그 아파트에서 납부한 재원은 경로잔치 시 어르신들에게 점심값으로 제공되므로 그 방법도 좋은 방안으로 생각된다.

B동으로 부임하자 축제기금을 마련하는 방안으로 축제 추진위원회를 구성, 9월 티켓을 발행하여 축제기금으로 사용한다. 관할 동 규모를 보니 약 5,000여세대가 아파트 지역, 4,000세대가 주택

주민자치 잘 될 거야

으로 이루어져 있다. 먼저 9월초 회의 소집 공문을 보냈는데 참석 대상을 아파트 관리소장과 동 대표를 참석하게 하여 읍·면·동 행정복지센터에서 동장과 주민자치위원장을 참석토록 하였다.

아파트관리소장 회의를 열어 10월에 열리는 관내 축제설명을 한 후 아파트에 자체홍보방송을 해 달라 하고 점심을 드렸더니 동장이 우리들을 불러 점심을 사준 적은 처음이라며 관리소장들은 본인들도 참여하고 아파트 주민들에게 홍보하여 많은 어르신이 참여토록 노력하겠다 말했다.

두 번째 만남은 축제 두 달 후 아파트 관리소장과 동 대표 회의를 소집하여 동 주민자치위원장을 참석토록 하여 어르신들에게 홍보를 많이 해주셔서 성황리에 잘 마치었다고 고맙다는 말씀을 드린 후 내년부터 축제 시 후원금(어르신 경로 식대) 1세대당 900원 정도 부담을 해 주면 좋겠다고 말씀을 드렸다. 일부 아파트 소장은 검토해 보겠다고, 또 다른 소장은 인건비가 올라서 걱정인데 취지는 좋지만 어렵다는 부정적 발언을 한다. 처음에는 어렵겠지만 관심을 가지고 하면 수년이 지나면서 이것이 이루어진다면 450만 원의 경로잔치 식대비가 마련이 되며 이것이 공동체의 시작이 아닌가 생각이 된다.

읍·면·동 행정복지센터에는 주민자치 프로그램이 있다. 프로그램 종류는 읍·면·동장이 정하고 강사 선정은 주민자치위원장이 하고 위촉장을 준다. 청주시는 읍·면·동별로 인구수에 의하여 주민차지 프로그램 수가 정해진다. ○○동에 가보니 프로그램 수가 적었다. 마음속으로 프로그램을 늘여야 되겠다고 마음먹고 시에서도 권장하는 청소년 프로그램인 독서토론 교실과 시 낭송 교실(드럼 교실로 변경) 등 2개 프로그램을 신규 사업으로 설치하겠다고 생각했다.

2018년 720만 원의 프로그램 예산을 당초 예산에 증액해서 올렸다. 그 후 읍·면·동장과 부서장을 참석시킨 가운데 시의회에서 예산에 대한 심의가 이루어졌다. 시 의회에서 질문하기를 다른 읍·면·동은 프로그램 예산을 반납하는데 왜 B동은 예산이 늘어났느냐? 동장은 나와서 증액 내용을 설명하라고 하는 게 아닌가?

발언대에 나가서 답변하기를 저희 동은 청사가 낡고 좁은 관계로 그동안 많은 프로그램을 하지 못하다가 이번에 주민의 요청에 의하여 드럼 음악 교실과 청소년 프로그램인 독서토론 교실을 두 개를 추가시켰다고 답변을 하였다. 그 후 시 낭송 교실은 인근 동 행정복지센터에서도 하고 충북대 평생교육원에서도 열어 수요가 충분하였다.

축제 시 드럼 연주를 재능기부하였는데 연주 능력이 출중하여 드럼 교실 프로그램을 만들면 회소성도 있으므로 최종 드럼 음악 교실로 명칭으로 변경하였다. 2018년도에 2월에 B동 행정복지센터 앞 지하에 드럼 음악 교실을 개설을 하고 수강생을 모집했는데 성원이 되어 현재까지 쭉 잘 운영이 되고 있다.

드럼은 소리가 크고 진동 울림이 있어 지상층에서는 부적합한 프로그램이었으나 동 행정복지센터 건너 지하에 드럼을 생업으로 연주하고 있는 실력 있는 사람이 있어 동 행정복지센터에서 가까워 손쉽게 프로그램을 개설할 수가 있었다.

주민자치 잘 될 거야

2017년도 12월에 다음 해 프로그램 예정인 드럼 음악교실 홍보도 하고 자긍심을 높이기 위하여 드럼 강사에게 재능기부로 장애인 시설에 공연을 가자고 제안하였다. 가수는 지난해 축제 시 입상한 가수를 섭외하였고 공연 1일 전에는 성공 공연을 위하여 동장실에서 1시간 반 동안 진행될 공연 순서를 짜고 행사 진행은 동장이 맡았다. 다음날 직원 1명과 함께 동 행정복지센터 트럭에 드럼 스피커 공연 장비를 싣고 복지시설 1층 식당에 공연장을 만들어 시설 인원 35명과 함께하여 11시 반까지 멋진 공연을 펼쳤다. 이날 앞으로 통장협의회에서 복지시설에서 단체로 봉사활동할 수 있는지를 판단하기 위하여 동 행정복지센터 통장협의회장과 총무가 동행하였다.

다음은 2017년 2월 자라나는 꿈나무들에게 꿈과 희망을 주기 위하여 초등학교에 강사로 초대받아 강의한 내용이다. 동 행정복지센터에는 매월 1회씩 관내에 있는 초, 중, 고교 학교장과 새마을금고, 신협 등 은행권과 파출소장, 우체국장 등이 참석한 가운데 행정 홍보사항, 기관별 동향을 설명하는 기관단체협의회가 운영된다.

회의 시 남순화 원봉초등학교 교장 선생님이 우리 학교 3학년 어린이 대상으로 꿈·끼 탐색을 위한 어린이 교육수업이 있는데 1시간에서 2시간 정도 우리 동의 유래에 대해서 강의를 해달라고 부탁하였다. 수업 시간만 알려주시면 흔쾌히 하겠다고 답변을 드렸다.

동 행정복지센터에서 가장 가까운데 위치한 원봉초등학교는 방과 후 초등학생들이 프로그램 중 제과, 제빵교실에 많은 학생들이 참여하여 좋은 호응을 얻고 있는 인접된 학교이기도 하다. 제과, 제빵교실에 참여하여 보면 고사리손으로 밀가루 무게를 재고 반죽하여 별 모양, 하트 모양으로 만들어 오븐에 굽고 하는 모습이 너무 귀엽다. 요즈음 대다수 학생들은 게임에 빠져 많은 시간을 보내는데 비해 건강하고 유익한 시간을 보내는 학생들이 더 예뻐 보인다. 용암동은 보물 제1258호 보살사가 있는 청주의 유명한 절로서 물이 저수지를 거쳐 무심천으로 흘러내려 오는 데 저수지 아래 동네 이름이 용박골로서 용이 승천했다고 전해 내려오는 마을이다.

현장감이 느껴지도록 매년 정월 대보름에 용천제를 지내는 계곡의 깊이가 보이는 현장에 가서 사진을 찍어 발표자료를 만들어 용암동의 유래를 설명을 하였고, 그 외에도 1월 초에 어려운 학생들에게 장학금을 전달하고 1년의 계획을 설명하는 신년 인사회, 매년 가을에 열리는 동의 화합을 목적으로 열리는 한마음 축제를 발표자료 PPT를 만들어 쉽게 설명하여 유래는 물론 동에서 이루어지는 전반적 사항을 눈높이에 맞추어 초등학생 입장에서 이해도를 높였다.

지난해 충청북도 자치연수원에서 연락이 왔다. 연수원에 신규 공무원이 3주 교육과정으로 입소하는데 강의 제목은 읍·면·동장의 역할이라는 주제로 1시간 정도 읍·면·동에서 이루어지는 사항을 소개해달라며 할 수 있겠느냐며 연락이 온 것이다. 나는 전화 첫 마디로 "할 수 있다."라고 답을 하였고 강의 시간은 11시부

주민자치 잘 될 거야

터 강의를 하면 된다는 것이었다. 어떻게 나에게 전화를 하였느냐고 자치연수원 원장님이 신규 공무원에게 읍·면·동에서 무슨 일을 하는지 동장을 지낸 선배 공무원에게 강의를 듣는 것이 좋겠다는 지시가 있어서 아는 지인에게 부탁했더니 모두가 거절하였다고 한다. 우리 형부가 청주시 팀장으로 근무하는데 연락을 드렸더니 나에게 연락을 해 보라고 해서 연락을 했다는 것이다.

발표자료를 만들었다. 두 군데 동장을 하면서 직능단체 설립 근거와 하는 일, 동장으로 추진한 실적사항, 민원봉사대상 수상 과정 소개, 소극적이 아닌 적극적 긍정적인 마인드로 생활하자는 취지로 기고문 소개(소중한 나에게 선물을 하자)와 시 낭송 등 신규 공무원에게 적합하고 다양한 소재로 강의를 실시하였다.

강의를 할 때면 최소 10분 전에 자치연수원 강사대기실로 간다. 지금까지 자치연수원에 갈 때면 피교육생으로 교육에 참여했는데 내가 교육을 시키다니 괜히 어깨가 으쓱해진다. 직원이 차도 마시라고 커피를 권하면서 내용도 좋다며 칭찬을 해준다. 부족한 부분을 열심히 하다 보니 취미가 되고 언제가부터는 특기가 되었다는 생각이 든다. 평소 스피치 훈련과 도전정신과 열정이 남의 눈에도 잘할 수 있다는 긍정적 이미지로 투영되어 기회가 있으면 잡게 되고 쨍하고 해 뜨는 좋은 결과가 찾아온다고 생각된다.

6월 말까지 장미 터널에 장미 묘목을 새마을 지도자 협의회 주관으로 추가로 150주 더 식재하였다. 5월에 장미를 풍성하게 꽃피게 하고 주민자치위원회에서 장미 터널 하천 측면에 흙을 정지하여 코스모스 씨를 뿌렸다. 전 직능단체가 직능단체별 유니폼을 입고 참여하여 새벽에 잡초도 제거하고 정성껏 가꾸어 코스모스가 활짝 핀 하천에서 가을에 첫 번째 작은 음악회를 계획하고 실천 예정이었으나 7월 정기 인사이동에 따라 B동 동장으로 전출되어 꿈을 이루지 못하였다.

지난 2017년 7월 16일 청주시 전역에 큰 수해가 발생했다. 갑자기 큰 폭우가 쏟아져 그 넓던 광대 도로가 하천이 되어 물이 흐르고 웅덩이 지역은 빗물이 고여 저수지가 되어 차량 통행이 불가능하게 되고 삽시간에 무심천 물이 범람 위기까지 되도록 무섭게 내렸다. 청주 큰 장마로 양수기가 분실되고 코스모스 작업한 부분이 토양이 유실되어 구조물만 덩그러니 남아 폐허가 되었다. 그나마 다행인 것은 장미는 하천에서 먼 상부 인도 밑에 위치하여 유실은 없어서 올해도 장미는 멋지게 피게 될 것이다.

본인이 7월에 전출된 동 행정복지센터 지역도 산과 연접된 택지지역에 원룸이 많이 지어져 연접된 토사로 인해 산사태가 발생, 흙더미가 밀려내려 주차된 차량 지붕을 덮쳤고 다섯 군데 크고 작은 피해를 입었다. 특히 명심공원 36통 빌라 지역에서 산사태로 5톤가량의 흙더미가 안방 거실까지 순식간에 덮치고 주방까지 밀려 들어와 집에서 TV를 보고 있던 가장과 아이가 청주 의료원에 입원까지 하였다.

수해복구가 시작되었다. 내가 속한 동 행정복지센터에서는 외부 상급기관에서 점검 시 한눈에 피해 상황을 알 수 있도록 수해현장을 현장감 있게 사진을 찍어 관내 지도에 부착 현황판을 만들어 점검에 대비를 하였다. 연립주택 안으로 밀려든 5톤의 토사를

주민자치 잘 될 거야

제거하기 위해서 미니 포클레인이 거실에 들어간 작업 장면, 청주 시청 직원들도 주택 외부에 투입해서 흘러내린 토사를 포대에 넣는 장면과 인근 군인들도 참여하여 내부 흙더미를 제거하는 장면 등 사진을 확보해서 게시하였고 토사로 물이 스며들어 벌어져 있는 장판, 벽들도 뜯어냈고, 통장들도 빗자루와 걸레로 바닥을 열심히 쓸고 물청소까지 하여 본래의 집 모습이 나타났다.

주택은 포클레인까지 들어가 작업한 상황은 내부가 험하여 당초 주택 전파로 했다가 외형이 멀쩡하고 주택 내부 정리를 완료할 경우 문제가 없으므로 주택 반파로 보고되어 수해복구비를 일부 지원받았다.

청주지역은 폭우 피해가 커서 재난지역으로 선포되어 보다 많은 지원금을 받았지만 해당 연립주택 주방 설비와 벽 도배 비용이 문제가 되었다. 평소에 친분이 있던 시의원에게 라이온스 충북 임원인 것을 알고 도움을 요청했다. 라이온스는 자체적으로 1년에 한 번씩 연탄도 지원해주고 어려운 이웃을 대상으로 지붕 고치기 사업을 한다는 것을 알았기 때문이다. 그러나 모든 것이 계획에 따라 움직이는데 올해는 이미 계획을 세웠기 때문에 안 되고 나중에 함께 고민해 보자는 것이었다.

며칠 후 희망의 소식이 전해졌다. 자매결연한 전주 라이온스에서 청주 수해지역에 도움을 주겠다고 하며 수해지역 도움이 필요한 곳을 찾는다는 것이다. 우리 동 수해피해 내역을 설명하고 포클레인이 거실에 들어와 작업하는 수해피해가 과도하게 현장감 있는 사진과 주택 주변 산사태 여파를 보여 주는 생생한 사진을 보낸 결과 수해복구 지원대상자로 최종 선정이 되어 6백여만 원 지원을 약속받았다.

관내업자로부터 견적서를 받고 한 달이 지나 주택이 건조된 후 주방에 철거된 싱크대 설치와 거실 안방 벽 도배를 완료하여 정부에서 지원해준 수해복구 외에 인맥을 통한 싱크대 설치비 지원을 받아 큰 도움을 주어 완료되자 라이온스 총재가 현장으로 찾아와 성금전달식 사진촬영을 하여 성금을 전달했다.

이렇게 하여 우리 동 주택은 수해복구를 정부지원금과 후원금을 사용해 원래 수해 이전 상태로 돌아갈 수 있었고 며칠이 지난 뒤 건물주가 찾아와 "동장님 덕분에 추가로 큰 혜택을 받았다."라고 하며 진정한 고마움을 전했다.

봉명2송정동 행정복지센터에서 2017년 12월 말 공로연수로 직장을 마치는 팀장이 생겼다. '공로연수'란 공무원이 퇴직하기 전에 사회 활동을 준비하기 위한 준비 단계로 사회적응을 위해 여러모로 알아보는 시간적 여유를 주는 것을 말한다. 보통 퇴직 전 1년을 주는데 사회적응에 필요한 시간적인 준비를 해 주는 것이다.

11월 말이 되자 정년 퇴임식 준비를 한다. 주민자치위원회가 중심이 되어 통장협의회 등 전 직능단체가 모여 날짜가 정해지면 12월 송년 모임을 그날 같이하면 되는 것이다. 식당과 날짜가 정해졌다. 관내 식당 중 비교적 넓은 장소에서 꽃다발도 준비되고 의자 등도 세팅되고 멋진 퇴임식 준비를 마쳤다.

전 직능단체가 모인 가운데 퇴임자 부부 가족이 참여하여 퇴임자 약력 소개, 동장과 주민자치위원장 송사, 퇴임자 답사, 직원이

주민자치 잘 될 거야

준비한 팀장님께 보내는 글 소개로 퇴임식이 이어졌다. 퇴임은 읍·면·동에 있으면 전 직능단체가 모인 가운데 많은 사람들의 축하 속에 박수를 받으면서 멋진 퇴임을 할 수 있다. 관내에 거주하는 퇴임자와 평소 친분이 있던 직능단체원들은 최선을 다해서 장소도 준비하여 주었고 성대한 퇴임식을 해 주었다 퇴임 후에도 관내에 거주하기 때문에 동장으로 근무하는 동안 가끔씩 연락해서 식사도 같이하고 지나가는 말로 직능단체에 들어가 활동하라고 권유하기도 하였다.

읍·면·동 행정복지센터에서 1년 이상 근무 시는 기간이 오래되어 퇴직하여도 괜찮지만 1년 미만 근무하다 퇴직 시 싫어하는 눈치다. "퇴직하려고 우리 동에 왔어." 하고 마음속으로 반기지는 않는다.

이와 같이 동장이 가지고 있는 인적·재정적 자원을 활용하여 보다 주민이 행복하고 지역이 발전할 수 있도록 노력하였고 적극적·능동적으로 업무를 추진하였다. 다 함께 행복한 사회를 만들기 위해서 특색 있는 것을 고민하고 생각하면 좋은 결과가 나타나듯이 고민하면 작품이 만들어진다.

3. 주민자치회의 향후 과제

일본의 주민자치 조직인 자치회의 구조와 운영 사례를 통한 시사점을 찾아보고자 한다. 왜냐하면 일본은 우리보다 앞서 주민자치가 정착되어 발전하였다. 주민자치 제도와 정책을 다루는 공무원은 물론 현장에서 직접 주민자치 활동을 하시는 주민자치위원 그리고 지역 내 다른 공동체 활동을 하시는 분들의 성공적 모델이라고 할 수 있는 일본의 자치회 이해를 통해 우리나라 주민자치회의 향후 과제를 살펴보았다.

1) 일본 자치회와 우리나라 자치회의 유사점

일본의 자치회는, 비정치적인 성격을 띠고 있고, 소학교구라는 지역사회의 구역을 기반으로 하며, 가입과 퇴출에 있어 반자발적인 특성을 지니고 있지만, 그러나 주민조직으로서 최일선의 위치에서 지역 내 문제를 스스로 해결하는 첨병의 역할을 하고 있다.

그럼에도 불구하고 일본 자치회의 운영에 관한 과제는 다양한 조사 결과 주민 관심의 결여, 고령화 및 젊은 층의 참여 부족, 행정협력관계에 대한 부담으로 밝혀졌다. 그리고 일본의 카와사키시 및 미토시의 자치회를 분석한 결과, 자치회의 사업과 재정 역량의 한계, 그리고 회원들의 가입률 저조가 과제인 것으로 보인다.

우선 자치회가 지역적 특성에 부합되는 다양한 프로그램들을 수행하고 추진하고 있지만, 실제로는 기존 프로그램의 운영 및 유

주민자치 잘 될 거야

지 외에 새로운 사업의 신설이나 추진에 대한 자치회 자체의 노력 및 이에 필요한 예산이 충분하지 않은 것 같다. 이는 지방자치단체로부터 위탁되는 사무(사업)의 양과 제공받는 보조금 및 지원금의 규모가 작은 것은 물론 주민들의 회비를 기반으로 운영되는 자치회의 특성상 재정 역량의 한계가 존재하기 때문이라고 볼 수 있다.

이러한 이유 때문에 프로그램이 단순화되어 축제가 중심이 되고, 유사한 사업이 지속적으로 추진되면 결과적으로 주민들이 쉽게 자치회에 동화되지 못하고, 소극적인 참여가 야기되는 경향을 초래할 수 있다는 점이다.

또한, 자치회의 경우 그 운영에 필요한 재정 가운데 상당 부분을 회원들의 회비에 의존하는 경향이 있기 때문에 운영의 효율성을 증대시키기 위해서는 무엇보다 많은 세대의 가입이 필요하다. 과거와 같은 단독주택 위주로 구성된 지역의 경우 다양한 광고 팸플릿과 방문을 통한 권유 등과 같은 다양한 방법을 통해 주민들의 자치회의 가입을 권유할 수 있으나, 아파트, 다세대 주택의 비중이 높은 도시 지역의 경우 현실적으로 기존의 방법을 통해 주민들의 가입을 권유하는 데 한계가 있을 수 있다. 특히 카와사키시의 경우 세대수의 증가에도 불구하고 수직적 개인주의에서 수평적 개인주의로 마인드가 바뀌게 되어 자치회의 실질 가입률이 축소되는 현실에서 보면 더욱 문제가 된다.

이외에도 일본 자치회의 구성과 운영적인 측면에서 많은 문제를 파악할 수 있지만, 한국의 주민자치회 설치 등이 예정되어 있는 초기 단계에서 역사적으로 오래되고 벤치마크를 할 정도로 정착화되어 있는 일본의 자치회에 대해 문제점보다는 좋은 점에 대한 시사점을 찾으려는 노력이 더 필요한 것으로 판단된다.

2) 해결방안의 모색

주민자치회는 최근 일련의 사회적·자연적 환경요인 속에서 새롭게 역할이 부각되고, 발전방안이 모색되고 있다. 경제 성장기 동안 파생된 도시화, 핵가족화, 개인주의의 확대 등은 이웃과의 왕래를 떨어뜨렸고, 인구의 고령화로 젊은 층의 참여가 부족한 형편이다.

이와 같은 환경 변화에 따라 커뮤니티, 특히 도시 커뮤니티에 있어 다양한 차원의 네트워크 구축이 활발히 검토되고 있으며, 자치회의 역할에 대한 의미와 무게 중심 역시 일정 부분 변화를 겪고 있다. 그리고 이러한 변화와 함께 앞서 제기된 과제의 해결이 중앙정부 차원을 비롯하여, 지방자치단체 차원, 그리고 각 자치회 차원 등 다양한 차원에서 지속적으로 모색되고 있다.

지방자치단체와 자치회 수준에서도 다양한 해결방법이 모색되고 있다. 자치회 활성화 추진계획의 책정, 자치회 운영에 대한 매뉴얼 작성, 자치단체의 새로운 재원 지원 방법 모색 등이 도입되고, 또 자치회별 실정에 맞는 다양한 실천방안들이 채택·운영되어지고 있다. 이러한 노력들이 현재 자치회가 안고 있는 문제들을 어느 정도 해소시켜 줄지는 아직 미지수이다. 자치회가 안고 있는 과제들이 누적되어 온 시간만큼, 그 해결 역시 단시간 내 해소되

주민자치 잘 될 거야

기는 쉽지 않기 때문이다. 그럼에도 불구하고 자치회 스스로는 물론, 중앙정부와 지방자치단체까지도 자치회의 역할에 주목하고, 시대 변화에 적응하기 위한 다양한 노력을 지속적으로 전개하고 있다는 점은 새로운 주민자치조직(주민자치회)을 준비하는 우리에게도 시사하는 바가 크다.

3) 우리나라 주민자치회의 방향

첫째, 일본은 주민자치회의 회장이나 회계감사의 임원은 주민자치회 총회에서의 경우처럼 지방자치단체로부터 독립성을 상당히 확보해야만 한다. 우리나라의 주민자치위원은 조례로 정하는 바에 따라 지역 자치단체장이 위촉하도록 규정되어 있어 주민자치회의 비독립적 성향이 강한 편이다. 또한 독립으로 가려면 상징적인 주민자치회 사무실 공간이 필요하고, 간사(퇴직자 활용)로 회의 서류 계획서 작성 등을 하고 공모사업을 늘여 선택적 자금지원이 필요하다.

둘째, 우리나라 주민자치회는 별도의 사무국이 없는 활동을 주민자치센터의 공무원이 주도하는 방식이 아닌, 지역 주민이 적극적으로 참여하는 방식으로 가야만 한다. 현재 위치는 관은 60%, 주민은 40% 정도인 것 같다. 주민자치법이 개정되고 역량 있는 미래를 보는 리더와 분과장을 중심으로 분과회의를 활성화하여 지역 주민과 함께 마을의 문제를 공유하고 다 같이 힘을 합칠 때 관과 민 50:50 균형이 이루어져 수레바퀴가 잘 굴러가리라 생각한다.

셋째, 주민자치회 주도로 지역 주민들의 삶의 질을 증진시키기 위한 사업을 운영하고 추진하는 등 주민자치의 기능을 보다 강화시켜야 한다. 주민자치의 궁극적인 목표는 행복한 삶이다. 우리 지역은 거주하는 사람들이 그 지역을 잘 알고 있다. 우리나라는 현실적으로 지방자치단체가 수행하는 사업과 정책에 대해 위임을 받아 수행하는 경향이 많다.

넷째, 우리나라는 주민자치회를 설치함에 있어 읍·면·동 단위로 1개씩 설치하도록 되어 있어 범위가 너무 크다. 일본은 한 지역을 세부지역으로 분리하여 세부 구역별로 '소학교구 단위로 지구회를 설치' 자치회를 설치 운영하고 있다. 따라서 지역 범위가 적으며, 해당 자치단체의 인가를 받을 경우에는 법인격을 갖도록 하여야 한다.

주민자치 잘 될 거야

참고문헌

□ 강형기(2014). 지역창생학. 비봉출판사.

□ 김병국, 권오철(2014). 일본의 주민자치 조직 자치회. 조명문화사.

□ 김필두, 최인수(2017). 주민주도형 주민자치회운영활성화 세종특별자치시 정책이슈 리포트.

□ 민유선(2007). 파워스피치 커뮤니케이션.

□ 박경덕(2016). 대한민국 주민자치 실전서. 올림.

□ 안전행정부(2014). 주민자치회 관계자 교육자료.

□ 전인수(2016). 철학으로 본 앙트러프러너십. 살림.

□ 전대욱(2014). 주민자치회 관계자 교육자료.